btb

Federico Axat

In den Stunden einer Nacht

Aus dem Spanischen
von Matthias Strobel

btb

Für meine Eltern,
Luz L. Di Pirro
und Raúl E. Axat

We turn away to face the cold, enduring chill
As the day begs the night for mercy love.

ONE TREE HILL, U2

1

Die Frau lag erschossen in meinem Wohnzimmer.

Ich erwachte umnebelt – wie immer, wenn ich mich betrunken hatte und woanders als in meinem eigenen Bett lag. Der erste Kontakt mit der Realität war das quietschende Geräusch des Schaukelstuhls auf der vorderen Veranda; der zweite die Stehlampe, gegen die ich mit der Hand stieß, als ich mich, noch immer mit geschlossenen Augen, streckte. Die verhängnisvolle Entwicklung, die mein Leben in jüngster Zeit genommen hatte, wollte es, dass die Lampe umkippte und der Schirm in tausend Scherben zerbrach.

In diesem Moment begriff ich, dass ich bäuchlings auf dem Boden meines Wohnzimmers lag. Die Brust tat mir höllisch weh, der linke Arm war taub und die Wange gequetscht. Kaum hatte ich die Lider etwas geöffnet, sah ich auf dem niedrigen Couchtisch, rund einen Meter entfernt, die Wodkaflasche. Aus dieser Perspektive wirkte sie wie ein Bauwerk, ein Obelisk, so monumental wie mein Scheitern. Missmutig verzog ich das Gesicht und ließ mich zurück in die Dunkelheit sinken, an die ich mich allmählich gewöhnte. Kurz darauf meldete sich die vorwurfsvolle Stimme in mir. Ich hatte mich meinem Alkoholproblem gestellt und gelernt, dieser Stimme in den ersten trägen Momenten der Schuld zuzuhören, still zuzuhören wie ein Kind, das eine wohlverdiente

Strafpredigt über sich ergehen lässt. Erst dann dachte ich daran, wie lange die Zeiten schon zurücklagen, als ich die Kontrolle über mein Leben zu haben meinte und meiner Ex-Frau oder meiner Tochter (selbst wenn sie sich nicht daran erinnerte) und sogar meiner Anwältin ein Versprechen nach dem anderen gab, nur um doch wieder, wie der letzte Vollidiot, in die gleiche Falle zu tappen. Ich war jetzt siebenundzwanzig. Donald, mein Mentor bei den Anonymen Alkoholikern, war der Meinung, dass ich doch ziemlich früh zu dieser Erkenntnis gelangt sei, er sei in meinem Alter ein viel größerer Dummkopf gewesen, habe damals noch ein ganzes Jahrzehnt schwachsinniger Exzesse vor sich gehabt. Für mich war das kein tröstlicher Gedanke.

Als ich aufstehen wollte, fühlte es sich an, als träfe mich die stählerne Spitze eines Pfeils mitten in die Stirn. Meine Arme zitterten, und beinahe wäre ich wieder zusammengesackt, aber irgendwie brachte ich die jämmerlichste Liegestütze meines Lebens doch noch zustande. Einen leichten Kater steckte ich inzwischen locker weg, ja sogar einen mittelschweren; gegen einen Kater epischen Ausmaßes hingegen war kein Kraut gewachsen. Noch war mir nicht klar, mit welcher Art von Kater ich es diesmal zu tun hatte.

Ich öffnete die Augen.

Das Fenster war ein schwarzes Rechteck; offenbar war einige Zeit vergangen, denn es war schon wieder Abend. Konnte es sein, dass ich mich an rein gar nichts erinnerte von dem, was in den letzten Stunden passiert war? Es wäre nicht das erste Mal, und trotzdem wunderte ich mich immer wieder aufs Neue. Normalerweise meldete sich an dieser Stelle erneut die innere Stimme und hielt mir den zweiten Teil der Predigt, nicht mehr mit pädagogischem Unterton, sondern schulderfüllt und resigniert; die Heftigkeit und Wut verflüchtigten sich, und an ihre Stelle trat die Einsicht, dass die Sache verloren war. Diesmal jedoch hatte ich keine

Zeit zu jammern, denn während ich noch die Flasche anstarrte, zog etwas Glänzendes, das auf dem Boden lag, meine Aufmerksamkeit auf sich. Was gerade noch ein L-förmiges Funkeln gewesen war, entpuppte sich als die Ruger P85, die einmal meinem Vater gehört hatte.

Dann sah ich aus den Augenwinkeln die Leiche. All das konnte keine halbe Minute gedauert haben, aber in meinem Empfinden vollzog es sich mit zäher Langsamkeit. Ich drehte meinen Kopf, weil ich merkte, dass etwas nicht stimmte, und da lag die Frau, auf dem Bauch, unter einem weißen Laken. Ihr Kopf war leicht nach rechts verdreht, zu mir hin, ihre geöffneten Augen starrten auf einen Punkt im Nirgendwo.

Ich halte mich für einen starken Menschen. Mit elf fand ich meine Mutter tot auf, nachdem sie lange gegen eine unheilbare Krankheit angekämpft hatte. Mein Vater wurde verhaftet unter dem Verdacht, sie mit einem Kissen erstickt zu haben, und schoss sich wenig später mit einer Flinte den Schädel weg. Dieser Anblick blieb mir erspart, aber ich war allein zu Hause, als die Polizei kam, um es mir mitzuteilen. Der Anblick dieser toten Frau, die ich später die Frau mit dem Halsband nennen würde – auch wenn sie in diesem Augenblick keines trug –, setzte mir jedoch ganz anders zu. Allein, dass sie existierte, hatte etwas Haarsträubendes, denn es deutete unweigerlich darauf hin, dass ich etwas mit ihrem Tod zu tun hatte.

Ich vergaß einen Moment lang das Pochen in meinem Kopf und kroch auf sie zu. Mein Blick wanderte von der Frau zu der Waffe. Von der Waffe zu der Frau. Dann wallte Angst in mir auf, und mit ihr die naheliegende Frage.

Was hast du getan?

Ich hatte diese Frau noch nie gesehen, da war ich mir sicher; trotzdem hatte sie etwas, das mir merkwürdig vertraut war.

2

Kurzentschlossen drehte ich sie auf den Rücken und überprüfte, ob sie tatsächlich keinen Puls mehr hatte. Ihre Haut war noch warm, aber trotzdem wusste ich, dass ich nichts mehr für sie tun konnte. Ich drückte auf ihren Brustkorb, beatmete sie, drückte wieder auf ihren Brustkorb, bis mein Gewissen mir sagte, dass ich meine Pflicht erfüllt hatte. Mit Blut auf Händen und Gesicht kniete ich neben ihr und nahm sie näher in Augenschein. Sie war schön, schön in einem Sinn, über den es nichts zu diskutieren gibt; und sie war jung, vielleicht um die zwanzig. Sie trug ein weißes Hemd, blaue Shorts mit weißen Herzen und Sneakers von DC. Man hatte ihr in den Rücken geschossen, auf Höhe des Herzens.

Mein Blick fiel auf das Laken, das ich weggerissen hatte und das jetzt zerknäult neben ihr lag. Ein Rinnsal aus Blut bewegte sich darauf zu, also schob ich es mit dem Fuß ein Stückchen weiter weg.

Dann verlor ich die Nerven. Bis dahin hatte ich mich vom gesunden Menschenverstand leiten lassen; hatte alles getan, um sie zu retten. Was sollte ich jetzt noch tun? Meine Hände zitterten. Ich ließ meinen Blick durchs Wohnzimmer schweifen und hatte das Gefühl, beobachtet zu werden; ich konzentrierte mich auf die leere Flasche, auf meine Hände, auf die Waffe. Dann tigerte ich im

Wohnzimmer umher und brabbelte unverständliches Zeug. Ich musste die Polizei verständigen.

Du rufst jetzt sofort an, Johnny, sagte ich mir, während ich nun regelrecht durchs Zimmer rannte, vorbei an der Leiche, die ich nicht einmal mehr mit dem Laken zu bedecken wagte. Ich rannte in die Küche und wusch mir hektisch die Hände und das Gesicht.

»Verdammte Scheiße!«

Ich rieb so lange, bis das Wasser wieder klar wurde. Dann zog ich mir das blutverschmierte Hemd aus und warf es in den Wäschekorb. In der Waschmaschine war saubere Kleidung, also wühlte ich darin herum, bis ich ein T-Shirt gefunden hatte.

Die Polizei wird dich fragen, warum du dich umgezogen hast.

»Weil ich verdammt noch mal kein Blut sehen kann!«, brach es aus mir hervor, obwohl niemand anderer im Raum war.

Die Frau fesselte meine ganze Aufmerksamkeit, und doch warf ich auch immer wieder einen Blick auf die Flasche. Es war die Flasche, die alles so kompliziert machte.

Ich packte sie und hob sie hoch, unterdrückte den Wunsch, laut zu schreien und sie mit voller Wucht auf den Boden zu schmettern. Was sollte ich mit ihr machen?

Du bist hier mitten im Wald. Dir wird schon was einfallen.

Meine Gedanken waren in einer Schleife gefangen, aus der sie nicht so bald wieder herausfinden würden. Ich ging nach draußen und einmal ums Haus herum, dann hinein in die Wälder, die sich bis weit in den Norden von New Hampshire erstreckten. Ich rannte so schnell ich konnte und fuchtelte dabei mit der leeren Flasche herum wie ein Irrer. Zweimal wäre ich beinahe gestürzt, und beim dritten Mal konnte ich mich nicht mehr fangen: Ich landete in den Wurzeln einer Tanne, meine Unterlippe bekam das Schlimmste ab.

Großartig, jetzt wirst du der Polizei auch noch erklären müssen, was mit deiner Lippe passiert ist.

Ich war rund fünfzig Meter weit vom Haus entfernt, auf einem Pfad, den ich schon als Kind und später auch als Erwachsener unzählige Male gegangen war, als ich plötzlich einen Knall hörte. Ich erstarrte, lag reglos da, im Mund den metallischen Geschmack von Blut. War das ein Schuss gewesen? Eigentlich glaubte ich das nicht, aber es war alles so schnell gegangen. In der Richtung, aus der der Knall ertönt war, lag ein Ort, den mein Bruder und ich vor langer Zeit den Reptilhügel getauft hatten.

Merkwürdigerweise hatte ich mich bis zu diesem Augenblick nicht ernsthaft gefragt, ob ich die Frau in meinem Wohnzimmer getötet haben könnte, aber genauso wenig hatte ich daran gedacht, dass der Mörder womöglich noch in der Nähe war.

Ich musste die Flasche loswerden und meine Lage überdenken.

Das restliche Stück bis zum Union Lake, etwa fünfhundert Meter, joggte ich. Auf der Anhöhe blieb ich stehen. Das Wasser unter mir war wie ein großes schwarzes Auge, in dessen Mitte sich der Mond spiegelte. Am gegenüberliegenden Ufer, ebenfalls erhöht gelegen, lag zwischen den Bäumen das verlassene Wasserwerk.

Mit aller Kraft schleuderte ich die Flasche weg, als könnte ich mich dadurch von dem eigentlichen Problem befreien. Der See verschluckte sie mit einem blubbernden Geräusch und kurz darauf sah alles wieder aus wie zuvor. An diesem Abend waren die Uhus besonders aktiv.

Dann stand ich da, hatte nicht den geringsten Schimmer, was ich jetzt tun sollte. Meine Lippe schwoll weiter an, und ich wusste, dass ich zurückgehen musste. Bei mir zu Hause lag eine tote Frau, die etwas Besseres verdient hatte als einen mittelmäßigen Typen, der sich Sorgen darüber machte, dass seine wiederentfachte Liebe zum Alkohol ans Licht kommen könnte.

Ich wollte mich gerade umdrehen, als etwas am gegenüberliegenden Ufer meine Aufmerksamkeit erregte. Zwischen den Bäumen versteckt schimmerte ein weißer Luftballon: ein Gesicht. Dann bewegten sich die Äste, und ich erspähte eine Gestalt, die schnell wieder mit der Nacht verschmolz.

Ich beschloss, den direkten Weg zurückzunehmen, querfeldein. So konnte ich mich auf dem Reptilhügel umsehen. Eines war mir inzwischen klar geworden: Ich musste schnellstens nach Hause und die Polizei anrufen.

3

Auf dem Hügel war eine Art steinerne Palisade, auf die man sich gut setzen konnte. Kaum war ich dort angekommen, erregte etwas, das dort in einer Mulde lag, meine Aufmerksamkeit. Als ich näher heranging, stellte ich fest, dass es sich um einen Zigarettenstummel handelte. Ich nahm ihn näher in Augenschein, schrieb ihm vielleicht mehr Bedeutung zu, als er in Wahrheit besaß, und kramte in meiner Hosentasche nach meinem Handy, um mit etwas Licht nach noch mehr Hinweisen zu suchen, dass sich kürzlich jemand hier aufgehalten hatte. Ich fluchte, als mir bewusst wurde, dass ich das Handy zu Hause gelassen hatte. Mit dem Mondschein als einzigem Verbündeten suchte ich nach weiteren Kippen, fand aber keine; es blieb also bei diesem einzigen Indiz.

Ganz in der Nähe, nach Nordwesten hin, gab es einen alten, seit Jahren nicht genutzten Weg. Wenn jemand im Auto hierhergekommen war, dann am wahrscheinlichsten von dort. Im Eiltempo stieg ich den Hügel hinunter. Die Vegetation an dieser Stelle war so dicht, dass ich kaum sehen konnte, in welche Richtung ich mich bewegte, aber das war nicht besorgniserregend. Diesen Wald hatte ich schon so oft erkundet, dass ich mich praktisch aus dem Gedächtnis heraus orientieren konnte.

Bevor ich den Weg erreichte, hatte ich plötzlich das Gefühl, dass etwas nicht stimmte. Tatsächlich erspähte ich durch das Laub hindurch etwas Großes, das sich nicht bewegte: einen Lieferwagen oder ein kleines Wohnmobil. Instinktiv war ich auf der Hut und ging langsamer, achtete darauf, nicht auf Zweige oder Blätter zu treten.

Am Wegrand angekommen versteckte ich mich hinter einem Baum. Das Fahrzeug, das ich gesehen hatte, war tatsächlich ein Van: ein älteres VW-Modell, vermutlich aus den Neunzigern. Es war in einem erbärmlichen Zustand, grau, die Karosserie heruntergekommen, die Scheiben verdreckt. Zuerst dachte ich, dass irgendjemand ihn hier hatte entsorgen wollen, doch dann fiel mir das gültige Nummernschild auf. Ich wiederholte die sieben Ziffern mehrmals, um sie mir zu merken.

Ich wollte hinten um das Fahrzeug herumgehen, blieb aber auf halbem Weg stehen, mitten im hohen Gras, einige Meter vom Van entfernt. Wieder verspürte ich diesen Druck in der Brust, wie vorhin, vor etwa einer halben Stunde, als ich die Leiche neben mir entdeckt hatte. Was machte ich hier eigentlich? Plötzlich stand mir die tote Frau so plastisch vor Augen wie in einem Horrorfilm. Sicher, der Van konnte etwas mit der Leiche zu tun haben, und war das nicht ein weiterer guter Grund, endlich die Polizei zu rufen? Und warum war ich ohne Handy aus dem Haus gegangen?

Eigentlich willst du die Polizei gar nicht rufen.

Von dort, wo ich stand, konnte ich die Vorderseite des Vans nicht sehen, und im hinteren Teil waren nur zwei kleine Fensterchen, die so schwarz waren wie die Augen eines Tintenfischs. Vorsichtig schlich ich mich um das Fahrzeug herum. Das Fahrerhäuschen war leer. Ich trat an die Beifahrertür heran und entdeckte auf der Mittelkonsole zwei Thermobecher. Auf dem einen schienen am Rand Spuren von Lippenstift zu sein, aber durch die verdreckte Scheibe hindurch war dies nicht mit Gewissheit auszumachen.

Ich ging wieder nach hinten. Das Fahrzeug an sich war schon verdächtig genug. Aber der Zigarettenstummel, der Kaffee, überhaupt alles deutete darauf hin, dass die beiden Personen eine ganze Weile in der Umgebung meines Hauses bleiben wollten. Und wenn eine davon leblos bei mir im Wohnzimmer lag, wo war dann die andere? Ich wischte ein Stück der Rückscheibe sauber und spähte ins Innere, konnte aber nichts erkennen. Dann ging ich zur Schiebetür an der Seite. Was ich jetzt vorhatte, konnte sich als die größte Dummheit meines Lebens entpuppen, sollte sich tatsächlich jemand im Inneren aufhalten.

Mit aller Macht zog ich am Griff, darauf gefasst, dass die Tür nicht aufgehen würde, aber sie ließ sich ganz einfach bedienen. Ein Schmerz fuhr mir bis in die Schulter, aber ich zwang mich, die Zähne zusammenzubeißen. Die Tür knallte gegen das Ende der Schiene. Im Inneren des Vans war es stockdunkel; niemand stürzte sich auf mich, was an sich eine gute Nachricht war, doch als sich meine Augen an die Dunkelheit gewöhnt hatten, bemerkte ich Lichter, die mich beunruhigten. Das Fahrzeug war ein Lieferwagen, sprich: Es hatte keine Sitze. Stattdessen stand in der Mitte ein kleiner Klapptisch von der Art, wie man ihn an den Strand mitnimmt, und auf diesem Tisch stand ein Computer.

Ich kletterte hinein. Der Bildschirm war dunkel. Auf dem Tisch lagen außerdem eine eckige Brille und eine schnurlose Maus. Ich tippte die Maus mit der Fingerspitze an, der Computer erwachte zum Leben.

Auf dem Bildschirm war mein Wohnzimmer zu sehen.

Ich wich zurück, als hätte mir jemand einen Schlag auf die Brust versetzt, trat mit einem Bein ins Leere und wäre beinahe gestürzt, konnte mich aber gerade noch an den Türrändern festhalten.

Die Webcam war auf die Sofaecke ausgerichtet. Bei einem größeren Bildausschnitt wäre auch der leblose Körper zu sehen gewesen.

Ich starrte auf das Bild, konnte es nicht fassen.

Wie lange ich dort stand, unfähig, mir einen Reim auf die Geschehnisse dieses wahnwitzigen Abends zu machen, weiß ich nicht, aber plötzlich erlosch das Bild. An dessen Stelle erschien der Schriftzug »kein Signal«.

Ich wirbelte herum und sprang aus dem Fahrzeug, machte mir nicht einmal die Mühe, die Tür zu schließen. So schnell ich konnte, rannte ich zurück zu meinem Haus; in diesen fünf Minuten schlug mir das Herz bis zum Hals. Die Haustür hatte ich offen stehen lassen, und auch das Licht brannte noch. Ohne irgendwelche Vorsichtsmaßnahmen zu ergreifen, trat ich ein. Die Angst und die Bestürzung wichen allmählich der Wut. Ich wusste genau, wo ich die Webcam finden würde.

Wie vom Donner gerührt hielt ich inne. Die Leiche war verschwunden.

Die Waffe ebenfalls.

Reglos stand ich da, hörte meinen eigenen Atem. Nur die Reste der Lampe lagen noch auf dem Boden. Langsam wandte ich meinen Blick zu dem Schrank neben der Tür, auf dem die Kamera versteckt sein musste. Ich eilte darauf zu und wischte hektisch über den oberen Teil des Schranks, was aber nur dazu führte, dass meine Hand ganz staubig wurde. Die Kamera war ebenfalls verschwunden, was mich inzwischen nicht mehr überraschte.

Anschließend tastete ich das oberste Regalbrett über dem Kaminsims ab, griff hinter die Zierleiste, wo ich normalerweise die Ruger versteckte, damit meine Tochter nicht an sie herankam. Und tatsächlich: Ich stieß auf die unverwechselbare Form der Pistole.

Gerade hat sie noch auf dem Boden gelegen.

Ich nahm die Patrone aus der Schusskammer und überprüfte das Magazin. Es war voll. Ich legte die Waffe zurück an ihren Platz.

Mit dem resignierten Gang eines zum Tode Verurteilten schlurfte ich zu der Stelle, an der die Leiche der Frau gelegen hatte. Nichts mehr zu sehen: kein Blut, kein blutverschmiertes Laken. Ich kniete mich auf den Boden, strich mit der Hand über die Mosaikoberfläche, begriff gar nichts mehr. Ich spürte noch, wie ich meine Lippen auf ihre gepresst hatte, wie ich meine Hand auf ihren Brustkorb gedrückt hatte.

Plötzlich klingelte das Telefon.

Es war bereits nach neun. Außerdem rief mich nie jemand auf dem Festnetz an.

Ich nahm den Hörer ab, überzeugt, dass dieser Anruf für nur noch mehr Verwirrung sorgen würde.

»Johnny, alles okay bei dir?«

Es war mein älterer Bruder. Mark besaß seit jeher einen sechsten Sinn, was mich anging, einen Radar, mit dem er aus der Entfernung jede Gefahr aufspüren konnte.

Ich gab einen Laut von mir, der ein Ja bedeuten sollte.

»Hast du dein Handy bei dir?«

»Mein Handy …, weiß nicht, habe ich wohl verloren.«

Selbst am anderen Ende der Leitung konnte Mark spüren, wie nervös ich war.

»Was ist los? Ich habe dir in den vergangenen Stunden mehrere Nachrichten geschickt, aber die hast du offenbar gar nicht gelesen.«

In den vergangenen Stunden, dachte ich. Das Letzte, woran ich mich erinnere, war …

»Du rufst in einem ungünstigen Moment an, Mark. Ich muss die Polizei verständigen.«

Eine Pause, die endlos erschien. Ich kannte meinen Bruder gut genug, um zu wissen, was er in diesem Moment dachte: Johnny hat mal wieder einen Rückfall erlitten. Ich konnte ihm diesen Gedanken nicht einmal verübeln.

»Es ist nicht so, wie du denkst, Mark.«

Es fiel mir schwer stillzuhalten. Ständig verlagerte ich mein Gewicht von einem Bein auf das andere, verdrehte nervös das Telefonkabel.

»Was ist los?«, fragte Mark noch einmal, der nun nicht mehr verhehlen konnte, dass er sich Sorgen machte.

Ich schluckte. Wie sollte ich erklären, was in der letzten Stunde passiert war?

»Ich habe eine tote Frau entdeckt«, sagte ich schließlich unwirsch. Es laut auszusprechen, ließ mich erschaudern. Meine freie Hand zitterte.

»Im Wald?«

»Im Wohnzimmer.«

Noch eine endlose Pause.

»Kanntest du die Frau?«, fragte Mark vorsichtig.

Jeder andere hätte die Fassung verloren oder mich mit Fragen bombardiert, aber so war Mark nicht. Er besaß die Fähigkeit, sich auf das Wesentliche zu konzentrieren. Das war nur einer der vielen Unterschieden zwischen uns.

»Ich weiß nicht, wer sie ist. Ich habe ein Nickerchen gemacht, und plötzlich lag sie da.«

Ein Nickerchen um neun Uhr abends? Mach nur weiter mit deiner Liste von Ungereimtheiten.

»Bist du sicher, dass sie tot ist?«

»Ja, verdammt, ich habe ihren Puls überprüft und sogar versucht, sie zu reanimieren!«

»Johnny, immer mit der Ruhe. Was hast du mit ihr gemacht?«

»Die Leiche ist verschwunden, Mark! Jemand hat sie weggeschafft!«

Mein Bruder sprach jetzt mit mir wie mit einem kleinen Kind, oder schlimmer noch, wie mit jemandem, der den Verstand verloren hatte.

»Wer, Johnny?«

»Weiß ich nicht, Mark. Ich bin nach draußen gegangen, und als ich zurückkam, war sie nicht mehr da. Außerdem werde ich beobachtet.«

Ich stellte mir vor, wie Mark sich an den Kopf fasste. Selbst mir fiel auf, wie lächerlich das alles klang.

»Wie sah die Frau aus?«

Mark war ein pragmatischer Mensch, und das war seine Art zu überprüfen, ob ich noch ganz bei Trost war. Daher musste ihn meine prompte Antwort nur noch mehr verwirren.

»Jung, blonde Haare, blaue Augen, schlank …«

»Johnny, hör zu. Du tust gar nichts und wartest, bis ich da bin.«

Es war nicht das erste Mal, dass mein Bruder sich um mich kümmern würde. So war es schon, als wir klein waren, und ein Teil von mir hatte sich daran gewöhnt. Doch ein anderer, vernünftigerer Teil wusste, dass damit endlich Schluss sein musste.

»Mark, ich würde die Situation gern auf meine Art lösen. Wer immer die Frau getötet hat, kann noch in der Nähe sein. Wenn ich nicht die Polizei rufe …«

»Moment. Es geht nicht darum, dir vorzuschreiben, was du zu tun hast, Bruderherz. Ich bitte dich nur, erst mal in Ruhe nachzudenken.«

Dann fügte er kaum hörbar hinzu:

»Bitte, Johnny.«

4

Mein Handy fand ich in der Sofaritze. Mir durften keine weiteren Fehler passieren. Ich nahm die Ruger vom Regal, überprüfte die Sicherung und steckte die Pistole in die Hosentasche.

Diesmal schloss ich die Haustür ab, bevor ich zum Reptilhügel aufbrach.

Ich nahm den gleichen Weg wie zuvor und versuchte, mich an das Nummernschild des Vans zu erinnern, aber mir wollten nur die ersten drei Ziffern einfallen: 305. Der Rest war wie gelöscht. Ich hatte noch nie ein gutes Zahlengedächtnis. Meistens musste ich mich auf mein visuelles Gedächtnis verlassen, also rief ich mir das Bild des Vans in Erinnerung, der auf dem verlassenen Waldweg gestanden hatte. Es erschien mir kurz so deutlich vor Augen wie eine Fernsehaufnahme, dann löste es sich wieder auf wie eine Geistererscheinung, wie ein Traum, der sich beim Aufwachen verflüchtigt. Es war ein schreckliches Gefühl.

Als ich den verlassenen Weg erreichte, war der Van nicht mehr da.

Ich versuchte, mich an Details zu erinnern, die Kaffeebecher – der eine davon mit Spuren von Lippenstift –, die Schiebetür, die sich so leicht hatte öffnen lassen … Ich fasste mir an die Schulter. Sie tat nicht weh.

5

Als ich wieder am Haus ankam, wurde ich von Autoscheinwerfern geblendet. Ich ließ die Waffe sinken, als ich erkannte, dass es Marks Mercedes war. Mein Bruder stieg aus. Wir sahen uns an. Ich wusste genau, was er dachte, und konnte ihm deswegen nicht einmal Vorwürfe machen.

Er kam auf mich zu und nahm mir, ohne ein Wort zu sagen, die Pistole aus der Hand.

»Gehen wir rein«, sagte er und legte mir den Arm um die Schultern.

Mark war fünf Jahre älter als ich und hatte mir gegenüber schon immer die Rolle des Beschützers eingenommen, besonders nach dem Verlust unserer Eltern. Ich liebte ihn von ganzem Herzen. Wäre er nicht gewesen und hätte er mich nicht immer unterstützt, ich weiß nicht, was aus mir geworden wäre. Während er seinen Uniabschluss gemacht, Meditek gegründet – ein renommiertes pharmazeutisches Forschungslabor – und sich ein Leben mit Darla aufgebaut hatte, hatte ich das Studium geschmissen und mich auf eine gefährliche Liebelei mit dem Alkohol eingelassen, die über sieben Jahre angehalten hatte. Zwar war ich seit elf Monaten trocken, aber keiner wusste besser als ich, dass sich das von einem Moment auf den anderen wieder ändern konnte. Mark war immer für mich da gewesen.

»Was ist mit deiner Lippe passiert?«

Ich tastete nach meiner Lippe, spürte einen Wulst knapp neben dem rechten Mundwinkel.

»Ich bin gegen einen Ast gelaufen, ist nur ein bisschen geschwollen.«

Mark nickte. In seine Augen legte sich dieser Ausdruck, den ich nur allzu gut kannte, diese Patina des Mitleids, die widersprüchliche Gefühle in mir auslöste. Er warf einen Blick auf den zerbrochenen Lampenschirm, sagte aber nichts. Es war auch nicht nötig. Dann trat er an den Tisch heran und legte die Pistole ab, alles mit bedächtigen Bewegungen.

»Setzen wir uns, Johnny. Wir müssen reden.«

Erst jetzt fiel mir auf, was er anhatte: ein Sweatshirt und eine verwaschene Jeans. Wahrscheinlich hatte er an diesem ruhigen Samstagabend mit Darla vor seinem Sechzigzollbildschirm gesessen und irgendwas auf Netflix angeschaut. Und nun war er hier und kümmerte sich um den guten Johnny. Wieder mal.

»Ich kann mich jetzt nicht hinsetzen, Mark«, sagte ich und tigerte aufgeregt im Raum umher. »Ich habe verdammt noch mal keine Ahnung, was hier vor sich geht! Die Leiche lag da! Genau da!«

Er verzog leicht das Gesicht.

»Du musst mir glauben, Mark!«

»Natürlich glaube ich dir, Johnny. Aber bitte, erzähl mir in aller Ruhe, was heute Abend passiert ist.«

Ich schloss die Augen. Ehrlich gesagt wusste ich nicht, wo ich anfangen sollte. Warum konnte ich mich nicht einmal an dieses blöde Nummernschild erinnern?

Und dann, noch immer mit geschlossenen Augen, sprach er aus, was ich schon die ganze Zeit erwartet hatte.

»Hast du getrunken, Johnny?«

Resigniert setzte ich mich auf die Armlehne eines Sofas.

»Ich weiß nur noch, dass ich im Atelier war und an einigen Illustrationen gearbeitet habe, das muss so gegen fünf oder sechs gewesen sein, dann muss ich eingeschlafen sein. Als ich wieder aufwachte, lag ich dort auf dem Boden, und auf dem Couchtisch stand eine Flasche Wodka.«

»Und die Flasche …?«

»… habe ich vor ein paar Wochen gekauft«, gab ich sofort zu. »Es lief nicht so gut mit Lila, und da habe ich sie besorgt, weiß auch nicht, vermutlich, um mir etwas zu beweisen.«

»Was ist dann passiert?«

»Dann habe ich die Leiche der Frau entdeckt, und die Pistole, und bin in Panik geraten. Ich dachte, ich hätte wieder getrunken und einen Riesenmist gebaut. Aber ich habe den Wodka nicht angerührt, Mark, das schwöre ich. Ich weiß, wie sich ein Kater anfühlt, ganz anders nämlich … Jemand hat die Flasche dorthin gestellt, um mich zu verwirren.«

Mark holte einen Stuhl vom Esstisch und setzte sich.

»Und wer könnte das deiner Meinung nach gewesen sein?«

»Ich bin nach draußen gegangen, um die Flasche zu entsorgen«, wich ich der Frage aus. »Ich konnte nicht mehr klar denken. Bei der Gelegenheit habe ich mir auch die Lippe aufgeschlagen. In der Nähe des Reptilhügels habe ich Geräusche gehört; und dann einen alten Van entdeckt. Es saß niemand drin, also bin ich hinten eingestiegen. Da war eine komplette Überwachungsanlage.«

Mark seufzte, vermutlich vor Erleichterung, weil so ein Unsinn unmöglich stimmen konnte.

Ich sprang auf und deutete vehement auf den Schrank.

»Dem Bild nach zu urteilen, das ich auf dem Bildschirm im Van gesehen habe, muss dort die Kamera installiert gewesen sein.

Ich bin sofort zurückgerannt, aber als ich ankam, hatte man die Kamera schon entfernt; und auch die Leiche fortgeschafft.«

Mark schwieg. Sein Blick verriet nicht, was er dachte. Nach einer Weile ging er in die Küche und kam mit einem Glas Wasser wieder. Er stellte es auf den Tisch und holte etwas aus seinem Portemonnaie. Eine Tablette.

»Was ist das?«

»Das wird dir helfen, dich zu beruhigen«, sagte er und legte die Tablette neben das Glas.

»Ich will keine Tablette nehmen. Du glaubst mir kein Wort, stimmt's?«

»Johnny, ich bin auf deiner Seite.«

Ich hielt kurz den Atem an.

»Mark, was ich dir gerade erzählt habe, klingt verrückt, ich weiß. Als ich zurück zum Hügel gegangen bin, war der Van weg, aber ich schwöre dir, dass er da war und dass auf dem Schrank da eine Kamera war. Jemand hat mich observiert!«

»Nimm jetzt diese Tablette, spül sie mit einem Schluck Wasser runter.«

»Nein! Wir müssen die Polizei verständigen«, rief ich. »Oder Harrison, der weiß bestimmt, was zu tun ist.«

Harrison war ein pensionierter Kommissar und enger Freund meines Vaters.

Mark schüttelte den Kopf.

»Was willst du ihm denn erzählen? Das, was du mir erzählt hast? Das ist doch hanebüchen.« Mark verlor nur selten die Geduld. Seine Reaktion brachte mich aus der Fassung.

»Meinst du, das weiß ich nicht?«

»Schon gut«, sagte er in versöhnlichem Ton und hob zum Zeichen des Friedens die Hände. »Nimm mir nicht krumm, was ich gerade gesagt habe. Johnny, denk mal einen Augenblick nach. Wir können doch nicht behaupten, dass du keinerlei Erinnerungen daran hast, was zwischen sechs und neun passiert ist; und dass nach dem Aufwachen plötzlich eine tote Frau neben dir lag, die jetzt verschwunden ist. Bist du dir überhaupt sicher, dass sie tot war?«

»Natürlich bin ich mir sicher!«

Plötzlich schoss mir das Adrenalin ins Blut. Unter dem fassungslosen Blick meines Bruders rannte ich in die Küche.

In einer Ecke stand der Wäschekorb. Langsam ging ich darauf zu, denn sollte mein blutverschmiertes Hemd nicht darin liegen …

Mark stand in der Tür und beobachtete mich besorgt.

Ich kniete nieder, umarmte den blöden Wäschekorb und begann so hemmungslos zu weinen wie schon seit Ewigkeiten nicht mehr.

Mark wartete ab, bis ich mich wieder gefangen hatte. Das Weinen war einem Gefühl von Schuld und Wut gewichen.

»Das Hemd haben sie auch mitgenommen«, sagte ich mit einem Gefühl von Ohnmacht.

Ich ließ mich gegen die Wand sinken und versetzte dem Korb einen Tritt.

6

Wir setzten uns, ich auf das Sofa, Mark auf einen der Sessel. Zwischen uns der Couchtisch. Die Flasche hatte einen feuchten Kreis darauf hinterlassen.

»Johnny, lass es uns noch einmal rekapitulieren. Sag mir alles, woran du dich erinnerst, seit gestern Nachmittag, ohne etwas auszulassen.«

»Wirklich alles?«

»So lange kann es ja nicht dauern.«

Ich willigte ein.

»Gestern Nachmittag bin ich zu Lila gefahren. Wir waren eine Weile bei ihr, dann haben wir bei Matzuki etwas gegessen. Danach sind wir zu mir gefahren und haben die Nacht zusammen verbracht.«

Lila war die Frau, mit der ich seit einigen Monaten zusammen war. Sie war wie ich geschieden und hatte einen kleinen, anderthalbjährigen Sohn, Donnie. Jennie, meine Tochter, war etwas älter als Donnie, aber noch nicht alt genug, als dass ich hätte behaupten können, die Lernphase als Vater bereits hinter mir zu haben. Es war praktisch das Einzige, was wir gemeinsam hatten.

»Ich wollte mit ihr Schluss machen«, sagte ich.

»Was ist passiert?«

»Dasselbe wie immer. Beim Abendessen hat sie mir von Donnie erzählt, von den Problemen mit ihrem Ex, mit ihrer Mutter, und ich wollte nicht das Schwein sein, das mit einer Frau Schluss macht, deren Leben gerade das reinste Chaos ist, also habe ich mir gesagt, ich mache es morgen. Was das Ganze nur schlimmer gemacht hat. Denn wir haben ja hier übernachtet, und als ich es ihr dann gesagt habe, konnte sie nicht einfach so weg. Ich habe sie dann zur Arbeit gefahren, das war das peinlichste Schweigen meines Lebens. Aber warum erzähle ich das alles?«

»Das hat schon seinen Grund«, erwiderte Mark. »Dein Geist muss sich fokussieren.«

»Lila hat es ziemlich gelassen aufgenommen; sie hat mich gefragt, ob meine Entscheidung endgültig sei. Ja, habe ich gesagt. Vermutlich hatte sie es längst geahnt.«

»Was hast du gemacht, nachdem du sie zur Arbeit gefahren hast?«

»Den restlichen Vormittag habe ich hier im Atelier an den Illustrationen gearbeitet.«

Was nicht ganz stimmte. Ja, ich war in meinem Atelier gewesen, und ja, ich hatte vorgehabt, an den Illustrationen zu arbeiten, für meinen momentanen Auftrag, aber in letzter Zeit brachte ich nicht viel zustande. Ich hatte einige Skizzen angefertigt, die allesamt im Mülleimer gelandet waren, und irgendwann hatte ich es aufgegeben. Ich spielte ein bisschen Poker im Internet, surfte herum, verplemperte den restlichen Vormittag. Außerdem hatte ich ständig an die Flasche gedacht, die ich im Keller versteckt hatte, aber das sagte ich Mark lieber nicht.

»Ich habe schnell etwas gegessen und bin dann zu Donovans Laden gefahren. Gegen fünfzehn Uhr war ich wieder zurück und habe noch mal im Atelier gearbeitet, rund eine Stunde lang. Ab da ist alles wie gelöscht. Ich bin eingeschlafen, und als ich wieder aufwachte, lag da die tote Frau. Jemand muss mir eine Droge verabreicht haben, Mark, es kann gar nicht anders sein.«

Mein Bruder durchbohrte mich regelrecht mit seinen klaren Augen.

»Schau mich nicht so an, als wäre ich ein Lügner!«

Es war kurios. Jahrelang war ich genau das gewesen, ein verdammter Lügner, und trotzdem empörte es mich jedes Mal, wenn jemand es auch nur andeutete.

»Hör zu, Johnny, ich weiß, dass du dich geändert hast. Ich versuche nur, die richtigen Fragen zu stellen, auch die unbequemen. Was ist mit Papas Pistole?«

»Als ich aufwachte, lag sie auf dem Boden. Und nachdem ich draußen war …« Ich konnte nicht verhindern, dass ich rot wurde. »… war sie wieder dort, wo sie immer ist.«

Mark sah mich an wie ein mitfühlender Erwachsener, der einem kleinen Kind nicht die Freude verderben möchte.

Ich fasste mir an den Kopf, den Blick zum Boden gerichtet.

»Was ist nur passiert?«

»Ich sage dir jetzt, was nicht passiert ist: Du hast niemandem etwas zuleide getan. Sieh mich an.«

Ich hob den Blick. Mark sah mir direkt in die Augen.

»Ist das klar?«

Ich nickte.

»Du hattest einen schlechten Tag, und manchmal spielt uns unser Unterbewusstes einen bösen Streich.«

Ich machte den Mund auf, um etwas zu sagen, überlegte es mir aber anders.

»Ich bin kein Experte, aber es könnte sich um einen halluzinatorischen Anfall gehandelt haben.«

Ich runzelte die Stirn.

»Das war kein Traum.«

»Ich weiß. Aber es gibt Halluzinationen, die finden im Wachzustand statt; das Bewusstsein kann dann nicht zwischen diesen beiden Zuständen unterscheiden. Die Leiche und der Van können deiner Fantasie entsprungen sein, obwohl der Kontext real war. Ich kenne da einige Spezialisten in Lindon Hill, die könnten …«

Ich lachte bitter.

»Mann, Mark, wenn das nicht real war, dann weist du mich am besten gleich ins Juniper Hill ein.«

»So schlimm ist es nun auch wieder nicht. Bisher ist es ja nur einmal passiert. Wenn es noch mal vorkommt, sehen wir weiter. Versuch einfach, nicht mehr dran zu denken.«

»Das ist leichter gesagt als getan.«

»Versprich mir, dass du mich sofort anrufst, wenn irgendwas Merkwürdiges passiert, egal was.«

»Verlass dich drauf.«

Mark nickte, aber plötzlich veränderte sich sein Gesichtsausdruck, als wäre ihm etwas eingefallen. Er schien sich nicht entscheiden zu können, ob er sprechen oder schweigen sollte.

»Was ist?«

»Ein anderes Thema. Ich muss dir was erzählen. Eigentlich wollte ich noch etwas damit warten, aber …«

Mark und Darla hatten keine Kinder, daher dachte ich zuerst, es hätte damit zu tun.

»Nein, das ist es nicht«, kam Mark mir zuvor. »Es geht um Meditek.«

Mein Bruder sprach nur selten über Berufliches, zumindest nicht mit mir, also erzählte er es jetzt garantiert nur, um mich auf andere Gedanken zu bringen.

»Wir werden das Labor verkaufen.«

Ich erstarrte.

Dass Mark Meditek verkaufen wollte, war in etwa so unwahrscheinlich, wie eine Leiche im Wohnzimmer zu entdecken. Mein erster Gedanke war, dass er unheilbar krank sein könnte, anders war nicht zu erklären, warum jemand wie er seine Firma aufgeben wollte. Gegründet hatte er Meditek mit seinem Freund Ian Martins. Sie hatten ein Patent verkauft, und seither war es nur noch bergauf gegangen. Mark liebte seinen Beruf. Liebte ihn sogar *zu sehr*.

»Ian und ich denken schon seit einer ganzen Weile darüber nach.«

Ich sah ihn stirnrunzelnd an. Mark und Dara lebten gern auf großem Fuß, mochten teure Autos, ihr großes Haus, aber Geld war Mark nie das Wichtigste gewesen.

»Die Entscheidung überrascht mich ein bisschen. Meinen Segen hast du natürlich.«

»Danke, Johnny.«

»Ian und ich sind uns nicht ganz einig, wer die Firma idealerweise kaufen sollte, aber das kriegen wir schon hin. Da bin ich mir sicher.«

Ich konnte mir Mark ohne Meditek gar nicht vorstellen. Wahrscheinlich würde er einfach eine andere Firma gründen und sie in wenigen Jahren groß aufziehen.

Einige Minuten später verabschiedeten wir uns an der Haustür. Mark umarmte mich und nahm mir noch einmal das Versprechen ab, ihn anzurufen, sollte ich einen weiteren *Anfall* haben. Ich versicherte es ihm zwar, aber ich wusste ganz genau, dass das, was heute Abend in meinem Haus passiert war, kein *Anfall* gewesen war, sondern genauso real wie das fünfundsiebzigtausend Dollar teure Auto, in das Mark sich nun setzte.

Die Leiche, die leere Flasche, die Waffe, alles war arrangiert worden, um mir den Mord an dieser Frau in die Schuhe zu schieben. Eine Inszenierung. Die Leute mit dem Van hatten das alles ausgeheckt.

Mein Bruder hob zum Abschied noch einmal die Hand, und ich winkte mit einem gequälten Lächeln zurück.

Irgendetwas stimmte hier nicht.

Der Mercedes fuhr los.

Wer versuchte, mir den Mord an dieser Frau in die Schuhe zu schieben? Wer war sie überhaupt?

Als die Rücklichter sich bereits zwischen den Bäumen verloren hatten, stand ich immer noch in der Tür. Eine weitere Frage quälte mich.

War es Zufall, dass Mark angerufen hatte?

7

Wie ein Parasit befiel mich irgendwann in dieser Nacht ein Albtraum. Erst quälten mich unzusammenhängende Schreckensbilder, dann stand ich plötzlich auf einem Waldweg. Ich folgte dem Lichtstrahl einer starken Taschenlampe. Jemand ging hinter mir, eine Gestalt. Der Schrecken, den die Situation mir einflößte, saß mir immer noch in den Knochen, als ich in meinem Schlafzimmer aufwachte.

Ich blieb eine Weile im Bett liegen. Was am Vorabend passiert war, kam mir bei Tageslicht unglaubwürdig und lächerlich vor.

In Unterhosen und einem alten T-Shirt ging ich ins Erdgeschoss hinunter und begutachtete den Wohnzimmerboden. Bevor ich schlafen gegangen war, hatte ich noch die Scherben des Lampenschirms weggefegt, sodass alles aussah wie immer.

Ich wollte schon wieder zurück in den ersten Stock, um mein morgendliches Ritual einzuläuten, als mir etwas einfiel, das ich am Abend zuvor ignoriert hatte. Hastig nahm ich die Treppe in den Keller; mein Hirn kam allmählich auf Touren. Dort unten gab es einen Lagerraum, der einmal der ganze Stolz meines Vaters gewesen war; er war eng und schlauchförmig, mit Regalen zu beiden Seiten. Früher hatte er Dutzende Flaschen teuren Weins beherbergt, die mein Vater seinen Schulfreunden vorbehielt. Sie hatten gern Poker gespielt, geraucht und sich über alte

Zeiten unterhalten. Manch einer nannte diese Clique den Club Bilderberg oder Club B. Auch meine Freunde und ich nannten sie so.

Nachdem meine Mutter krank geworden war, trafen sie sich seltener. Es wurde zwar noch Wein getrunken, aber keiner mehr nachgekauft. Das Geld ging für Arzneien und Krankenschwestern drauf, und mein Vater kümmerte sich nicht mehr so gut um sein Geschäft, mit spürbaren Folgen. Manchmal begleitete ich ihn in den Weinkeller. Er, der immer eine besondere Sorgfalt bei der Auswahl der Weine hatte walten lassen – für jeden Anlass eine ganz bestimmte Flasche, wie er zu sagen pflegte –, zeigte sich nun eher lustlos und griff selber gerne zu. Er wurde zwar kein Alkoholiker, aber er ertränkte in diesen schmerzlichen Monaten seinen Kummer in Alkohol.

Die Regale waren heruntergekommen und leer; sie spiegelten wider, was in jenem Haus geschehen war, einem Haus, das zu verlassen ich nicht den Mumm gehabt hatte, obwohl in jedem Winkel Verhängnis und Niedergang spürbar waren. Mark war so klug gewesen, sich davon zu lösen und Karriere zu machen, während ich mich regelrecht in das schwarze Loch des Unglücks gestürzt hatte, in das sich dieses Haus verwandelt zu haben schien.

Und jetzt auch noch die Leiche dieser Frau. Was muss denn noch passieren, damit du endlich von hier abhaust? Ein Steinhagel?

Ganz unten im Regal hatte mein Vater seinerzeit die *besonderen* Flaschen aufbewahrt. Ich starrte eine Weile dorthin. Die Flasche, die ich nach dem dummen Streit mit Lila gekauft hatte, war nicht mehr da.

Die Idee, mir Alkohol zu besorgen, um mich selbst auf die Probe zu stellen, war dämlich, aber bei Weitem nicht die dämlichste, die ich in meinen Leben gehabt hatte. Wenn es darum geht, einen Vorwand zu suchen, fallen einem Süchtigen spielend leicht zehn Gründe ein, warum er trinken sollte, und es gelingt ihm mühelos, sie auch noch vernünftig zu finden.

Eine halbe Stunde lang durchkämmte ich das ganze Haus, vor allem mein Schlafzimmer und das Wohnzimmer. Ich suchte nach versteckten Kameras, Mikrofonen, nach irgendeinem Hinweis darauf, dass ich beobachtet wurde. Je länger ich suchte, desto mehr schämte ich mich. Schließlich gab ich mich geschlagen. Ich würde Marks Rat befolgen, zumindest vorerst; ich würde versuchen, die Sache zu vergessen, bis ich etwas mehr Abstand dazu hatte. Bei Tageslicht betrachtet erschien mir seine Erklärung mit den Halluzinationen auch nicht mehr so abwegig.

Mit dem festen Vorsatz, ein wenig zu arbeiten, ging ich ins Atelier. Seit Wochen hatte ich nichts Brauchbares mehr zustande gebracht. Meine Hoffnung, dies könnte sich ausgerechnet an einem solchen Tag ändern, war also ein wenig naiv. Trotzdem setzte ich mich an meinen Schreibtisch. Den Computer ließ ich ausgeschaltet, weil er mich nur von meiner Arbeit ablenkte.

Neben dem Fenster hing eine gerahmte Illustration von Busy Lucy, einer Figur, die mir vor drei Jahren für ein Kinderbuch eingefallen war und die mir in Fachkreisen einen gewissen Ruf eingebracht hatte. Busy Lucy war eine fleißige Biene, die kleinen Kindern Ratschläge gab, wie sie ihre Zeit am besten nutzen konnten; im Prinzip brachte sie ihnen bei, wie wichtig es war, Genuss und Verantwortung ins Gleichgewicht zu bringen. Es gab bereits zehn Bücher mit Busy Lucy, und jedes Buch hatte ein eigenes Thema: Ordnung im Zimmer, Hausaufgaben vor dem Schlafengehen, Schule usw. Letztlich war die Biene eine verfluchte Gouvernante, und eigentlich konnte ich sie von Anfang an nicht leiden. Aber die Bücher verkauften sich gut, und mein Agent drängte mich dazu, immer mehr Illustrationen rund um Lucy zu entwerfen.

Offenbar schätzten es die Eltern, dass diese verfluchte Biene ihnen die Drecksarbeit abnahm.

Vor einigen Monaten jedoch war das Lucyfieber drastisch gesunken. Mein Agent musste sogar Verhandlungen wegen des letzten Vertrags aufnehmen, weil der Verlag einen Rückzieher machen wollte. Phil hatte mich angerufen und gesagt: »Die Wabe ist vertrocknet, Johnny. Wir brauchen was Neues.« Ich hatte herzlich darüber gelacht.

Ich hatte es mit einem Stachelschwein und einer Ameise probiert, aber es lief immer aufs Gleiche hinaus.

Jetzt nahm ich ein leeres Blatt, zeichnete mit schnellen Strichen eine Lucy und betrachtete sie. Anschließend griff ich zu Aquarellfarben und Pinseln und machte mich ans Werk. Vielleicht sollte ich nicht einfach die alte Formel auf ein neues Tier anwenden, sondern vielmehr Lucy beibehalten, sie aber irgendwie infrage stellen. Wieso war ich nicht schon früher darauf gekommen?

Ich arbeitete eine halbe Stunde lang, ohne aufzublicken. Die neue Figur, die ich Lucy zur Seite stellte, war ein blondes Mädchen mit großen, verführerischen Augen. Sie trug ein blaues Kleid und ein Halsband, und natürlich wusste ich sofort, wer sie war.

8

Die Türklingel schreckte mich auf. Überraschungsbesuch an einem Sonntagmorgen bedeutete nie etwas Gutes.

Durchs Wohnzimmerfenster erspähte ich einen knallroten Van und wusste sofort, dass es sich nur um Harrison handeln konnte, den ehemaligen Kommissar von Carnival Falls. Harrison war einer der engsten Freunde meines Vaters gewesen und besuchte mich mindestens einmal im Monat. Dass er bei mir auftauchte, war also nichts Ungewöhnliches, und doch konnte ich nicht umhin, seinen Besuch mit den Ereignissen am Vortag in Verbindung zu bringen.

Ich öffnete die Tür.

»Hast du schon gefrühstückt, Johnny?«

Harrison war eine imposante Erscheinung. Obwohl er nicht mehr bei der Polizei und auch schon über sechzig war, hatte er sich die Aura eines Supermans bewahrt. Als kleiner Junge hatte mich immer beeindruckt, wie er sich trotz seiner netten Art bei anderen Respekt zu verschaffen wusste. Mit der Zeit begriff ich, dass es nicht nur an seiner Uniform lag. Harrison gehörte zu den Menschen, denen in Paniksituationen alle folgten; er war der geborene Anführer, jemand, der Vertrauen einflößte, intelligent war, jederzeit in der Lage, bei Schwierigkeiten das Ruder zu übernehmen. Carnival Falls war eine relativ kleine Stadt, die aber von ungewöhnlich vielen Tragödien heimgesucht worden war. Zweifellos hatten die Bewohner es ihm zu verdanken, dass sie die Folgen nicht allzu stark zu spüren bekommen hatten. Wenn jemand so etwas wie eine Vaterrolle für mich eingenommen hatte, dann er.

»Lauren hat Kekse gebacken«, sagte er und hob eine Papiertüte in die Höhe. In der anderen Hand hielt er eine Flasche Limonade.

Normalerweise tauchte Harrison abends auf; er setzte sich gern mit mir auf die Veranda, um stundenlang zu plaudern. Dabei tranken wir immer Limonade. Er wusste nicht nur von meinem Alkoholproblem, sondern gehörte zu den Menschen, die mir am meisten geholfen hatten, mich aus diesem Sumpf wieder zu befreien. Insgeheim wusste ich, dass seine Besuche auch eine Art Kontrolle waren, aber das war mir egal.

»Ich habe noch nicht gefrühstückt.«

»Jetzt haben wir ja die Kekse.« Er klopfte mir auf die Schulter und trat ein. Er ging langsam, sah sich aufmerksamer um als gewöhnlich. Vielleicht schenkte ich ihm aber auch mehr Beachtung als sonst.

Als er zurück zu mir kam, hatte ich die Haustür noch nicht wieder geschlossen.

»Erwartest du noch jemanden?«

»Ich dachte, du wollest dich raussetzen«, improvisierte ich.

»Setzen wir uns lieber dahin.«

Harrison deutete auf den Wohnzimmertisch. Er stand jetzt genau an der Stelle, an der die Leiche der Frau gelegen hatte, und das machte mich nervös. Ich nahm rasch Platz.

Fünfzehn Jahre zuvor hatte Harrison mir hier, an diesem Tisch, die schlimmste Nachricht meines Lebens überbracht. An jenem Tag war ich gerade dabei gewesen, mit den Caran-d'Ache-Stiften, die mir Tante Audrey geschenkt hatte, ein Kaninchen zu malen. Der Moment hatte sich mir ins Gedächtnis gebrannt.

»Ein Haus, das viele Erinnerungen birgt«, sagte er jetzt und sah sich erneut aufmerksam um. Harrison war ein Mann der Tat und zeigte sich selten melancholisch. Irgendetwas ging hier vor sich.

Ich machte es mir auf meinem Stuhl bequem und trank einen Schluck Limonade. Bis dahin war mir gar nicht aufgefallen, wie viel Durst ich hatte. Harrison setzte sich nicht.

»Du gestattest mir doch die Ehre …« Er beendete den Satz nicht. Ich wusste genau, was er meinte.

»Natürlich.«

Er ging zur alten Stereoanlage: eine wahre Reliquie, die einmal meinem Vater gehört und seinerzeit ein Vermögen gekostet haben musste. Blind zog Harrison eine der Vinylplatten heraus; er kannte die Sammlung besser als ich. Er und mein Vater hatten die Leidenschaft für Brit-Rock geteilt, die sie auch an mich weitergegeben hatten.

Plötzlich erfüllte »905« von The Who den Raum. Die Stereoanlage mochte uralt sein, aber diese verflixten LPs klangen noch genauso gut wie am ersten Tag. Harrison sah zum Fenster hinaus und bewegte den Kopf zum Rhythmus der Musik. Ich vermutete manchmal, dass der Exkommissar diese Songs nur bei mir zu Hause hörte. Er war dann wie an einen anderen Ort versetzt. In eine andere Zeit.

Als er endlich zurück zum Tisch kam, musterte er mich kurz – vielleicht war er aber auch einfach noch von der Musik verzaubert. Dieser Mann stand mir so nah wie ein Vater, und trotzdem war er mir manchmal ein Rätsel. Ich war mir sicher, dass er nie irgendwelche Spielchen mit mir treiben würde, aber …

»Wie läuft's beruflich?«

»Ich hatte ein paar gute Einfälle«, sagte ich und dachte an die Illustration, die oben auf dem Schreibtisch lag, das Mädchen mit dem blauen Kleid.

»Das freut mich! Also Schluss mit Lucy?« Harrison lächelte. Er wusste von meinem Dilemma mit der Biene.

»Ich weiß nicht …«

»Komm, nimm dir einen Keks. Die sind sogar noch warm.«

Ich hatte keinen Appetit, aber ich wusste, dass sich das ändern würde, sobald ich einen probierte.

»Sag Lauren Danke von mir«, sagte ich und biss in einen Keks.

»Sie würde dich sehr gern sehen, Johnny. Komm doch mal zum Abendessen vorbei.«

»Mache ich.«

Harrison senkte den Blick, eine kaum merkliche Kopfbewegung, die mir aber nicht entging.

»Ist was?«

Er sah mich resigniert an.

»Da ist tatsächlich was. Ich bin hier, weil Dean Timbert mich darum gebeten hat.«

Als ich den Namen des derzeitigen Kommissars hörte, stellte ich das Glas, das ich gerade zum Mund führte, wieder auf den Tisch.

»Ist etwas passiert?«

»Dean ist vermutlich einfach nur etwas übereifrig, aber das würde ich ihm nie übel nehmen. Seine Gewissenhaftigkeit ist einer der Gründe, warum ich ihn für meinen bestmöglichen Nachfolger halte. Vielleicht tut es der Stadt ganz gut, wenn jemand etwas misstrauischer ist, als ich es war.«

»Das verstehe ich nicht. Hat sich jemand im Wald verirrt?«

Harrison schüttelte den Kopf.

»Nein, es wird niemand vermisst. Aber gestern ging ein Anruf ein. Jemand hat gemeldet, er habe einen verdächtigen Mann im Wald gesehen.«

Kurz war ich wie gelähmt. Ich wusste nicht, wie ich reagieren sollte. Der Song ging zu Ende und hinterließ eine bedrückende Stille. Als »Sister Disco« mir zu Hilfe kam, hatte mein Gesichtsausdruck mich wahrscheinlich längst verraten.

»Wo genau?«

»In der Nähe vom Union Lake. Hast du gestern Abend etwas Merkwürdiges gesehen oder gehört?«

»Nein, nichts.«

»Ich habe in meiner Zeit im Dienst auch oft Anrufe bekommen, die sich als Fehlalarm entpuppt haben, aber ich verstehe auch, dass Dean die Sache nicht einfach ignorieren wollte. Er hat mich gebeten, mich mal etwas umzusehen und herumzufragen. Die Bitte wollte ich ihm gern erfüllen. Außerdem war es eine gute Gelegenheit, dich mal wieder zu besuchen.«

Er zwinkerte mir zu. Ich rang mir ein Lächeln ab, hob das Limonadenglas und prostete ihm zu.

Den Rest der Zeit gab ich kaum ein Wort von mir. Ich dachte an das Gesicht, das ich am Union Lake zwischen den Zweigen erspäht hatte. Fragen stellte ich lieber keine mehr.

Den Rest der Zeit sprachen wir über einen alten Fall, den ich natürlich kannte: das Verschwinden von Benjamin Green. Der Täter sei vor einigen Tagen gestorben, sagte Harrison, was aber seinen inneren Frieden nicht wiederhergestellt, sondern ihn eher demoralisiert habe. Es habe ihn nur daran erinnert, dass er damals, vor vierzehn Jahren, krachend gescheitert sei. Der Kerl sei auf dem Hof der psychiatrischen Einrichtung friedlich verstorben. Die Pfleger hätten alle gedacht, er sei eingeschlafen.

Wir unterhielten uns noch eine Weile darüber, wie ungerecht

die Welt war – wovon auch ich ein Lied singen konnte –, bis Harrison schließlich aufbrach. Beim Abschied sagte er wie nebenbei, dass Maggie Burke in der Stadt sei. Maggie war eine Sandkastenfreundin von mir, mit der ich später auch zusammen gewesen war. Sie war die Tochter von Rob Burke, einem weiteren Mitglied des Clubs B.

Maggie.

»Bob hat mich gestern angerufen«, sagte Harrison. »Er war ganz aufgeregt. Maggie will zwei Wochen bleiben. Du solltest dich mit ihr treffen, Johnny.«

Ich rechnete nach. Ich hatte Maggie sei fünf Jahren nicht mehr gesehen.

Ross, ein Freund von mir, hatte gerüchteweise gehört, Maggie überlege, ob sie für immer aus London zurückkehren sollte, aber Genaueres war nicht bekannt. Ich fragte mich, inwieweit dieses Gerücht mich in meiner Entscheidung, mit Lila Schluss zu machen, beeinflusst hatte.

9

Als Harrison gegangen war, lief ich wie ein Verrückter im Haus umher, strich mir mit der linken Hand durchs Haar und wählte mit der rechten Marks Nummer. Immer wieder ging nur die Mailbox ran. Ich hinterließ drei Nachrichten, sagte jedes Mal, ich müsse ihn sprechen, dringend. Ich musste ihm erzählen, was Harrison berichtet hatte, von dem merkwürdigen Kerl am Union Lake.

Nachdem ich die letzte Nachricht hinterlassen hatte, bemerkte ich, dass ich am Waldrand stand. Ich sah mich um wie jemand, dem nicht ganz klar ist, wie er dorthin gekommen war.

In diesem Moment traf mich die Erinnerung wie ein Schlag, Traumfetzen aus der vorherigen Nacht leuchteten in meinem Gehirn, sendeten makabre Botschaften: der enge Pfad, die dunkle Gestalt hinter mir, Zweige, dir mir das Gesicht zerkratzten.

Ein Schauder durchlief mich, die gleiche Gewissheit, die ich schon beim Aufwachen gehabt hatte. Allmählich erinnerte ich mich genauer an den Traum.

Ich rief erneut Mark an. Diesmal ging er ran.

»Das ist hoffentlich ein Notfall, John.«

John. Nicht Johnny.

»Ist es. Danke, dass du rangegangen bist.«

»Ich spiele gerade Golf mit einem möglichen Käufer«, sagte Mark mit gedämpfter Stimme. »Also fass dich kurz.«

»Gerade war Harrison hier«, kam ich direkt zum Punkt. »Bei der Polizei ging gestern der Hinweis ein, dass sich ein verdächtiger Kerl am Union Lake herumtreibt.«

Schweigen.

»Du warst doch am Union Lake, oder?«

»Ich war's aber nicht, Mark.«

»Woher willst du das wissen?«

Ich wusste es tatsächlich nicht, und dass ich schwieg, war der Beweis dafür. Ich konnte Marks Enttäuschung förmlich spüren.

»Ich muss auflegen, Johnny. Wir reden später.«

Ich wollte ihm von dem Traum erzählen, von dem, was er mir offenbart hatte, aber ich hielt mich zurück. Welchen Sinn hätte es gehabt?

Bevor ich noch etwas sagen konnte, wurde das Gespräch unterbrochen.

Ich setzte mich auf die Hollywoodschaukel – einem meiner Lieblingsplätze – und schaukelte im Rhythmus meiner Gedanken. Ich musste etwas tun, um beweisen zu können, was am Vorabend passiert war. Ich überlegte, ob ich zur Polizei gehen sollte, unter irgendeinem Vorwand, um mir die Fotos der Vermissten anzusehen, aber verwarf diesen Einfall sofort wieder. Kommissar Timbert war ein schlauer Fuchs und würde sofort Verdacht schöpfen, wenn ich kurz nach Harrisons Besuch dort aufkreuzte.

Nachdem ich eine halbe Stunde lang gegrübelt hatte, fiel mir der Van wieder ein, den ich auf dem verlassenen Weg tatsächlich *gesehen* hatte. Ich suchte auf meinem Handy die Nummer von Fred Foster heraus, mit dem ich zuletzt vor zwei oder drei Jahren gesprochen, zu dem ich aber absolutes Vertrauen hatte. Fred war zwei Jahre älter als ich, und als Kinder waren wir enge Freunde gewesen. Sein Vater war ebenfalls ein Mitglied des Club Bilderberg.

Fred leitete das Autohaus Brenner, das früher einmal meinem Vater gehört hatte. Als meine Mutter krank wurde, sah mein Vater sich gezwungen, das Geschäft zu verkaufen, um die Arztkosten begleichen zu können. Gekauft hatte es Freds Vater Bill, der es auch weiterführte. Es war seine Art gewesen, einen stolzen Menschen zu unterstützen, der nur schwer Hilfe annehmen konnte, nicht einmal von seinen engsten Freunden.

Das Autohaus Brenner lag an der Paradise Road, der einzigen asphaltierten Straße, die zu meinem Haus führte. Es gab noch andere Routen, aber wenn jemand mich zum ersten Mal besuchte, nahm er mit hoher Wahrscheinlichkeit den Weg über die Paradise Road. Ich wusste, dass Fred vor einigen Jahren Überwachungskameras installiert hatte, also bat ich ihn, mir die Aufnahmen vom Vorabend ansehen zu dürfen. Als Vorwand benutzte ich Lila, deutete eine Untreue an, doch Fred unterbrach mich, bevor ich meine Erklärung ausgeführt hatte. »Bedien dich, Johnny.« Er gab mir die vollständigen Aufnahmen des Vortags, ohne mir weitere Fragen zu stellen.

Als ich wieder zu Hause war, mit dem USB-Stick in der Tasche, hatte ich mich einigermaßen beruhigt. Die Aussicht, den Rest des Tages die Aufnahmen durchzusehen, kam mir sogar verlockend vor. Alles, was dafür sorgte, dass ich beschäftigt war, dass ich in einen hypnotischen Zustand gelangte, war besser, als weiterhin über Fragen zu brüten, auf die es keine Antworten gab. Ich konnte die Aufnahmen in schnellerer Geschwindigkeit abspielen und fünf oder sechs Stunden abdecken.

Wenn der Van über die Paradise Road gekommen war, würde eine Kamera ihn registriert haben.

Ich schenkte mir ein Glas Limonade ein und setzte mich mit dem Notebook auf die hintere Veranda. Auf dem USB-Stick waren zwei Archive mit Videos von jeweils einer Stunde Länge.

Mir wurde schnell klar, dass es länger dauern würde, als ich gedacht hatte. Die Kamera war auf den unüberdachten Teil des Autohauses ausgerichtet und erfasste nur einen kleinen Ausschnitt der Paradise Road. Die Autos, die in beide Richtungen fuhren, waren zwar zu erkennen, doch sie zuckten nur kurz über den Bildschirm. Wenn man die Videos mit doppelter Geschwindigkeit abspielte, sausten sie zu schnell ins Bild und wieder hinaus.

Mit etwas Übung gelang es mir, das Bild genau in dem Moment anzuhalten, in dem ein neues Auto auftauchte. Für das erste Video brauchte ich fünfzig Minuten, beim zweiten schaffte ich es bereits in vierzig. Im dritten Video machte ich schließlich eine unerwartete Entdeckung. Ich stoppte das Video und betrachtete das Auto: den Chevrolet von Lila. Die Uhr in der Bildschirmecke zeigte an, dass meine Exfreundin kurz nach 18:30 Uhr zu mir gefahren war. Auf dem eingefrorenen Bild war ihr unverwechselbarer Wuschelkopf hinter der Windschutzscheibe deutlich zu erkennen. Ich hätte sie sofort anrufen können, doch ich sah lieber noch schnell den Rest des Videos durch. Ich suchte nach dem Van, aber auch nach dem aus der Gegenrichtung zurückkommenden Chevrolet. Kurz darauf entdeckte ich ihn. Lila war nach einer halben Stunde erneut an der Tankstelle vorbeigekommen. In Anbetracht der Zeit, die man brauchte, um über die Paradise Road zu mir und wieder zurückzufahren, konnte sie nicht lange bei mir gewesen sein.

Lange genug, um einen Mord zu begehen.

Ich blickte zur Decke und atmete schnaubend aus. Es war absolut undenkbar, dass Lila irgendwo anders hingefahren war als zu mir.

Ich sah noch alle anderen Videos durch in der Hoffnung, auch den Van zu entdecken, erfolglos.

10

Nachdem ich alle Videos überprüft hatte, rief ich Lila auf dem Handy an. Sie ging nicht ran, was ich auch nicht anders erwartet hatte.

Ich kannte Lila erst seit knapp einem Jahr. Aber es hatte sich zwischen uns überraschend schnell eine feste Beziehung entwickelt. Sie arbeitete in einem Café, in dem ich einige Monate lang Stammgast war. Normalerweise ging ich mittwochs hin, weil meine Tochter da ihre Großeltern mütterlicherseits besuchte und ich sie pünktlich um drei abholen musste – meine Exschwiegermutter regte sich schon über wesentlich unbedeutendere Dinge auf als eine kleine Verspätung. Also setzte ich mich lieber schon eine oder zwei Stunden vorher mit meinem Zeichenblock in das Café, bestellte einen Kaffee und ein Croissant und fertigte Skizzen für Bücher an, die niemals erscheinen würden.

Lila saß an der Kasse. Unser Umgang beschränkte sich anfangs auf gelegentliche Blicke und einen Gruß aus der Ferne, wenn wir uns wiedererkannten. Sie gefiel mir, war zwei Jahre jünger als ich. Irgendwann ging alles ganz schnell, es fühlte sich vielversprechend an.

Eines Tages war sie im Café unter dem Vorwand, einen Blick auf meine Zeichnungen werfen zu wollen, an meinen Tisch gekommen. Später würde sie mir vorwerfen, ich hätte diese Zeichnungen als Waffe der Verführung eingesetzt, was nicht ganz falsch war. Es war mörderisch heiß an diesem Tag, weshalb ich mich nach drinnen gesetzt hatte, wo die Klimaanlage lief. Lila setzte sich zu mir und wies mich darauf hin, dass sie sofort an die Kasse zurückmüsse, sollte die Inhaberin auftauchen, aber das war bei diesen Temperaturen eher unwahrscheinlich. Die Frau war, erklärte sie mir, wie ein Eisbär und setzte an solchen Tagen keinen Fuß vor die Haustür. Kurz darauf lernte ich die imposante Ms. Evans kennen und begriff, dass die Analogie weit über ihre Abneigung gegen hohe Temperaturen hinausging.

Wie ich hatte Lila früh ein Kind bekommen und hatte ebenfalls damit zu kämpfen, eine untragbare Situation erträglich zu machen, eine Gemeinsamkeit, die vollauf genügte, um uns näherzukommen. An jenem Nachmittag, an dem wir vor allem über meine Arbeit gesprochen hatten, fragte sie mich, ob wir ein Bier trinken gehen wollten. Ich weiß nicht, ob es an der Direktheit ihres Vorschlags lag, oder ob sich ein Teil in mir zutiefst nach einem Bier sehnte, jedenfalls zog ich ein Gesicht, das Lila sofort verriet, was in diesem Moment in mir vorging. Den Grund dafür würde ich später erfahren.

Ich lud sie zum Essen ins The Oysterhouse ein. Mein Freund Ross wies mich vollkommen zu Recht darauf hin, dass es etwas deplatziert war, eine Frau, die man kaum kannte, beim ersten Date in ein so elegantes Restaurant einzuladen, aber ich tat es trotzdem. Ich vertraute auf ihre spontane, lockere Art. Es war eine Bauchentscheidung.

Beim Abendessen erzählte ich von meiner problematischen Beziehung mit dem Alkohol, von den Rückfällen und von dem, was meiner Meinung nach die Wurzel des Übels war: meine Weigerung, das Problem überhaupt zu sehen oder anzuerkennen. Man müsse ein ums andere Mal auf die Schnauze fallen, erklärte ich, bevor man wirklich begreife, dass man es nicht unter Kontrolle habe, und wenn man es mal begriffen habe, dann habe man alles begriffen. Lila hörte aufmerksam zu, ich meinte sogar eine gewisse Bewunderung zu spüren, die mir peinlich war. Normalerweise sprach ich nur mit ganz wenigen Leuten über mein Problem, doch bei ihr flossen die Worte wie von allein aus mir heraus, als würden wir uns schon seit Ewigkeiten kennen. Ich erzählte ihr, dass ich durch meinen Bruder und einige Freunde zu den Anonymen Alkoholikern gefunden und große Fortschritte erzielt hätte. Die Sucht habe sich nicht tief in mir verankert, sagte ich, sie sei vielmehr wie eine Klippe, die ich zum Glück, wie ich glaubte, noch rechtzeitig umschifft hätte. Zu den Dingen, die man bei den Treffen der Anonymen Alkoholiker lerne, gehöre die Einsicht, wie schnell man in ein tiefes Loch fallen könne. In gewisser Weise seien alle dort eine Version der gleichen Geschichte; in jedem von ihnen könne man sich selbst entdecken, Vergangenheit, Gegenwart und Zukunft. Was meine Leidensgenossen erlebt hätten, gleiche dem, was ich erlebt hätte, so sehr, dass es fast schon absurd sei.

Was ich nicht wissen konnte: Mein Geständnis traf bei Lila einen wunden Punkt, denn auch sie kämpfte seit drei Jahren gegen einen Dämon an. In ihrem Fall war es das Kokain. Ihr Ex, ein widerlicher Dealer und Frauenhasser namens Kevin, hatte sie in diese albtraumhafte Welt eingeführt, die sie in regelmäßigen Abständen verschluckte wie ein schwarzes Loch.

Lila glaubte von Anfang an an mich. Damals hatte ich ständig Ärger mit meiner Ex und war auf bestem Wege, einen Rückfall zu erleiden. Daher kann man mit Fug und Recht behaupten, dass wir uns genau zur richtigen Zeit kennenlernten.

Da ich sie auf dem Handy nicht erreichen konnte, beschloss ich, zu ihr zu fahren. Lila lebte in einer heruntergekommenen

Wohnanlage in der Baker Street, wo normalerweise nicht viel los war. Von den zehn Einheiten stand mindestens die Hälfte leer, und in dreien wohnten alleinstehende alte Männer. Der Hausmeister stattete der Anlage einmal im Monat einen Blitzbesuch ab und kümmerte sich um dringende Angelegenheiten wie Wasserschäden, beschränkte sich ansonsten aber auf Durchhalteparolen: »Keine Sorge …, nur noch ein bisschen Geduld«, nur um gemächlichen Schrittes wieder davonzuschlendern.

Als ich ankam, spürte ich, dass etwas nicht stimmte. Der Traumfänger, der sonst an einem Balken der Galerie hing, war verschwunden. Ich klopfte an die Tür. Manchmal arbeitete Lila auch sonntags, aber nicht heute, da war ich mir sicher. Ich ging um das Gebäude herum und stellte fest, dass die beiden Seitenfenster geschlossen waren. Als ich hinten ankam, fand ich bestätigt, was ich vermutet hatte. Lilas Auto war nicht da. Als ich auf dem von gelblichem Unkraut überwucherten Parkplatz stand, begann ich mir ernsthaft Sorgen zu machen. Ich würde keine Sekunde länger warten. Ich kehrte zum Seiteneingang zurück und nahm mir das Fenster vor, das mir am leichtesten zu knacken schien. Tatsächlich konnte ich es relativ mühelos öffnen. Als ich ins Innere spähte, fiel mir auf den ersten Blick nichts Merkwürdiges auf. Ich wollte schon hineinklettern, doch da vibrierte mein Handy. Es konnten nur Mark oder Lila sein, aber das Display zeigte einen anderen Namen: Morgan Wilding. Ich fluchte.

Morgan war Tricias neuer Mann. Und Tricia war meine Ex, die Mutter meiner Tochter Jennie. Der gleitende Übergang von extremem Hass zu absoluter Liebe.

»Was willst du, Morgan?«, fragte ich barsch.

»Oh, ist offenbar kein guter Moment. Das hätte ich mir denken können.«

Ich schüttelte den Kopf. Wie kein anderer besaß dieser Kerl die Gabe, mich auf die Palme zu bringen. Morgan hatte Tricia davon überzeugen wollen, dass er als Mittler zwischen uns fungieren sollte, worauf ich mich natürlich nicht eingelassen hatte. Doch der Typ war hartnäckig. Er war Anwalt und hatte meiner Ex jede Menge juristischen Quatsch eingeredet.

Das Schlimmste war, dass ich ihn nicht einfach abwürgen konnte. Schließlich ging es um Jennie.

»Wenn du mir was zu sagen hast, mach schnell. Ich habe nicht viel Zeit.«

»Ich wollte dir nur mitteilen, dass deine Tochter den ganzen Vormittag auf dich gewartet hat.«

Ich schwieg. Die letzten Stunden waren so chaotisch gewesen, dass ich einen Moment lang nicht wusste, ob das, was Morgan behauptete, stimmen konnte. Normalerweise verbrachte ich die Sonntage mit meiner Tochter, aber an diesem Sonntag hatten sie ihre Familie in Minnesota besuchen wollen.

»Wie meinst du das?«

»Alles okay mit dir, John?«

»Lass die Spielchen, ja! Sag mir endlich, warum du anrufst. Geht's Jennie gut?«

Morgan wusste ganz genau, wie er mich zur Weißglut bringen konnte.

»Wie ich schon sagte«, wiederholte er ungerührt, »Jennifer hat den ganzen Vormittag auf dich gewartet. Wir hatten abgemacht, dass du sie um zehn abholst, erinnerst du dich?«

Noch eine Lüge …

»Du erinnerst dich doch, oder etwa nicht?«, fragte Morgan in diesem überheblichen Ton, den ich so hasste. »Keine Angst, wir haben ihr erklärt, dass ihr Papa etwas Dringendes zu erledigen hat. Ich kann nur hoffen, dass das auch stimmt.«

»Wir haben gestern nicht miteinander gesprochen«, brachte ich schließlich hervor, aber etwas an meiner Stimme verriet meine Verwirrung.

»Tut mir leid, John.«

Morgan war ein Arschloch und genoss dieses Gespräch.

»Wir haben gestern nicht miteinander gesprochen!«, blaffte ich ihn an. »Zweitens: Warum hast du mich nicht gleich angerufen? Wieso hast du gewartet, bis …«

»John«, unterbrach Tricia. »Das Handy ist auf laut gestellt, ich kann dich hören.«

»Na prima. Wird ja immer besser.«

Einige Sekunden lang sagte keiner etwas. Tricia hatte Morgan kennengelernt, als wir noch zusammen gewesen waren, und das hatte ich ihr in der Vergangenheit permanent aufs Butterbrot geschmiert. Nicht, dass sie mich seinetwegen verlassen hatte, sondern, dass sie nicht den Anstand besessen hatte, es mir früher zu sagen.

»Morgan wollte dich sofort anrufen«, sagte Tricia, ohne auf meine Bemerkung einzugehen. »Er hat es nur deshalb nicht getan, weil ich ihn darum gebeten habe. Ich wollte dir die Chance geben, wenigstens einmal Verantwortung zu zeigen.«

Das saß. Tricia wusste ganz genau, wo sie mich treffen konnte.

»Nur um mir das unter die Nase zu reiben, hast du in Kauf genommen, dass deine Tochter leiden muss.«

»Nein, wenn jemand dafür sorgt, dass sie leiden muss, dann du. Du hast dich kein bisschen verändert, du bist noch ein genauso großer Lügner wie früher. Gestern habe ich Morgan extra gebeten, den Lautsprecher einzuschalten, als er dir gesagt hat, dass wir nun doch nicht nach Minnesota fahren, und zwar weil ich ganz genau wusste, dass du so reagieren würdest, wie du es jetzt tust. Dass du versuchen würdest, ihm die Schuld in die Schuhe zu schieben, wo er dir doch nur helfen wollte. Wir beide wollten dir nur helfen und Jennie schützen und deine Fehler wiedergutmachen. Aber alles hat seine Grenzen. Vielleicht wird es Zeit, dass sie begreift, was für einen Vater sie hat.«

Ich wusste nicht, was ich antworten sollte. Ich wusste nur eins: Wenn Tricia sagte, sie hätten am Vortag mit mir gesprochen, dann war es auch so.

11

Als ich nach Hause kam, ging ich nicht sofort hinein, sondern setzte mich auf eine Stufe der Verandatreppe und wartete darauf, dass die Nacht mich verschluckte. Die Hollywoodschaukel quietschte zum Takt meines Pulses, während die letzten Sonnenstrahlen im Laub erstarben.

Lila war weg. In ihrer Wohnung hatte sie praktisch nichts zurückgelassen. Ich überlegte, ob ich ihre Mutter anrufen und fragen sollte, ob sie etwas wusste, aber ich verwarf den Gedanken wieder. Das hätte alles nur noch schlimmer gemacht.

Mein Handy klingelte. Zuerst wollte ich nicht rangehen. Den ganzen Tag hatte ich auf Marks Rückruf gewartet, und jetzt zog sich mir beim Anblick seines Namens auf dem Display der Magen zusammen.

»Hallo, Mark«, sagte ich schließlich.

»Wo bist du?« Mein Bruder merkte sofort, wie matt meine Stimme klang.

»Auf der Veranda. Ich habe an Tigran gedacht. Erinnerst du dich noch, wie Papa sich früher hier hingesetzt und nach ihm gepfiffen hat?«

»Natürlich erinnere ich mich.«

»Manchmal habe ich mich zu ihm gesetzt, und dann haben wir Tigrans Gehör auf die Probe gestellt. Papa hat ganz leise gepfiffen und erst mal abgewartet. Tigran konnte wirklich erstaunlich gut hören.«

Mark ließ einige Sekunden verstreichen.

»Entschuldige, dass ich dich erst jetzt zurückrufe, Johnny. Diese … Na ja, es waren keine einfachen Tage für mich. Dass ich Meditek verkaufe, ist eine tolle Sache, aber gleichzeitig mache ich mir Sorgen.«

Ich fühlte mich außerstande, ein Interesse auch nur vorzutäuschen.

»Lila ist weg«, sagte ich stattdessen. »Ich war gerade bei ihr.«

»Alles okay mit dir?«

»Ich weiß, dass Lila gestern Abend hier war«, sagte ich, ohne auf seine Frage einzugehen. Ich berichtete ihm von meinem kleinen Trip zum Autohaus und den Videos der Überwachungskamera.

»Johnny, hör zu, du musst aufhören, dich mit dieser Sache zu beschäftigen. Steigere dich da bitte nicht rein. Lass ein bisschen Zeit verstreichen, konzentrier dich auf was anderes, zum Beispiel auf die Illustrationen, von denen du mir erzählt hast.«

»Ich habe von ihr geträumt, Mark.«

Er schwieg so lange, dass ich schon dachte, er hätte aufgelegt.

»Gestern Nacht«, murmelte ich.

»Was hast du geträumt?«

»Ich war nachts im Wald. Jemand ist mir gefolgt. Als ich aufgewacht bin, wusste ich irgendwie ganz genau, wo ich hingehen wollte. Erinnerst du dich noch an die Lichtung mit den beiden Pappeln?«

»Ja, die hinter dem Schmetterlingsmoor.«

»Genau.«

»Mach dir keine Gedanken, es war nur ein Traum.«

»Ich weiß nicht.«

»Hör auf mich«, sagte Mark. »In ein paar Tagen sieht die Welt schon ganz anders aus.«

Ich erwiderte nichts.

»Johnny, ich muss jetzt auflegen. Lass uns die Tage wieder sprechen. Ich kenne da einen Therapeuten, der dir helfen kann.«

»Ciao, Mark.«

Kaum hatte ich aufgelegt, sah ich, dass mein Freund Ross Evans eine Nachricht hinterlassen hatte.

»Wer auch immer diese Nachricht abhört, möge mir bitte sagen, wohin ich die Blumen für John Brenners Beerdigung schicken soll, denn leider habe ich verpasst, dass er gestorben ist. Solltest hingegen du, Johnny, das hier abhören, gehe ich davon aus, dass du dir mit dieser Zeichentrickbiene das Hirn rausvögelst und keine Zeit für deine wahren Freunde hast. Da du dich nicht dazu herablässt, mich anzurufen, komme ich dich eben besuchen. Du hast jetzt noch knapp fünf Minuten, um dir eine gute Entschuldigung auszudenken. Ich werde sie aber nur annehmen, wenn es irgendwie um die Gesundheit von Jennie geht. Nur damit das klar ist. Ich komme jetzt. Und ich habe ein Sixpack Bier dabei, wird also länger dauern.«

Dann, in einem anderen Tonfall: »Du fehlst mir, Kumpel.«

Auch er fehlte mir. Seine Stimme zu hören verbesserte schlagartig meine Laune. Ross besaß diese Gabe.

Ich setzte mich auf die Veranda und wartete auf ihn. Wenig später fuhr er vor.

Er stieg aus seinem Pick-up, blieb neben dem Wagen stehen und sah mich mit hochgezogenen Augenbrauen an.

»So, so, John Brenner höchstpersönlich. Seit wir uns zuletzt gesehen haben, haben mich schon wieder zwei Frauen verlassen.«

»Nur zwei in knapp einem Monat?«

Ich erhob mich und ging auf ihn zu. Wir umarmten uns. Ross war fast ein Meter neunzig groß und hatte Arme wie ein Krake.

»Ich war beschäftigt«, verteidigte ich mich. »Tut mir leid.«

Ich löste mich von ihm.

»Sag mir wenigstens, dass du mit Maggie beschäftigt warst.«

In einem anderen Leben waren Maggie, Ross und ich unzertrennlich gewesen. Als Kinder hatten wir unermüdlich den Wald erkundet, und auch noch als Erwachsene hatten wir unsere Expeditionen fortgeführt und allen Gefahren von Carnival Falls getrotzt. Irgendwann verliebten Maggie und ich uns ineinander, aber das hatte unserer Freundschaft keinen Abbruch getan. Ihr Umzug nach London schon. Scheiß London.

»Ich habe sie noch gar nicht gesehen«, gestand ich. »Harrison hat mir gesagt, dass sie wieder in der Stadt ist.«

Ross öffnete die hintere Tür des Vans und holte eine Flasche Coca-Cola heraus.

»Hier ist das Bier, schön kühl, so wie du es magst. Du hast sie wirklich noch nicht gesehen?«

»Nein.«

»Kaum zu glauben.« Kopfschüttelnd ging er neben mir her. Plötzlich blieb er stehen. »Alles okay mit dir? Du siehst gar nicht gut aus, Johnny. Da ist Maggie Burke in der Stadt, und du sitzt dir auf der Veranda deinen Hintern platt.«

Er ging ins Haus und sah sich erst einmal an, was auf dem Plattenteller lag.

»Wusste ich's doch«, sagte er, als er die Scheibe von The Who entdeckte. »Ist ja okay, dass Harrison dieses Zeug hört, aber du, du bist doch keine siebzig.«

Wir hatten diese Unterhaltung schon tausendfach geführt. Ross kritisierte den Brit-Rock, und ich lächelte nur dazu. Im

Grund wussten wir beide, dass es nichts Besseres gab. Trotzdem mochte er elektronische Musik lieber.

»Dann wollen wir mal ein bisschen Schwung in die Bude bringen. Und du erklärst mir, warum du Maggie noch nicht gesehen hast.«

Er schaltete die Bluetoothbox an und verband sie mit seinem Handy. Zwei Sekunden später flutete ein wummernder Song das Wohnzimmer.

»Viel besser.«

Die folgende Stunde verbrachten wir plaudernd im Sessel. Über Maggie redeten wir kaum. Nach ihrem abrupten Wegzug war der Kontakt mit ihr vollkommen abgerissen, doch im vergangenen Jahr hatten wir uns zumindest sporadisch Nachrichten zukommen lassen, nichts Weltbewegendes, Geburtstagsgrüße, Neujahrswünsche, kleine Höflichkeitsgesten. Ich wusste, dass sie vor drei Jahren einen Engländer geheiratet hatte.

»Vielleicht will sie uns gar nicht sehen«, sagte ich.

Ross empörte sich.

»Manchmal habe ich den Eindruck, du leidest an Gedächtnisschwund, Johnny. Wir sprechen hier von Maggie Burke, unserer *Schwester*. Na gut, deine vielleicht nicht, sonst wärst du ja ein Perverser. Natürlich will sie uns sehen! Ich sag dir mal was: Dieser Engländer war kein guter Umgang für sie, wie überhaupt alle Engländer kein guter Umgang sind.« Er deutete auf die Stereoanlage. »Von Donovans Schwester weiß ich, dass sie wieder hierhergezogen ist, weil sie sich mit Mister Bean verkracht hat.«

»Natürlich will ich sie auch sehen, ich sage ja nur, es könnte sein. Wenn sie sich von dem Typen getrennt hat, will sie vielleicht allein sein.«

»Während ich mir dieses exquisite Bier an die Lippen führe«, sagte Ross, hob sein Glas Coca-Cola und trank einen Schluck,

»lass mich dir sagen, das kann nicht sein. Und komm mir bloß nicht mit dem Argument, dass Lila was dagegen hätte. Versteh mich nicht falsch, ich finde Lila fantastisch, aber sie hat ...«

Ich bedeutete ihm innezuhalten.

»Ich habe mit Lila Schluss gemacht. Sie ist sogar von hier weggezogen.«

Ross wirkte nicht sonderlich überrascht.

»Offenbar bin ich nicht der Einzige, der in dieser Woche Herzen gebrochen hat.«

»Wenn es nur so einfach wäre.«

»Jedenfalls habe ich noch was anderes über Maggie gehört. Ms. Lloyds hat es meiner Mutter erzählt. Diese Frau ist zwar mit einer friseusenhaften Fantasie gesegnet, es hat mir aber trotzdem zu denken gegeben. Maggie soll schwanger gewesen sein und das Kind verloren haben, und das sei der Auslöser von allem gewesen. Weißt du was davon?«

Ich schüttelte den Kopf. Maggie hatte schon immer gesagt, dass sie gerne Mutter werden würde, daher war es mehr als wahrscheinlich, dass sie es in all den Jahren versucht hatte.

Ross blieb noch eine Weile. Wir sprachen über Neve, mit der er seit vier Wochen zusammen war – eine Art Weltrekord für meinen Freund –, und so konnte ich wenigstens eine Zeit lang vergessen, was in den Stunden zuvor geschehen war. Mehr als einmal war ich versucht, ihn einzuweihen, aber vielleicht hatte Mark recht und ich musste erst mal meinen Kopf freikriegen, auch wenn dies bedeutete, dass ich stattdessen an Maggie Burke denken würde.

12

Zwei Tage später brach ich zusammen. Alles begann mit einem Anruf von Darla, die mir Bescheid gab, dass sie am Freitag, den 15., sprich: in zehn Tagen, bei sich zu Hause Marks Geburtstag feiern würden. Darla war eine ausgezeichnete Gastgeberin, die jedes Detail im Blick hatte. In den letzten drei Jahren war eine Party besser gewesen als die andere.

Zwischen Darla und mir hatte es anfangs gehörig geknirscht. Als wir uns kennenlernten, hatte mich der Alkohol fest im Griff und bestimmte den Ton zwischen uns. Ich fand, dass sie nur auf Äußerlichkeiten bedacht war – finde es zum Teil auch heute noch –, und sie betrachtete mich als Schmutzfleck auf ihrer Vorstellung einer perfekten Familie. Als eine Belastung. Meiner Feindseligkeit ihr gegenüber ließ ich zu Beginn freien Lauf, doch Darla hatte Geduld mit mir. Eines Tages tauchte sie bei mir auf, und wir redeten Tacheles; sie erzählte mir von ihrem Leben, von dem Onkel, bei dem sie aufgewachsen war: ein einsamer Mann mit einem schweren Alkoholproblem, der sich aus unerklärlichen Gründen in der Pflicht gesehen hatte, seine dreijährige Nichte großzuziehen. Wie sich herausstellte, wusste Darla noch besser als ich, wie man gegen diesen Dämon ankämpfen musste. Sie selbst hatte es mit dem Alkohol zwar nie übertrieben, aber als Kind hatte sie das Drama täglich miterlebt.

Danach verbesserte sich unsere Beziehung schlagartig, und bald schon war sie mir eine gute Freundin und Vertraute.

»Alles okay mit dir, John?«

Etwas an ihrem Ton verriet mir, dass sie die Antwort auf die Frage bereits kannte.

»Hat Mark dir was gesagt?«

»Nur, dass du keine gute Woche hattest. Mehr nicht, und ich habe ihn auch nicht gefragt. Mark ist ein bisschen nervös wegen Meditek, deshalb ist es mir im Augenblick lieber, dass er die Dinge in seinem eigenen Tempo angeht.«

»Ja, er meinte, er will verkaufen.«

Darla schwieg. So wie ich sie kannte, war sie nicht damit einverstanden, dass Mark sich von dem Labor trennen wollte. Ich dachte also, sie würde eine Bemerkung in diese Richtung machen, aber zu meiner Überraschung wechselte sie das Thema.

»Ich will mit Lenna für einige Tage nach New York. In letzter Zeit fühle ich mich in meinem eigenen Haus wie ein Fremdkörper.« Plötzlich änderte Darla ihren Tonfall. »Hör mal, John, ich muss nach Lindon Hill, um ein Geschenk für Mark abzuholen. Möchtest du nicht mitkommen?«

Mein erster Impuls war, dankend abzulehnen.

»Es würde dir guttun, und mir auch«, sagte Darla. »Ich habe von einem Sammler ein über hundert Jahre altes Schachspiel gekauft; natürlich könnte ich ihn bitten, es mir zu schicken, aber ich hätte nichts dagegen, mal hier rauszukommen.«

»Würde mir wahrscheinlich tatsächlich auch guttun.«

Eine Viertelstunde später holte Darla mich ab. Die Fahrt nach Lindon Hill dauerte bei wenig Verkehr rund vierzig Minuten, und an diesem Dienstagnachmittag waren die Straßen frei. Unterwegs fragte sie mich nicht noch einmal, wie es mir ging; sie wusste: Sollte ich einen Rückfall erlitten haben, würde ich ihr von selbst davon erzählen, sobald ich so weit war. Stattdessen hielt sie mich bei Laune und erzählte von dem teuren Schachspiel, das sie für meinen Bruder gekauft hatte. Sie habe es bei einer Auktion ersteigert, es sei bei einer Weltmeisterschaft in Argentinien zum Einsatz gekommen, zu Beginn des vergangenen Jahrhunderts.

»Glaubst du, es wird Mark gefallen?«, fragte sie etwas besorgt. »Es liegt ein Echtheitszertifikat bei.«

»Er wird begeistert sein.«

Wir redeten auch über Meditek. Entgegen meiner Vermutung war Darla mit dem Verkauf einverstanden und berichtete, dass Mark schon seit einiger Zeit mit dem Gedanken gespielt habe. Warum, erklärte sie nicht.

»Ich hatte in letzter Zeit ein bisschen Stress mit Tricia, wegen Jennie«, sagte ich plötzlich.

Darla sah mich an. Ihr besorgtes Gesicht bestätigte mir, dass Mark ihr tatsächlich nichts erzählt hatte.

»Es ist meine Schuld«, ergänzte ich.

»Du liebst deine Kleine, John. Glaub mir, das ist das Einzige, was zählt. Tricia ist kein schlechter Mensch, versuch, mit ihr zu reden.«

»Ist nicht so einfach«, erwiderte ich. »Morgan funkt immer dazwischen. Und ich, na ja, ich habe mir so einiges geleistet.«

Darla schwieg weiterhin.

»Aber nicht das, was du vielleicht denkst«, sagte ich, den Blick nach vorne gerichtet. »Ich habe nicht wieder angefangen zu trinken.«

»Ich weiß.«

»Mit Tricia habe ich bereits gesprochen. Ich habe mit ihr ausgemacht, dass ich Jennie morgen sehen darf.«

»Toll.«

Ich hingegen fand es nicht so toll, dass ich meine Ex um Erlaubnis bitten musste, meine Tochter sehen zu dürfen, aber so standen die Dinge nun mal.

Das Antiquitätenhaus Morrison & Sons lag in einem Teil der Stadt, der einmal ein gewisses Prestige besessen hatte. In den großen Schaufenstern mit den goldenen Schriftzügen auf den Glasscheiben hatte sich noch etwas von diesem alten Glanz bewahrt, ansonsten war der Charme der Gegend in den letzten Jahren etwas verloren gegangen. Die hipperen Geschäfte und die neuen Designer hatten sich an der Lincoln Avenue niedergelassen, im Norden der Stadt, und von den renommierten Läden waren nur noch wenige dageblieben.

Wir parkten fast vor dem Eingang. Darla schlug vor, anschließend noch einen Kaffee zu trinken. Sie deutete auf ein Café gegenüber. Es hieß Fabrizzio und machte einen netten Eindruck.

»Willst du mit reinkommen, oder bleibst du lieber im Auto sitzen?«

»Wenn ich mitkomme, werde ich garantiert in Ohnmacht fallen, sobald ich den Preis höre, den du für dieses Schachspiel bezahlt hast.«

Darla lachte.

»Es war günstiger, als du denkst. Ich habe klug geboten.«

»Ich warte lieber hier.«

Sie schien nicht ganz überzeugt, löste aber schließlich den Sicherheitsgurt und stieg aus. Dann betrat sie den Laden und sprach mit einem älteren Herrn, der gekleidet war wie aus einer anderen Zeit. Gemeinsam verschwanden sie durch eine Seitentür.

Ich sah aus dem Autofenster, als der Van auftauchte.

Derselbe Van, den ich am Reptilhügel gesehen hatte, ganz ohne Zweifel. Spontan drückte ich mich so tief in den Sitz, dass ich gerade noch hinausspähen konnte.

Der Van kam aus der Gegenrichtung, fuhr langsam. Den Fahrer konnte ich nicht erkennen, sehr wohl aber den Beifahrer, einen Mann mit Bart, blauer Baskenmütze und einer Lesebrille. Sein Profil mit der spitzen Nase brannte sich mir ins Gedächtnis.

Als sie an mir vorbeigefahren waren, drehte ich mich um und sah noch, wie der Van kurz hinter Fabrizzio abbog. Kurzentschlossen stieg ich aus und rannte los. Als ich bei der Kreuzung ankam, sah ich zwar den Van nicht mehr, der wahrscheinlich schon um die nächste Ecke verschwunden war, sehr wohl aber den Mann mit der blauen Baskenmütze. Er war etwa in meinem Alter, wirkte intellektuell, trug ein blaues, eng geschnittenes Hemd und hatte eine Ledertasche umhängen. Ich versteckte mich hinter einem Briefkasten. Der Mann sah zu Darlas Auto, das ein Stück entfernt stand. Er schien sich unschlüssig zu sein, was er tun sollte.

Du weißt nicht, dass ich dich beobachte, du verfluchtes Arschloch.

Der Mann betrat das Café, und kurz darauf sah ich, wie er sich an einen Tisch am Fenster setzte, von wo aus er das Antiquitätengeschäft gut im Auge behalten konnte. Vermutlich konnte er nicht erkennen, dass ich nicht mehr im Auto saß, was mir einen Vorteil verschaffte, den ich unbedingt nutzen musste. Der Kerl besaß die Antworten auf meine Fragen, diese Gelegenheit durfte ich mir nicht entgehen lassen.

Ich überquerte die Straße und betrat das Fabrizzio. Der Mann saß mit dem Rücken zu mir, die schmalen Schultern und die Baskenmütze ragten knapp über die Lehne der Sitzbank. Das Café war ziemlich leer, nur einige wenige Tische waren besetzt. Zwei Kellnerinnen gingen mit Tabletts umher. Eine von ihnen servierte dem Mann gerade eine Tasse Kaffee. Ich setzte mich in die Nähe und wartete ab, bis die Kellnerin ihn bedient hatte. Allzu lange wollte ich allerdings nicht warten. Kaum war die Kellnerin weg, stand ich auf und ging entschlossen auf den Mann zu.

Ich kam von hinten, also konnte er mich nicht sehen. Einen Plan hatte ich nicht, außer dass ich mich ihm gegenüber setzen, seine Reaktion beobachten und Erklärungen von ihm fordern wollte. Hätte ich mehr auf die Details geachtet, hätte ich sofort bemerkt, dass etwas nicht stimmte. Aber ich konnte nicht klar denken, ganz im Gegenteil.

Ich stand direkt hinter ihm, als das bisschen Plan, das ich hatte, sich auch noch in Luft auflöste. Der Mann mit der Baskenmütze hatte einen Umschlag aus seiner Tasche geholt und betrachtete gerade dessen Inhalt: die Studioaufnahme einer Frau, die ich sofort erkannte. Sie hatte das Haar zu einem Dutt hochgesteckt und lächelte rätselhaft. Trotzdem war ich absolut sicher, dass dies die Frau war, die tot in meinem Wohnzimmer gelegen hatte.

Ich erstarrte. Der Mann betrachtete das Foto eine Weile und steckte es dann wieder in den Umschlag. In diesem Moment verlor ich die Fassung. Ich trat an den Kerl heran und packte ihn am Hemd. Er war so überrascht, dass seine Beine in die Höhe zuckten und er mit den Knien gegen den Tisch knallte. Seine Tasse fiel um, und der Kaffee ergoss sich über die Tischplatte. An einem Nebentisch kreischte eine Gruppe junger Mädchen auf.

»Wer zum Teufel sind Sie?«, schrie ich den Fremden an. Ich zog ihn am Hemd hoch und drückte ihn dann wieder auf die Sitzbank. Die Baskenmütze fiel ihm vom Kopf und entblößte eine beginnende Glatze.

Der Kerl wehrte sich nicht. Entweder hatte er tatsächlich Panik, oder er war ein hervorragender Schauspieler.

»Was … Was …?«, stammelte er.

Der Geschäftsführer des Cafés eilte herbei und versuchte, mich am Arm zu packen, doch ich schüttelte ihn ab.

»Rufen Sie die Polizei«, rief ich der Frau an der Kasse zu.

Die jungen Mädchen kreischten weiterhin, und mehrere Gäste waren aufgestanden und vor mir zurückgewichen.

»Sie haben mich mit dem Van verfolgt!«, rief ich und zeigte anklagend mit dem Finger auf den Mann. »Wer sind Sie? Und wer ist die Frau?«

Das Kinn des Kerls zitterte.

»Welche … Welche Frau?«

Ich deutete auf den Umschlag.

»Die da, du Mistkerl!«

Er sah mich verblüfft an.

»Das ist meine Tochter.«

Der Kerl war so alt wie ich, höchstens zwei oder drei Jahre älter. Er konnte unmöglich der Vater der toten Frau sein. Also log er mir dreist ins Gesicht. Erneut stürzte ich mich auf ihn, und diesmal machte er sich klein. Ich wollte ihn schon verprügeln, aber ich wurde zurückgehalten. Von rechts packte mich der Geschäftsführer, von links ein anderer korpulenter Mann. Letzterer trug eine weiße Schürze, woraus ich schloss, dass er aus der Küche herbeigeeilt sein musste.

»Schluss mit dem Spektakel«, sagte der Koch.

»Raus hier, und zwar plötzlich«, sagte der Geschäftsführer. »Die Polizei ist unterwegs.«

Ich versuchte, mich loszureißen, doch es gelang mir nicht.

»Das ist nicht Ihre Tochter!«, rief ich. »Holen Sie das Foto aus dem Umschlag und zeigen Sie es allen, Sie Arschloch!«

»Er muss gar nichts machen, Mister«, sagte der Geschäftsführer. »Wie gesagt, die Polizei ist unterwegs.«

Da sah ich es. Auf dem Tisch lag die umgekippte Kaffeetasse, daneben der weiße Umschlag und ein Autoschlüssel. Ein Autoschlüssel mit Fernbedienung, wie der von Darla. Es war undenkbar, dass der alte Van auf ein solches System umgerüstet war. Es ergab keinen Sinn. Die beiden Männer, die mich festhielten, hatten offenbar gespürt, was in mir vorging, denn sie lockerten ihren Griff.

Ich starrte weiterhin auf den Autoschlüssel.

»Ich habe keinen Van«, sagte der Mann. Zum ersten Mal formulierte er einen zusammenhängenden Satz. Er nahm den Schlüssel und drückte einen Knopf.

Draußen leuchteten die Blinklichter eines Ford Focus auf, kurz ertönte seine Hupe.

Wieder war ich wie erstarrt. Der Kerl war aus dem Van ausgestiegen, das hatte ich mit eigenen Augen gesehen.

Da begriff ich: Er hatte das Auto schon *vorher* dort geparkt, natürlich!

Er würde es benutzen, um dir zurück nach Carnival Falls zu folgen.

»Öffnen Sie den verdammten Umschlag«, presste ich hervor.

Ein Polizist trat ein, und alle sahen in seine Richtung, ich eingeschlossen. Die kreischenden Mädchen feierten seine Ankunft lautstark.

Bevor der Polizist bei uns anlangte, beugte sich der Mann mit der Baskenmütze in meine Richtung und flüsterte:

»Da drin sind Fotos meiner Tochter, mein Freund. Sie müssen mich mit jemandem verwechseln.«

»Zeigen Sie her«, beharrte ich.

Der Polizist näherte sich, versuchte, die Lage einzuschätzen. Offenbar gelangte er zu dem Schluss, dass es sich nur um eine kleine Auseinandersetzung zwischen zwei Gästen handelte.

Der Mann nahm den Umschlag und zog zwei Fotos heraus, die er sorgfältig auf den Tisch legte, mit großem Abstand zu dem Kaffeefleck, aber auch mit großem Abstand zu mir.

Ich spürte, wie mir der Boden unter den Füßen weggezogen wurde.

Auf den Fotos war ein acht- oder neunjähriges Mädchen zu sehen. Auf einem davon hatte sie die Haare zu einem Dutt hochgesteckt.

»Das ist meine Tochter«, sagte der Mann.

»Was geht hier vor sich?«, fragte der Polizist mit donnernder Stimme.

Ich betrachtete nach wie vor die Fotos und verstand gar nichts mehr. Ich hatte die tote Frau gesehen, und jetzt lag hier das Foto eines Mädchens vor mir. Wie hatte ich mich so täuschen können?

»Mein Herr?«

Um mich herum nahm ich nur noch ein Gewirr aus Geräuschen wahr. Einige Gäste murmelten, andere lachten sogar. Ich schnappte einige Wörter auf. Spinner. Tochter. Polizei.

»Mir … Mir geht's nicht gut.«

»Sie haben mich mit jemandem verwechselt«, sagte der Mann und setzte sich die Baskenmütze wieder auf. »Ist nicht so schlimm.«

»Sind Sie sicher?«

Ich hörte alles so, als spielte es sich hinter einem dicken Vorhang ab. Selbst als der Mann mit der Baskenmütze die Fotos seiner Tochter zurück in den Umschlag gesteckt hatte, starrte ich weiterhin auf die Stelle, wo sie eben noch gelegen hatten.

»John?« Darlas Stimme riss mich aus meiner Trance.

13

Ich schlenderte mit Darla zu einem Park, der eine Querstraße entfernt lag. Auf dem Weg dorthin fragte sie mich, was in dem Café vorgefallen war. Ich versuchte, ihr weiszumachen, dass ich mich wegen einer Lappalie mit jenem Mann gestritten hatte. Sie glaubte mir nicht, hakte aber auch nicht nach. Ich sagte, ich bräuchte einen Moment für mich alleine und würde später den Bus nehmen, wovon sie aber nichts wissen wollte. Sie bestand darauf, dass es das Vernünftigste war, mit ihr nach Hause zu fahren und dort zu entscheiden, was ich tun wollte. Ich dankte ihr, fügte jedoch hinzu, dass ich jetzt nichts weniger gebrauchen könnte, als jemandem erklären zu müssen, was ich gerade getan hätte. Schließlich gab sie nach. Sie nahm mir das Versprechen ab, keine Dummheiten anzustellen und ihr Bescheid zu sagen, sobald ich zu Hause sei. Wenn sie in den nächsten zwei Stunden nichts von mir höre, würde sie Mark informieren. Ich fühlte mich natürlich beschissen, aber ich fand es nur gerecht.

»Du liegst mir sehr am Herzen, John«, sagte sie, als sie losfuhr. »Und ich habe Vertrauen in dich.«

Ich lächelte und winkte ihr nach.

Kurz darauf irrte ich ziellos durch die Straßen von Lindon Hill, das ich fast so gut kannte wie meine Heimatstadt. Ich versuchte, den Vorfall zu verdrängen, aber meine Gedanken kehrten immer wieder dorthin zurück. Wenn man seinem Verstand nicht mehr trauen konnte, seinen eigenen Erinnerungen, wem konnte man dann noch vertrauen?

Unwillkürlich ging ich zum Gebäude von Meditek, einem riesigen Klotz. Es hatte einmal eine legendäre Waffenfabrik beherbergt. Mark und sein Partner Ian Martins hatten sofort erkannt, welches Potenzial in dem verlassenen Komplex steckte, und es in ein modernes Forschungszentrum verwandelt; was sie beim Kauf einsparten, investierten sie in Umbau, Restauration und Equipment.

Der Mann im Pförtnerhäuschen warf mir kurz einen prüfenden Blick zu, vertiefte sich dann aber wieder in andere Dinge. Zwanzig Minuten stand ich da und spielte mit dem Gedanken, einfach hineinzugehen und mit Mark zu sprechen, obwohl ich eigentlich längst wusste, dass ich es nicht tun würde.

Was willst du ihm denn sagen? Dass er die ganze Zeit recht hatte?

Eine halbe Stunde später betrat ich einen Getränkeladen.

In Carnival Falls konnte ich keinen Alkohol kaufen, aber in Lindon Hill kannte mich niemand. Ich fühlte wieder den gleichen Sog wie beim letzten Mal, vor knapp einem Monat. Für einen Alkoholiker ist der Kauf einer Flasche, die ihn in seinen schlimmsten Albtraum katapultiert, wie ein Sprung ins Leere, bei dem man am höchsten Punkt in der Luft stehen bleibt. Alles, was man tut, tut man absolut bewusst: Man tritt an das Regal heran und prüft die Optionen, man spürt den Flaschenhals in der Hand, man legt die Schritte zur Kasse zurück, um zu bezahlen. Mit jeder Handlung zieht man die Furche länger, wie das Messer eines Pflugs, das sich in die Erde gräbt, und man weiß, dass es kein Zurück mehr gibt. Die Sucht ist wie eine gigantische Kugel, die, einmal in Bewegung gesetzt, nicht mehr zu stoppen ist.

Ich fuhr mit dem Bus zurück, auf meinem Schoß eine Papiertüte mit zwei Flaschen Wodka. Mit aller Macht versuchte ich, die

Kugel zu stoppen: Die Flaschen konnte ich jederzeit wegwerfen, trotzdem hielt ich sie immer noch im Arm, als ich zu Hause ankam. Wenn ich sie nicht mit reinnahm, überlegte ich auf der Veranda, wenn ich sie im Auto lassen würde, vielleicht …

Vielleicht.

Ich legte sie unter den Sitz des Honda.

Mein Blick fiel auf den kleinen rosafarbenen Stuhl, der in der Ecke der Veranda stand. Meine Tochter benutzte ihn gern, wenn sie mich besuchte. Es gab auch einen Tisch dazu, den ich in der Garage aufbewahrte, weil er zu viel Platz wegnahm.

Wenn ich stark genug war, konnte ich die beiden Flaschen später wegwerfen, dachte ich.

Es folgten unruhige Stunden, in denen ich im Haus umhertigerte, ohne länger als einige Minuten in einem Zimmer zu verweilen. Ein Spaziergang im Wald half normalerweise, um wieder einen klareren Kopf zu bekommen. Wenn ich die Pfade entlangging, die Zweige wegstieß und dem Gesang der Vögel lauschte, war das in gewisser Weise wie eine Zeitreise. Ich kam bis zur Haustür, doch im letzten Moment überlegte ich es mir anders. Der Honda, den ich mitten auf dem Zufahrtsweg geparkt hatte, stellte eine Bedrohung dar. Ich musste an diesen Film denken, in dem eine Frau und ihr Sohn sich in ihr Auto flüchten, weil sie von einem Bernhardiner angefallen werden. Die Vorstellung, eine der Flaschen zu nehmen und sie im Wald auszutrinken, begann mir verlockend zu erscheinen. Wem wollte ich etwas vormachen? Wenn ich sie heute nicht trank, dann auf jeden Fall morgen. Und morgen würde ich Jennie besuchen oder hatte es Tricia wenigstens versprochen. Sollte ich sie noch einmal hängenlassen? Ich musste morgen nüchtern sein.

Und um morgen nüchtern zu sein, überlegte ich, musste ich diese beiden Flaschen heute noch austrinken.

Ich ging nach draußen.

Ich war schon fast am Auto, als mein Handy vibrierte. Es war Ross. Schon mehrmals hatte mein Freund sich als quasi göttliche Fügung erwiesen. Einmal hatte er mich davor gerettet, von einem Zug überfahren zu werden, ich schuldete ihm also buchstäblich mein Leben. Irgendwann öffnete ich die Wagentür und starrte sie an, als wäre sie ein gigantischer Tumor, der mir aus der Hand wuchs. Also ließ ich sie los, und mit einem Knall, der in der Ruhe des Waldes ohrenbetäubend hallte, fiel sie zu.

Ich ging in mein Atelier und schrieb Darla, so wie ich es ihr versprochen hatte. Ich sei zurück in Carnival Falls, würde mich gut fühlen, stark. Und tatsächlich fühlte ich mich stark genug, um das Verlangen nach Alkohol zu unterdrücken. Das Schlimmste war vorbei. Am nächsten Tag würde ich Jennie in den Kindergarten bringe, das durfte ich nicht vermasseln. Es war noch nie so wichtig gewesen, mich im Griff zu haben, wie an diesem Abend.

14

Ich erwachte auf der Hollywoodschaukel, bäuchlings. Als ich ein Auge zu öffnen versuchte, blendete mich ein gleißendes Band auf dem Boden. Selbst in meinem fragilen Verständnis der Welt war mir klar, dass es die Sonne sein musste, die zwischen den Bäumen hindurchschien. Ich konnte mich nicht bewegen. Jeder Gedanke tat mir weh. Ich hatte mich nicht erbrochen, zumindest nicht hier, aber ich war schweißgebadet. Um acht Uhr am Morgen sollte ich Jennie abholen und in die Kita bringen; dafür hatte ich zwanzig Minuten lang am Telefon auf Tricia einreden müssen.

Die Sonne steht zu hoch …

Trotz dieses Gedankens konnte ich nicht aufstehen. Ein hoher Ton marterte mir das Gehirn. Als ich mich aufsetzen wollte, rumorte etwas in meinem Magen, und ich kehrte schleunigst in meine Fötusposition zurück. Am liebsten hätte ich losgeheult. Ich traute mich nicht, auf meinem Handy nachzusehen, wie viel Uhr es war. Dieses Gefühl war so vertraut wie schrecklich; im Grunde wusste ich bereits, dass ich es verbockt hatte, und brauchte keine Uhr, um das zu bestätigen. Selbst wenn ich es noch pünktlich schaffen und meine vierjährige Tochter wie verabredet abholen würde, hätte ich mich mal wieder als Scheißkerl erwiesen. Jenny hatte ein Anrecht auf den würdigen Vater, der ich im letzten Jahr gewesen war, und nicht auf dieses Wrack, das sich gerade in der Sonne wand.

Wie Blitze leuchteten Bilder des Vorabends in meinem Hirn auf. Ziemlich deutlich erinnerte ich mich daran, dass ich in meinem Schlafzimmer gelegen und nicht hatte einschlafen können. Ich hatte mich im Bett hin und her gewälzt und an die zwei Flaschen gedacht, die unter dem Sitz des Hondas warteten. Und dann folgte die absurdeste Idee der Welt: Wenn ich sie schon trinken würde, dann am besten gleich; denn wenn ich sie *schnell* leerte …, wäre noch genug Zeit, um mich auszuschlafen und Jennie rechtzeitig abzuholen, ohne dass sie etwas merkte. In diesem Moment konnte ich schon nicht mehr klar denken. Wenn es um die Frage geht, was deine Tochter *merken könnte*, ist die Linie der Kohärenz schon überschritten. In jenen Stunden der Schlaflosigkeit ging es schon nicht mehr darum, ob ich wieder trinken würde, sondern nur noch *wann*.

Irgendwann am frühen Morgen stieg ich die Treppe hinunter, das wusste ich noch genau. Dieses Einknicken ist ein eigentümliches Gefühl; man weiß zu jedem Zeitpunkt, dass das, was man gleich tun wird, nicht gut ist. Gleichzeitig hat man sich eine Rechtfertigung zusammengesponnen, an die man sich so fest klammert, wie man nur kann. Überschattet wird alles von einem anderen Phänomen: dass man keinerlei freien Willen mehr besitzt. Man steht nicht mehr kurz davor, ins Leere zu springen, man ist längst gesprungen, und in diesen Minuten bleibt einem nichts anderes übrig, als sich von dieser unsichtbaren und zerstörerischen Kraft in den Abgrund reißen zu lassen.

Der Rest waren unzusammenhängende Fetzen, der totale Filmriss.

Wie in Zeitlupe setzte ich mich auf. Es fühlte sich so an, als würde mein Gehirn in Lava schwimmen und mit jedem Zentimeter, den ich mich aufrichtete, noch etwas mehr verbrennen. Ich hielt mir den Arm vor die Augen; solange die Sonne mir direkt ins Gesicht schien, konnte ich sie unmöglich öffnen. Ich sah die leeren Flaschen auf dem Boden und schüttelte immer wieder den Kopf, während ich mit der gleichen Resignation nach meinem Handy in der Hosentasche tastete. Ich aktivierte das Display und suchte einen Winkel, aus dem ich die Zahlen lesen konnte.

Es war bereits nach zehn.

Ein Weinkrampf schüttelte mich, den ich nicht stoppen konnte oder wollte. Ich vergrub das Gesicht in meinen Händen, und die Scham, erneut versagt zu haben, traf mich wie eine Ohrfeige. Es war nichts mehr zu machen. Jennie hatte wieder einmal auf ihren Vater gewartet, der nicht gekommen war. Mit Wut im Bauch kickte ich eine der Flaschen weg.

Ich war in meine eigene Falle getappt und konnte niemanden dafür verantwortlich machen. Ich war nach Lindon Hill gefahren, hatte diese verfluchten Flaschen gekauft und dagegen angekämpft, nur um mich doch dorthin reißen zu lassen, wo ich jetzt war.

Drei Monate lang hatte ich nur sporadischen Kontakt gehabt, doch jetzt war der Zeitpunkt gekommen, um wieder mit Donald Wellner zu sprechen, meinem Mentor bei den Anonymen Alkoholikern. Fast konnte ich ihn hören.

Sprich mit Tricia und sag ihr die ganze Wahrheit.

»Noch nicht, Don«, sagte ich laut.

Ich würde mir für Tricia eine glaubhafte Geschichte ausdenken. Seit einem Jahr war ich trocken, sie durfte mich nicht anhand der letzten Tage beurteilen. Das hatte ich nicht verdient.

Ich schickte ihr eine Nachricht, es hätte ein Problem gegeben, ich würde es ihr persönlich erklären, ich sei schon unterwegs. Ich würde hinfahren und die Sache aus der Welt schaffen. Trotz der heftigen Kopfschmerzen konnte ich wieder klar denken. Ich würde es hinkriegen. Ich duschte, zog mich an, und eine Viertelstunde später war ich bereit zum Aufbruch.

Im Auto gingen mir zwei Dinge durch den Kopf. Zum einen überlegte ich, was genau ich meiner Ex-Frau sagen sollte. Während ich mir eine mehr oder weniger glaubwürdige Erklärung zurechtlegte, hörte ich Don wieder und wieder sagen, dass aus einer Lüge nichts Gutes hervorgehen konnte. Don hatte recht, doch sein Wahrheitstonikum musste bis zum folgenden Tag warten. Eine Notlüge würde mich vorerst aus dieser Bredouille befreien.

Zum anderen wollte ich diesem Idioten von Morgan nicht die Genugtuung gönnen, mich erneut fallen zu sehen. Denn darauf wartete er nur. Immer wenn wir über meine Fortschritte sprachen, konnte ich an seinen Augen ablesen, wie falsch er war. Morgan gehörte zu den Menschen, die auf den ersten Blick unbesiegbar und selbstsicher wirken, die im Grunde aber alles andere als selbstbewusst sind, sondern es nötig haben, andere herabzuwürdigen, um sich selbst überlegen zu fühlen. Kurzum: Er war ein mieser Typ.

Ich kam bei Tricia an, sie schnitt gerade die Kletterpflanze zurück. Das Garagentor war offen, nur ein Auto war da. Als sie mich sah, ließ sie die Schultern hängen und schnaubte. Stumm stand sie da in ihrer grün verschmierten Schürze und mit der Schere in der Hand und musterte mich mit einem Blick, den ich nicht deuten konnte. Ich hielt an und stieg aus. Eine Weile sahen wir uns an. Ich wusste nicht, ob ich Tricia je geliebt hatte, aber gemocht hatte ich sie schon immer.

»Lass uns reingehen, John.«

Sie ging an mir vorbei und betrat die Garage. Die Schürze zog sie aus, die Schere legte sie auf den Holztisch. Durch die Innentür gelangten wir in die Küche.

»Möchtest du was trinken?«

»Gern ein Glas Wasser.«

Sie goss mir eins ein und setzte sich.

»Jennie hat heute nicht auf dich gewartet, du kannst also ganz beruhigt sein.«

Ich begriff nicht.

»Morgan hatte die Idee«, erklärte Tricia, »nach dem, was am Sonntag passiert war. Wir haben ihr nicht gesagt, dass du sie in den Kindergarten bringen würdest. Falls es geklappt hätte, hätte sie sich gefreut. Falls nicht, wäre es nicht schlimm gewesen. Es war ein gutes Jahr, John, aber ich will nie wieder, dass es so wird wie davor. Jennie versteht die Dinge jetzt. Sie ist sehr intelligent.«

»Ich weiß. Deshalb verspreche ich dir ja auch, dass es nie wieder so wird wie früher. Ich habe keinen Tropfen Alkohol angerührt. Ich habe ein anderes Problem, es ist was passiert, womit ich nicht gerechnet hatte, nämlich …«

»Lass es, John.«

»Lila ist verschwunden, sie und ihr Sohn sind wie vom Erdboden verschluckt. Seit drei Tagen geht sie nicht an ihr Handy, also bin ich zu ihr gefahren, um nachzusehen, ob alles in Ordnung ist, und da habe ich entdeckt, dass sie weg ist.«

An dieser Stelle fügte ich einen kleinen Zusatz ein.

»Jemand hatte die Polizei gerufen. Als ich eintraf, kam ihnen das verdächtig vor, und sie haben mich verhört.«

Tricia sah mich skeptisch an.

»Alles okay mit Lila?«

»Ich weiß es nicht. Wie gesagt, sie ist weg und reagiert nicht auf meine Anrufe.«

»John, ich hoffe wirklich sehr, dass mit Lila alles okay ist. Ich wollte immer nur das Beste für dich und habe dich von Anfang an dabei unterstützt, dein Leben neu zu ordnen. Aber wir haben eine gemeinsame Tochter, und deshalb gibt es eine Grenze. Das verstehst du doch?«

»Natürlich. Ich finde, dass ich in den letzten zwölf Monaten ein würdiger Vater war, also könntest du mir ein bisschen mehr vertrauen und dir von deinem aktuellen Ehemann nicht allen möglichen Mist einreden lassen.«

»Lass bitte Morgan aus dem Spiel.«

»Tut mir leid, aber er ist ein Teil des Problems. Es kann nicht sein, dass ich mich ständig rechtfertigen muss für das, was ich mache. Du bist nicht so, Tricia. Du hast dich von ihm in diese Situation hineinmanövrieren lassen. Jetzt dürfen wir beide nicht mehr direkt miteinander reden, sondern nur noch über ihn als Mittelsmann.«

»Die ersten Jahre waren die Hölle, John. Wir müssen das Ganze auch im rechtlichen Zusammenhang sehen. Jennie ist …«

»Rechtlicher Zusammenhang? Hörst du dir überhaupt zu? Jennie ist meine Tochter, ich liebe sie über alles, und das weißt du auch. Ja, ich hatte Probleme, aber ich habe daran gearbeitet. Ich war ein guter Vater.«

»Du hast die beiden letzten Verabredungen mit deiner Tochter platzen lassen. Ist das deine Vorstellung von einem guten Vater? Du kannst dich gerne selbst belügen, John, aber bitte nicht mich. Hol dir Hilfe.«

Tricia stand auf.

Ich wusste nicht, was ich noch tun sollte. Was ich gerade über Morgan gesagt hatte, stimmte absolut. Tricia und ich mochten vielleicht nicht füreinander geschaffen sein, aber wir hatten immer vernünftig miteinander reden können. Dieser Kerl vergiftete sie, und einen Teil dieses Gifts bekam auch meine Tochter ab.

»Alles, was ich gesagt habe, stimmt«, sagte ich und erhob mich ebenfalls. »Morgan kann sich auf was gefasst machen. Ich habe es satt, mich die ganze Zeit mit den Launen deines dämlichen Ehemanns herumschlagen zu müssen.«

Tricia sah mich ruhig an. Sie zog das Handy aus ihrer Hosentasche und suchte nach etwas. Dann hielt sie mir das Display hin.

Es war ein Foto von mir, wie ich auf der Hollywoodschaukel lag; ein Arm hing zum Boden herunter. Vor mir lag eine leere Flasche.

»Ich habe dich mal wieder in Schutz genommen«, erklärte Tricia, während sie mir weiterhin das Handy vor die Nase hielt. »Da ist mein dämlicher Ehemann zur dir gefahren, um sich ein eigenes Bild zu verschaffen. Außerdem hat er mir vorausgesagt, wie du reagieren würdest.«

Ich schwieg.

»Nämlich genau so: mit einer Lüge. Fahr nach Hause, John. Hol dir Hilfe.«

15

An dem Tag, an dem Tricia mir das Foto von meinem jämmerlichen Zustand zeigte, hatte ich erneut einen Traum. Wie schon beim vorherigen Mal ging ich durch den Wald, folgte dem Lichtstrahl einer Taschenlampe und spürte wieder diese Panik. Trotzdem ging ich weiter, unerbittlich, obwohl ich sicher wusste, dass mich am Ziel etwas Schlimmes erwartete. Auch die Gestalt war wieder hinter mir; ich hörte Blätter rascheln und Zweige knacken, als jemand darauf trat. Meinen heimlichen Verfolger zur Rede zu stellen, war trotzdem keine Option.

Wir gelangten an die Lichtung mit den zwei Pappeln. Eine offene Grube lag in ihrer Mitte, daneben angehäufte Erde, zwei Schaufeln, die wie Antennen aus dem Boden ragten. Ich spähte in die Grube hinein und stellte fest, dass sie leer war. In diesem Moment drehte ich mich um und erblickte die Frau, deren Haut weiß schimmerte. Ich richtete meine Taschenlampe auf sie, worauf sie sich die Hände vors Gesicht hielt. Was mir vor allem auffiel, war ihr blaues Kleid. Es war ein Partykleid und sah genauso aus wie das, das ich für die neue Gefährtin von Busy Lucy gezeichnet hatte. Und noch ein Detail sprang mir ins Auge: das Halsband. Ich trat an die Frau heran und begutachtete den Anhänger, der wie ein Talisman aussah. Er bestand aus drei übereinanderliegenden Rhomben, aus denen links und rechts zwei kleine Dreiecke staken wie Flügel.

»Sieh genauer hin«, sagte die Frau.

Es war das erste Mal, dass ich ihre Stimme hörte, die genauso zart war wie ihre Erscheinung.

Ich folgte ihrer Aufforderung und blickte in die Richtung, in die sie mit dem Finger deutete. Wie von Zauberhand war die Grube wieder gefüllt. Die beiden Schaufeln lagen daneben.

»Du hast etwas vergessen«, sagte die Frau und deutete weiterhin auf das Grab.

Instinktiv kniete ich nieder und begann mit bloßen Händen in der Erde zu wühlen. Die Schaufeln lagen gleich neben mir, und trotzdem benutzte ich weiterhin meine Finger. Wie ein Irrer hob ich die Grube aus und blickte von Zeit zu Zeit zu der Frau, um mich zu vergewissern, dass sie noch dastand, Bestürzung in ihrem Gesicht. Ohne innezuhalten, schob ich die Erde beiseite, die aber immer wieder zurückfiel, sodass ich kein bisschen vorankam. Trotzdem machte ich weiter und weiter, mit gebrochenen Nägeln und blutenden Fingern, fragte mich unaufhörlich mit leiser Stimme, was ich dort bloß vergessen hatte.

Mit diesem Satz im Kopf wachte ich auf.

Du hast etwas vergessen.

Noch nie in meinem Leben hatte ich einen sich so real anfühlenden Traum gehabt. Die Augen, dieses eigentümlich helle Blau, ihre Stimme, ich konnte mich ganz genau an alles erinnern. Auch an die Panik, die mir jener Pfad einflößte; das, was mich an seinem Ende erwartete. Ich setzte mich auf, noch immer im Würgegriff der Angst, die nicht weichen wollte.

Es war elf Uhr abends. Ich hatte kaum eine Stunde geschlafen. Schnell zog ich mich an und ging hinunter ins Atelier. Ich nahm mir Blatt und Stift und zeichnete das Halsband der Frau aus meinem Traum.

Auf dem Schreibtisch lag die Illustration der neuen Gefährtin von Busy Lucy. Als ich sie näher inspizierte, erstarrte ich vor Schreck. Das Mädchen mit dem blauen Kleid trug ebenfalls ein Halsband, eine dünne Linie. Ich konnte mich nicht erinnern, sie gezeichnet zu haben.

Ich ging hinaus zum Schuppen, packte eine der Schaufeln, lud sie ins Auto und fuhr in den Wald. Die Nacht war mild, ich hatte die Fensterscheibe heruntergekurbelt. Zu keinem Zeitpunkt stellte ich infrage, was ich da zu tun gedachte; es war mir egal, dass mich ein Traum dazu trieb, diesen Irrsinn zu begehen, ja, ich wusste sogar, dass es sich um keinen gewöhnlichen Traum handelte.

Enthielten diese Träume und Halluzinationen vielleicht eine Botschaft? Lag da womöglich tatsächlich eine Frau im Wald begraben, auf der Lichtung mit den beiden Pappeln? Was hätte ich mir auch sonst sagen sollen, jetzt, da ich unbeirrbar dorthin unterwegs war? Sobald ich sie fand, würde ich die Behörden informieren, dann konnte die Frau endlich ihren Frieden finden. Und ich auch.

Jetzt setzt sich die Frau schon aus dem Jenseits mit dir in Verbindung, ja?

Hör auf, Tricia. Hol dir Hilfe.

Ich hatte keine Mühe, die richtige Stelle zu finden, und machte mich an die Arbeit.

Beim Graben versuchte ich, an nichts zu denken. Denn wenn ich zu viel nachdachte über das, was ich da tat, lief ich Gefahr, einen Rückzieher zu machen, oder Schlimmeres. Eine innere Stimme sagte mir, dass es das Vernünftigste war, was ich seit Tagen getan hatte.

Nach gut einer Stunde war die Grube rund zwei Meter tief. Die Erde war so verklumpt, dass der Gedanke, jemand könnte kürzlich darin gelegen haben, lächerlich war. Ich erwog die Möglichkeit, dass es sich nicht um die richtige Stelle handelte, aber es war die einzige Lichtung weit und breit. Ich war erschöpft und hatte fürchterlichen Durst. Dass ich das Loch gleich wieder zuschütten musste, empfand ich als ein gigantisches Scheitern.

Eigentlich hätte es mir Trost sein sollen, dass ich in der Nähe meines Hauses keine vergrabene Leiche gefunden hatte, denn schließlich bedeutete dies, dass ich auch keine Nachrichten von einer toten Frau erhalten hatte. Träume waren einfach das, was sie schon immer waren: Fantasien eines gequälten Bewusstseins, die nicht den geringsten Sinn ergaben. Und was die Halluzinationen anging, tja, für sie galt mehr oder weniger das Gleiche. Ich blieb noch eine Weile auf dem Erdhaufen sitzen, geschwächt von der Last meines Misserfolgs, auf der Suche nach einem Hoffnungsfunken.

Ich fand keinen.

16

Meinem Bruder vertraute ich mehr als irgendjemand anderem auf dieser Welt.

Als mein Vater sich umbrachte, war ich elf; Mark war fünf Jahre älter, aber verhielt sich wie ein Zwanzigjähriger. Er war derjenige, der sich um mich kümmerte. Natürlich unterstützte uns auch Tante Audrey, die extra zu uns zog und alles tat, damit es uns gut ging. Und auch die Freunde meines Vaters halfen uns, der Club B. Aber keiner kümmerte sich so sehr um mich wie mein Bruder. Im Grunde hatte ich das Gefühl – und er, glaube ich, auch –, dass er der Einzige war, der mich wirklich verstand. Mark lehnte Angebote der renommiertesten Universitäten ab, nur um bei mir zu bleiben. Stattdessen studierte er in Lindon Hill, weil die Stadt in der Nähe lag, aber auch, weil er überzeugt davon war, dass ein Studium an einer drittklassigen Universität kein Hindernis für ihn darstellen würde. Mark war unbesiegbar.

Es war zwei Uhr morgens, als ich ihm die SMS schickte. Mark antwortete praktisch sofort. Mein Bruder schlief nur fünf Stunden täglich und war noch dazu eine Nachteule. Ich fragte, ob ich ihn anrufen könne. Klar, meinte er. Es war ein kurzes Gespräch. Ich sagte, ich hätte wieder von der Frau geträumt und sei diesmal mit der Gewissheit aufgewacht, dass sie auf der Lichtung mit den beiden Pappeln vergraben worden sei. Als ich ihm erzählte, dass ich mitten in der Nacht dorthin gefahren war, in der festen Überzeugung, dort die Leiche zu finden, befahl er mir, *sofort* zu ihm zu kommen.

Wenige Minuten später war ich bei ihm, das riesige Haus lag im Dunkeln. Hätte am Ende der Zufahrt nicht der Mercedes gestanden, hätte ich vermutet, dass niemand zu Hause war. Ich fuhr um das Anwesen herum, parkte meinen Wagen und sah in diesem Moment, dass in der Küche noch Licht brannte. Mark öffnete die Dienstbotentür. In Jeans und einem weiten Hemd stand er mit dem vertrauten Grinsen auf der Schwelle, mit dieser Mischung aus Fröhlichkeit und Schwermut, die ich so oft im Gesicht meines Vaters gesehen hatte.

»Komm rein, Johnny.« In seiner Stimme schien eine gewisse Müdigkeit zu liegen.

Ich suchte nach dem Fußabtreter, um mir den Dreck von den Schuhen zu reiben.

»Ist nicht nötig«, sagte Mark, als hätte er meine Gedanken gelesen. »Darla ist nicht da und kommt erst am Wochenende zurück. Sie ist nach New York geflogen.«

»Ein Überraschungstrip?«, fragte ich mit gespielter Verwunderung.

»Ja. Sie und Lenna sind gestern los.«

Darla und Lenna hatten als Einzige ihrer Frauenclique noch keine Kinder. Das hatte sie in letzter Zeit zusammengeschweißt.

Auf dem Tisch stand eine halb ausgetrunkene Tasse Kaffee. Mark fragte, ob ich auch eine wolle, was ich gern annahm. Eine Koffeinspritze würde mir nach den anstrengenden Ereignissen dieser Nacht guttun.

»Ich wollte mich bei dir entschuldigen, Johnny. Der Verkauf von Meditek nimmt mich ziemlich mit, wie du weißt; und dabei geht es nicht allein um den Verkauf, sondern auch um Ian. Wir haben ein paar Probleme miteinander. Es ist kompliziert.«

Ian Martins und Mark hatten sich an der Uni angefreundet und später Meditek gegründet. Mein Bruder hatte noch nie angedeutet, dass ihre Freundschaft irgendwelche Risse haben könnte.

Mark stand mit dem Rücken zu mir und hantierte an der Kaffeemaschine herum, er schien etwas in Gedanken verloren. Dann reichte er mir eine Tasse und setzte sich.

»Wir nähern uns der Sache Schritt für Schritt.« Mark machte eine Pause. »Nur läuft es auch zwischen Darla und mir nicht so gut.«

Ich wollte gerade meine Tasse an den Mund führen, hielt aber schlagartig inne. Was er mir da enthüllte, hatte ich absolut nicht erwartet, nicht nur, weil ich die Beziehung zwischen Mark und Darla für unerschütterlich hielt, unabhängig von den Kleinigkeiten, die Darla auf der Fahrt nach Lindon Hill erwähnt hatte, sondern auch, weil mein Bruder mir sonst nie etwas aus seinem Privatleben anvertraute.

»Ist nichts Besorgniserregendes«, erklärte Mark und machte eine wegwerfende Geste. »Ich war in letzter Zeit gedanklich einfach zu sehr mit Meditek beschäftigt.«

»Ich dachte, der Verkauf wäre eine gute Sache.«

»Ian und ich haben manchmal unterschiedliche Ansichten. Beim Verkauf des Labors sowieso. Wäre es nach ihm gegangen, wäre das Ganze schon längst über die Bühne gebracht.«

Ich konnte mich an kein Gespräch erinnern, in dem Mark sich so verwundbar gezeigt hatte. Bei ihm war das keine Frage von Stolz, obwohl er den auch hatte, vielmehr besaß er die schier unerschöpfliche Fähigkeit, jegliche Alltagsprobleme einfach wegzustecken. Darum hatte ich ihn schon immer beneidet. Nicht, dass er mich gerade um Hilfe bat, aber allein das Eingeständnis, dass ihm die Dinge in den letzten Tagen über den Kopf gewachsen waren, sprach Bände.

Mark sah auf die Uhr. Sein Gesichtsausdruck veränderte sich.

»Johnny, ich will nicht lange um den heißen Brei herumreden. Diese Halluzinationen, die du hattest, und auch die Träume, da hast du recht, die hängen miteinander zusammen.«

Ich erstarrte.

»Was hast du rausgefunden?«, murmelte ich.

»Ich habe mich von Anfang an um die Sache gekümmert, so wie versprochen«, sagte Mark. »Vielleicht nicht in dem Ausmaß, wie ich es gern gewollt hätte, dafür war mein Leben in letzter Zeit ein bisschen zu trubelig, aber es war immer meine absolute Priorität, das schwör ich dir.«

»Jetzt sag endlich, was du rausgefunden hast.«

»Es steckt etwas dahinter, Johnny, da lagst du richtig. Deshalb habe ich dich auch hergebeten, ich wollte es dir persönlich sagen. Du kennst mich besser als jeder andere, und ich muss dich jetzt um einen Gefallen bitten.«

»Welchen Gefallen?«

»Dass du mir vertraust und alles auf sich beruhen lässt.«

Ich musterte meinen Bruder. Mark hielt meinem Blick stand.

»Es wäre einfacher, wenn du es mir ein bisschen genauer erklärten könntest. Ich verstehe nicht, warum du mir nicht vertraust.«

Wie mit Darla abgesprochen würde ich Mark nichts von dem Vorfall im Fabrizzio erzählen. Die Bilder jenes Tages gingen mir aber nicht aus dem Kopf: der Van, der Mann mit der Baskenmütze auf dem Beifahrersitz, das Foto der toten Frau, das sich wie von Zauberhand in das Foto eines neunjährigen Mädchens verwandelt hatte. Ich brauchte Antworten.

»Ich habe Vertrauen in dich, Johnny, das weißt du.«

»Und?«

»Ich kann dir nicht sagen, was ich weiß. Noch nicht.«

»Noch nicht?«, rief ich und schlug auf den Tisch. »Du kannst mich nicht immer beschützen, Mark! Irgendwann musst du mir vertrauen. Ich bin doch kein Idiot.«

»Das habe ich nie gesagt.«

»Das musst du auch nicht. Was soll ich deiner Meinung nach jetzt tun? Schließlich bin ich derjenige, der Leichen und Vans sieht.«

»Tut mir leid.«

Ich schüttelte den Kopf.

»Ich fasse es nicht«, sagte ich leise.

»Wir werden darüber reden, Johnny, das verspreche ich dir. Aber jetzt musst du erst mal alles vergessen. Kümmere dich um Jennie. Und fang nicht wieder an zu trinken. Versprichst du mir das?«

Ich sprang auf.

»Gar nichts verspreche ich!«, blaffte ich. »Ich muss ständig an diese Frau denken.«

»Es ist nur zu deinem Besten, wirklich.«

»Ein Scheiß ist es, Mark. Ich habe es satt, deine Marionette zu sein.«

Ich machte auf dem Absatz kehrt und rannte aus der Küche.

17

In dieser Nacht schlief ich so gut wie schon lange nicht mehr. Am nächsten Morgen war ich zwar immer noch sauer auf Mark, aber ich wusste, dass sich das wieder legen würde.

Wenn er noch einige Tage brauchte, bevor er mit mir über das sprechen konnte, was vor sich ging, dann hatte er bestimmt einen guten Grund dafür.

Ich machte mir ein üppiges Frühstück: Rührei mit Speck, Toastbrot und Waffeln. Ich hatte einen Bärenhunger. Zum Essen hatte ich die Bluetoothbox auf volle Lautstärke gestellt. »Parklife« von Blur, was sich angesichts dessen, was später geschehen würde, als Vorahnung erweisen sollte. Mir schien es der perfekte Song für diesen Moment zu sein. Ich fühlte mich zuversichtlich. Während ich mein Frühstück verschlang, nahm ich mir vor, mit Tricia zu reden und diesmal ehrlich zu sein. Oder zumindest so ehrlich, wie ich es angesichts der Umstände sein konnte. Erst einmal würde ich mich bei ihr für mein Verhalten entschuldigen.

Ich aß zu Ende und wusch die Teller ab, auch die vom Vortag. Ich hinterließ alles blitzsauber. Aus dem Lautsprecher ertönte nach wie vor Blur, als ich ins Atelier ging. Ich nahm die Illustration von Lucy und dem Mädchen im blauen Kleid, dazu die Zeichnung des Halsbands und die Aufnahme von Lilas Wagen auf der Paradise Road. Ich trug alles zum Tisch im Wohnzimmer und breitete es aus.

Lange betrachtete ich das Material. Zwei Dinge über jenen Tag standen absolut fest. Erstens: Ich konnte mich an nichts erinnern von dem, was in diesen Stunden geschehen war. Zweitens: Lila war bei mir zu Hause gewesen. Ab da trennte eine dünne Linie echte von imaginierten Vans, Leichen, die mal da waren, mal nicht, Fotos, die mal das eine zeigten, mal etwas anderes. Was war es nur, das Mark mir nicht sagen konnte?

18

Noch am selben Nachmittag sprach ich mit Tricia. Ich sagte ihr, dass ich zutiefst bedauere, was am Vortag passiert sei, es sei tatsächlich ein Rückfall gewesen, der sich nicht wiederholen dürfe, daher würde ich mir Hilfe suchen. Tatsächlich sagte ich ihr die reine Wahrheit. Und sie glaubte mir. Vielleicht erwischte ich sie in einem schwachen Moment, vielleicht stand sie gerade nicht ganz so sehr im Bann von Morgan, vielleicht hörte sie auch die Aufrichtigkeit in meiner Stimme. Jedenfalls erlaubte sie mir, Jennie später am Tag zu sehen und eine Stunde mit ihr zu verbringen. Allerdings bei ihr zu Hause, womit ich natürlich einverstanden war. Es wäre einfacher, wenn Morgan auch zustimmen würde, fügte sie noch hinzu, damit wir den alten Besuchsrhythmus wieder aufnehmen könnten. Ich biss mir auf die Zunge, damit mir nicht herausrutschte, dass ich auf Morgans Zustimmung pfiff. Immerhin sprachen wir miteinander, das war schon ein Fortschritt.

Ich legte auf und bemerkte, dass ich während des Gesprächs in den hinteren Teil meines Gartens spaziert war. Mit einem Lächeln im Gesicht ging ich zurück ins Haus. Allmählich renkten sich die Dinge wieder ein. Heute Nachmittag würde ich Don anrufen und ihm von meinem Rückfall berichten.

Als ich das Wohnzimmer durchquerte, lief gerade »This is a low«. Dann geschah etwas Erstaunliches. Aus dem Augenwinkel nahm ich wahr, wie sich draußen vor dem Fenster etwas bewegte, und als ich mich dorthin umdrehte, sah ich ein Gesicht. Der Groschen fiel nur langsam, aber dann wurde mir klar, dass die Frau, die draußen vor dem Fenster stand und mich beobachtete, niemand anderes war als Maggie Burke. Ich brauchte nicht nur deshalb so lange, weil sie eine andere Frisur hatte, sondern auch, weil wir Blur so oft zusammen gehört hatten und »This is a low« einer unserer Lieblingssongs gewesen war. Mein Gehirn benötigte ein paar Sekunden, um das alles zu verarbeiten.

Es war jetzt fünf Jahre her, dass Maggie nach London gezogen war. Unsere Jugendliebe, die sich aus einer Freundschaft entwickelt hatte, war stark gewesen, aber seither war viel Wasser den Fluss hinuntergeflossen. Maggie hatte geheiratet – und sich den jüngsten Gerüchten zufolge auch wieder scheiden lassen –, und ich hatte eine Tochter bekommen. Trotzdem konnte ich mich auf eines verlassen: Die Freundschaft zwischen Maggie, Ross und mir war unverwüstlich, und jetzt, da sie leibhaftig vor mir stand, war die Brücke zur Vergangenheit sofort geschlagen.

Maggie bewegte die Lippen und machte mir Zeichen.

Willst du mir nicht aufmachen?

Ich öffnete die Tür, wir standen da und sahen einander an wie zwei Volltrottel. Maggie war fast genauso groß wie ich, trug ihr Haar etwas kürzer als früher – und gepflegter, wie man ehrlicherweise hinzufügen muss. Allem Anschein nach waren die Zeiten vorbei, als Schwarz die dominierende Farbe ihres Kleiderschranks gewesen war. Sie hatte eine Jeans an, darüber ein buntes T-Shirt mit der Aufschrift: *So Beat It!*

Wir umarmten uns. Maggie hatte Parfüm aufgetragen – noch ein Unterschied zu der Maggie, die ich kannte.

»Wie ich sehe, hast du dir deinen guten Geschmack bewahrt«, sagte sie und schob mich etwas von sich weg.

Maggie wollte sich als Erstes im ganzen Haus umsehen. Sie begutachtete alles voller Neugier, geriet in Entzücken über banale Alltagsgegenstände, erzählte zu jedem eine Anekdote, die ich meist kannte. Für sie war es wie ein Wiedersehen mit alten Freunden. Sie blieb vor der Stereoanlage stehen, ging die Musiksammlung durch, nahm einige Platten näher in Augenschein. Danach waren die rund zwanzig Fotos an den Wänden dran, die meisten von Mark und mir, einige von meinen Eltern. Auf einem war auch Maggie zu sehen, und sie zeigte darauf, wie ein kleines Mädchen auf ein großes Insekt zeigen würde, mit einer Mischung aus Staunen und Angst, als berge dieser eingefrorene Moment eine Gefahr. Auf dem Foto waren Maggie, Ross, Fred Foster und ich, alle in akrobatischer Pose. Wir waren die Power Rangers.

Das Regal in der Ecke hob sie sich bis zum Schluss auf; darin aufbewahrt waren die Objekte, die Harrison geschnitzt hatte. Der Exkommissar hatte uns im Laufe der Jahre drei Werke geschenkt: die Büste eines Mannes mit Hut, die eines kahlköpfigen Mannes mit traurigem Gesicht und zuletzt – Maggie kannte sie noch nicht – die einer Frau, die ihre Arme flehend in die Luft streckt.

»Harrison wird immer besser«, sagte sie und strich mit den Fingern über das glatt polierte Holz.

»Das stimmt. Er hat jetzt auch mehr Zeit.«

Danach war der Wald an der Reihe. Maggie erzählte, wie sehr sie es vermisste, auf diesen Pfaden umherzustreunern. Sie versicherte mir, dass sie alle Gabelungen und Abkürzungen in- und auswendig kannte, und trat dann den Beweis an, indem sie festen Schrittes voranging. Wir sprachen über den Schmetterlingssumpf, einen unserer Lieblingsorte, der nach der Umleitung des Chamberlain Rivers verschwunden war. Ihr Vater habe ihr am Telefon davon erzählt, aber sie habe es nicht glauben wollen, müsse es mit eigenen Augen sehen. Ich versprach ihr, dass wir bald hinfahren würden, zusammen mit Ross.

Als wir wieder ins Haus zurückgingen, fragte sie, warum an den Wänden keine Fotos von Jennie hingen. Ich erklärte, ich hätte die Fotos im Wohnzimmer, die meine Mutter so sorgfältig ausgesucht und mit viel Sinn für Harmonie aufgehängt habe, nicht antasten wollen, und führte sie auf den Flur, wo vier Aufnahmen von Jennie hingen, für jedes Lebensjahr eine. Ich machte das Licht an, damit sie sie in all ihrer Pracht bestaunen konnte; die Qualität der Bilder war sehr viel höher als bei den anderen.

»Sie ist wunderschön, Johnny.«

Maggie sah sich ein Foto nach dem anderen an, hörte gar nicht mehr auf zu lächeln, zeigte auf jedes Detail. Für mich war es ein ganz besonderer Moment. Damals hatte es mich ziemlich belastet, dass Maggie, weil sich die Beziehung zu Tricia so schnell entwickelt und wir gleich ein Kind bekommen hatten, möglicherweise glaubte, ich hätte sie einfach vergessen. Dass die Beziehung bald wieder zerbrochen war, sprach Bände, trotzdem hatte es mich weiterhin beschäftigt. Zu sehen, dass Maggie sich wegen Jennie ehrlich freute, war mir ein großer Trost.

»Du wirst sie bald kennenlernen. Auch wenn alle Eltern das behaupten: Jennie besitzt eine Intelligenz und Sensibilität, die wirklich erstaunlich sind.«

»Ich würde sie sehr gern kennenlernen.«

Maggies Miene verdüsterte sich. Ich erinnerte mich, dass Ross mir erzählt hatte, sie habe ihr Kind verloren, und ich war unschlüssig, ob ich sie darauf ansprechen sollte. Es hatte einmal eine Zeit gegeben, da konnten wir uns alles sagen, aber jetzt musste eine solche Frage noch warten.

»Hast du Ross schon gesehen, Maggs?«

»Nein, noch nicht. Ich musste erst mal die Zeit mit meiner Familie aufholen. Es stört dich nicht, dass ich einfach so hier reingeschneit bin, oder?«

Ich lächelte.

»Natürlich nicht!«

Maggie sprach kurz über ihre Scheidung von Andrew, die sie als problematisch bezeichnete, und ich erzählte ihr von meiner flüchtigen – und inzwischen erkalteten – Beziehung mit Lila. Sie war überrascht, dass meine Exfreundin einfach so verschwunden war. Es sei eine lange Geschichte, erklärte ich, irgendwann würde ich sie ihr erzählen. Dass bis dahin keine fünf Minuten vergehen würden, wusste ich nicht.

»Was hast du gerade gemacht, als ich durchs Fenster reingeschaut habe?«, fragte Maggie und trat an den Wohnzimmertisch heran. Ich zeigte ihr die Illustration des Mädchens im blauen Kleid und die Zeichnung des Halsbands.

Ich musste endlich mit jemandem darüber reden, und ich konnte mir keinen besseren Gesprächspartner vorstellen als Maggie Burke.

Falls jemand im Hintergrund die Fäden zog, dann sehr gekonnt.

19

Wir setzten uns auf die Veranda, ich auf einen Stuhl, Maggie auf die Hollywoodschaukel.

»Ich hatte keine Zeit, sie zu ölen«, entschuldigte ich mich.

Sie schien das Quietschen zu genießen.

»Was ist los, Johnny?«

Maggie wusste von meinen Alkoholproblemen. Dass sie eingeweiht war, wusste ich wiederum von ihrem Vater, aber auch, weil sie es in einer ihrer Mails aus London hatte durchblicken lassen. In meiner letzten Antwort hatte ich ihr geschrieben, ich sei seit mehreren Monaten trocken und über den Berg. Wovon ich damals auch überzeugt gewesen war, denn ich schrieb mein unkontrolliertes Trinken größtenteils der Tatsache zu, dass Tricia überraschend schwanger geworden war, was dazu geführt hatte, dass wir zusammengezogen waren, obwohl ich sie nicht liebte. Anfangs redete ich mir ein, dass es schon funktionieren würde, dass Tricia eine tolle Frau sei, und Jennie ein Segen – was auch so war –, aber mein inneres Sträuben wurde immer spürbarer, und Wodka wurde mein Ventil. Es war eine allzu simple Erklärung. Und naiv. Die Wahrheit war wesentlich komplexer: Der Alkoholismus war ein Monster, das in mir lauerte und nur auf seine Chance wartete. Es ernährte sich von meinen Schwächen und konnte jederzeit erneut zuschlagen.

»Ich hatte einen Rückfall«, sagte ich.

»Oh, das tut mir leid. Hast du schon mit deinem Mentor gesprochen?«

»Noch nicht, aber ich habe es fest vor. Noch nicht, weil … zum Teil wegen dem, was ich dir jetzt gleich erzählen werde. Mach dich auf was gefasst, die Geschichte ist haarsträubend.«

Sie riss die Augen auf.

Rückblickend wäre dies der Moment gewesen, es mir anders zu überlegen und nichts zu sagen.

»Letzten Samstag bin ich im Wohnzimmer aufgewacht, auf dem Boden, und konnte mich an nichts erinnern. Auf dem Couchtisch stand eine Flasche Wodka, die ich einige Tage zuvor gekauft hatte. Es war also offensichtlich, was passiert war.«

Ich hielt inne. Das Urvertrauen zwischen Maggie und mir würde durch das, was ich ihr gleich enthüllen würde, auf eine große Probe gestellt.

»Das war aber noch nicht alles. Neben dem Tisch lag die Leiche einer Frau. Und einige Meter entfernt die Waffe meines Vaters.«

Maggie fiel vor Verblüffung die Kinnlade runter, sie umklammerte ihre Knie.

»Es ist nicht so, wie du denkst, Maggs«, beeilte ich mich zu sagen. »Da lag nämlich überhaupt keine Frau. Mark sagt, es war eine Halluzination. Dabei hat es sich so real angefühlt, dass ich jetzt noch Gänsehaut kriege, wenn ich daran denke.«

»Kanntest du die Frau?«

»Nein«, sagte ich sofort, »aber sie kam mir trotzdem seltsam vertraut vor. Ich kann dir das nicht erklären.«

Die Hollywoodschaukel bewegte sich kaum noch.

»Ich konnte nicht mehr klar denken«, fuhr ich fort. »Ich bin aus dem Haus geeilt, um die Flasche loszuwerden. Ich habe gedacht … niemand würde mir glauben. Alles hat schließlich darauf hingedeutet, dass ich die Frau getötet hatte. Die Leiche, die Waffe, die verfluchte Flasche …«

Maggie sah mich ungläubig an. In ihrem Blick lag auch noch etwas anderes, das ich nicht näher bestimmen konnte.

Dann erzählte ich ihr noch von dem Van auf dem verlassenen Waldweg und dem Computer im Rückraum.

»Hattest du schon mal so eine Halluzination?«

»Nein, noch nie.«

»Und hattest du seither noch mal eine?«

»Ja. Vor zwei Tagen.«

»Ein Freund in London hatte ähnliche Anfälle«, sagte Maggie, die nun jedes Wort sorgfältig abwog. »Das Gefühl, beobachtet zu werden, oder gar verfolgt, scheint ein typisches Symptom zu sein. Mein Freund bekam es mithilfe von Medikamenten wieder in den Griff.«

»Ich gehe davon aus, dass es Einzelfälle waren. Jedenfalls hoffe ich das.«

»Wann hast du gemerkt, dass es nicht real war?«

»Als ich zurück ins Haus gekommen bin. Es war alles wie immer. An dem Abend kam Mark noch vorbei und hat mich beruhigt.«

»Es tut mir wirklich leid, Johnny.«

»Das ist immer noch nicht alles«, sagte ich mit einem gequälten Lächeln. »Ich träume auch von dieser Frau, und in diesen Träumen führt sie mich durch den Wald zu der Lichtung mit den beiden Pappeln. Weißt du, welche?«

Maggie nickte.

»Sie scheint mir etwas sagen zu wollen«, fuhr ich fort.

»Hast du Mark von diesen Träumen erzählt?«

Ich verstand genau, worauf Maggie hinauswollte.

»Es klingt lächerlich, ich weiß.«

Wir schwiegen eine Weile. Maggie war erst seit zwei Stunden hier, aber unser Umgang miteinander war schon so wie eh und je. Es war verblüffend, wie schnell wir uns wieder vertraut waren, als wäre überhaupt keine Zeit vergangen.

»Den Van habe ich in Lindon Hill wiedergesehen«, sagte ich zerknirscht. Wenn schon alles auf den Tisch kommen sollte, dann am besten gleich.

Ich erzählte ihr von dem Mann mit der blauen Baskenmütze, und wie dieser beschämende Vorfall damit geendet hatte, dass ich auf der Hollywoodschaukel aufgewacht war, mit einem schlimmen Kater.

»Du kannst nichts dafür, Johnny. Wäre ich doch nur früher hier gewesen …«

Ihre Worte rührten mich. Ich lächelte, kurz darauf lächelte auch sie.

»Niemand weiß Bescheid«, sagte ich. »Nicht einmal Ross. Nur Mark. Und jetzt du natürlich.«

Die Hollywoodschaukel stand weiterhin fast still.

»Bist du sicher, dass du die Frau nicht kanntest? Ich glaube nicht ans Jenseits und solche Sachen, aber vielleicht will dir dein Unterbewusstsein etwas sagen.«

»Genau darüber habe ich gestern mit Mark gestritten. Er meint, er wisse noch mehr, könne es mir aber noch nicht sagen.«

Maggie runzelte die Stirn.

»Mehr über die Frau oder mehr darüber, wo die Halluzinationen herkommen?«

»Das hat er mir nicht gesagt!«, rief ich empört.

»Das passt nicht zu dem Mark, den ich kenne.«

»Mark ist so wie immer, glaub mir. Es ist alles so merkwürdig.«

Wieder schwiegen wir. Die Zeit verging wie im Flug, wenn ich mit Maggie zusammen war.

Ich musste daran denken, dass die Hollywoodschaukel einer unserer Lieblingsorte gewesen war. Im Sommer hatten wir uns immer hier hingesetzt, Bier getrunken und uns geküsst. Und wenn meine Tante Audrey schon schlafen gegangen war, blieb es nicht bei Küssen. Dass Maggie wieder hier war, würde in den nächsten Tagen noch ganz andere Erinnerungen heraufbeschwören, da war ich mir sicher.

»Ich kann noch gar nicht glauben, dass du hier bist, Maggs. Hast du vor, länger in Carnival Falls zu bleiben?«

»Ich weiß es nicht.«

»Schon gut, wir reden ein andermal darüber. Dann erzähle ich dir erst mal die Geschichte zu Ende, ja?«

»Bitte.«

»Am nächsten Tag habe ich die Zeichnung angefertigt, das Mädchen mit dem blauen Kleid. Ich suche schon seit Längerem nach einer Figur, die ich Lucy an die Seite stellen könnte. Aber ich habe immer nur an ein weiteres Tier gedacht, nicht an ein Mädchen. Dabei ist es so offensichtlich, dass man fast lachen könnte. Als ich die Figur fertiggezeichnet hatte, wusste ich sofort, dass es die Frau war, die ich mir im Wohnzimmer zusammenfantasiert hatte.«

»Die Frau hatte ebenfalls ein blaues Kleid an?«

»Nein, das ist ja das Merkwürdige. Trotzdem wusste ich, dass die Figur, die ich gezeichnet hatte, diese Frau war.«

Maggie umschlang ihre Knie noch fester.

»Du wirst mich wohl nach Hause fahren müssen, Johnny. Zu Fuß ist es mir ein bisschen zu weit.«

Ich deutete ein Lächeln an.

Blur hatte längst aufgehört zu spielen, zu hören war nur noch das Säuseln des Windes in den Bäumen und das leise Quietschen der Hollywoodschaukel.

»Was ist mit der Aufnahme des Autos?«, fragte sie.

Ich wollte es ihr gerade erklären, als mir ein Gedanke durch den Kopf schoss und mich fast zu Tode erschreckte. Panisch tastete ich nach meinem Handy in der Hosentasche.

Jennie.

Ich hatte vergessen, dass ich um drei Uhr Jennie besuchen durfte!

Es ist bestimmt schon nach drei. Du bist der schlechteste Vater des ganzen Universums.

Maggie erschrak ebenfalls. Beunruhigt beobachtete sie mein hektisches Tun. Als ich das Handy endlich hervorgezerrt hatte, sah ich, dass es erst zwei Uhr war. Meine Aufregung legte sich ein bisschen.

»Ich muss zu Jennie«, erklärte ich.

Ich bat Maggie, auf mich zu warten, während ich duschte und mich umzog.

Eine Viertelstunde später kam ich wieder die Treppe herunter. Ich hatte mir eines meiner Lieblingshemden angezogen, und ja, ich wollte damit Eindruck bei ihr schinden.

Maggie sah mich merkwürdig an.

Als ich bei ihr war, streckte sie mir ihr Handy entgegen.

»Ist das die Frau?«

Auf dem Display zu sehen war ein Bleistiftporträt der Frau mit dem Halsband.

Ein Schauder durchlief mich.

»Was …?«, begann ich.

»Das ist ein Blog«, sagte sie einfach so.

»Was …?«, stammelte ich, weil ich nicht wusste, was ich sagen sollte.

Maggie ging mit dem Handy sehr viel geschickter um als ich. Wieder hielt sie mir das Display hin, diesmal mit verkleinertem Bild, sodass die Unterschrift zu lesen war:

Hast du von der Frau mit dem blauen Kleid geträumt?
Du bist nicht der Einzige.

20

Ich platzte fast vor Neugier, als ich Maggie nach Hause fuhr. Wenn noch jemand von der Frau geträumt hatte, tat sich eine merkwürdige Bandbreite an Möglichkeiten auf. Ich glaubte nicht an diesen paranormalen Quatsch, es musste eine rationale Erklärung dafür geben. Maggie und ich vereinbarten, dass jeder für sich den Blog lesen würde. Es war alles so schnell gegangen, dass ich nicht einmal wusste, wie sie ihn überhaupt entdeckt hatte.

Als ich bei Tricia ankam, hatte ich das Thema beiseitegeschoben, um mich nur noch auf Jennie zu konzentrieren. Ich konnte noch nie gut erklären, was Vatersein bedeutet, zumindest nicht, ohne auf Allgemeinplätze zurückzugreifen und von dem überwältigenden Glück zu faseln, das ein eigenes Kind bedeutet. In meinem Fall war es ein Lernprozess im Turbotempo, von tiefer Panik zu dem Bedürfnis, ein besserer Mensch zu werden, ein *würdiger* Vater. Letzteres hatte lediglich dazu geführt, dass meine inneren Dämonen geweckt worden waren und ich krachend gescheitert war. Ich brauchte lange, um zu begreifen, dass echte Nähe zu meiner Tochter sich nur dann einstellen würde, wenn ich ganz ich selbst war und niemand anderes. Jennie würde im September fünf werden, und seit etwa einem Jahr wurde das Verhältnis zwischen uns immer inniger.

Tricia öffnete die Tür, bevor ich geklingelt hatte. Sie sah mich prüfend an wie eine Flughafenmitarbeiterin einen verdächtigen Passagier. Erst als sie sich vergewissert hatte, dass ich akzeptabel gekleidet war, begrüßte sie mich. Ich spähte an ihr vorbei, weil ich darauf wartete, dass Jennie angerannt kam. Normalerweise stürzte sie sich mit Gebrüll auf mich, bevor ich überhaupt eintreten konnte.

»Jennie ist oben«, sagte Tricia und ließ mich herein.

»Ah, verstehe.«

Ich hatte eine Tüte mit meinen Zeichenutensilien dabei: Blätter, Buntstifte, Farben.

»Heute ist nicht ihr Tag«, sagte Tricia.

»Ist sie krank?«

Sie schüttelte den Kopf.

»Vermutlich kommt sie bei ihrem Charakter einfach nur auf mich. Sprich mit ihr, dann wird alles wieder gut.«

Ich nickte. Tricia konnte sehr besonnen sein, und wegen dieser Eigenschaft hatte ich mir auch vorstellen können, ein Leben mit ihr aufzubauen. Sie konnte aber auch sehr irrational und störrisch sein. Jedenfalls war ich froh, dass ich heute die erstere Version angetroffen hatte.

Jennie war in ihrem Zimmer und spielte mit einem dreistöckigen Barbiepuppenhaus, das ich noch nie gesehen hatte. Sie saß auf den Knien, aber selbst wenn sie sich hinstellen würde, wäre dieses Plastikmonster noch größer als sie.

»Hallo, Jennie.«

Jennie tat so, als hätte sie mich nicht gehört. Sie ließ weiterhin die Puppen miteinander sprechen, die überlegten, ob sie in einen Schönheitssalon gehen sollten. Es war das erste Mal, dass sie mir die kalte Schulter zeigte, und natürlich tat es mir in der Seele weh.

Ich legte die Blätter und die Stifte auf einen runden Tisch, der neben dem Fenster stand, und kniete mich in gebührendem Abstand neben ihr hin. Dann begrüßte ich sie noch einmal. Diesmal verstummte der Dialog zwischen Cassie und Mandy, und Jennie schien zu überlegen, ob sie antworten sollte oder nicht. Sie tat es nicht. Ich bedauerte zutiefst, sie in diese Lage gebracht zu haben.

»Ich setze mich an den Tisch und male ein bisschen. Wenn du magst, würde ich gern deine Freundinnen und ihr Haus kennenlernen.«

Die Stühle an dem Tisch waren klein, also setzte ich mich lieber auf den Boden und begann zu zeichnen. Ich hatte Jennie nie dazu gedrängt, sich fürs Zeichnen zu interessieren, vielmehr hoffte ich darauf, ihr Interesse dadurch zu wecken, dass ich ihr zeigte, wie gern ich es tat, und bisher war es mir leidlich gelungen. Sie hatte Talent und könnte es weit bringen, vorausgesetzt, keines dieser von Morgan gesponsorten Barbiehäuser stürzte ein und begrub sie unter sich.

»Wie ich sehe, haben Cassie und Mandy ein neues Haus«, sagte ich, ohne von meiner Zeichnung aufzublicken.

»Ja«, sagte Jennie.

»Ist schön, das Haus.«

»Mama und Morgan haben es mir gekauft, weil ich so brav war.«

Der Bleistift hinterließ einen dicken, schwarzen Punkt auf dem Papier, weil ich so fest zugedrückt hatte.

Jennie spielte weiter. Aus den Augenwinkeln erkannte ich, dass sie interessiert zu mir schaute.

»Entschuldige, dass ich neulich nicht gekommen bin, Jennie«, sagte ich nach einer Weile. »Ich hatte einige Probleme, es wird nicht wieder passieren. Ich war ganz traurig, weil ich nicht kommen konnte.«

Sie antwortete nicht, aber auch Cassie und Mandy hatten aufgehört zu reden.

»Soll ich dir das Haus zeigen?«

»Gern.«

Ich ging wieder zu ihr und legte mich neben sie. Das Barbiehaus musste ein Vermögen gekostet haben. Es hatte mehrere Zimmer, und jedes Zimmer war mit Möbeln und allem möglichen Krimskrams ausgestattet, sogar eine Klingel gab es, und einen Fahrstuhl, der zu einer Terrasse mit Whirlpool fuhr. Jennie zeigte mir jedes Zimmer und benutzte Cassie, um mir zu erklären, wozu sie jeweils gut waren. Nach und nach öffnete sie sich mir, und als sie am Badezimmer anlangte, in dem es eine Badewanne mit Vorhang und einen Frisiertisch gab, plapperte sie mit der gleichen Geschwindigkeit und Diktion wie immer.

Die nächste halbe Stunde brachte ich damit zu, liegend an einer magersüchtig aussehenden Puppe herumzuhantieren, aber ich war glücklich. Wenn man seine Tochter nicht immer um sich hat, kann man kaum glauben, welche Fortschritte sie in der kurzen Zeit schon wieder gemacht und was sie schon wieder dazugelernt hat. Jennie hatte sehr früh angefangen zu sprechen und erweiterte ihr Vokabular verblüffend schnell. Einmal sagte sie zu mir, Mandy sei *missmutig*, und ich lächelte stolz.

Als wir das Spiel im Barbiehaus für beendet erklärt hatten, setzten wir uns an den Tisch, um zu malen. Neben dem Wiedersehen mit Maggie waren diese Minuten mit Jennie das Beste, was mir in dieser Woche passiert war. Vielleicht begann sich mein Schicksal doch noch zu wenden.

21

Aus dem Blog von SpeedRacer95
Eintrag vom 13. Dezember

Normalerweise erinnere ich mich nicht an meine Träume. Daher ist es ein ziemlich komplizierter Vorgang, sie festzuhalten. Ich habe es schon mit Sprachmemos auf meinem Handy versucht und mir die Träume wieder und wieder erzählt, während ich noch im Bett liege. Aber es gibt nichts Effektiveres als ein altes Notizbuch auf dem Nachttisch.

Gestern Nacht war das anders. Gestern Nacht hatte ich einen Traum, für den ich kein Notizbuch brauchte. Gar nichts brauchte ich. Bis gestern war der eindrücklichste Traum meines Lebens – vielleicht der einzige eindrückliche Traum überhaupt –, der, den ich mit sieben Jahren hatte, als ich sah, wie der rote Mustang meiner Mutter draußen im Garten in einem Ozean aus Lava schwamm. Das Bild war so stark und so plastisch, dass ich tagelang überzeugt war, es in einem Anfall von Schlafwandelei tatsächlich erlebt zu haben.

Gestern wachte ich mitten in der Nacht auf und hatte das Gefühl, in einer anderen Dimension zu sein. Ich konnte mich nicht nur an einzelne Bilder erinnern, sondern alles stand mir vor Augen wie ein Film. In dem Traum war ich nicht auf dem

Campus, sondern in dem ersten Haus, in dem ich mit meinen Eltern und meiner jüngeren Schwester gewohnt hatte. Ich kann also nicht älter als neun gewesen sein, denn mit neun verlor ich meine Mutter bei einem Autounfall, und mein Vater verfiel der Wettlust und verzockte fast alles, was wir hatten. Nach dieser Familienkatastrophe zogen wir in eine kleine Wohnung und mussten ganz schön kämpfen, um über die Runden zu kommen. Zum Glück gab es noch ein Happy End. Doch in diesem Eintrag soll es nicht um meine Familie und unsere Schicksalsschläge gehen, sondern um den Traum. Ich bin also in unserem alten Haus, in meinem Zimmer, als von oben plötzlich die Stimme meiner Mutter ertönt. Sie fordert mich auf, mir etwas anzusehen. Anfangs habe ich Angst und ziehe mir die Decke bis zum Kinn. Warum ich Angst habe, weiß ich nicht. Schließlich ist es meine Mutter, die da ruft.

Als ich aufstehe, entdecke ich, dass ich nackt bin. Ich erinnere mich an alle Details: die Textur des Teppichs, der Mond vor dem Fenster, meine Spielsachen, die überall verstreut liegen. Unten angekommen, höre ich Mamas Stimme nicht mehr. Es ist absolut still, offenbar schlafen alle. Unwillkürlich gehe ich im ganzen Haus umher, und als ich die Küche betrete, sitzt auf der Arbeitsfläche der Kochinsel eine Frau in einem blauen Kleid. Sie ist um die zwanzig, wunderschön, ihre weiße Haut schimmert. Sie lächelt mir zu, und ich sehe sie an. Ich habe keine Angst mehr. Sie trägt ein Halsband, ist barfuß.

Ich gehe auf die Frau zu und muss den Kopf heben, um den Anhänger des Halsbands besser sehen zu können. Dann scheint die Zeit sich zu dehnen, so wie es nur im Traum passiert, und ich wache auf.

22

Aus dem Blog von SpeedRacer95
Eintrag vom 16. September

Ich habe schon immer gern gezeichnet. Gefördert wurde ich dabei vor allem von meiner Mutter, die mich in Kursen anmeldete und auf jedes meiner Kunstwerke stolz war. Als sie starb, habe ich aufgehört mit dem Zeichnen, allerdings ohne die offensichtliche Verbindung zwischen beidem herzustellen. Das kam erst Jahre später.

Die Frau mit dem blauen Kleid stand mir so plastisch vor Augen, dass ich gar nicht anders konnte, als meine Kohlestifte auszupacken und ihr Porträt zu zeichnen. Auch das Halsband malte ich. Eines begriff ich von Anfang an: dass die Frau keine Einbildung war. Es wäre die reinste Anmaßung zu glauben, dieses wunderschöne Gesicht könnte meiner armseligen Fantasie entsprungen sein. Ich musste die Frau von irgendwoher kennen. Also zeigte ich das Porträt einer Handvoll Leuten in der Hoffnung, jemand könnte sie erkennen. Erfolglos.

Gestern habe ich erneut von der Frau geträumt. Und wieder musste ich nach dem Aufwachen nicht zu dem Notizbuch auf dem Nachttisch greifen, weil sie mir so deutlich vor Augen stand.

Erneut bin ich in meinem Kinderzimmer, noch vor dem Unfall meiner Mutter. Ich springe aus dem Bett. Diesmal bin ich nicht nackt, sondern trage meinen Baumwollschlafanzug. Ich weiß, dass meine Mutter mich gleich rufen wird, also komme ich ihr zuvor und renne die Treppe hinunter und weiter in die Küche. Dort treffe ich wieder auf die Frau in dem blauen Kleid. Und wieder starre ich sie an. Ich kann nicht anders, denn sie hat diese Kinoschönheit, die man im gewöhnlichen Leben normalerweise nicht zu Gesicht bekommt. Besonders ihre Augen sind schön, es liegt eine melancholische Schwermut in ihnen. Als sie den Mund öffnet, wird mir klar, dass ich zum ersten Mal auch ihre Stimme hören werde. Kurz erfasst mich eine panische Angst. Ruhig sagt sie, dass wir gehen müssen. Weg von hier?, frage ich. Sie nickt und springt von der Arbeitsfläche herunter. Sie ist um einiges größer als ich und nimmt mich bei der Hand.

Wir gehen zur Garage, sie kennt den Weg. Hinter der Tür aber liegt ein Raum, der viel größer ist als die Garage für zwei Autos, die ich kenne. Da stehen mehrere Reihen Spielautomaten, die tröten und in allen Farben blinken. Die Frau flüstert mir ins Ohr: »Wir gehen sie suchen.« Ich weiß nicht genau, was sie meint, ahne es aber. Wie zwei Riesen schlendern wir durch diese Stadt aus Gebäuden mit Leuchtreklamen. In regelmäßigen Abständen gibt eine Maschine ein besonderes Geräusch von sich, um unsere Aufmerksamkeit zu erregen, aber wir gehen weiter.

Am Ende einer Gasse treffen wir auf meinen Vater, der an einem der Automaten auf einen Knopf drückt und wartet. Die Frau in dem blauen Kleid lässt meine Hand los, es ist keine abweisende Geste, sie will nur, dass ich zu ihm laufe. Mein Vater trägt eine Jeans und ein schlecht gebügeltes Hemd; er hat sich länger nicht rasiert und sieht aus wie jemand, der seit Tagen nicht geschlafen hat – unter den Augen Ringe, die Haut ledrig. Ich gehe langsam auf ihn zu, aber er scheint mich nicht zu bemerken. Die Trommeln drehen sich, und die Motive, die auftauchen, sind nicht die üblichen: Da ist ein Bein, ein roter Mustang, ein Tier. Mein Vater zischt etwas und drückt erneut den Knopf. Wieder setzen sich die Trommeln brav in Bewegung. Zwei rote Mustangs und erneut das Tier; es sieht aus wie eine Ratte mit scharfen Zähnen. Es klingelt zweimal, zwei Münzen fallen auf Metall. Mein Vater nickt und deutet ein Lächeln an. Irgendwann bemerkt er mich, scheint mich aber nicht zu erkennen. »Dieser Automat ist der richtige. Ich habe ihn lange und gründlich studiert.« Ich drehe mich um, die Frau steht noch so da wie eben. Ich zucke mit den Schultern, weiß nicht, was ich tun soll. Mein Vater betätigt den Automaten wie ein Roboter.

Ich betrachte wieder die Bilder auf den Trommeln. Ein neues Motiv ist hinzugekommen: ein Schachbauer. Alle möglichen Kombinationen stellen sich ein, aber keine führt dazu, dass es metallisch klingelt. Mein Vater wird immer ungeduldiger. Er reibt sich das Gesicht, hebt den Zeigefinger, als wollte er den Automaten warnen. Jetzt oder nie. Er reibt Zeigefinger und Daumen aneinander, bevor er den Knopf drückt. Er fährt sich mit der Zunge über die Lippen.

Die Trommeln setzen sich in Bewegung. Die erste bleibt bei der Ratte mit den scharfen Zähnen stehen, die zweite ebenfalls, und die dritte schließlich auch. Eine durchdringende Sirene verkündet, dass der Hauptgewinn geknackt wurde. Mein Vater schreit vor Freude, hüpft umher und jubelt, wie ich es noch nie erlebt habe, nicht einmal, als die Yankees die Meisterschaft gewonnen haben. Wenn er mich vorhin schon nicht bemerkt hat, bin ich jetzt endgültig Luft für ihn. Er schreit und rennt hin und her, als gäbe es mich nicht. Die Maschine hört gar nicht mehr auf zu heulen, und ich beschließe, zu der Frau zurückzugehen. Ich gehe ganz ruhig, spiele, dass ich bestimmte Muster des Teppichs nicht betreten darf, während mein Vater weiterhin jubelt. »Ich wusste es!«, ruft er immer wieder.

Die Frau reicht mir ihre Hand, bei ihr fühle ich mich geborgen. Sie hat etwas, das mir merkwürdig vertraut vorkommt …

23

Aus dem Blog von SpeedRacer95
Eintrag vom 21. Dezember

Die Tage nach dem Traum, in dem sich die Garage bei mir zu Hause in ein Spielautomatenparadies verwandelt hatte, waren enttäuschend. Immer wieder schlief ich in der Erwartung ein, in meinen Träumen erneut der Frau zu begegnen, und wachte frustriert und innerlich leer wieder auf. Die Kraft zum Aufstehen zog ich allein aus der Hoffnung, dass es in der nächsten Nacht so weit sein würde. Auf nichts konnte ich mich mehr konzentrieren, nicht auf die Arbeit, nicht aufs Fechten und auch nicht auf mein Motorrad. Meine Gedanken kreisten allein um die Frau mit dem blauen Kleid. Sogar meiner Freundin fiel auf, wie unruhig ich war. Ich musste ihr von meinen Träumen erzählen, allerdings in entschärfter Version in allem, was die Frau betraf.

Am Samstag ging ich auf eine Party mit dem festen Vorsatz, früh wieder zu Hause zu sein, und zwar nüchtern. Ich wollte meinem Unbewussten noch eine Chance geben. Doch dann liefen die Dinge aus dem Ruder, und ich schüttete literweise Bier in mich hinein. Ich ließ mich in einen Sessel sinken und driftete weg. Meine tote Mutter rief vom anderen Ende einer langen Röhre nach mir. Als ich die Augen öffne, scheint alles um mich herum zu pulsieren. Eine Vase, die ich seit Jahren nicht gesehen habe, ist wie aufgepumpt und droht jeden Moment zu explodieren. Die Frau in dem blauen Kleid ist wieder in der Küche, doch diesmal sitzt sie nicht auf der Arbeitsfläche, sondern steht bei der Tür zum Garten. Ich gebe ihr die Hand, aber statt mich zur Garage zu führen, öffnet sie die Tür, und wir treten hinaus in die kühle Nacht. Es scheint sie nicht zu kümmern, dass draußen ein feiner Nieselregen fällt.

Eigentlich ist der Garten nicht besonders groß. In dieser Nacht jedoch scheint er grenzenlos zu sein. Wir gehen eine Weile darin spazieren, bis zur Ulme. Unter ihren Ästen sind wir vor dem Regen geschützt, der sich zu einem schweren Vorhang verdichtet hat. Bald wird auch das Laub dieses imposanten Baums uns keinen Unterschlupf mehr bieten, denke ich. Ich brauche eine Weile, bis ich bemerke, dass die Frau auf etwas zeigt. Als ich ihrem Finger folge, sehe ich, dass sie auf das Fenster meines Zimmers deutet, im ersten Stock: ein weißes, im Dunkeln schwebendes Rechteck. »Wir sind da«, sagt die Frau. Ich beobachte das Fenster in der Erwartung, dort gleich eine Gestalt zu sehen, denn ich bin sicher, dass die Frau mir etwas zeigen will. Doch nichts geschieht. Sie lässt meine Hand los, ohne dass ich es bemerke, und setzt sich auf eine Wurzel der Ulme. Der Regen wird heftiger, dicke Tropfen dringen durch das Laub und treffen uns wie Steine an Kopf, Rücken und Schultern. Ich schütze mich, so gut ich kann. »Wir sind da«, sagt die Frau noch einmal.

Als ich sie fragen will, wo zum Teufel wir angekommen sind, wache ich auf einem fremden Sofa auf, in der Lache einer stinkenden Flüssigkeit.

24

Aus dem Blog von SpeedRacer95
Eintrag vom 20. Januar

Ich werde noch wahnsinnig. Ich habe nicht mehr von ihr geträumt, schon seit einem Monat nicht. Deshalb habe ich beschlossen, die Einträge zu veröffentlichen, die ich bisher geschrieben habe. Ich weiß ehrlich gesagt nicht mehr, was ich tun soll.

Hast du von der Frau im blauen Kleid geträumt?

Du bist nicht der Einzige.

Die Frau wollte mir durch meine Träume etwas mitteilen. Ob wörtlich oder symbolisch, weiß ich nicht. Ich habe mir den Kopf darüber zerbrochen, aber es könnte alles Mögliche sein. Wieder und wieder bin ich die Träume durchgegangen: die Abwesenheit meine Mutter, die Spielsucht meines Vaters ..., die Witterung, der Regen ... Ich weiß nicht, was es bedeuten soll.

25

Als mein Handy klingelte, hätte ich beinahe aufgeschrien. So sehr war ich in die Lektüre des Blogs vertieft gewesen. Normalerweise gehe ich nicht ran, wenn ich eine unbekannte Nummer auf meinem Display sehe. Aber weil ich etwas desorientiert war von dem plötzlichen Klingeln, nahm ich den Anruf unwillkürlich entgegen.

Es war Maggie.

»Hast du's gelesen?«

»Ich bin noch dabei. Das ist doch nicht zu fassen! Wenn dieser Typ, dieser SpeedRacer95, auch von dieser Frau geträumt hat, dann …«

»Bis wohin hast du gelesen?«

»Bis zum dritten Traum.«

»Dann kommt das Beste noch.«

»Herrgott noch mal, Maggie, was läuft hier eigentlich?«

»Lies erst mal zu Ende. Danach rufst du mich zurück.«

26

Aus dem Blog von SpeedRacer95
Eintrag vom 27. Januar

Vor zwei Tagen habe ich wieder von der Frau geträumt. Das ist die gute Nachricht. Die schlechte Nachricht ist, dass es genau der gleiche Traum war, wie beim letzten Mal. Bis auf ein unbedeutendes Detail: Die Fingernägel der Frau waren gebrochen, mit Erde verschmutzt, blutverschmiert.

Am nächsten Tag verstand ich, oder glaubte ich zu verstehen. Die Frau wollte, dass ich in der Erde nahe der Ulme im Garten meiner Kindheit grabe. »Wir sind da.« Das war die Botschaft! Jetzt, da dieser Gedanke sich in meinem Kopf eingenistet hatte, würde ich erst Ruhe geben, wenn ich tatsächlich dort gegraben hatte.

Gestern Vormittag bin ich in meine Geburtsstadt gefahren, mit einer Schaufel im Kofferraum. Ich will nicht verhehlen, dass ein Teil von mir sich Sorgen zu machen begann, je näher ich meinem Ziel kam. Man musste nur zwei oder drei Horrorfilme gesehen haben, um sich denken zu können, dass die Frau in dem blauen Kleid tot war und die Träume einzig und allein dem Zweck dienten, mir zu enthüllen, wo sie begraben lag. Ich habe nicht nur zwei oder drei Horrorfilme gesehen, sondern Dutzende. Wenn ich tatsächlich auf eine Leiche stieß, würde ich es melden müssen, und dann würde ich nur schwer erklären können, wie ich sie gefunden hatte.

Zwei Querstraßen entfernt parkte ich. Ich ließ die Schaufel im Auto und schlenderte so entspannt wie möglich den Bürgersteig entlang. Zur Tarnung trug ich die ACC-Mütze. Ich war schon ewig nicht mehr in meiner alten Heimat gewesen, aber trotzdem könnte mich ein ehemaliger Nachbar erkennen.

Kaum war ich angekommen, sah ich mich mit dem ersten Problem konfrontiert: einem riesigen, sabbernden Rottweiler. Er bellte mehrmals, warf sich mit den Vorderpfoten gegen einen Gitterzaun, der den vorderen von dem hinteren Teil trennte. Dieser Zaun war früher nicht da gewesen. Ich ging weiter, und an der Kreuzung überquerte ich die Straße. Gleich gegenüber lag ein kleiner Park, wo ich mich auf eine Bank setzte und wartete. Selbst von dort aus konnte ich den Hund sehen, der mich ins Visier genommen hatte. Er bellte nicht mehr, aber seine Augen waren weitaus besser als meine, und wenn ich ihn sehen konnte, dann entging ihm garantiert nichts von dem, was ich tat. Jeden Zentimeter von mir speicherte er in seinem Hundehirn ab, um mich anschließend zu zerbeißen wie einen Stoffball.

Der Wipfel der Ulme ragte über das Holzdach. Zum ersten Mal nahm ich das Haus selbst in Augenschein. Die Fassade war nicht mehr himmelblau, sondern makellos weiß, überhaupt wirkte es sehr gepflegt: Die Pflanzen hatten Töpfe, der Rasen war gemäht, die Türen und Fenster lackiert. In der Zufahrt stand kein Auto. Die ganze Nachbarschaft schien verwaist.

Ich hatte keine Ahnung, was ich tun sollte. Im schlimmsten Fall würde das hier ein nostalgischer Ausflug in die Vergangenheit bleiben. Mir fiel auf, dass sich das Haus zur Linken, dem ich bis dahin kaum Beachtung geschenkt hatte, in all der Zeit fast nicht verändert hatte. Dort hatte der alte Abruzzese gewohnt, ein verwitweter Italiener, der mir immer filmreife Kriegsgeschichten erzählt hatte. Als Kind setzte ich mich oft zu ihm auf die Veranda, und er redete mit mir in seinem sanften, säuselnden Tonfall. Er muss damals um die neunzig gewesen sein, also war er inzwischen sicherlich gestorben. Sein Haus jedoch besaß noch immer diese besondere Ausstrahlung. Wenn mich meine Erinnerung nicht täuschte, lebte sein Sohn früher irgendwo an der Westküste; vielleicht war er ja zurückgekehrt und pflegte nun den eklektischen Stil seines Vaters. Die Veranda beherbergte jede Menge Gerümpel: ein verrosteter Rasenmäher, ein Friedhof kaputter Stühle und leerer Käfige. Im Gegensatz zu meinem alten Zuhause hatte bei den Abruzzeses seit Längerem schon keiner mehr den Rasen gemäht. Trotzdem standen im ersten Stock zwei Fenster offen, was mich vermuten ließ, dass sein Sohn – oder wer auch immer – in diesem Moment zu Hause war.

Ich blieb noch ein wenig in dem Park sitzen, bevor ich wieder hinüberging. Sofort begann der Hund zu bellen. Es wäre ein Wunder, wenn ich unerkannt bleiben würde, sollte jemand aus dem Fenster schauen. Aber ich musste herausfinden, ob der Hund angekettet war oder nicht. Wenn er an einer Kette lag, konnte ich mir überlegen, ob ich mich von hinten anschleichen sollte. Dieser Plan hatte natürlich weder Hand noch Fuß, schließlich würde der Hund nicht aufhören zu bellen, und die Bewohner des Hauses könnten jeden Moment heimkehren. Doch ich wollte mir zumindest einreden, dass es klappen könnte, also überquerte ich die Straße.

In diesem Moment legte sich mir eine Hand auf die Schulter. Vor lauter Gebell hatte ich den alten Abruzzese nicht kommen hören, der mich nun mit seinen fröhlichen kleinen Augen ansah. Er hatte sich kein bisschen verändert, nur die Falten in seinem Gesicht waren tiefer, als ich sie in Erinnerung hatte.

Wenn es etwas gibt, das in keinem Horrorfilm fehlen darf, dann ist es ein unerwarteter Schreck. Und was wäre da besser als ein toter Nachbar?

Doch Abruzzese war quicklebendig und hatte sich, wie gesagt, kaum verändert. Entweder war er inzwischen an die tausend Jahre alt, oder ich hatte bei der Einschätzung seines Alters völlig danebengelegen.

»Hallo.«

Offenbar hatte ich die Augen weit aufgerissen, denn Abruzzese grinste.

»Herr Abruzzese …, ich … Hallo.«

Der Hund hörte auf zu bellen, möglicherweise war er wegen unseres vertrauten Umgangs verwirrt.

»Mal wieder in der alten Heimat?«

Er sprach in dem gleichen säuselnden Ton wie immer.

»Ich war gerade in der Gegend … Und schon ewig nicht mehr hier.«

»Willst du einen Blick reinwerfen?«

Ich zog die Augenbrauen hoch. Das Angebot erwischte mich kalt.

»Die Thompsons kommen erst nächste Woche wieder, und ich passe bis dahin auf Garry auf.«

Garry stellte die Ohren auf, als er seinen Namen hörte.

»Ehrlich gesagt würde ich das tatsächlich gerne tun.«

Abruzzese bückte sich und tastete in einem Blumentopf nach dem Schlüssel. Er grinste, als er ihn fand, und schloss damit die Seitentür auf. Der alte Mann trat ein, ich zögerte, wollte mich Garry ungern nähern, doch der Hund war wie verwandelt und hatte nicht nur aufgehört zu bellen, sondern wedelte nun auch unablässig mit dem Schwanz. Abruzzese streichelte ihn, als er an ihm vorüberging, und ich tat es ihm gleich. Er schien wirklich harmlos.

Während wir ein Zimmer nach dem anderen abschritten, erzählten wir uns Anekdoten. Das Haus sah ganz anders aus als in meiner Erinnerung, was mich ziemlich erstaunte. Sosehr, dass ich fast vergaß, warum ich hergekommen war.

Ich überlegte, ob ich Abruzzese erzählen sollte, ich hätte hinterm Haus einen Schatz vergraben, ihn bei unserem überstürzten Umzug vergessen und würde ihn gern ausgraben, nahm aber im letzten Moment davon Abstand. Wenn ich auf eine Leiche stieß, hätte ich ein ernstes Problem.

Ich verabschiedete mich von Abruzzese und dankte ihm dafür, dass er mich reingelassen hatte. Ich versprach, bald wiederzukommen.

Den Nachmittag verbrachte ich in einem Einkaufszentrum, sah mir einen Film an und kehrte nach Einbruch der Nacht zurück. Die Schaufel nahm ich nicht mit, in der Hoffnung, dass ich im Garten eine finden würde. Ich näherte mich Garry wie ein alter Bekannter, rief ihn bei seinem Namen, und der Hund reagierte brav, ließ sich durch den Zaun hindurch streicheln. Mit dem versteckten Schlüssel gelangte ich auf das Grundstück. Ich ging um das Haus herum und direkt zur Ulme. Dort sah ich hinauf zu meinem alten Fenster. Ein Déjà-vu-Gefühl stellte sich ein. Anders als in meinem Traum lag das Zimmer im Dunkeln.

Tatsächlich fand ich im Schuppen eine Schaufel. Die Stelle, an der ich graben wollte, bestimmte ich mit einer gewissen Willkür. Die Wurzeln waren ganz anders angeordnet als in meinen Träumen, also blieb mir nichts anderes übrig, als einfach loszulegen. Ich würde einen halben Meter ausheben, und wenn ich nichts fand, an einer anderen Stelle weitermachen. Drei oder vier Versuche dürften genügen, schätzte ich. Es wurden sechs.

Ich wollte schon aufgeben – zumal das Graben um einen Baum herum wegen der lästigen Wurzeln eine ziemlich frustrierende Angelegenheit sein kann –, als die Schaufel erneut auf etwas Hartes stieß. Diesmal war es keine Wurzel, da war ich sicher. Es fühlte sich anders an. Eilig grub ich weiter, aber war auch vorsichtiger als zuvor. Bald schon stellte ich fest, dass es sich um einen Gegenstand aus Metall handelte, und dieser Gegenstand entpuppte sich als eine verrostete Kiste. Bevor ich sie herauszog, leuchtete ich mit meinem Handy in die Grube. Wenn die Kiste nicht zwischen meinen Händen zerbröselt, ist das ein Wunder, dachte ich. Der Deckel war so zerfressen, dass er sich nicht mehr bewegen ließ. Behutsam steckte ich einen Finger unter eine Ecke und hob ihn langsam an. In der Kiste lag Schmuck, der einmal meiner Mutter gehört hatte.

Ich ließ den Deckel wieder los, blieb reglos sitzen und versuchte, diesen überraschenden Fund zu verarbeiten.

27

Aus dem Blog von SpeedRacer95
Eintrag vom 28. Januar

An eines der Schmuckstücke erinnerte ich mich besonders gut: eine Goldkette mit einem türkisfarbenen Stein. Meine Mutter hatte sie nie getragen, sie sei nicht ihr Stil, wie sie sagte, aber sie hatte sie immer sorgsam aufbewahrt, weil sie ein Erbstück der Großmutter war. Mehr als einmal ertappte ich sie in ihrem Schlafzimmer am Frisiertisch, wo sie mit verlorenem Blick dasaß, in den Fingern ein Ring oder eine Kette. In jenen Jahren konnte ich mir noch nicht vorstellen, welche Lücke eine Mutter hinterlässt. Was nach ihrem Tod mit dem Schmuck passiert war, ob eine meiner Tanten ihn geerbt oder mein Vater ihn verkauft hatte, um seine Schulden zu begleichen, hatte ich mich nie gefragt. Auf die Idee, meine Mutter könnte ihn versteckt haben, war ich deswegen auch nie gekommen.

Nachdem ich den Schmuck in dieser Nacht gefunden hatte, nahm ich ihn natürlich an mich.

Das ist also der Grund, warum ich beschlossen habe, diese Einträge zu veröffentlichen. Einige Namen und Details habe ich abgewandelt, aber die Geschichte an sich ist wahr. Die

Frau mit dem blauen Kleid hat mir in meinen Träumen gezeigt, wo meine Mutter ihren Schmuck versteckt hat. Ich kann es nicht mit Gewissheit sagen, aber ich würde wetten, sie hat ihn versteckt, damit mein Vater ihn nicht verpfändet.

Seither habe ich wieder und wieder darüber nachgedacht. Mein Verstand sagt mir, dass ich meine Mutter dabei beobachtet haben muss, wie sie den Schmuck vergraben hat. Hat die Frau in dem blauen Kleid nicht auf mein Zimmerfenster gedeutet? Vermutlich wollte sie mir damit sagen, dass ich meine Mutter von dort aus gesehen habe. Das wäre logisch.

Ich würde es gern glauben. Doch es gibt ein Puzzleteil, das nicht so recht passen will, und das ist die Frau in dem blauen Kleid. Die Frage, die ich mir ganz zu Anfang gestellt habe, ist nach wie vor unbeantwortet.

Ein Detail der Frau habe ich für mich behalten, damit all diejenigen, die sich mit mir in Verbindung setzen wollen, weil sie ebenfalls von der Frau geträumt haben, es mir sagen können und damit einen Weg haben, ihr ernsthaftes Interesse unter Beweis zu stellen.

28

Aus dem Blog von SpeedRacer95
Eintrag vom 3. März

Über dreißig Personen haben sich mit mir in Verbindung gesetzt und nur meine Zeit verschwendet.

Vor einigen Stunden aber ist etwas passiert, womit ich nicht mehr gerechnet hatte. Ein Bekannter von der Uni hat mich angerufen und gesagt, dass auch er von der Frau geträumt hat. Ich habe länger mit ihm gesprochen und bin mir sicher, dass er die Wahrheit sagt. Meine ursprüngliche Ahnung hat sich bestätigt.

29

Der letzte Eintrag stammte vom 3. März, also von vor gut zwei Monaten. Ich las den Blog ein zweites Mal und rief dann Maggie an. Zwanzig Minuten später parkte ich vor einem Starbucks. Sie winkte mir durch die Glasscheibe zu.

Maggie hatte einen kleinen Tisch in der Ecke gewählt. Ich bestellte einen Latte macchiato und setzte mich zu ihr.

»Ich bin immer noch geschockt«, sagte sie und spielte an ihrem Glas herum.

»Frag mich mal.«

Die Geschichte von SpeedRacer95 war gruselig, in jeglicher Hinsicht. Nicht nur, weil er von der Frau mit dem Halsband geträumt hatte, das natürlich vor allem, sondern auch, weil es andere beunruhigende Parallelen gab, zum Beispiel, dass er seine Mutter früh verloren hatte.

»Jetzt sag mir erst mal eines, Maggs: Wie bist du auf den Blog gestoßen?«

Maggie lachte. Sie holte ihr Handy hervor und suchte in Lichtgeschwindigkeit nach etwas.

»Ich habe deine Zeichnung vom Halsband abfotografiert«, erklärte sie. »Und dann habe ich einfach gegoogelt.«

Mein Blick ließ keinen Zweifel daran, dass ich keine Ahnung hatte, wovon sie sprach.

»Und zwar so …«

Maggie vollführte eine Reihe von Zaubertricks, ließ Menüs auftauchen und wieder verschwinden, und in Sekundenschnelle waren auf dem Display mehrere Bilder zu sehen, die meiner Zeichnung ähnelten. Gleich das Erste war die Zeichnung des Halsbandes, die SpeedRacer95 in seinen Blog hochgeladen hatte.

»Das Halsband ist so speziell«, erklärte Maggie, »dass es kaum Treffer gab.«

»Ich wusste gar nicht, dass so was geht«, wunderte ich mich.

»Das wissen viele nicht und beschränken sich darauf, nach Wörtern zu suchen, dabei ist die Bildersuche oft viel effektiver.«

Ich schwieg.

»Worüber denkst du nach?«, fragte Maggie.

»Wenn ich nicht selbst von der Frau geträumt hätte, hätte ich kein Wort von dem geglaubt, was dieser Blogger schreibt. Es wundert mich also nicht, dass niemand ihn ernst genommen hat.«

»Ja, klingt wie einer dieser urbanen Mythen, von denen jeder weiß, dass sie nicht stimmen.«

»Aber die Beschreibung der Frau, das Kleid, das Halsband, dieses Gefühl, dass sie einem bekannt vorkommt … Das kann kein Zufall sein.«

»Nein. Und dann schreibt er ja auch noch, dass er jemanden gefunden hat, der auch von ihr geträumt hat. Ich frage mich nur, wieso er danach nichts mehr geschrieben hat. Sein letzter Eintrag ist ja schon eine ganze Weile her.«

»Das stimmt.«

»Ich habe den Google-Alert aktiviert, also kriege ich es mit, wenn er wieder schreibt.«

Ich nahm einen großen Schluck Kaffee. Das Café war praktisch leer. An zwei oder drei Tischen saßen zwar Leute, aber niemand hörte uns zu. Gleich neben uns quatschten drei Jugendliche laut durcheinander, wofür ich dankbar war.

»Mir ist noch aufgefallen, dass SpeedRacer95 im Garten seines alten Zuhauses gegraben hat. Im Vergleich zu allem anderen ist das zwar ein unbedeutendes Detail, aber im Grunde habe ich im Wald das Gleiche gemacht.«

Maggie schwieg und dachte nach. Sie biss sich leicht auf die Lippe und sah kurz nach oben. Diese Geste war mir sehr vertraut. Bevor sie sprach, schüttelte sie sanft den Kopf.

»Glaubst du, dass der Junge von seinem Fenster aus beobachtet hat, wie seine Mutter den Schmuck vergräbt?«

»Ich glaube nicht, dass er es wusste. Meiner Meinung nach hat die Frau ihm das gezeigt.«

Maggie schwieg.

»Und du?«, fragte ich.

»Ich glaube schon, dass er es wusste. Deshalb ist das Fenster in seinem Traum auch so wichtig.«

»Ich weiß nicht, was ich denken soll. Egal, wie rum man es dreht, es bleibt die Tatsache, dass zwei Menschen – vielleicht sogar drei – von dieser Frau geträumt haben.«

»Genau. Und bei dir hat sich das Muster wiederholt. Auch dir hat sie etwas zeigen wollen, wir wissen nur noch nicht, was.«

Du hast etwas vergessen.

Ich dachte nach und trank meinen Kaffee aus.

»Entschuldigung, Maggs.«

Sie begriff nicht.

»Entschuldigung wofür?«

»Du bist gerade erst angekommen, und wir haben noch gar nicht über dich gesprochen.«

»Johnny, das hier«, erklärte sie und zeigte erst auf mich und dann auf sich selbst, »ist genau das, was ich jetzt brauche. Ich werde dir schon noch erzählen, warum ich mit Andrew Schluss gemacht habe und warum die Zeit in London wirklich beschissen war. Aber nicht jetzt. Jetzt brauche ich dich, dich und deine Freundschaft. Ich brauche Ross. Ich brauche wenigstens *etwas*, das noch so ist wie früher.«

Ihre Stimme zitterte. Ihre Augen waren feucht geworden. Ich ergriff ihre Hände.

»Wir müssen nicht jetzt darüber sprechen.«

Sie nickte.

»Wenn es dich ablenkt, mir zu helfen«, fuhr ich fort, »umso besser, ich brauche nämlich wirklich Hilfe. Ohne dich würde ich längst an meinem Verstand zweifeln.«

Die Jugendlichen am Nachbartisch redeten nicht mehr so laut durcheinander und sahen zu uns herüber. Als ich mich ihnen zuwandte, nahmen sie ihr Gespräch schnell wieder auf.

»Du weißt, wer uns weiterhelfen könnte, oder?«, sagte Maggie.

Natürlich wusste ich es.

»Ich würde Ross erst mal da raushalten wollen. Dass ich dich mit reingezogen habe, macht mir schon genug schlechtes Gewissen.«

Maggie nickte. Ross war ein Riesenfan von Mystery- und Spionagethrillern. Er war die treibende Kraft hinter den Abenteuern unserer Kindheit gewesen. Bestimmt würde er ganz anders an die Sache herangehen als wir.

»Ruf ihn an«, sagte ich. »Er wird sich freuen. Lass uns die Tage etwas unternehmen, nur wir drei.«

Maggie machte ein Gesicht wie ein kleines Kind, das das schönste Geschenk der Welt bekommen hat.

»Ja, mache ich. Vielleicht bei dir zum Abendessen? Ich koche.«

»Perfekt.«

Maggie spielte mit dem leeren Glas in ihrer Hand.

»Du weißt, wie das hier weitergehen wird, oder?«

Ich riss die Augen auf und lehnte mich nach hinten, grinste.

»Doch nicht das, du Idiot.«

»Was dann?«

»Wir müssen SpeedRacer finden.«

Zuerst dachte ich, sie mache einen Scherz.

»Und wie? Er hat doch selber gesagt, dass er die Namen geändert hat.«

»Er hat aber auch einige Hinweise gegeben. Während du bei Jennie warst, habe ich ein bisschen recherchiert.«

Maggie hatte keine Zeit verloren. So war sie in allem: energisch, proaktiv, manchmal sogar impulsiv.

»Ich bin ganz Ohr.«

»Ganz am Anfang seines Blogs sagt er einmal, dass es ihn interessiert, wie man Träume erinnern und festhalten kann, was die Vermutung nahelegt, dass er Psychologie studiert. Es wirkt fast so, als würde er eine Art Experiment durchführen.«

»Das ist mir auch aufgefallen.«

Maggie schien nicht zu verstehen.

»Was ich damit sagen will«, erklärte ich. »Da führt einer an sich selbst eine Art Traumstudie durch, und plötzlich hat er Träume, die ihn auf etwas hinweisen wollen. Das ist zumindest verdächtig.«

Maggie nickte.

»Du hast recht.«

»Was wissen wir noch über SpeedRacer? Außer dass er vermutlich Psychologie studiert und fechtet? Nicht viel.«

Maggie grinste.

»Als er den Besuch im Haus seiner Kindheit schildert, erwähnt er, dass er eine Mütze der ACC trägt, der Atlantic Coast Conference, einer der ältesten Ligen im Universitätssport. Rate mal, wie viele Universitäten an den Fechtwettkämpfen der ACC teilnehmen?«

Ich zuckte die Schultern.

»Nur fünf: Boston College, Duke, North Carolina, Notre Dame und Lindon Hill.«

Beim letzten Namen zog ich die Augenbrauen hoch.

»Ja, ich habe auch aufgehorcht. Unser Mann hatte Geldprobleme, weil sein Vater ein Spieler war. Wenn ich tippen müsste, würde ich auf Lindon Hill setzen.«

Lindon Hill war die bei Weitem günstigste und auch die am nächsten gelegene Uni. Außerdem war ich erst vor zwei Tagen dort gewesen.

30

Mit dem Auto durch Lindon Hill zu fahren, auf der Suche nach dem Verfasser eines Blogs, der sich überall auf der Welt aufhalten könnte, schien auf den ersten Blick wie die Suche nach der berühmten Nadel im Heuhaufen. Trotzdem waren Maggie und ich der felsenfesten Überzeugung, dass wir SpeedRacer95 finden würden. Im Rückblick betrachtet war das gar nicht so abwegig. Die Puzzleteile passten allmählich zusammen, auch wenn wir das zu diesem Zeitpunkt noch nicht so deutlich erkennen konnten.

Ich holte Maggie um zehn Uhr am Vormittag ab. Unterwegs versuchte ich, mit ihr über London zu sprechen, aber sie schwieg oder gab nur einsilbige Antworten. Ich wollte sie nicht bedrängen. Dass ich sie mit meinen Problemen belastete, bereitete mir wie gesagt schon genug schlechtes Gewissen, und natürlich war sie mir wichtig. Ich stellte also halbherzig eine Frage zu dem Gerücht, von dem Ross von Ms. Lloyd gehört hatte: dass sie schwanger gewesen war und das Kind verloren hatte. Woraufhin Maggie nur den Kopf schüttelte. Ich wolle nur helfen, sagte ich, aber ich würde es natürlich respektieren, wenn sie mehr Zeit brauche.

Als wir stattdessen darauf zu sprechen kamen, wie wir SpeedRacer95 am besten ausfindig machen konnten, war Maggie wieder ganz die Alte. Der Plan war simpel: Maggie würde das Fechtteam aufspüren und sagen, sie sei Studentin, arbeite an einer

Studie über Traumdeutung und interessiere sich für die Erfahrungen eines Teamkameraden, dessen Blog sie gelesen habe. Sollte unser Mann mit seinen Bekannten über Träume gesprochen haben, wie er in seinem Blog behauptete, war es durchaus möglich, dass uns jemand dazu Auskunft geben konnte. Wir kamen überein, dass ich mich erst einmal im Hintergrund halten sollte. Maggie würde in der Rolle einer Studentin viel überzeugender auftreten und eine Gruppe von Fechtern viel leichter zum Reden bringen.

Wir erreichten den Campus der Universität von Lindon Hill, wo ich vor Jahren einen flüchtigen Versuch unternommen hatte, Kunstgeschichte zu studieren. Hin und wieder wallte wegen dieser frustrierenden Monate ein nostalgischer Schmerz in mir auf. Das Unileben hatte durchaus einen Reiz, den ich vermisste, aber diesen Weg war ich eher deshalb gegangen, weil auch mein Bruder ihn gegangen war, nicht aus eigener Überzeugung. Trotzdem hatte ich mehr als einmal darüber nachgedacht, das Studium wieder aufzunehmen, weil mein Dasein als Autodidakt mit einer gewissen Unsicherheit einherging. Doch dann war Jennie geboren, und der Zug war definitiv abgefahren. Ich gebe meiner Tochter natürlich nicht die Schuld. Das habe ich schon selbst zu verantworten.

Ich erinnerte mich nicht daran, ob es eine eigene Fechthalle auf dem Campus gab, also gingen wir zur einzigen Sporthalle, die ich kannte. Durch die Hintertür betraten wir das riesige Gebäude, das unter anderem ein Basketballfeld mit Tribünen für mehrere hundert Zuschauer beherbergte. Ein Student bestätigte uns, dass dort auch das Fechtteam trainierte, er wusste aber nicht, wann. Wir überquerten das Feld und gelangten in eine große Empfangshalle, in der Fotografien hingen und Trophäen ausgestellt waren. Ein junger Typ zog sofort unsere Aufmerksamkeit auf sich, weil er eine Fechtmaske in der Hand hielt. Ich beschleunigte meine Schritte und ging davon aus, dass Maggie es mir gleichtun würde, um den Kerl mit der Fechtmaske abzufangen, da verschwand dieser durch eine Tür. Bevor ich ihm folgte, wandte ich mich zu Maggie um, aber sie war ebenfalls verschwunden.

Suchend blickte ich mich um. Studenten gingen kreuz und quer durch den Empfangsbereich, und es schienen immer mehr zu werden. Ein Basketballteam machte sich lautstark bemerkbar, einer der Spieler prellte einen Ball. Da endlich entdeckte ich Maggie, die in entgegengesetzter Richtung davoneilte wie von der Tarantel gestochen. Schnell folgte ich ihr und holte sie schließlich ein.

»Das ist er«, sagte sie.

Eine Gruppe von Studentinnen teilte sich wie ein Vorhang, und zum Vorschein kam eine improvisierte Gedenktafel. In der Mitte hing das Foto eines jungen Mannes.

Stuart Nance
8.6.1995 –
17.4.2015

Stuart Nance war also vor einundzwanzig Tagen gestorben. Vor der Gedenktafel lag ein Kondolenzbuch, in das sich seine Kommilitonen eingetragen hatten. Um das Porträt in der Mitte hingen weitere Fotos von ihm, auf denen er mal in Fechtkleidung, mal auf einem Motorrad zu sehen war. Ich begriff sofort, warum Maggie zu dem Schluss gelangt war, Stuart Nance könnte SpeedRacer95 sein. Die richtige Universität, Mitglied des Fechtteams, begeisterter Motorradfahrer.

»Kanntet ihr ihn?«, ertönte eine Stimme hinter uns. Wir drehten uns gleichzeitig um.

Ich erkannte sie sofort. Sie war auf einem der Fotos, Arm in Arm mit Stuart Nance.

»Nicht direkt«, sagte Maggie, die viel geistesgegenwärtiger war als ich.

Die junge Frau nickte. Sie nahm das Kondolenzbuch und überflog die Eintragungen.

»Nichts Neues«, sagte sie mit tonloser Stimme. »Ich überprüfe es einmal am Tag. Man sollte nicht glauben, dass sich jemand in einer solchen Situation im Ton vergreifen kann, aber es kommt vor. Es gibt einfach Idioten, auch an der Uni.«

Maggie schüttelte den Kopf. Es war ein Gespräch zwischen den beiden.

»Du warst seine Freundin, oder?«

»Ja.«

»Ich bin Maggie.« Maggie gab ihr die Hand und stellte mich als ihren Freund vor. »Mein herzliches Beileid.«

Die Frau nickte mechanisch. Sie gab auch mir die Hand.

»Ich bin Katie.«

»Katie, wir sind aus Boston; wir arbeiten an einem Projekt für die Uni.«

Plötzlich war die Frau wie verwandelt. Vermutlich dachte sie, wir wären Journalisten.

»Es geht um die Deutung von Träumen.«

Katies Haltung entspannte sich wieder.

»Ach, so. Stuart war ganz fasziniert von dem Thema.«

Wir tauschten einen Blick aus. Was Katie gerade gesagt hatte, bestätigte endgültig, dass Stuart Nance SpeedRacer95 war. Das Fechten, das Motorradfahren und jetzt auch noch die Traumdeutung; zu viele Übereinstimmungen für einen bloßen Zufall.

»Ich habe einige Blogeinträge von ihm gelesen«, erklärte Maggie.

Um uns herum herrschte nach wie vor großer Trubel. Katie schaute mal hierhin, mal dorthin, es war offensichtlich, dass sie gehen wollte.

»Stuart hat sich ständig damit beschäftigt. Er und dieser Alex. Vielleicht war das ja der Grund, warum er vom Motorrad gefallen ist.«

Ihr brach die Stimme.

»Entschuldige, wir wollten dich nicht belästigen.«

Katie schüttelte den Kopf und wischte Tränen weg, die nicht fließen wollten. Als Maggie zu einer weiteren Frage ansetzte, entschuldigte sie sich, machte auf dem Absatz kehrt und eilte davon.

Schweigend standen wir da. Stuarts Tod verlieh unserem Detektivspiel etwas Abgeschmacktes. Maggie blätterte das Kondolenzbuch durch, überflog die Einträge und Unterschriften.

»Nur ein einziger Alex«, sagte sie, ohne mich anzusehen. »Alex Lange.«

Sie holte ihr Handy aus der Tasche.

»Wir haben Glück«, sagte Maggie, ohne den Blick vom Display abzuwenden. »Alex Lange studiert an der Lindon Hill. Und er ist gerade online.«

31

Alex Lange war in der Bibliothek und lernte. Maggie schaffte es irgendwie, ihn zu einem Treffen zu überzeugen, ohne ihm zu sagen, was sie von ihm wollte. Sie ging allein hin. Ich wartete in der Cafeteria auf sie, bestellte einen Kaffee und blätterte in einer Zeitung, die auf dem Tisch lag. Ehrlich gesagt hatte ich das Interesse ein wenig verloren. Maggie hingegen stürzte sich mit dem Elan in die Sache, der sie schon immer ausgezeichnet hatte.

Nach einer halben Stunde kam sie zurück.

»Ich bin zwar keine Polizistin«, war das Erste, was sie sagte, als sie sich zu mir setzte, »aber ich bin mir sicher, dass dieser Typ etwas zu verbergen hat.«

Sie schilderte, wie die Begegnung mit Alex Lange verlaufen war, der zwei völlig unterschiedliche Verhaltensweisen an den Tag gelegt hatte. Anfangs, als Maggie ihm noch nicht gesagt hatte, warum sie ihn sprechen wollte, war er gut gelaunt gewesen und hatte sich gesprächig gezeigt. Er habe Stuart erst vor Kurzem kennengelernt, hatte er erzählt, sein Tod habe ihn getroffen wie alle anderen auf dem Campus auch. Es sei unerklärlich, wie ein so erfahrener Fahrer einfach die Kontrolle habe verlieren könne, an einer leeren Kreuzung, bei geringem Tempo. Er habe ihn auf einem Schwebebalken fechten sehen, sein Gleichgewichtsgefühl sei unglaublich gewesen.

Bis dahin war alles in Ordnung gewesen. Maggie hatte ihn gefragt, ob die Polizei das Unglück als einen Unfall einstufe oder in eine andere Richtung ermittle, woraufhin er sagte, das wisse er nicht, aber seiner Information nach sei der Fall abgeschlossen.

In diesem Moment habe sich sein Verhalten plötzlich völlig verändert. Offenbar hatte ihn die Aussicht auf einen Flirt mit einer Unbekannten die Zunge gelöst, bevor ihm vermutlich aufging, dass er sich selber schaden konnte. Maggie hatte erzählt, sie habe per Mail Kontakt mit Stuart aufgenommen, und er habe ihr von der Frau in dem blauen Kleid erzählt, von der er geträumt habe.

»Er wusste ganz genau, wovon ich sprach«, sagte Maggie. »Ihm sind fast die Augen aus dem Kopf gesprungen. Deswegen habe ich gewagt, aufs Ganze zu gehen. Ich sagte ihm, Stuart habe mir erzählt, dass auch er von der Frau geträumt habe. Du hättest mal sein Gesicht sehen sollen.«

»Das ist ja merkwürdig«, sagte ich stirnrunzelnd. »Dass er ebenfalls von der Frau geträumt hat, ist beunruhigend genug, aber warum sollte er sich …«

»Ertappt fühlen?«, ergänzte Maggie in verschwörerischem Ton.

»Hat er sonst noch was gesagt?«

»Nein. Er hat seine Sachen zusammengepackt und ist praktisch weggerannt.«

Ich zuckte mit den Schultern.

»Unser Abenteuer ist hier wohl zu Ende.«

Maggie konnte ihre Enttäuschung nicht verhehlen.

»Du weißt ja, wie ich bin, wenn ich mir mal etwas in den Kopf gesetzt habe.«

»Du hast dich kein bisschen verändert, Maggie Burke.«

32

Zwei Tage später, an einem milden Frühlingssonntag, ging ich bei mir zu Hause mit einem Mückenspray in der Hand die Treppe hinunter. Am Fuß der Treppe blieb ich stehen und ließ den Blick durchs Wohnzimmer schweifen, wo durch die vordere Fensterfront das Licht der Morgensonne hereinflutete. Die Haustür stand offen: Wie das Zwitschern des schönsten Vogels der Welt drang Jennies Stimme an mein Ohr. Ich stellte mich an eines der Fenster und beobachtete sie. Sie spielte am Verandatisch, nicht an dem kleinen, den nur sie benutzte, sondern an dem der *Erwachsenen*. Sie kniete auf einem Stuhl und hatte ein anderes von Morgans tollen Geschenken aufgebaut: eine rosafarbene Küche mit den Gesichtern der Disneyprinzessinnen. Es war sexistischer Mist, aber Jennie hatte einen Heidenspaß. Cassie und Mandy warteten.

»Habt ihr etwa alles aufgegessen?«, protestierte Jennie und räumte das Essen vom Teller.

Sie legte die Karotte und den Käse wieder in die Pfanne und drehte behutsam an den Knöpfen des Herds.

»Wie schafft ihr es nur, so schlank zu bleiben? Ich kann doch nicht ständig für euch kochen. Ich habe auch noch andere Sachen zu tun.«

Cassie und Mandy mussten etwas Witziges geantwortet haben, denn Jennie lachte. Sie trug ihren Forscherhut.

Ich sah ihr gern beim Spielen zu, wie vermutlich alle Väter. In welchem Moment verlieren wir die Fähigkeit, mit zwei Puppen zu sprechen und sie mit riesigen Plastikmöhren zu füttern? Jennie definierte ihre Welt immer wieder neu. Wenn sie spielte, wenn sie malte, dann tat sie dies auf einer anderen Ebene als wir, in einer anderen Frequenz. Erwachsene konnten da nicht mithalten. Picasso meinte einmal, alle Kinder würden als Künstler geboren, die Frage sei nur, wie man sich das beim Größerwerden bewahren könne. Ich war absolut seiner Meinung. Manchmal betrachtete ich die deformierten Menschen, die Jennie zeichnete, mit ihren brutalen Augen und den ewig langen Armen, und verglich sie mit meinen Retortenzeichnungen. Der Unterschied war niederschmetternd.

Ich löste mich aus meiner Verzauberung und ging hinaus auf die Veranda.

»Bereit?«

»Jaaaaaa!«

Jennie breitete die Arme aus, damit ich das Mückenspray auftragen konnte.

»Sehr tapfer von dir«, lobte ich sie.

Als ich ihr vorhin gesagt hatte, ich würde das Mückenspray holen, hatte sie mich mit einer gewissen Besorgnis angesehen. Ich sei gleich zurück, hatte ich gesagt, ich würde sie von oben im Auge behalten. Meine Tochter fremdelte etwas mit dem Wald, und diese Angst wollte ich ihr nehmen. Zwar waren die Zeiten andere, aber die irrationalen Ängste blieben dieselben.

»Bleiben Cassie und Mandy hier?«

Sie sah zum Haus und dann gleich zum Wald. Bevor sie antwortete, überlegte sie einen Augenblick.

»Ja«, sagte sie und kletterte dann vom Stuhl herunter. Außer dem Tropenhut trug sie einen Overall, der ihre Beine bedeckte.

»Komm, wir suchen unser Werkzeug«, sagte ich. »Dann sind wir bereit für die Expedition.«

»Nein! Ich muss erst noch meine Trinkflasche auffüllen.«

»Oh, stimmt.«

Jennie nahm ihre Trinkflasche und füllte sie unter dem Wasserhahn. Sie steckte sie in ihren Rucksack, den sie selbstständig aufsetzte. Wir gingen zum Werkzeugschuppen, und ich suchte einen Meißel und einen kleinen Hammer.

»So, jetzt haben wir alles.«

Jennie dachte kurz nach und rannte dann los, einmal um das Haus herum zu der Veranda, auf der sie eben noch gesessen hatte. Als sie wiederkam, hatte sie ihre beiden Puppen in der Hand.

»Sie müssen unbedingt die Schmetterlinge sehen!«

Der Schmetterlingssumpf war schon seit Jahren ausgetrocknet, aber Jennie hegte immer noch die Hoffnung, dort eines Tages Schmetterlinge zu entdecken, und diese Hoffnung würde ich ihr natürlich nicht nehmen.

Wir schlugen einen anderen Weg als letztes Mal ein, einen Weg, der enger war, zugewachsener. Jennie bemerkte es sofort. Doch ich hatte nicht vor, meiner vierjährigen Tochter zu erklären, warum ich den Weg vermeiden wollte, der über die Lichtung mit den Pappeln führte. Sie ging voraus, vorsichtig wie jemand, dem der Wald nicht ganz geheuer ist.

Wenig später gelangten wir an einen breiteren Weg, und Jennie atmete auf. Ihre Stimme war ein Gradmesser dafür, dass sie sich nun wohler fühlte. Sie fragte mich nach den verschwundenen Schmetterlingen, ob sie vielleicht woanders hingeflogen seien.

Auf halber Strecke hörten wir im Dickicht ein Geräusch. Ich war vertraut mit den Geräuschen des Waldes und konnte ausschließen, dass es sich um ein Tier handelte. Es war ein Mensch, und dass er stehen geblieben war, deutete darauf hin, dass er uns nicht begegnen wollte.

Ich beruhigte Jennie, die sich an mich geschmiegt hatte, und visierte die Richtung an, aus der die Geräusche gekommen waren. Plötzlich trat eine Frau aus dem Dickicht hervor. Jennie starrte sie an, als wäre sie eine Außerirdische. Wir grüßten einander, dann ging die Frau weiter in Richtung Stadt.

»Wer war das, Papa?«

»Eine Schriftstellerin«, sagte ich ganz unaufgeregt. »Sie hat als Kind hier gewohnt und kommt jedes Jahr hierher, um den Schmetterlingssumpf zu besuchen.«

Die Geschichte beeindruckte Jennie nicht. Obwohl es erst eine Viertelstunde her war, dass wir von zu Hause aufgebrochen waren, hatte sie schon wieder Durst und bat mich, die Trinkflasche aus dem Rucksack zu holen. Sie nippte nur daran und gab sie mir zurück.

»Fertig.«

Eine halbe Stunde später erreichten wir den Ort, der einmal ein riesiger, mit Farnen und bunten Schmetterlingen bevölkerter Sumpf gewesen und jetzt nur noch eine freie, spärlich bewachsene Fläche war. Nur die Felsen zeugten noch von anderen Zeiten.

»Da sind keine Schmetterlinge«, sagte Jennie, die mit den Händen die Riemen des Rucksacks umklammert hielt.

»Die kommen nur noch selten hierher.«

»Komm, wir schreiben meinen Namen!«, rief Jennie.

Sie rannte zur Felsformation, in die die Kinder von Carnival Falls ihre Namen in den Stein meißelten. Die Tradition reichte zurück bis in meine eigene Kindheit. Normalerweise benutzten sie dafür spitze Steine, dann blieben die Inschriften einige Monate oder sogar Jahre erhalten. Manchmal wandte jemand auch mehr Geduld und Mühe auf.

»Erinnerst du dich noch, wo Papa und seine Freunde ihre Initialen hinterlassen haben?« Jennie konnte schon Buchstaben lesen und ließ ihren Blick über die Felsen schweifen.

»Da!«

Sie zeigte auf drei perfekt in den Stein gemeißelte Buchstaben: MJR. Ross hatte sich als Künstler hervorgetan.

»Bald wirst du meine Freundin Maggie kennenlernen. Sie hat in einem anderen Land gewohnt und ist jetzt wieder da.«

»In Kanada?«

»Nein, in England.«

Jennie sah mich misstrauisch an. Wortlos beugte sie sich nach vorne, stützte die Hände auf die Knie und musterte lange den Felsen.

»Hier?«

Sie deutete auf einen Punkt knapp über dem Boden. Etwas höher wäre besser, sagte ich. Sie war einverstanden. Nachdem die Stelle ausgesucht war, machte ich mich ans Werk. Sie setzte sich neben mich auf einen Stein, holte ihre Trinkflasche aus dem Rucksack und trank noch einen Schluck Wasser. Dann platzierte sie die Puppen neben sich und sagte ihnen, dass sie eine Weile bleiben würden, um auf die Schmetterlinge zu warten. Ich hämmerte so lange, bis Jennies Name in den Stein gemeißelt war. So sorgfältig wie Ross hatte ich nicht gearbeitet, aber das Ergebnis konnte sich sehen lassen. Jennie jedenfalls war begeistert. Wir könnten ja wiederkommen, um es uns noch mal anzugucken, sagte sie. Na klar, erwiderte ich.

Ich setzte mich hin und lehnte mich mit dem Rücken an einen Felsen. Jennie setzte sich neben mich und wartete geduldig auf die Schmetterlinge. Mit den Beinen vor sich ausgestreckt, die Hände auf den Knien, sah sie hinauf ins Grün der Bäume.

33

Ich bat Maggie, mich zu Marks Geburtstag zu begleiten, was für sie zunächst alles andere als ein verlockender Gedanke war. Sie fühle sich noch nicht bereit dazu, alle auf einmal wiederzusehen, die neugierigen Blicke zu ertragen oder unangenehme Fragen zu beantworten, sagte sie. Vielleicht sei es aber auch die perfekte Gelegenheit, hielt ich dagegen, schließlich werde sie nicht im Mittelpunkt der Aufmerksamkeit stehen.

Also willigte sie ein. Gegen sieben kamen wir an, die meisten Gäste waren bereits da. Ein Junge und ein Mädchen rannten um die Wette, wodurch ich an Jennie denken musste, und wie schade es war, dass sie nicht dabei sein konnte.

Darla öffnete uns die Tür. Ihr Haar, ihr Make-up, alles an ihr war so makellos, als hätte sie sich gerade eben erst frisiert. Ihr schwarzes Kleid war spektakulär.

»Johnny, mein Lieber. Schön, dich zu sehen!« Sie drückte mich an sich. Als sie sich Maggie zuwandte, hielt sie theatralisch den Atem an. »Du musst Maggie Burke sein. Unverkennbar, die gleichen Augen wie der Vater! Du siehst fantastisch aus. Fühl dich wie zu Hause. Herzlich willkommen!«

Auf dem Weg ins Wohnzimmer zwinkerte Darla mir zu, ohne dass Maggie es mitbekam, und fragte, ob bei mir alles okay sei. Ich nickte, und sie tätschelte mich lächelnd am Arm.

Ich begrüßte Dutzende von Gästen. Freunde von Mark aus Carnival Falls, von denen einige auch meine Freunde waren, aber auch Leute, die ich nur einmal im Jahr sah. Drei Frauen hatten ihre Babys auf dem Arm. Mir schien es so, als gäbe es zum ersten Mal mehr Kinder als Erwachsene. Mehrere Kellner schwirrten umher und boten Häppchen und Getränke an. Als einer von ihnen mit einem Arsenal an Champagnergläsern an mich herantrat, lehnte ich freundlich ab mit dem Hinweis, ich müsse mich leider davon fernhalten, was sich der junge Mann merkte und an seine Kollegen weitergab. Maggie hingegen ermunterte ich dazu, sich ein Glas zu nehmen.

»Du wirst es nicht glauben«, erklärte ich, »aber in der Öffentlichkeit verspüre ich nie den Wunsch, Alkohol zu trinken.«

Maggie nahm sich ein Glas, und wir beschlossen stillschweigend, hinaus in den Garten zu gehen und uns ein lauschiges Plätzchen zu suchen. Leider liefen wir auf dem Weg nach draußen ausgerechnet Lenna in die Arme, die erst mich mit übertriebener Überschwänglichkeit begrüßte, und dann, nachdem ich sie vorgestellt hatte, auch Maggie. Wie immer redete sie wie ein Wasserfall und erzählte von der fantastischen Reise nach New York, die sie mit Darla unternommen hatte. Ihre Worte prasselten regelrecht auf uns ein, ohne dass wir überhaupt etwas erwidern konnten. Sie und ich waren vor Jahren kurz ein Paar gewesen, eine von Anfang bis Ende katastrophale Erfahrung. Maggie sah mich verzweifelt an.

»Hast du Mark gesehen?«, unterbrach ich Lenna.

Lenna dachte nach, als hätte ich ihr eine komplizierte Mathematikaufgabe gestellt. Dann blickte sie in alle Richtungen.

»Nein, schon eine ganze Weile nicht mehr.«

»Bestimmt ist er irgendwo draußen.«

Ich ließ ihr nicht die Zeit, darauf zu antworten, sondern legte einen Arm um Maggies Taille und bugsierte sie nach draußen.

Maggie trug ein Kleid, das fast den ganzen Rücken freiließ, daher landete meine Hand unfreiwillig halb auf dem Stoff, halb auf ihrer Haut. Die Berührung war elektrisierend, auf eine solche Art, dass man gar nicht wieder loslassen will. Ein Kellner rettete mich. Ich löste meine Hand und nahm mir ein Thunfischkanapee.

Im Garten war nichts zu sehen von Mark. Vereinzelt standen Gäste an den Tischen, die aufwendig mit Blumen und Kerzen dekoriert waren. Es war noch nicht ganz dunkel, aber ich konnte mir bereits vorstellen, wie prächtig es aussehen würde, wenn die Sonne erst einmal untergegangen war.

Neben dem Swimmingpool baute ein DJ gerade sein Equipment auf. In unserer Nähe stand eine Frau mit Tablet und Headset und koordinierte alles. In diesem Augenblick trat Darla an sie heran und flüsterte ihr etwas ins Ohr.

An einem der Tische entdeckte ich Harrison und Lauren. Der Exkommissar und seine Frau erhoben sich, als sie uns sahen, begrüßten uns beide herzlich, aber Maggie natürlich noch viel überschwänglicher.

»Wir wollten auch deine Eltern überreden mitzukommen«, sagte Lauren, »aber du kennst ja deinen Vater. Wenn er unter so viele Leute soll, kriegt man ihn nicht aus dem Haus.«

Harrison und Lauren waren auch nicht gerade Partyhengste, was mich vermuten ließ, dass sie nur wegen Maggie hier sein könnten.

»Kommt, setzen wir uns«, sagte Lauren, ohne uns auch nur die Chance zu geben, es ihnen abzuschlagen, was wir ohnehin nicht getan hätten.

Der Kellner, mit dem ich gesprochen hatte, kam an unseren Tisch und hielt mir ein Tablett mit Coca-Cola, Wasser und Orangensaft hin. Ich nahm mir einen Orangensaft. Niemand empfand den Moment als peinlich.

»Wie geht's dir damit?«, fragte Lauren. Sie liebte mich wie einen Sohn und behandelte mich auch so, ohne falsche Scham.

»Ganz gut«, sagte ich. Trotz meines Ausrutschers neulich war ich tatsächlich davon überzeugt.

»Haben dir meine Kekse geschmeckt?«

»Natürlich. Deine Kekse sind die besten der Welt, das weißt du doch.«

»Ich würde sie auch liebend gern mal wieder verköstigen!«, rief Maggie.

»Kein Problem, Maggie, du musst uns einfach mal besuchen.« Lauren lächelte schelmisch.

»Ich komme bald, versprochen. Es gibt viel zu erzählen.«

»Das glaube ich gern, meine Liebe.«

Ich saß mit dem Rücken zum Garten. Zweimal drehte ich mich um, um nach Mark Ausschau zu halten, aber ich sah ihn nirgends, nur seinen Kompagnon Ian Martins, der umherstolzierte, als wäre er der begehrteste Junggeselle der Welt. Und das war er auch. Ian sah gut aus, war ein exzellenter Geschäftsmann, Millionär. Lenna folgte ihm wie eine Schmeißfliege.

»Wir werden nicht mehr so lange bleiben«, sagte Lauren. »Harrison war den ganzen Nachmittag mit diesem Reporter beschäftigt und konnte kein Mittagsschläfchen halten.«

»Reporter?«

»Ja, von der *Times*«, erklärte Lauren stolz. »Er ist extra angereist, um mit Harrison zu sprechen.«

Maggie und ich sahen uns verständnislos an.

»Vor einigen Tagen ist Dawson gestorben«, ergriff Harrison das Wort, »und das hat alles wieder hochgespült.«

Wir wussten genau, wer Dawson war: ein Mörder, der vor Jahren in Carnival Falls sein Unwesen getrieben hatte. Harrison hatte ihn schließlich gefasst, wenn auch unter unglücklichen

Umständen. Außerdem war der Kerl nicht ins Gefängnis gewandert, sondern in eine Hochsicherheitspsychiatrie eingewiesen worden, wo er nun gestorben war. Ich wusste bereits, wie Dawson geendet war, aber Maggie hatte noch nichts davon gehört.

»Friedlicher hätte er nicht sterben können«, erklärte Harrison mit einem gewissen Kummer. »Draußen an der frischen Luft, im Schatten eines Baums.«

Der Fall hatte vor einigen Monaten noch einmal Staub aufgewirbelt, als die Ärztin, die Dawson behandelte, ein Buch über einen anderen psychopathischen Mörder veröffentlicht hatte. Darauf kam Maggie nun zu sprechen.

»Ich habe das Buch von Doktor Hill gelesen. Ein haarsträubender Fall.«

Ich verlor allmählich das Interesse.

»Ich hab's auch gelesen«, sagte Lauren. »Immer, wenn ich auf der Veranda einen Waschbären sehe, muss ich an das Opossum in dem Buch denken. An den Anwalt, der im Fernsehen behauptet hat, das Tier sei echt gewesen. Ziemlich gruselig. Hast du das Interview gesehen?«

»Ja, auf YouTube.«

Ich hatte keine Ahnung, wovon sie sprachen.

»Was für ein Anwalt?«, fragte ich.

»Der Anwalt, der behauptet, er habe das Opossum gesehen«, erklärte Maggie. »Wenn er das Opossum sehen konnte, so seine Theorie, dann muss es real gewesen sein. Laut ihm bewegen sich diese Tiere in einer Art Schnittmenge zwischen Fantasie und Realität, wodurch sie mal auf die eine, mal auf die andere Seite wechseln können. Seit diesem Tag könne er das Opossum ab und zu sehen. Ehrlich gesagt geht mir der Fall seither nicht mehr aus dem Kopf.«

Lauren nickte. Ich hatte kein Wort verstanden und wurde von Darla abgelenkt, die mit besorgtem Gesicht zu uns an den Tisch kam.

Sie beugte sich zu mir herunter und flüsterte mir ins Ohr.

»Du musst mir helfen. Es geht um Mark.«

34

Ich stieg die drei Treppen hinauf zur Dachterrasse. Dort lehnte Mark am Geländer, mit dem Rücken zu mir. Als ich mich näherte, hörte er mich und drehte sich um. In der Hand hielt er eine leere Whiskyflasche, die er sofort abstellte, als er mich sah.

Seit unserem Streit hatten wir nicht mehr miteinander gesprochen.

»Hallo, Johnny«, sagte er, so gut er konnte.

»Alles Gute zum Geburtstag, Mark.«

Die Dachterrasse bot genügend Platz für einen großen Tisch und Stühle aus Metall. Ich nahm einen der Stühle, setzte mich falsch herum darauf und stützte die Arme auf die Lehne.

»Darla hat mich gebeten, nach dir zu sehen. Da unten sind jede Menge Leute, die dir Hallo sagen wollen.«

Den Mark, der da vor mir stand, kannte ich nicht. Ich hatte noch nie einen Geburtstag erlebt, an dem er nicht die Gäste empfangen und mit jedem geplaudert hatte. Nicht einmal der Verkauf von Meditek oder ernsthafte Eheprobleme konnten dieses Verhalten erklären. Mark war immer allem gewachsen.

»Es läuft alles schief«, sagte er plötzlich und schüttelte den Kopf.

»Wovon sprichst du?«

Er drehte sich um und sah zu Boden. Kurz war ich unschlüssig, was ich tun sollte, dann stand ich auf und ging zu ihm, legte meinen Arm um ihn.

»Du hast Maggie mitgebracht«, sagte er mit einem Anflug von Zuversicht.

»Ja, sie ist vor einigen Tagen aus England zurückgekehrt. Tut gut, sie wiederzusehen.«

Er schien nachzudenken. Ich schwieg in der Erwartung, dass er sich gleich erklären würde, aber es kam nichts.

»Mark, der Verkauf des Labors kann nicht der Grund sein, warum du so mitgenommen bist. Dass es zwischen dir und Darla nicht gut läuft, würde mir schon eher einleuchten. Sag mir, dass das der Grund ist, dann wäre ich etwas beruhigter.«

Mark sah mich verständnislos an.

»Du hast immer alle Schwierigkeiten gemeistert, Mark, und das ist alles andere als normal. Irgendwann musste dich etwas so sehr belasten, dass du nicht mehr kannst.«

»Ich will es wiedergutmachen …, stattdessen wird alles immer schlimmer.«

»Hat Darlas Reise die Wogen zwischen euch nicht geglättet?«

Mark schüttelte erneut den Kopf. Mein Plan war, ihn dazu zu bringen, noch ein bisschen mehr zu erzählen, damit er frische Luft in die Lungen bekam und hinunter zu den Gästen gehen konnte.

»Darla und ich, wir haben keine gemeinsame Zukunft«, sagte er wie aus dem Nichts.

Ich erstarrte.

»Hast du gesehen, wie viele Kinder sich da unten tummeln?«

Ich nickte.

»Wir wollten nie Kinder. Wenigstens ich wollte keine.«

»Vieleicht in Zukunft …«

»Es gibt keine Zukunft, Johnny.«

Ich schwieg.

»Anfangs fand ich es großartig, dass wir in einem so wichtigen Punkt einer Meinung waren. Ich hätte bemerken müssen, welche Gründe sie dafür hatte … Ich hätte es rechtzeitig bemerken müssen.«

Das Gespräch nahm einen unerwarteten Verlauf. Mir war nicht bewusst gewesen, wie tief der Konflikt zwischen ihnen reichte. Außerdem war ich es nicht gewohnt, die Rolle des Bruders zu übernehmen, der Ratschläge erteilt. Ich wollte ihn auch nicht zwingen, nach unten zu gehen, wenn er keine Lust darauf hatte. Ich fragte mich, was Mark an meiner Stelle tun würde. Er riet anderen immer, auf ihre Gefühle zu hören, auf ihre innere Stimme, die wisse, was wir gerade wirklich brauchten.

»Wir können den Gästen sagen, dass du dich nicht gut fühlst«, sagte ich, »dass du etwas Schlechtes gegessen hast oder so.«

Er sah mir fest in die Augen. Mit den Jahren glich sein Gesicht immer mehr dem unseres Vaters. In diesem Moment war es so, als würde nicht mein Bruder, sondern mein Vater mich anschauen. Stolz lag in diesem Blick, was mir sehr guttat.

»Ich gehe gleich runter, Johnny. Danke, dass du gekommen bist, um mich zu retten.«

»Offenbar ein bisschen zu spät«, sagte ich und sah zu der leeren Flasche. »Hast du die alleine ausgetrunken?«

»War nicht mehr viel drin«, sagte er und grinste.

»Bist du sicher, dass du runtergehen willst?«

»Sag Darla, ich komme gleich. Sie hat so viel Mühe reingesteckt, damit alles perfekt wird.«

Ich machte kehrt und wollte gehen.

»Johnny, es ist nicht der richtige Moment, aber ich schulde dir ein längeres Gespräch. Beim letzten Mal habe ich mich dir gegenüber wie ein Idiot verhalten. Tut mir leid.«

Ich war verwirrt.

»Sicher, Mark, lass dir Zeit.«

Ich ging in den ersten Stock hinunter und tastete mich im Halbdunkel den Flur entlang. Die Musik war hier ein fernes Brummen. Als ich am Ende des Flurs anlangte und gerade die Treppe ins Erdgeschoss hinuntersteigen wollte, hörte ich ein Flüstern, das aus dem Gästezimmer kam. Ich erkannte Ians Stimme, und konnte meine Neugier nicht unterdrücken.

»Ein Motorradunfall …« Eine Pause. Offenbar telefonierte er. »Ja, so wird es vermutlich sein.«

Ich verharrte regungslos vor der angelehnten Tür. Natürlich dachte ich sofort an Stuart Nance. Ians Stimme wurde lauter. Gleich würde er die Tür öffnen.

»Ich denke, wir können bald weitermachen … Einverstanden …«

Mehr hörte ich nicht. In zwei großen Schritten war ich am Treppenabsatz. So lautlos wie möglich stieg ich die Stufen nach unten. Im Erdgeschoss angekommen, verspürte ich ein Unbehagen. Auf halbem Weg durchs Wohnzimmer fing mich Darla ab.

»Wie geht's ihm?«, fragte sie, als sie mein Gesicht sah.

»Ganz okay. Er kommt gleich runter.«

Darla gab mir einen Kuss auf die Wange.

»Danke, Johnny. Du bist ein Engel.«

35

Harrison und Lauren verließen die Party, nachdem sie sich von Mark hatten verabschieden können, der wie ausgewechselt war, seit ich vor einer halben Stunde auf der Dachterrasse mit ihm gesprochen hatte.

Den Rest des Abends schaltete ich auf Autopilot. Maggie und ich waren uns einig, dass wir uns nirgends dazusetzen würden. Außer mit dem Exkommissar und seiner Frau wollten wir mit keinem der Gäste ausführlicher sprechen, und wenn wir uns permanent weiterbewegten, konnten wir uns unsere Gesprächspartner besser aussuchen. Zweimal hätte ich Maggie beinahe gesagt, was ich auf dem Flur im ersten Stock gehört hatte, aber beide Male hatte ich mich dagegen entschieden. Noch war das Puzzle in meinem Kopf zu lückenhaft. Die Teile hatte ich beieinander, aber ich wusste nicht, wie ich sie zusammenfügen sollte.

Ian Martins, der ebenfalls ein nomadenhaftes Verhalten an den Tag legte, erblickte mich irgendwann im Garten und winkte mir grüßend zu. Zwei Minuten später, als ich gerade nicht aufpasste, tauchte er wie aus dem Nichts neben mir auf und legte einen Arm um mich.

»Johnny, mein Freund!«

Ich hatte mich mit Ian immer gut verstanden. Ein Freund war er nicht, aber ich mochte ihn, vermutlich einfach deshalb, weil mein Bruder sich gut mit ihm verstand. Das erste Thema, das mir in den Sinn kam, war der Verkauf von Meditek, also fragte ich ihn danach. Er hielt sich den Finger an den Mund.

»Du ruinierst die Überraschung«, sagte er und zwinkerte mir zu.

Er wollte gerade noch etwas hinzufügen, möglicherweise etwas Unpassendes, nur um sich aus der peinlichen Situation zu befreien, als das sanfte Klimpern eines Löffels an Glas ertönte.

Die offizielle Rede hielt normalerweise Chris Murphy, Marks bester Freund, daher war ich überrascht, als ich sah, wie Darla ihr Glas abstellte und das Mikrofon ergriff.

»Danke, dass ihr alle gekommen seid«, sagte Darla. Sie nahm sich etwas Zeit, um einigen Gästen in die Augen zu sehen. »Viele von euch kennen bereits einen Teil der Geschichte, umso mehr freue ich mich heute darauf, sie ganz zu erzählen. Vor vier Jahren hat es mich zufällig nach Lindon Hill verschlagen. Eine Frau aus Boston, keine dreißig Jahre alt, beseelt von dem Wunsch, ihr eigenes Immobilienunternehmen aufzubauen. Einzelkind, keine Eltern mehr, allein. Eine Freundin von der Uni sagte mir, Bekannte ihres Vaters wollten ein dreistöckiges Gebäude kaufen, ein Viertel Eigenkapital sei vorhanden, für den Rest bräuchten sie einen Kredit. Ich rief sie an und sagte, ich könne ihnen helfen, wir müssten uns nur vorher einmal treffen und könnten dann gemeinsam die Bank aufsuchen. Sollte alles glattgehen, würde ich eine Kommission in Rechnung stellen.« Darla machte eine Pause und sah zum Himmel. »Natürlich hatte ich keinen blassen Schimmer, worauf ich mich da einließ. In diesem Moment dachte ich nur: So kompliziert kann das ja nicht sein. Ich hatte einige Tage, um die Möglichkeiten auszuloten.«

Alle hörten Darla aufmerksam zu, ich eingeschlossen, denn auch ich kannte diesen Teil der Geschichte nicht. »Ich mietete am

Flughafen ein Auto und fuhr zu dem Treffen der beteiligten Parteien«, erzählte Darla weiter. »So nervös war ich mein ganzes Leben noch nicht gewesen. Ich hatte mir an der Uni die Theorie angeeignet, aber das hier war das wirkliche Leben. Beide Seiten würden bemerken, dass ich improvisierte, dachte ich, die Käufer wie auch die Vertreter der Bank. Mehrmals war ich drauf und dran, einfach wieder umzukehren, mir irgendeine Ausrede auszudenken … Und dann, zwei Querstraßen vom Flughafen entfernt, tauchte urplötzlich ein Mercedes vor mir auf, und ich fuhr ihm hinten rein.« Darla beugte sich nach vorne und fügte in verschwörerischem Tonfall hinzu: »Ich war die allein Schuldige.«

Einige lachten. Darla betrachtete Mark, rief sich den Unfall ins Gedächtnis, der dazu geführt hatte, dass Mark und sie sich kennengelernt hatten. Mark betrachtete sie ebenfalls, aber eher traurig und bedrückt.

»Wie erstarrt saß ich hinterm Lenkrad. Im Schockzustand. Ein Mann stieg aus dem Mercedes und kümmerte sich kaum um den Schaden. Stattdessen trat er ans Seitenfenster und fragte mich mit unendlicher Gelassenheit in der Stimme, ob mit mir alles okay sei. Ich bejahte und brach in Tränen aus. Er parkte seinen Wagen am Straßenrand und forderte mich auf, es ihm nachzutun. Als ich mich beruhigt hatte, sagte ich, ich hätte einen Termin und nicht viel Zeit. Aus irgendeinem Grund schilderte ich ihm die Situation. Ich kannte ihn überhaupt nicht, aber ich musste jemandem erzählen, wie naiv ich mich auf etwas eingelassen hatte, was meine Fähigkeiten überstieg. Wem wollte ich etwas vormachen?«

Darla sah weiterhin unverwandt zu Mark. Es war, als hätten ihre Worte die jüngere Vergangenheit ausgelöscht, als sähe sie ihn wieder so wie an jenem Tag.

»Gott hatte mir einen Schutzengel geschickt«, sagte Darla mit heiligem Ernst. »Er könne mir helfen, sagte er, er kenne sich in solchen Dingen ein bisschen aus.«

Darla lächelte.

»*Ein bisschen.*« Sie lachte über sich selbst. Einen Moment lang sprach sie direkt zu Mark. »Du sahst so dermaßen gut aus in deinem blauen Anzug, ich sehe es heute noch vor mir. Du hast mich getröstet, es sei alles gut, ich solle mir keine Sorgen machen. Das Parfüm von Hugo Boss, das du trugst, assoziiere ich noch heute mit Autounfällen.«

Mark nickte, deutete ein Lächeln an. Fühlte er es auch? War auch er in der Zeit zurückgereist?

»Wir fuhren in deinem Mercedes zu dem Treffen. Deinen Namen, den Namen meines improvisierten Geschäftspartners, erfuhr ich erst, als wir in das Gebäude gingen. Die Investoren waren natürlich beeindruckt; wie auch nicht, ich war es ja auch. Ich sagte praktisch nichts. Wir stellten die Dokumente zusammen und gingen zur Bank. Wieder war Mark derjenige, der die Verhandlungen führte. Einfach so. Ein Monat später war alles bereit, um den Kauf abzuschließen. Es war das erste Mal, dass jemand mir uneigennützig geholfen hat.«

»So uneigennützig war es gar nicht«, bemerkte Mark. Mehrere Gäste lachten.

Darla und Mark sahen sich an. Zwischen ihnen hatte sich ein unsichtbarer Kommunikationskanal geöffnet, der uns anderen verwehrt blieb. Konnte man sich diesen ersten Funken wirklich bewahren?

»An jenem Tag hast du mich gut behandelt, hast dich als ein wahrer Gentleman und Beschützer erwiesen. Ich habe mich sofort in dich verliebt.«

Die Erwartung war geschürt. Eine Leuchtkugel war in den Himmel geschossen und stieg auf, gegen die Schwerkraft. Noch konnte es weiter nach oben gehen, noch konnte sie weiter hinaufschweben, bevor sie wieder zu fallen begann. Darla zögerte. Würde sie ihm sagen, dass sie ihn noch genauso liebte wie an jenem ersten Tag? Die Leuchtkugel stand am Himmel, in einem perfekten Gleichgewicht … Dann stürzte sie tosend ab, tosend wie der Applaus, der gleich ausbrechen würde.

»Alles Gute zum Geburtstag, Mark«, sagte Darla und übergab das Mikrofon an Chris Murphy. »Und jetzt kommt endlich der Vortrag, dem ihr alle entgegenfiebert.«

Chris winkte bescheiden ab.

»Vielen Dank, Darla.«

Die Gesichter wandten sich Chris zu.

»Es ist das dritte Mal, dass mich Darla bittet, einige Worte zu verlieren. Beim ersten Mal war ich Feuer und Flamme und schwelgte die ganze Nacht in Erinnerungen, rief mir all das ins Gedächtnis, was wir zusammen erlebt haben, lieber Mark.« Er sah zu Mark, der sein Glas hob. »Es war ein ganz besonderer Abend damals. Im folgenden Jahr freute ich mich auch noch, aber es war nicht mehr so einfach, eine Anekdote zu finden. Sie erinnern sich alle noch, oder? Nichts Spektakuläres. Als Darla mich dieses Jahr erneut anrief, dachte ich: ›Nicht schon wieder!‹ Letztlich sind es gar nicht so viele Anekdoten, wie wir immer dachten, mein Freund. Natürlich gibt es eine oder zwei tolle Geschichten wie die, als wir uns für die Neffen von Mr. Meyer ausgaben …«

Gelächter ertönte. Mr. Meyer war ein bezaubernder älterer Mann mit Alzheimer, den alle in Carnival Falls kannten.

»Als Darla mich anrief, habe ich tief in meinem Gedächtnis gewühlt, ganz unten, da, wo ich die lustigen Anekdoten aufbewahre, aber da war keine mehr. Tut mir leid, Mark. Du hast ein stinklangweiliges Leben geführt, zwischen Reagenzgläsern und Mikroskopen oder was immer du da tust in deinem Job.«

Chris legte eine Pause ein. Langsam schritt er einmal einen imaginären Kreis ab. Er war ein glänzender Redner. Er arbeitete für eine humanitäre Organisation, und öffentliche Reden gehörten zu seinen Aufgaben. Er wusste also, wie er die Zuhörer in seinen Bann ziehen konnte.

»Ich kenne Mark seit der Grundschule, quasi seit ich denken kann. Als Kinder waren wir öfter bei ihm zu Hause als bei mir. Als Silvia erkrankte, wurden die Besuche seltener.«

Chris verlieh seiner Stimme einen ernsteren Ton, als er unsere Mutter erwähnte. Der DJ spürte sofort, dass die Stimmung sich geändert hatte, denn schon war die Geigenmelodie kaum noch hörbar.

»Und dass sie seltener wurden, lag an mir«, sagte Chris bekümmert. »Ich war es nicht gewohnt, mich mit den Widrigkeiten des Lebens auseinanderzusetzen. Zusehen zu müssen, wie die Krankheit die Familie aus dem Gleichgewicht brachte, verstörte mich. Ich war nicht darauf vorbereitet. Silvia war nicht meine Mutter, und doch empfand ich es so, die Brenners waren meine Familie. Trotzdem ließ ich mir alle möglichen Ausreden einfallen, um nicht hinzumüssen.«

Innerhalb von Sekunden hatte sich die Stimmung gedreht. Allein die Erwähnung meiner Mutter rief bei einigen Gästen große Trauer hervor, bei anderen, die Chris nicht so gut kannten wie ich, eine gewisse Besorgnis. Ich hingegen wusste, dass Chris sich niemals zu billiger Gefühlsduselei hinreißen lassen würde. Ich konnte Mark zwar nicht sehen, aber ich wusste, dass auch er es wusste.

»Es hat gewisse Nachteile, mit einem Genie befreundet zu sein. Zum Beispiel, dass man ihm nichts vormachen kann«, sagte Chris. »Und natürlich merkte Mark, dass mit mir etwas los war. Er band es mir nicht gleich auf die Nase, dafür war er ein viel zu guter Freund, aber eines Tages rief er mich an und bat mich, zu ihm zu kommen. Damals ging es Silvia gar nicht gut, sie verbrachte die meiste Zeit in ihrem Schlafzimmer. Irgendwann bin ich hin. Mark öffnete mir die Tür. Ich erinnere mich noch ganz genau. Es war ein ähnlicher Abend wie heute.«

Chris hatte jetzt die volle Aufmerksamkeit von allen, auch die von mir. Ich hatte nicht die geringste Ahnung, worauf er hinauswollte. Diese Geschichte kannte ich nicht. Wie immer, wenn von meiner Mutter die Rede war, war ich zutiefst aufgewühlt. Ich fühlte mich zurückversetzt in die damalige Zeit. Kurz war mir, als wäre meine Mutter noch bei mir.

»Mark redete nicht lange um den heißen Brei herum und bat mich, zu Silvia hineinzugehen. Der Rest der Familie schlief bereits oder war nicht zu Hause. Mehr sagte er nicht. Als wir eintraten, hatte sich Silvia in ihrem Bett aufgesetzt. Damals konnte sie nur noch mit den Augen kommunizieren. Mark stellte ihr Fragen, und sie blinzelte. Er hatte sich eine geniale Tafel mit Sätzen und Buchstaben ausgedacht, mithilfe derer sie sich ausdrücken konnte. Silvia begann zu blinzeln, und Mark zeigte auf die Buchstaben der Tafel. Erst das U, dann das M, dann das A … »Umarmung«, sagte Mark. Silvia blinzelte. Ich umarmte sie fest, spürte ihren zerbrechlichen Körper und hätte sie am liebsten nicht wieder losgelassen. Ich weinte, sie ebenfalls. Es war unser Moment, und ich bin mir sicher, dass sie mich verstand. Ich kann mich nicht erinnern, dass ich an diesem Abend auch nur ein Wort gesagt hätte. Wir setzten uns auf den Bettrand, und Mark sagte etwas zu mir, was ich nie vergessen werde: ›Nicht alles, was stinkt, ist Scheiße.‹«

Ich sah, dass Mark nickte. Er schien kurz davorzustehen, in Tränen auszubrechen.

»Es wurde zu unserem Satz, den wir ständig und überall anbrachten. Du erinnerst dich doch noch, oder? Bestimmt erinnerst du dich, bei deinem Silikongehirn. Ich habe es dir nie gesagt, aber ich werde dir diesen Moment, den du mir geschenkt hast, nie vergessen. Für mich war es sehr wichtig, mich von Silvia zu verabschieden.«

Tief bewegt machte Chris eine Pause. Mit den Augen suchte er nach seiner Frau, die mit dem Töchterchen auf dem Arm unter den Gästen war. Wer Chris nicht kannte, begriff es in diesem Augenblick.

»Nicht alles, was stinkt, ist Scheiße«, sagte Chris noch einmal. »Danke, mein Freund, für all die gemeinsamen Erlebnisse, für deine Weisheit, dafür, dass du allen immer einen Schritt voraus bist, dass du dich immer um alle kümmerst, dass du das Unperfekte perfekt machst, dafür, dass du der beste Freund der Welt bist.«

Alle Gäste, ausnahmslos alle, brachen in tosenden Applaus aus. Chris und Mark umarmten sich. Anschließend richtete mein Bruder einige Dankesworte an die Anwesenden, so wie er es jedes Jahr tat. Es war eine kurze Rede, die aber von Herzen kam, mit dem gewohnten Gespür für die richtigen Worte. Trotzdem meinte ich, ein gewisses Unbehagen zu spüren. Und noch etwas war mir aufgefallen: Mark hatte mir kein einziges Mal in die Augen gesehen.

36

Ross lebte in einer bescheidenen Wohnung in der Madison Street. Ich stieg die Treppe in den ersten Stock hinauf und klopfte. Es war Maggie, die mir aufmachte.

»Na endlich.«

»Ich hatte keine gute Nacht«, verteidigte ich mich.

Von Ross war nichts zu sehen.

»Hast du wieder geträumt?«, fragte Maggie besorgt. Nach einer Pause fügte sie hinzu: »Ich habe Ross alles erzählt.«

Ich war ihr dankbar dafür. Seit ich Ian Martins belauscht hatte, als er von Stuart Nance' Motorradunfall sprach, wusste ich, dass wir Ross brauchen würden, um etwas Licht ins Dunkel zu bringen. Deshalb hatte ich Maggie gebeten, als ich ihr davon erzählte, auch Ross einzuweihen.

»Nein, ich habe nichts geträumt«, sagte ich.

Ross kam aus der Küche.

»Hattet ihr auch ohne mich Spaß auf Marks Geburtstag, John?«

Ich sah zur Decke und schüttelte den Kopf.

»Du weißt doch, dass Darla sich um die Einladungen kümmert. Als sie mich anrief, hat sich mich praktisch gezwungen, Maggie mitzubringen.«

»Hey!«, wehrte Maggie sich. »Was habe ich damit zu tun? Wenn du es nicht schaffst, deine Schwägerin davon zu überzeugen, deinen besten Freund einzuladen, ist das dein Problem.«

»Genau!«

»Ich werde mich nicht mit euch streiten«, sagte ich und ließ mich aufs Sofa fallen.

Das Wohnzimmer war fast genauso groß wie meines, aber bei Ross standen an allen Wänden Möbel und Regale. Er hatte jede Menge Bücher, und da er ein Ordnungsfanatiker war, hatte jedes Buch seinen festen Platz. Es war ein gemütlicher Ort. Ross hatte schon häufiger mit dem Gedanken gespielt, sich eine neue Wohnung zu suchen, aber hatte es immer wieder verschoben, wie fast alles in seinem Leben.

Auf dem niedrigen Tisch stand ein Tablett mit Muffins. Ich beugte mich vor, um mir einen zu nehmen.

»Danke, Maggie. Es ist fünf Jahre her, dass ich in dieser Wohnung etwas zu essen bekommen habe.«

Sie und Ross saßen auf den Sesseln. Es war auch das erste Mal seit fünf Jahren, dass wir drei wieder zusammensaßen.

Wir plauderten eine Weile über dies und das, dann über Marks Geburtstag, über die bewegende Rede von Chris Murphy. Wir beschworen alte Zeiten herauf und vereinbarten, dass wir bald mal wieder in den Wald gehen und den Schmetterlingsteich aufsuchen würden, wo, wie ich ihnen versicherte, nach wie vor unsere Initialen im Felsen sichtbar waren.

»Und, Ross? Was meinst du? Ich drehe nämlich bald noch durch.«

Mein Freund machte eine beschwichtigende Geste.

»Die Träume von diesem Mädchen sind schon ziemlich merkwürdig.«

»Der Rest etwa nicht?« Ich wandte mich Maggie zu. »Hast du ihm auch von dem Van und dem Vorfall in Lindon Hill erzählt? Ich mache mir wirklich Sorgen.«

Ross räusperte sich.

»Irgendetwas beschäftigt dich, das ist schon mal klar. Etwas, das mit dieser Frau zu tun hat. Hast du sie noch mal *gesehen*?«

»Nein.«

»Vielleicht beschränkt sich das Ganze jetzt auf die Träume«, sagte Ross.

»Und das andere war ... eine Art Auftakt ...«, ergänzte Maggie.

Ich musterte die beiden, erst Ross, dann Maggie.

»Ihr denkt doch beide, dass ich nicht mehr alle Tassen im Schrank habe, oder?«

Sie lachten, ich fiel mit ein.

»Lasst uns das Ganze doch mal auseinanderklamüsern«, schlug Ross vor. »Ich habe gerade noch mal den Blog von Stuart Nance gelesen. Und Maggie hat mir erzählt, was Ian Martins am Telefon gesagt hat. Lassen wir mal außen vor, dass mir der Kerl alles andere als sympathisch ist, aber kommt ihm das nicht alles sehr gelegen?«

Ich runzelte die Stirn.

»Könnte er das Ganze so arrangiert haben, dass du es hörst?«, fügte Ross hinzu.

Ich sah Maggie an. Auf diesen Gedanken waren wir beide nicht gekommen.

»Vielleicht bringt es ja doch was, dass du andauernd Krimis liest«, sagte Maggie.

»Warum sollte er so etwas tun?«, fragte ich.

Ross zuckte mit den Schultern.

»Vielleicht, um uns auf eine falsche Fährte zu locken, was weiß ich. Aber lasst uns jetzt nicht spekulieren, halten wir fest, was wir sicher wissen«, sagte Ross, sprang auf und ging zum Wohnzimmertisch. Mit einem Spiralordner kam er wieder. »In dem Regal dort stehen die gesammelten Geschichten eines Polizisten mit unfehlbarem Instinkt: Harry Bosch. Bosch sagt, dass die Antwort *immer* in den Ermittlungsakten zu finden ist, dass man sich nur auf die Details konzentrieren muss. Das hier ist unsere Ermittlungsakte.«

Ross legte den Ordner vor uns hin.

Wir gingen die Ereignisse in chronologischer Reihenfolge durch. Maggie fing an.

»Stuart ist der Erste, der von dieser Frau träumt. Er sitzt an irgendeinem Uniprojekt, bei dem er seine Träume festhalten muss. In einem der Träume wird ihm von der Frau etwas über seine Mutter offenbart. Er schreibt alles in seinen Blog und lernt so Alex kennen, der ebenfalls von der Frau geträumt hat.«

Ross übernahm den Staffelstab.

»Irgendwann hat Stuart einen Motorradunfall. Alex reagiert panisch, als ihr ihn darauf ansprecht. Unser Freund Johnny hier träumt, obwohl fünfzig Kilometer entfernt, ebenfalls von der Frau und hat halluzinatorische Erscheinungen. Mark wiederum erzählt dir, dass er etwas herausgefunden hat, es dir aber vorerst nicht sagen kann. Was ist der gemeinsame Nenner?«

Ross und Maggie sahen mich erwartungsvoll an, als läge die Antwort auf der Hand.

Ich zuckte mit den Schultern.

»Meditek!«, rief Maggie. »Stuart und Alex wohnen in Lindon Hill. Dass das Labor ebenfalls in Lindon Hill ist, könnte Zufall sein, aber wenn wir dich mit in die Gleichung hineinnehmen, schließt sich der Kreis. Meditek ist die einzige Verbindung zwischen euch dreien.«

»Exakt.« Ross war jetzt richtig in Fahrt. »Dabei haben wir noch nicht einmal mitbedacht, dass Meditek vor dem Verkauf steht. Ist es nicht merkwürdig, dass dein Bruder das Labor loswerden will?

Er hat sich den Arsch aufgerissen, um Meditek aufzubauen. Warum will er es ausgerechnet jetzt verkaufen? Und womit hält er dir gegenüber hinterm Berg?«

Tatsächlich hatte ich auf all diese Fragen keine Antwort.

»Ich könnte mit Mark sprechen. Vielleicht …«

Ich verstummte, als ich ihre Gesichter sah.

»Du darfst nicht mit Mark sprechen, Johnny«, sagte Maggie. »Wir wissen, wie sehr du ihn liebst und respektierst, mir geht es ja genauso, aber hinter dem Verkauf von Meditek steckt etwas, das er dir verschweigt, und dafür hat er offenbar seine Gründe.«

»Ich verstehe nicht ganz.«

»Wir müssen herausfinden, was in den Stunden dieser Nacht bei dir zu Hause passiert ist«, erklärte Ross. »Und du musst Lila ausfindig machen. Möglicherweise weiß sie was.«

Maggie wandte sich mir zu.

»Und wir beiden sollten Alex Lange einen zweiten Besuch abstatten.«

37

In den letzten Tagen hatte ich Lila mehrmals auf dem Handy angerufen. »Hallo, hier ist Lila, hinterlassen Sie Ihre Nachricht nach dem Signal oder auch nicht, wie Sie wollen.« Ich hinterließ ihr mehrere Nachrichten, in denen ich ihr klarmachte, wie besorgt ich war. Ich bat sie, mich so schnell wie möglich zurückzurufen: ohne Erfolg.

Also überlegte ich mir eine andere Strategie und fuhr zum Café, in dem sie gearbeitet hatte. Dort stieß ich auf Ms. Evans, die schwitzend hinter der Kasse saß und den armen Barista anschnauzte. Zunächst ignorierte sie mich, und als sie sich endlich dazu herabließ, mir ihre Aufmerksamkeit zu schenken, durchbohrte sie mich regelrecht mit ihrem Blick. Lila sei ein undankbares Miststück, das sie im ungünstigsten – und trubeligsten – Moment habe hängenlassen, einfach so, ohne Erklärung. Sollte ich sie sehen, ließ Ms. Evans mich wissen, könne ich ihr ausrichten, sie solle sich hier nie wieder blicken lassen. Ich verschwand, sobald sich die Gelegenheit bot.

Es blieb mir nur noch die Möglichkeit, Lila über ihre Mutter ausfindig zu machen. Die Vorstellung behagte mir ganz und gar nicht.

Regina Burton war eine energische Frau, noch keine fünfzig. Ihre einzige Tochter hatte sie allein großgezogen. Außerdem unterstützte sie Lilas Großmutter finanziell, die mit ihrer kläglichen

Rente nicht einmal genug zu essen kaufen konnte. Deswegen hatte Regina zwei Jobs gleichzeitig, einen als Putzfrau im Motel Stallion an der Interstate 16.

Um drei Uhr am Nachmittag parkte ich meinen Honda vor dem Stallion. Das Stallion war ein passables Motel mit passablen Preisen. An der Rezeption erklärte mir eine junge Frau, Ms. Burton reinige gerade die Zimmer im oberen Stock, sie könne ihr über Funk Bescheid sagen. Ich lehnte dankend ab, und ging lieber gleich zu ihr.

Es war kein Hexenwerk, Regina Burton zu finden, das Putzwägelchen vor Zimmer 27 zeigte mir an, wo sie sich aufhielt. Die Tür war offen, Regina stand mit dem Rücken zu mir und wechselte gerade die Laken eines Doppelbetts. Ich klopfte leise an, sie drehte sich zu mir um. Kurz setzte sie eine fast schon freundliche Miene auf, als wäre ich ein Gast, der mehr Shampoo, ein neues Handtuch oder etwas Eis haben wollte. Ihr Blick verfinsterte sich allerdings, als sie mich erkannte.

»Du«, sagte sie nur. Dann wandte sich wieder dem Bett zu.

»Ms. Burton. Können wir kurz sprechen?«

»Worüber?«

Erstaunlich flink ging sie um das Bett herum und zog das Laken straff. Dann baute sie sich vor mir auf.

»Lila«, sagte ich. »Ich muss mit ihr sprechen.«

»Ich weiß nicht, wo sie ist.«

Sie hielt meinem Blick stand, während sie nach einem Kissen griff und den Bezug regelrecht herunterriss.

Dass sie nicht wusste, wo ihre Tochter war, erschien mir wenig glaubwürdig. Regina hätte unmöglich hingenommen, dass ihre Tochter und ihr einziges Enkelkind so mir nichts, dir nichts abtauchten.

»Können wir kurz reden?«, sagte ich noch einmal.

»Wir reden doch gerade. Diese Zimmer machen sich nicht von alleine sauber.«

»Okay.« Ich setzte mich auf einen Stuhl, der neben der Tür stand. »Ich verstehe ja, dass Lila sauer auf mich ist, aber ich muss sie unbedingt sprechen.«

»Ich weiß nur, dass sie abgehauen ist, aber nicht, warum oder wohin. Ich würde wetten, dass dieser Nichtsnutz von Kevin daran schuld ist, deswegen mache ich ihr auch keine Vorwürfe. Und jetzt erklär mir mal, warum sie auf dich sauer sein sollte?«

»Ich weiß nicht. Weil wir Schluss gemacht haben.«

Regina musterte mich.

»Hast du was ausgefressen? Bist du schuld, dass sie fort ist?«

»Nein, ich glaube nicht.«

»Du glaubst …«, sagte sie und trat einen Schritt auf mich zu, schüttelte dann den Kopf und suchte auf dem Putzwägelchen nach frischen Handtüchern. »›Glauben‹ klingt nicht gerade überzeugend.«

Regina brachte die Handtücher ins Bad, weswegen ich sie kurz nicht sehen konnte.

»Ich würde Sie nicht belästigen, wenn ich nicht dringend mit ihr sprechen müsste, Ms. Burton«, sagte ich in das leere Zimmer hinein. »Was ich sie fragen will, hat nichts zu tun mit unserer … Beziehung.«

»Womit dann?«, fragte sie und kam aus dem Bad. Zum ersten Mal redete sie mit mir, ohne gleichzeitig etwas anderes zu tun.

»Das ist eine heikle Angelegenheit«, sagte ich ernst. Weiter würde ich nicht gehen. Wenn Regina etwas wusste, war jetzt der Moment, es mir zu sagen.

Ich hielt den Atem an.

»Ich weiß nicht, wo meine Tochter ist«, sagte sie schließlich. »Und das ist die Wahrheit.«

Das Zimmer war fast fertig. Regina setzte sich auf einen Stuhl, direkt unter einen alten Fernseher, der an der Wand hing.

»Kann ich mich irgendwie mit ihr in Verbindung setzen?«, fragte ich.

»Sie hat mir nur gesagt, sie würde eine Zeit lang weggehen, mit Donnie natürlich, und dass es besser sei, wenn ich nicht wüsste, wie ich sie finden kann. Sie würde sich bald bei mir melden. Was sie noch nicht getan hat.« Regina starrte auf den Teppich. »Kevin hat sie belästigt, und sie hat Angst vor ihm, da kann sie noch so sehr das Gegenteil behaupten. Meiner Meinung nach ist der Kerl ein armer Wicht, der einen auf Narco macht, eine ganz kleine Nummer, die sich für wer weiß wen hält. Das sind die Allerschlimmsten.«

Sie starrte nun nicht mehr auf den Teppich, sie sah mir direkt in die Augen. In ihrem Blick lag eine schaurige Kälte.

»Ich wünschte, Kevin würde mich mal hier besuchen«, fuhr sie fort. »So wie du jetzt. Allerdings wäre ich dann nicht so nett zu ihm wie zu dir.«

Ich wusste nicht, was ich sagen sollte.

Regina stand auf.

»Ich muss weitermachen, John, du entschuldigst mich.«

Sie ging an mir vorbei und wartete darauf, dass auch ich das Zimmer verließ. Dann schloss sie die Tür ab und schob schwerfällig das Wägelchen den Flur entlang.

Zwanzig Minuten später war ich wieder zu Hause. Bevor ich die Haustür aufschließen konnte, vibrierte mein Handy. Es war eine unbekannte Nummer.

»Hallo, John«, ertönte Lilas Stimme.

»Hallo, Lila. Ich bin froh, dass du anrufst.«

»Meine Mutter hat erzählt, dass du extra bei ihr vorbeigefahren bist.«

»Ja. Sie sagte, sie wüsste nicht …«

»Meine Mutter ist ein Fels in der Brandung. Wenn ich sie bitte, nichts über mich zu verraten, dann tut sie das auch nicht.«

Das Handy zwischen Ohr und Schulter geklemmt schloss ich die Haustür auf. Ich durchquerte das Wohnzimmer und ging direkt in die Küche. Ich hatte einen fürchterlichen Durst.

»Ich muss wissen, warum du abgehauen bist«, sagte ich ohne Umschweife.

»Das war nicht wegen uns. Oder besser gesagt, nicht nur wegen uns. Solange Kevin in der Stadt war, habe ich mich nie ganz sicher gefühlt. Du weißt ja, wie er ist, er gibt sich nicht geschlagen. Das Arschloch will gar nicht, dass ich zu ihm zurückkehre, ich bin mir sogar sicher, dass er mich hasst. Trotzdem lässt er mich nicht in Ruhe.«

»Ich dachte, er hätte aufgehört, dich zu belästigen.«

»Nicht wirklich. Manche Sachen habe ich dir nicht erzählt. Seit du mit im Spiel bist, geht er vorsichtiger vor, was in gewisser Weise noch schlimmer ist. Ich hatte geglaubt, er hätte es endlich eingesehen, und zack, war er wieder da, um mir das Leben zur Hölle zu machen. Kevin wird sich nie geschlagen geben.«

Lila hatte sich in Rage geredet, sie musste ihrem Ärger Luft machen.

»Wie geht's dir? Brauchst du was?«

»Mir geht's gut, John. Was ich gebraucht habe, war ein bisschen Abstand, mehr nicht. Es ist die beste Entscheidung, die ich seit Langem getroffen habe.«

Was sie sagte, tat weh.

»Wenn du was brauchst, weißt du ja, wo du mich findest.«

»Danke.«

Lila verhielt sich so, als hätte sie keine Ahnung von der toten Frau in meiner Wohnung. Wenn sie jetzt vor mir stünde, würde ich merken, ob sie mir die ganze Wahrheit sagte. Am Telefon war das nicht so einfach.

»Lila? An dem Tag, an dem wir uns getrennt haben …«

Ich machte eine Pause.

»Ja?«

»An dem Abend, bist du da noch mal bei mir vorbeigefahren?«

Schweigen.

»Ich weiß nicht, worauf du hinauswillst?«

»An dem Samstag, an dem wir uns getrennt haben, habe ich dich morgens zum Café gebracht. Abends bist du dann noch mal bei mir vorbeigefahren.«

Diesmal war es keine Frage.

»Ich bin nicht bei dir vorbeigefahren«, stammelte sie.

Ich war enttäuscht. Die Aufnahmen von der Überwachungskamera des Autohauses bewiesen, dass das nicht stimmte.

»Ich wollte dich noch einmal sehen«, sagte Lila schließlich, »aber ich habe es mir anders überlegt.«

»Warum?«

»Ich war stinksauer, John. Wir hatten die Nacht miteinander verbracht wie immer, und du hast bis zum nächsten Morgen gewartet, um es mir zu sagen. Ich wollte dich zur Rede stellen, eine Erklärung von dir verlangen. Und dann habe ich endlich mal nachgedacht. Ich habe an der Tankstelle an der Ecke Paradise Road und Sycamore angehalten und eine Weile dagesessen. Wie du es beendet hast, war mies. Aber war das so wichtig? Ich wusste, dass das mit uns nicht funktionieren würde, tief in mir drin habe ich es immer gewusst, und du hast es auch gewusst, was das Ganze nur noch trauriger macht. In diesem Moment habe ich es mir anders überlegt, John. Also bin ich nicht bei dir vorbeigefahren. Ich weiß nicht, wer das behauptet hat, aber es ist gelogen. Ich habe gewendet und bin zurückgefahren, und ich bereue es nicht.«

Ich nickte zustimmend.

»Es tut mir leid, dass es zwischen uns nicht geklappt hat, Lila. Und dass ich mich so unmöglich benommen habe. Es wird dir nicht viel nützen, aber glaub mir, ich habe getan, was ich konnte.«

»Ich weiß.«

Wir verabschiedeten uns mit dem Gefühl, dass wir uns niemals wiedersehen würden.

38

An diesem Nachmittag herrschte auf dem Campus reges Treiben. Es würde wahrscheinlich nicht einfach werden, Alex ausfindig zu machen. Tatsächlich aber erspähten wir ihn relativ mühelos. Er kam aus dem Raum, in dem gerade das Seminar über Tierverhalten stattgefunden hatte. Als er uns sah, ging er schneller, doch bei den Massen an Studenten gab es für ihn kaum ein Durchkommen.

»Nur ganz kurz«, sagte Maggie, die hinter ihm herlief.

»Ich habe es eilig.«

Ich hielt einige Meter Abstand, die Hände in den Hosentaschen vergraben.

»Seid ihr von der Polizei?«, fragte Alex und blickte sich in alle Richtungen um.

»Nein, wir sind keine Bullen. Können wir nicht einfach kurz mit dir reden?«

»Ich habe nichts mit euch zu besprechen.«

Wir verließen das Gebäude. Alex bog auf einen Seitenweg ab, auf dem weniger Trubel herrschte. Maggie bat ihn mehrmals, stehen zu bleiben, dann könnten wir ihm alles erklären, doch Alex wollte sich nicht darauf einlassen. Wir gelangten an einen Parkplatz, und dort stellte ich mich ihm in den Weg. Er war eher zierlich gebaut. Ich hatte nicht die Absicht, ihn einzuschüchtern, also schlug ich einen möglichst versöhnlichen Ton an.

»Hör zu, Alex. Wir sind nicht von der Polizei. Wir haben Stuart einfach nur gekannt und haben einige Fragen. Lass es uns dir erklären.«

Zumindest erreichte ich, dass er stehen blieb. Er zögerte.

»Ich höre«, sagte er schließlich.

»Wir sind aus Carnival Falls«, sagte Maggie. »John hat ebenfalls von der Frau mit dem Halsband geträumt. Wie Stuart und wie du.«

»Dann kennt ihr sie.«

Maggie und ich sahen uns an. Stuart bemerkte sofort, wie verunsichert wir waren. Wir würden ihn verlieren, wenn wir jetzt nicht nachlegten.

»Wir wissen, dass Meditek dahintersteckt«, sagte Maggie.

Sie setzte alles auf eine Karte und gewann. Für den Bruchteil einer Sekunde wandte Alex den Blick ab, und diese Geste verriet ihn.

»Meditek, das Labor. Du weißt schon, wovon ich spreche«, legte Maggie nach.

»Natürlich.« Alex schüttelte den Kopf und verlagerte sein Gewicht von einem Bein auf das andere. Er wirkte unschlüssig. Dann deutete er auf einige Blumenbeete. »Lasst uns dahin gehen, da sind wir ungestörter.«

Er und Maggie setzten sich schweigend auf das Mäuerchen, das das Blumenbeet umrandete, während ich lieber stehen blieb. Ich war erschüttert. Alex hatte uns praktisch bestätigt, dass die Frau real war und keine Halluzination von mir. War sie tatsächlich tot? Und was hatte Meditek mit der ganzen Sache zu tun?

»Ihr kennt Paula nicht, stimmt's?«

Paula.

»Wer ist diese Paula?«, fragte Maggie.

»Die Frau mit dem Halsband«, sagte Alex unwirsch. »Sie arbeitet bei Meditek.«

Ich bekam weiche Knie. Wenn ich mit einem Puzzleteil nicht gerechnet hatte, dann mit dem, das gerade seinen Platz gefunden hatte. Wenn die Frau mit dem Halsband – Paula – bei Meditek arbeitete, musste Mark sie kennen. Ich hatte meinem Bruder zwar keine Zeichnung von ihr gezeigt, aber ich hatte sie ihm ausführlich beschrieben.

»Ich will nichts damit zu tun haben«, erklärte Alex. »Das habe ich auch Stuart deutlich gesagt. Ich will damit nicht andeuten, dass das der Grund ist, warum er jetzt tot ist, aber es ist schon ein merkwürdiger Zufall. Ich werde euch sagen, was ich weiß, nämlich fast nichts, und dann will ich euch nie wiedersehen.«

»Okay.«

»Ich meine es ernst. Deal?«

»Ja«, sagte Maggie entschlossen. Weder sie noch ich wussten, ob wir dieses Versprechen würden halten können.

Alex nickte. Er schien all seinen Mut zusammenzunehmen, um zu sagen, was er zu sagen hatte.

»Ich habe von dieser Frau geträumt, immer wieder. Es waren ätzende Träume. Irgendwann habe ich einer Freundin davon erzählt, die wiederum Stuart kannte, mit dem ich höchstens ein-, zweimal gesprochen hatte. Stuart war wie besessen von dieser Frau, wollte sie auf Teufel komm raus ausfindig machen. Ich muss gestehen, dass er mich damit angesteckt hat. Außerdem war Stuart ein super Typ. Wir gingen davon aus, dass wir beide diese Frau von irgendwoher kannten, wahrscheinlich vom Campus. Nach einer Weile kam es uns aber komisch vor, dass niemand anderes sie kannte. Also rekonstruierten wir, was wir in der letzten Zeit so gemacht hatten, dann wurde es schnell klar. Wir beide hatten nämlich an diesem beschissenen Experiment von Meditek teilgenommen.«

Alex machte eine Kopfbewegung in meine Richtung, überzeugt, dass ich wüsste, wovon er sprach. Und das war ja auch nur logisch, schließlich ging er davon aus, dass auch wir an diesem Experiment teilgenommen hatten.

»Wir fuhren zum Labor«, erzählte Alex weiter. »Ich weiß auch nicht, was wir uns davon erhofften. An die Experimente erinnerten wir uns kaum, wodurch wir umso wilder zu spekulieren begannen. Als wir uns dem Gebäude näherten, entdeckten wir sie zufällig. Da war sie, Paula, leibhaftig, überquerte gerade die Straße in Richtung Labor. Stuart ging zu ihr und sprach sie an. Irgendwie hat er es geschafft, aus ihr rauszuquetschen, dass sie Paula Marrel heißt. Damit konnte er sie auf Instagram suchen.«

»Paula Marrel«, sagte Maggie, als fürchtete sie, sie könnte den Namen wieder vergessen.

»Am nächsten Tag fragte ich Stuart, ob er mit ihr gesprochen hätte. Er bejahte, die Frau arbeite in der Abteilung für Cybersicherheit von Meditek. Viel mehr habe sie nicht erzählt. Er sei aber davon überzeugt, dass die Experimente von Meditek einem geheimen Zweck dienten und wir damit viel Geld erpressen könnten.«

Alex erzählte uns alles. Je mehr er sich öffnete, desto mehr Last fiel von ihm ab, das konnte ich spüren. Weder Maggie noch ich unterbrachen ihn. Es waren zu viele Informationen auf einmal.

»Ich habe mich da vollkommen rausgehalten, das schwöre ich«, sagte Alex. »Ich wollte nichts davon wissen. Mit der Frau habe ich nie gesprochen. Stuart machte auf eigene Faust weiter. Ich hab ihm immer wieder gesagt, dass es eine Dummheit ist, was er da ausheckt, und dass er sich nur Probleme einhandele. Auch an der Uni, schließlich sei er Stipendiat, und Meditek habe eine Art Vereinbarung mit ihr.«

»Meinst du, der Unfall mit dem Motorrad war gar kein Unfall?«

Alex presste die Lippen zusammen. Er sog Luft in die Lunge und ließ sie schlagartig wieder entweichen.

»Ich weiß es nicht. Vermutlich hat er einfach das Gleichgewicht verloren, wie die Polizei festgestellt hat. Ich sage nur, dass es mir verdächtig vorkommt. Deshalb würde ich es auch dabei belassen, und euch empfehle ich das Gleiche. Solltet ihr mit dem Gedanken spielen, diese Typen zu verklagen, würde ich mir das noch mal überlegen.«

Er stand auf.

»Alex, warte«, sagte Maggie.

»Nein.« Alex zeigte sich nun entschlossener als zuvor. »Ich hätte euch gar nichts sagen sollen. Aber für den Fall, dass ihr das Gleiche versuchen wollt wie Stuart und diese Frau, rate ich euch dringend davon ab. Mehr habe ich nicht zu sagen.«

39

Mein Honda war ein Backofen. Ich entschuldigte mich dafür, dass die Klimaanlage nicht funktionierte. Um ein bisschen Abhilfe zu schaffen, öffneten wir alle vier Fenster und warteten ab. Noch immer standen wir auf dem Parkplatz.

Ich war nach wie vor geschockt. Nicht nur, weil wir erfahren hatten, dass die Frau bei Meditek angestellt gewesen war und Mark sie gekannt haben musste. Da war noch mehr. Die Halluzinationen. Die blutüberströmte Leiche. Der Van. Was hatte das alles zu bedeuten?

Als ich gerade losfahren wollte, klingelte mein Handy. Maggie war in Gedanken versunken, den Blick ins Nirgendwo gerichtet.

»Hallo, Ross. Ich habe auf laut geschaltet«, sagte ich.

»Was machen deine Hämorrhoiden, Johnny?«

Es war nicht der Moment für Scherze, was Ross sofort bemerkte.

»Wie ist es gelaufen?«

»Wir sind noch immer in Lindon Hill«, sagte ich. »Wir haben gerade mit Alex gesprochen.«

»Und?«

»Dein Verdacht hat sich bestätigt. Meditek hat ein Experiment durchgeführt, an dem Alex und Stuart teilgenommen haben:

Dieses Experiment scheint bewirkt zu haben, dass sie von der Frau im blauen Kleid geträumt haben, eine gewisse Paula …«

»Marrel«, ergänzte Maggie.

»Sie arbeitet bei Meditek«, fügte ich hinzu.

Eine Pause.

»Ross?«

»Wow. Hat er euch gesagt, was für ein Experiment das war?«

»Nein. Er ist davon ausgegangen, dass auch ich daran teilgenommen habe, also haben wir lieber nicht gefragt.«

»Schon möglich, dass er recht hat«, sagte Ross. »Was meinst du, Maggie?«

»Äh, ja, finde ich auch. Vielleicht sind die Stunden, an die Johnny sich nicht mehr erinnert, der Schlüssel zu allem.«

»Jetzt wissen wir, was Mark dir verheimlicht. Ich frage mich nur, warum.«

»Ich verstehe immer noch nicht, wie drei Leute von derselben Frau träumen konnten, ob sie nun real ist oder nicht.«

»Vermutlich hat das mit diesem Experiment zu tun«, sagte Ross. »Nimm mir nicht übel, was ich dir jetzt sagen werde, Johnny, aber ich halte es für wenig ratsam, Mark danach zu fragen. Er hatte genügend Gelegenheiten, mit dir zu sprechen.«

Maggie hatte sich kaum an dem Gespräch beteiligt, gedankenversunken starrte sie auf ihr Handy. Ich fragte mich, ob sie mal wieder einen ihrer Tricks anwandte, als sie mir das Display hinhielt. Dort war ein Foto von Paula Marrel, darunter stand:

VERSCHWUNDEN

»Seid ihr noch dran?«, fragte Ross.

Ich konnte nicht sprechen.

»Wir rufen dich gleich noch mal an«, sagte Maggie.

Ich umklammerte mit aller Kraft das Lenkrad, den Blick auf den leeren Parkplatz gerichtet. Maggie, die begriff, dass ich nachdenken musste, schwieg.

»Ich werde mit Mark sprechen. Jetzt gleich«, sagte ich ernst.

Maggie versuchte erst gar nicht, es mir auszureden. Also rief ich an. Es klingelte, dann ertönte Marks Stimme über die Lautsprecher des Honda.

»Hallo, Johnny«, sagte Mark irgendwie gehetzt. Wahrscheinlich war er bei Meditek, in einer Sitzung, verhandelte den Verkauf.

»Mark, ich weiß von den Experimenten, die ihr bei Meditek durchführt, auch von der Erpressung durch Stuart Nance und Paula Marrel. Stuart ist tot, Paula verschwunden. Ich bin in Lindon Hill, und ich will jetzt wissen, warum ich ständig von dieser Frau träume.«

Zwei Sekunden Stille.

»Wer weiß sonst noch davon?«

»Maggie. Sie sitzt gerade neben mir.«

»Ihr redet mit niemanden darüber, bevor wir uns nicht getroffen haben. Ich warte bei Meditek auf euch, aber kommt erst, wenn niemand mehr hier ist. Gegen sieben.«

»Okay.«

»Tut mir leid, Johnny. Ich habe nicht gewollt, dass die Dinge so aus dem Ruder laufen.«

40

Mark schickte mir eine SMS, in der er mich bat, mein Auto nicht auf dem freien Parkplatz abzustellen, sondern in der Tiefgarage, die für leitende Angestellte reserviert war. Er gab mir den Zugangscode. Als ich in die Garage hineinfuhr, stellte ich fest, dass sie bis auf den Mercedes meines Bruders vollkommen leer war.

Ein Fahrstuhl brachte uns direkt in den dritten Stock. Obwohl das Gebäude, in dem Meditek untergebracht war, fünfzig Jahre auf dem Buckel hatte, wirkte es durch die Umbauten modern. Technisch war es auf dem allerneuesten Stand. Ursprünglich hatte das Unternehmen ein Stockwerk eines Hauses am Stadtrand gemietet, doch als Mark und Ian ihr erstes Patent verkauft hatten, war das ein Quantensprung gewesen, der Aufstieg in die erste Liga.

Mark öffnete uns die Tür.

»Danke, dass ihr gekommen seid.« Er trat auf mich zu und umarmte mich. Krawatte und Jackett hatte er abgelegt. Er bat uns, ihm zu folgen.

Ich war noch nicht oft hier gewesen. Mark führte uns einen Gang entlang zu einem kleineren Empfang, von dem aus man zu seinem und Ians Büros gelangte. Bis dorthin war ich bei meinen früheren Besuchen gelangt. Daher wusste ich nicht, was uns erwartete, als wir links um die Ecke bogen und einen weiteren Flur entlanggingen. Schließlich gelangten wir zu einem großen Konferenzraum. Das Kopfende des langen Tisches war übersät mit Dokumenten. Neben dem Notebook stand ein Projektor, der aber kein Bild an die Leinwand warf.

Maggie und ich setzten uns. Mark blieb stehen, er stützte sich mit den Fäusten auf den Tisch und ließ den Blick über die Dokumente schweifen.

»Mein Gott, ich weiß gar nicht, wo ich anfangen soll.«

Er suchte im Computer nach einer Datei und schaltete den Projektor ein.

»Habt noch ein bisschen Geduld.«

Auf der Leinwand erschien das Bild eines kleinen Zimmers. Die Kamera war in einer Ecke platziert. Am Tisch saß eine Frau, mit dem Rücken zur Linse. Die Tür ging auf, und wer da eintrat, war kein anderer als Stuart Lance. In der unteren Ecke stand:

PROJEKT: ESH
KANDIDAT: #089
Datum: 18.11.2014

Mark hielt das Video an, bevor die Frau oder Stuart etwas sagen konnten.

»Dies sind Aufnahmen des Projekts ESH. Das da ist Stuart Nance, von dem ihr mir heute Nachmittag erzählt habt. Er hat tatsächlich vor rund sechs Monaten an einem Experiment teilgenommen. Ich werde euch gleich erzählen, was für ein Experiment das ist, dann werdet ihr verstehen. Es besteht aus vier Teilen. Im ersten Teil wird der Kandidat einer Reihe von Fragen unterzogen, um festzustellen, ob er geeignet ist. Wenn alles in Ordnung ist, wird ihm oral eine Dosis ESH verabreicht. Er muss zehn Minuten warten und wird dann aufgerufen.«

»Weiß er, was ihm da verabreicht wird?«, fragte Maggie.

»Wir haben es hier mit einem experimentellen Medikament zu tun. Meditek versichert den Probanden, dass es bislang zu keinen Nebenwirkungen gekommen ist und dass das Medikament in bis zu zweihundertfach höherer Dosis an Tieren getestet wurde, ohne dass es zu Folgeerscheinungen gekommen wäre. Das ist die übliche Vorgehensweise, und natürlich erklären wir das den Kandidaten auch so, bevor sie ihre Zustimmung geben. Was ihr jetzt sehen werdet, ist Raum zwei. Dem Kandidaten wurde zehn Minuten zuvor ESH verabreicht.«

Das Video setzte sich in Bewegung.

»Guten Tag, mein Name ist Sally.«

»Stuart Nance.«

Stuart und die Frau saßen sich gegenüber. Auf dem Tisch zwischen ihnen lagen ein weißes Blatt und ein Kugelschreiber.

»Der Test ist ganz einfach, Stuart. Denk an einen Vorfall in deiner Kindheit, an den du dich nicht so gern erinnerst. Es muss nichts Traumatisches sein, eine verhauene Klassenarbeit oder ein Spielzeug, das kaputtgegangen ist.«

Stuart überlegte kurz.

»Als ich acht war, wurde mir mein Fahrrad gestohlen. Ich hatte es im Garten eines Nachbarn abgestellt, und als ich wieder nach draußen ging, war es weg. Ich traute mich nicht, es meinen Eltern zu sagen.«

»Ein ausgezeichnetes Beispiel. Ich bitte dich jetzt, diese Geschichte aufzuschreiben, maximal eine Seite, mit so vielen Details wie möglich.«

Stuart begann zu schreiben.

Mark kramte in den Dokumenten, die vor ihm auf dem Tisch lagen, und zeigte uns schließlich eine Kopie des Textes, den Stuart gerade schrieb. Maggie und ich lasen ihn rasch durch. Er schilderte genau das, was er gerade erzählt hatte, nur etwas ausführlicher. Das Fahrrad war weiß, und das Kind des Nachbarn hieß Marlon. Als Stuart nach draußen ging und bemerkte, dass sein Fahrrad weg war, sagt er nichts zu seinem Freund, sondern ging einfach zu Fuß nach Hause. In der nächsten Stunde stellte er sich vor, wie sein Vater ihn ausschimpfte und zu dem Entschluss kam, dass er ihm nie wieder ein Fahrrad kaufen würde.

Im Video gab Stuart nun das Blatt ab, und Sally bat ihn, durch eine zweite Tür in einen Nebenraum zu gehen, wo das Experiment fortgesetzt würde. Das Bild machte einen Sprung. Nun befand Stuart sich in einem zweiten Raum, der genauso aussah wie der erste. Der einzige Unterschied bestand darin, dass an der Wand ein Fernseher mit einem Vierzigzollbildschirm hing.

»Ich heiße Sally, Stuart. Was wir jetzt machen, ist ganz einfach. Hör dir die folgende Melodie an.«

Sally drückte auf dem Notebook, das vor ihr stand, eine Taste, und schon ertönte aus den Lautsprechern eine klassische Melodie. Maggie und ich sahen uns das Video an und hatten keine Ahnung, wohin dies alles führen würde. Die klassische Melodie ging allmählich in dröhnenden Rock mit verzerrten Gitarren und Doublebeats über und dann in zusammenhangslose Geräusche wie das Bremsen eines Autos, das Weinen eines Babys, das Flöten einer Kuckucksuhr. Stuart runzelte die Stirn und war sichtlich verärgert, als das Audio zu Ende war.

»Jetzt werde ich dir noch ein kurzes Video zeigen.«

Wieder drückte sie auf eine Taste. Auf dem Bildschirm erschien ein gepflegter Blumengarten. Und dann plötzlich, in Nahaufnahme, das Gesicht von Paula Marrel. Ich erkannte sie sofort. Sie lächelte in die Kamera, bewegte sich graziös.

Mark hielt die Aufnahme an.

»Wie ihr wisst, ist das Paula Marrel. Sie arbeitet hier bei Meditek in der Abteilung für Cybersicherheit. Sie hatte erfahren, dass wir eine Firma damit beauftragt hatten, ein Video zu drehen, das Teil des Experiments sein würde. Sie bot sich dafür an, gegen Bezahlung natürlich. Wir brauchten eine schöne Frau, und das ist sie zweifelsohne.«

»Paula Marrel ist verschwunden«, sagte ich und blickte Mark in die Augen.

Er sah mich ernst an.

Dann drückte er wieder auf Play, und das Video lief weiter. Stuart sah Paula fasziniert an.

Sie trug das blaue Kleid und das Halsband, die ich in meinem Atelier gezeichnet hatte. Irgendwann balancierte sie mit ausgebreiteten Armen auf einem Baumstamm. Danach trat sie wieder näher an die Kamera heran und richtete sich die Haare. Das Video ging zu Ende, ohne dass noch etwas passierte.

Stuart sah Sally verärgert an. Bevor er jedoch etwas sagen konnte, holte sie unter dem Tisch einen Gegenstand hervor und gab ihn ihm. Es war eine Art Skulptur, orangefarben, aus glänzendem Plastik, dreißig Zentimeter breit. So wie sie gearbeitet war, musste sie innen hohl sein. Stuart hielt sie eine Weile in den Händen, ohne etwas damit anfangen zu können.

»Schau sie dir genau an.«

Stuart drehte die Skulptur zwei- oder dreimal in seinen Händen, bevor er sie zurückgab. Sally verstaute sie wieder unter dem Schreibtisch.

»Das war alles. Danke, Stuart. Hinter dieser Tür da liegt ein Gang. Geh zur Tür Nummer acht und ruh dich aus. Wenn du schlafen möchtest, kannst du das gerne tun.«

»Ich dachte, das Experiment dauert zwei bis drei Stunden.«

»Das ist auch so.«

Die Tür, auf die Sally zeigte, war nicht die, durch die er eingetreten war.

Maggie und ich waren genauso genervt wie er.

Die nächste Szene spielte sich in einem winzigen Zimmer ab, in dem ein bequemes Sofa stand. Die Kamera war praktisch direkt über Stuarts Kopf angebracht. Der Winkel war so steil, dass man kaum erkennen konnte, ob er die Augen auf oder zu hatte.

»Ich springe jetzt ans Ende des Experiments«, kündigte Mark an.

Stuart betrat das Zimmer, in dem er ganz am Anfang gewesen war. Dort erwartete ihn wieder die Frau namens Sally, die hinter einem Schreibtisch saß.

»Guten Tag. Mein Name ist Sally.«

»Ich bin Stuart Nance.«

Aus den Augenwinkeln sah ich, dass Maggie sich mir zuwandte. Wir sahen genau die gleiche Szene wie vorhin, nur dass diesmal kein Ordner auf dem Tisch lag. Stattdessen hielt Sally eine Mappe in der Hand, in die nur sie Einblick hatte.

»Stuart, ich schildere dir jetzt drei hypothetische Situationen aus deiner Kindheit, und du sagst mir, mit welcher du dich am ehesten identifizierst, okay?«

Stuart nickte. Er wirkte verloren.

»Situation Nummer eins: das erste Mal, dass du bei dir zu Hause im Keller mit zwei deiner besten Freunde heimlich geraucht hast. Situation Nummer zwei: Dein Fahrrad wurde gestohlen, als du bei einem Nachbarn warst, und du dachtest, dein Vater würde so wütend sein, dass er dir nie wieder eines kaufen würde. Situation Nummer drei: Als dein Hund von einem Auto überfahren wurde, wolltest du partout keinen neuen, weil du den alten zu sehr vermisst hast.«

Stuart bat Sally, die drei Optionen zu wiederholen, und sie las sie mit der gleichen monotonen Stimme noch einmal vor.

»Mir ist nichts davon passiert. Ich habe nie geraucht, mir wurde nie ein Fahrrad gestohlen, und das mit dem Hund, also …, ich hatte schon einige Hunde, aber keiner davon wurde überfahren. Trotzdem ist die dritte Option noch am ehesten die, die infrage käme.«

»Ausgezeichnet.«

Stuart schien eine Reaktion zu erwarten auf das, was er gerade gesagt hatte, doch Sally beschränkte sich darauf, drei Fotos vor ihm auszubreiten, die jeweils ein farbiges, sehr unterschiedlich geformtes Objekt zeigten. Das in der Mitte war das Orangefarbene, das Stuart eben noch in den Händen gehalten hatte.

»Erkennst du eines dieser Objekte?«

Stuart schüttelte den Kopf.

»Bist du sicher?«

»Absolut.«

»Das Experiment ist beendet, Stuart.«

Er lachte. Als er bemerkte, dass Sally nicht mitlachte, verstummte er.

»Ich würde dich noch darum bitten, dass du das Experiment so ausführlich wie möglich beschreibst.«

Sally gab ihm ein weißes Blatt und einen Kugelschreiber.

»Im Ernst?«

»Natürlich.«

Stuart begann zu schreiben. Mark hielt das Video an und suchte in dem Stapel vor ihm nach einem weiteren Dokument. Er überreichte uns den kurzen Text, den Stuart Nance geschrieben hatte. Inzwischen war ich nicht überrascht von dem, was da stand: Für Stuart hatte das Experiment in dem Moment begonnen, als er auf dem Sofa eingeschlafen war. An all das, was in den vorherigen Räumen geschehen war, konnte er sich nicht mehr erinnern.

41

»Lasst mich euch erklären, was ESH ist. Meditek arbeitet praktisch seit seiner Gründung an diesem Mittel, anfangs mit mäßigem Erfolg. Wir sollten eine Substanz entwickeln, mit der man eine vorübergehende Amnesie hervorrufen kann, was uns schließlich gelungen ist.«

Mark suchte unter den Dokumenten nach einem sehr einfachen, aus zwei Kreisen bestehenden Diagramm. Kurzzeitgedächtnis und Langzeitgedächtnis.

»Ich musste das Ganze schon mal einem der Käufer von Meditek erklären, ich bin also vorbereitet«, sagte Mark lachend. Wir begriffen, dass das, was wir gleich hören würden, keine Erläuterung für Kollegen war, sondern eine für Ignoranten wie uns. »Unsere Erinnerungen werden nur für eine begrenzte Zeit im Kurzzeitgedächtnis aufbewahrt, dann wandern sie in einen wesentlich potenteren Speicher. Das Kurzzeitgedächtnis ist also so etwas wie unsere RAM. Die Konsolidierung der Erinnerung, das heißt, der Prozess der Speicherung im Langzeitgedächtnis, kann auf zwei Arten erfolgen.«

Mark zeichnete mit dem Finger die zwei Pfeile nach, die die beiden Kreise miteinander verbanden.

»Entweder synaptisch, ein Prozess, der sich in einigen Stunden vollzieht, oder systemisch. Wir wissen noch nicht alles über diese beiden Prozesse, sehr wohl aber, dass Letzterer im Schlaf vonstattengeht. Tagsüber befindet sich unser Gehirn im Turbomodus, verarbeitet jede einzelne Erfahrung und speichert sie gemäß einer Reihe von Prioritäten ab. Nachts fährt das Gehirn damit fort, nur langsamer.«

Mein Bruder war schon immer erstaunlich gut darin gewesen, komplexe Sachverhalte einfach zu erklären. Ich war eigentlich nur dank ihm ein guter Schüler gewesen.

»Wenn wir nun einen Zustand vorübergehender Amnesie erzeugen wollen, liegt es auf der Hand, dass wir dafür diese Konsolidierungsprozesse unterbrechen müssen. Solange sich eine Erinnerung noch in ihrer labilen Phase befindet, das heißt, sich noch nicht stabilisiert hat, können wir einen Protein-Synthese-Hemmer benutzen, um genau dies zu verhindern. Daran haben wir in den letzten Jahren unermüdlich gearbeitet. Und nicht nur wir, sondern Labore und Regierungsbehörden auf der ganzen Welt.«

»Welchen Nutzen könnte eine Regierung aus einem solchen Mittel ziehen?«, fragte Maggie.

»Kriegsführung, Datenschutz, grundsätzlich alles, was im Zusammenhang mit der Sicherheit des Landes steht.«

Mark hob den Finger.

»Es gab aber noch einen Grund, warum wir uns diesem Projekt verschrieben haben.«

Er zeigte auf einen gepunkteten Pfeil, der das Langzeitgedächtnis mit dem Kurzzeitgedächtnis verband, nur in umgekehrter Richtung.

»Wenn wir etwas aus dem Langzeitgedächtnis abrufen, findet ein Prozess statt, denn wir Rekonsolidierung nennen. Unser Gehirn benutzt eine Gedächtnisbahn. Stellt es euch so vor, als nähme es ein altes, ausrangiertes Möbelstück und brächte es wieder auf Vordermann. Je häufiger wir diese Erinnerung aktivieren, desto mehr konsolidiert sie sich. Unsere Arbeitshypothese lautete daher folgendermaßen: Wenn wir eine Konsolidierung mittels einer vorübergehenden Amnesie hemmen können, dann können wir dies auch mit einer Rekonsolidierung tun.«

Ich war überwältigt von dieser Idee, glaubte, sie verstanden zu haben.

»Deswegen konnte Stuart sich nicht mehr an den Vorfall mit dem Fahrrad erinnern«, überlegte ich laut, »weil er ihn *abgerufen* hat, als er unter der Wirkung des Mittels stand.«

»Genau. ESH verhindert nicht nur, dass neue Erinnerungen im Langzeitgedächtnis gespeichert werden, es zerstört auch die Gedächtnisbahnen der Erinnerungen, die zuvor dort angelegt wurden. Oder einfacher gesagt: Es löscht sie.«

Ich begriff sofort die Tragweite eines solchen Mittels. Maggie offenbar auch:

»Dadurch könnte man ein traumatisches Erlebnis schlicht dadurch vergessen, dass man sich unter Wirkung des Medikaments daran erinnert«, sagte sie.

Mark nickte. In seinen Augen lag dieser begeisterte Glanz, den ich so gut von ihm kannte.

»Unter ESH«, erklärte Mark, »muss man sich nur an etwas erinnern, damit diese Erinnerung in die Konsolidierungsphase eintritt.«

»Und das funktioniert mit jeder Erinnerung?«

»Das ist eine ausgezeichnete Frage, Maggie. Die Natur ist weise, daher haben wir Menschen gut voneinander getrennte Bereiche, um Langzeiterinnerungen abzuspeichern. Da sind einmal die semantischen Erinnerungen, die im Grunde nichts anderes sind als Definitionen, zum Beispiel die Bedeutung des Wortes Fahrrad. Dann sind da die prozeduralen Erinnerungen, die Erinnerungen also, die mit den unbewussten Funktionen zu tun haben wie zum

Beispiel dem Sprechen. Und dann sind da noch die episodischen Erinnerungen, also all das, was wir erlebt haben. Die drei Erinnerungstypen werden an je anderen Stellen abgelegt, mit je anderen Mechanismen.«

Einen Moment lang ließ ich Marks Erklärung auf mich wirken. Dann war mir also dieses Mittel verabreicht worden, schlussfolgerte ich verwundert, und dies war auch der Grund, warum ich mich nicht mehr daran erinnerte, was in den Stunden dieser Nacht geschehen war.

»ESH wirkt nicht nur deshalb auf das episodische Gedächtnis ein, weil diese Erinnerungen in einem bestimmten Bereich unseres Gehirns gespeichert sind, sondern auch, weil sie dort auf eine ganz bestimmte Weise abgespeichert wurden. Jedenfalls war ich all die Jahre fest davon überzeugt, und ich habe recht behalten.«

»Das ist unglaublich«, sagte Maggie und schüttelte den Kopf. »Ich stelle mir gerade eine Person vor, die etwas Schreckliches erlebt hat, eine Vergewaltigung zum Beispiel. Sie muss sich nur unter der Wirkung von ESH an den Vorfall erinnern, und schon ist er vergessen.«

»Mark, was mich wundert«, sagte ich. »Wenn ESH funktioniert, und dass es funktioniert, haben wir ja eben in dem Video gesehen, warum verkauft ihr dann Meditek? Das begreife ich nicht.«

Marks Miene verdüsterte sich.

»ESH funktioniert, das stimmt, aber die Dinge sind ein wenig kompliziert.«

42

Mark erklärte uns nun etwas, worüber ich bereits nachgedacht hatte. Würden die Labore überhaupt daran interessiert sein, ein Mittel zu vermarkten, mit dem man traumatische Erinnerungen einfach dadurch beseitigen konnte, dass man sie laut aussprach? Was würde aus der Industrie für Antidepressiva werden, aus Langzeitaufenthalten in der Psychiatrie, aus endlosen Behandlungen? Kranke Menschen waren ein riesiges Geschäft.

Keines der großen Labore hatte ein Interesse daran bekundet, ESH weiterzuentwickeln, und nicht nur das: Sie hatten auch alles daran gesetzt, das Projekt zu stoppen, unter anderem, indem sie Meditek die Finanzierung für konventionelle Forschung entzogen hatten. Mark hatte daraufhin nach Geldgebern in der Privatwirtschaft gesucht, aber vergeblich. Niemand, der bei Verstand war, würde in ein so hoch verschuldetes Labor investieren, dessen Spitzenforschung von der Konkurrenz als reiner Zeit- und Geldverlust eingeordnet wurde.

Drei Jahre, bevor die Studien erste kleinere Erfolge zeitigten, wurde die Situation kritisch. Ian, der ebenfalls an das Potenzial des Mittels glaubte, war zu der Überzeugung gelangt, dass es sie in den finanziellen Ruin treiben würde. Er hatte Mark überreden wollen, die Forschung einzustellen. Wenn sie ESH auf Eis legten, so seine Argumentation, könnten sie die Zusammenarbeit mit den anderen Laboren wiederaufnehmen und sich neu erfinden. Doch dazu war Mark nicht bereit.

Mark fand in der Albert Sanders Foundation einen Unterstützer aus der Privatwirtschaft, der bereit war, in Meditek zu investieren, damit sie ESH weiterentwickeln konnten. Albert Sanders war ein mächtiger Schiffsunternehmer, fünfundachtzig Jahre alt, der sich nie blicken ließ. Böse Zungen behaupteten, er sei ans Bett gefesselt und könne mit niemandem mehr kommunizieren. Das Board of Directors hatte keine größeren Fragen gestellt, und das Geld war geflossen, anfangs rasch, später zäh. Meditek verschaffte es eine Atempause, änderte aber nichts am Ausgang der Geschichte: Sollte es ihnen nicht gelingen, ESH zur Produktreife zu bringen und das Patent zu einem beachtlichen Betrag zu verkaufen, wären sie ruiniert.

Als sich erste vielversprechende Resultate einstellten, wurden die Studien von den Prüflaboren in Zweifel gezogen.

»Es hatte Nebenwirkungen gegeben«, erklärte Mark. »Da aber alle Arzneimittel Nebenwirkungen haben, handelte es sich letztlich um einen Boykott.«

»Was für Nebenwirkungen?«

Mark richtete sich auf.

»Ich habe euch doch erklärt, dass Erinnerungen sich auf zweierlei Art konsolidieren. Es ist die zweite Art, die systemische Konsolidierung, die uns Probleme macht. In manchen Fällen werden im Laufe des Prozesses die Gedächtnisbahnen reaktiviert. Das heißt …«

»In Träumen«, unterbrach ich ihn.

Mark nickte.

»Aber das heißt ja nicht, dass ESH nicht wirkt«, sagte er mit einer gewissen Empörung, als wären wir diejenigen, die er überzeugen musste. »Wenn tatsächlich eine Gedächtnisbahn aktiv bleibt, kann man das Mittel einfach noch einmal verabreichen.«

Er griff nach einem kleinen Kästchen, das die ganze Zeit neben dem Computer gelegen hatte, öffnete es und nahm eine orangefarbene Pille heraus. In der Textur glich sie einer Perle, war aber länglicher.

Ich erkannte sie sofort wieder. Es war die Pille, die Mark mir hatte verabreichen wollen an dem Abend, als ich mit einer Erinnerungslücke aufgewacht war.

»Als das Projekt ad acta gelegt war«, fuhr Mark fort, »stand Meditek vor dem sicheren Ruin. Außer Ian und mir wusste keiner davon. Ihn hat es am schlimmsten getroffen, weil er mich von Anfang an gewarnt hat.«

»Aber ihr habt Meditek doch letztlich verkauft, oder nicht?«, fragte Maggie.

Mark starrte uns an, als wäre sein eigenes Gedächtnis gerade gelöscht worden.

»Wir stehen kurz davor, Meditek zu verkaufen, das stimmt. Aber zu welchem Preis? Und ich meine nicht das Geld. Nachdem Ian alle Optionen ausgeschöpft hatte, blieben ihm nur noch die ausländischen Labore. Ich will ihm da gar keinen Strick draus drehen, aber Interesse an Meditek hat allein ein Labor aus Korea gezeigt, aus Nordkorea wohlgemerkt, und das denkt natürlich gar nicht daran, ESH zu vermarkten.«

»Sondern zu militärischen Zwecken zu nutzen?«

»Das vermuten wir. Geheimmissionen könnten ausgeführt und anschließend aus dem Bewusstsein der Ausführenden gelöscht werden, Kronzeugen könnten ausfindig gemacht werden, hohe Funktionäre, die in Pension sind und über wichtige Informationen verfügen. Die Sicherheit eines Staates wäre besser gewährleistet. Ganz zu schweigen von Kriegsgefangenen, die über sicherheitsrelevante Informationen verfügen. Wenn eine so starke Waffe unseren Feinden in die Hände fiele, wäre das eine heikle Sache.«

Mark sah jetzt düster drein.

43

»Die tote Frau bei mir zu Hause war also keine Halluzination?«

Diese Frage hatte ich schon den ganzen Abend lang stellen wollen.

Mark seufzte.

»Ich fürchte ja, Johnny.«

Ich schüttelte den Kopf.

»Ich fasse es nicht! Du hast mich die ganze Zeit angelogen!«

»Ich konnte nicht anders. Die Koreaner sind gefährlich. Ich verfluche den Moment, in dem wir uns auf sie eingelassen haben. Seit wir mit ihnen in Verhandlung getreten sind, drängen sie darauf, den Handel so schnell wie möglich abzuschließen. Ich hätte nie gedacht, dass es einmal so weit kommen würde.«

»Eines verstehe ich nicht«, mischte sich Maggie ein. »Was genau wolltet ihr bei Johnny?«

Ich glaubte zu verstehen.

»Alles war so arrangiert, dass es so aussah, als wäre ich der Mörder«, sagte ich in kryptischem Ton, »und plötzlich war die Leiche weg. Sie wollten beweisen, wozu sie imstande sind.«

Mark sagte nichts.

»Das ist doch krank«, sagte Maggie. »Der Mord an dieser armen Frau als Warnung? Wolltet ihr nicht sowieso verkaufen?«

Mark senkte den Blick und atmete hörbar aus und ein.

»Ich habe mich dagegen gesträubt«, sagte er. »Und ich hätte nie gedacht, dass so etwas passieren könnte.«

»Da ist noch etwas, das ich nicht verstehe«, sagte Maggie. »Wie habt ihr Johnny das ESH verabreicht?«

»Mehr weiß ich leider auch nicht. Vielleicht war der ursprüngliche Plan, Paulas Leiche liegen zu lassen, und dann ist etwas schiefgegangen. Paula war … ist eine wunderbare Frau. Sie hat es nicht verdient.«

»Sollten wir nicht die Polizei einschalten?«

»Nein«, sagte Mark schnell. »Wenn sich beweisen lässt, dass Paula an diesem Tag in Carnival Falls war – und ich bin sicher, dass die Polizei, wenn sie in dieser Richtung ermittelt, einen Beweis finden wird –, dann ziehen wir damit nur Johnny in die Sache rein.«

»Das blutgetränkte Hemd haben sie schon«, sagte ich.

»Vermutlich noch mehr«, sagte Mark.

Ich dachte an die Überwachungskamera. Möglicherweise hatte sie auch Paula auf Video aufgenommen, als sie bei mir zu Hause war.

»Wann wird das hier ein Ende haben, Mark?« Maggie konnte nicht anders, als ihn direkt anzugehen.

Mark sah mich flehend an.

»Bald. Darauf gebe ich euch mein Wort.«

»Was meinst du damit?«

»Ich will euch da nicht mit reinziehen, ehrlich. Vielleicht hätte ich dich von Anfang an einweihen sollen, Johnny, aber ich wollte die Probleme eben so gut wie möglich von dir fernhalten. Schließlich kannst du nichts dafür.«

»Noch mal, Mark. Was meinst du damit? Entschuldige, dass ich dich das so direkt frage, aber ich will nicht, dass du eine Dummheit begehst.«

Ich sah etwas in seinen Augen, das mich erschreckte.

»Vertraust du Ian?«, fragte Maggie.

»Ja. Ian weiß von all dem nichts, das versichere ich euch.«

»Es gibt da etwas, das du wissen solltest«, sagte ich. »Auf deinem Geburtstag, nachdem ich bei dir oben auf der Dachterrasse war, habe ich gehört, wie Ian mit jemandem über den Motorradunfall von Stuart Nance gesprochen hat.«

Mark wirkte überrascht.

»Das war ein Unfall, wie du schon sagst. Ich vertraue Ian, und ich bin sicher, dass er sich niemals an einem Mord beteiligen würde.«

»Vielleicht nicht freiwillig«, sagte Maggie.

Wir schwiegen.

Maggie und ich standen auf. Mark kam zu mir und umarmte mich zum Abschied.

»Es tut mir wirklich leid, Johnny. Das ist alles meine Schuld.«

Die Umarmung dauerte länger als gewöhnlich. Über die Schulter hinweg sah ich zu Maggie, die ihre Lippen zusammenpresste und die Augenbrauen hochzog, ein typischer Gesichtsausdruck von ihr.

Mark sagte, er werde noch eine Weile bleiben, er habe noch einiges zu tun.

Bevor ich den Konferenzraum verließ, drehte ich mich noch einmal um und sah, wie Mark die Dokumente auf dem Tisch ordnete.

Es war das letzte Mal, dass ich ihn lebend sah.

44

Ich arbeitete gerade an einer Illustration, als etwas sich vor die Sonne schob, die durchs Fenster hereinschien. Der plötzliche Schatten riss mich aus meiner Konzentration. Draußen stand Ross, der seine alte Gewohnheit, von hinten ans Haus zu kommen, nicht geändert hatte. Er hob grüßend die Hand, und ich winkte ihn herein. Kurz darauf kam er ins Atelier und betrachtete meine Zeichnungen.

»Ich habe Hamburger mitgebracht«, sagte Ross. »Ich dachte, Jennie wäre hier.«

Ich schloss die Tür des Ateliers und folgte ihm.

»Morgan bringt sie gleich. Der Idiot spielt sich weiterhin als ihr Wachhund auf.«

»Als er das letzte Mal hier vorbeigefahren ist, lagst du kotzend auf der Veranda.«

»Ha, ha, sehr witzig.«

Ross drehte sich um und bohrte mir einen Finger in die Brust.

»Du hattest es im Griff, Johnny. Und du wirst es wieder in den Griff kriegen, das weiß ich. Falls nötig, ziehe ich bei dir ein oder du bei mir. Versprich mir, dass du mich beim leisesten Anflug von Versuchung sofort anrufst.«

»Versprochen. Es war eine beschissene Situation, Ross. Du weißt doch, wie das ist. Man wartet nur auf eine Ausrede.«

»Ich weiß.«

Er legte mir die Hand auf den Nacken, packte zu und sah mir in die Augen.

»Es wird nicht wieder passieren. Du hast es im Griff, Johnny.«

Ich nickte. Auch ich war überzeugt davon. Wir verließen das Haus durch die Vordertür.

»Wie viel Uhr kommt Maggie?«

»Weiß ich nicht. Gleich.«

»Wie geht's dir … mit ihr?«

Ich zuckte mit den Schultern.

»Weiß nicht.«

»Dann solltest du allmählich darüber nachdenken. Sie bleibt nämlich in Carnival Falls.«

»Hat sie das gesagt?«

»Nein, aber das braucht sie auch nicht.«

Er machte auf dem Absatz kehrt und verschwand hinterm Haus. Ich hatte noch nicht gewagt, darüber nachzudenken, ob Maggie in Carnival Falls bleiben könnte. So schnell sich der vertraute Umgang zwischen uns wieder eingestellt hatte, als wäre keine Zeit vergangen, so sehr war ich mir doch bewusst gewesen, dass sie von einem Moment auf den anderen wieder fortgehen könnte.

Ich folgte Ross. Auf dem Holztisch standen zwei Papiertüten.

Ross hob den Deckel des Grills an.

»Ich weiß ja, wie gern du ihn sauber machst«, sagte ich, bevor mein Freund mir mit irgendeiner Bemerkung zuvorkommen konnte.

Ich setzte mich auf den Tisch, stellte die Füße auf die Bank und sah zu, wie Ross nach den Utensilien suchte, um den Grill zu säubern. Mit einem Eimer Wasser, einem Fettreiniger, einer Metallbürste und Handschuhen kam er wieder.

»Hast du noch mal was von Lila gehört?«

»Nein.«

Ross bürstete den Grill ab.

»Ich bin immer noch nicht davon überzeugt, dass sie an jenem Abend nur zufällig in der Nähe war.«

»War aber so, schließlich haben wir an dem Tag Schluss gemacht.«

»Na ja.«

»Manchmal passieren Dinge einfach, nicht alles hängt mit allem zusammen wie in diesen Romanen, die du immer liest.«

»Trotzdem hat Mark eine Pille entdeckt, die dein Gedächtnis löschen kann. Eine Pille, die jemand benutzt hat, um dir den Mord an dieser Frau in die Schuhe zu schieben.«

Ich sah mich nach allen Richtungen um.

»Lass uns lieber nicht hier draußen darüber sprechen.«

In diesem Moment ertönte das Röhren von Morgans Pick-up. Ich ging schnell nach vorne, gerade noch rechtzeitig. Tricias neuer Ehemann hielt triumphal über den Privatweg Einzug. Jennie saß auf der Rückbank.

Ich hob grüßend die Hand.

Morgan trug eine verspiegelte Sonnenbrille, trotzdem meinte ich zu erkennen, wie er alles genau in Augenschein nahm, als hinge davon ab, ob er anhalten würde oder nicht. Dann erstarb der Motor.

»Papa!«

Jennie zog von innen am Griff, um die Tür zu öffnen. Ich kam ihr zu Hilfe. Meine Tochter konnte sich nicht entscheiden, ob sie aussteigen oder zu der Tüte mit den Spielsachen greifen sollte, die sie mitgebracht hatte. Vorsichtig kletterte sie schließlich von ihrem Sitz und streckte mir ihre Arme entgegen. Ich ging in die Hocke, um sie fest zu umarmen, aber da entzog sie sich mir schon wieder und zeigte auf die Tüte.

»Sie war sich unschlüssig, also habe ich lieber alles mitgebracht«, sagte Morgan, der jetzt neben dem Pick-up stand.

Ich warf die Tür etwas fester ins Schloss als nötig und gab Jennie die Tüte.

»Onkel Ross ist hinterm Haus. Soll ich ihm die Spielsachen bringen?«

Jennie schüttelte den Kopf und marschierte los, sie konnte nur mit Mühe und Not verhindern, dass die Tüte über den Boden schleifte.

Offenbar hatte Morgan mir etwas zu sagen, denn er rührte sich nicht vom Fleck. Es war das erste Mal, dass wir uns sahen, seit er mich auf der Veranda fotografiert hatte.

»Wir müssen reden«, sagte er feierlich.

Mir war das überhaupt nicht recht, aber ich hielt den Mund.

»Das, was ich da gemacht habe«, sagte er und zeigte auf die Veranda, »das habe ich für dich gemacht.«

Ich kratzte mich am Nacken. Entweder das, oder ich würde ihm eine reinhauen.

»Nein, Morgan, weißt du, was du getan hättest, wenn es dir irgendwie um mich gehen würde? Du hättest mich geweckt, du hättest mich gezwungen, mich unter die Dusche zu stellen und mich anzuziehen, damit ich meine Tochter abholen kann. Danach hättest du mich gefragt, was passiert ist. Stattdessen hast du mich fotografiert und bist sofort zu Tricia gerannt, um mich anzuschwärzen.«

»Schade, dass du das so siehst. Die Dinge unter den Teppich zu kehren, ist nie gut.«

»Das hat mit Unter-den-Teppich-Kehren nichts zu tun, das ist einfach das, was Freunde tun: sich gegenseitig helfen. Dieses Foto war ein Dolchstoß in den Rücken. Also komm mir nicht mit diesem Scheiß von wegen ›Ich wollte dir nur helfen‹.«

»Wieso können wir nicht miteinander reden wie zwei vernünftige Menschen?«

»Genau wegen solcher Aktionen wie neulich. Seit ich dich kenne, tust du nichts anderes, als meine Beziehung zu Tricia und Jennie zu torpedieren.«

»Schade, dass du das so siehst, John.«

»Wenn du noch einmal ›Schade, dass du das so siehst‹ sagst, haue ich dir eine rein. Du hast dieses verdammte Foto nur aus einem einzigen Grund gemacht: um Tricia zu beweisen, dass du recht hattest damit, dass ich es mal wieder vermasseln würde. Gib's zu, dann können wir endlich ehrlich miteinander reden, Morgan.«

Er blieb stumm. Wahrscheinlich fiel ihm nichts ein, außer dass er es bedauere, dass ich das so sah.

»Ich hole Jennie ab, wann immer es passt. Sag einfach Bescheid.«

»Das wird nicht nötig sein, ich fahre sie selbst nach Hause.«

Morgan nickte und stieg in sein Stahlmonster. Kaum hatte er gewendet, tauchte das Auto von Maggies Vater auf, mit Maggie am Steuer. Als die beiden aneinander vorbeifuhren, starrte Morgan sie neugierig an.

»Wer war das?« Maggie stieg aus. Sie trug ein geblümtes Kleid, das mir schier die Sprache verschlug.

»Morgan«, sagte ich auf Autopilot.

Dann solltest du allmählich darüber nachdenken. Sie bleibt nämlich in Carnival Falls.

Auf der hinteren Veranda ging es wesentlich lustiger zu. Ross hatte den Grill gesäubert, und Jennie verteilte bereits die Teller. Als sie uns kommen sah, versteckte sie sich unter dem Tisch.

»Wer ist denn dieses hübsche Mädchen?«, fragte Maggie.

»Das hübsche Mädchen ist ein bisschen schüchtern«, erklärte Ross, während er Kohle auf den Grill schüttete.

»Komm raus und sag Maggie Hallo.«

Erst lugten Jennies Hände unter dem Tisch hervor, dann ihre Augen.

»Ich habe dir von ihr erzählt, als wir beim Schmetterlingssumpf waren. Erinnerst du dich noch? Maggie und Ross waren meine besten Freunde, als ich klein war.«

Mein Argument überzeugte Jennie nicht. Sie blieb unter dem Tisch.

45

Wir verbrachten einen wunderbaren Nachmittag. Jennie fasste beim Mittagessen schließlich Vertrauen zu Maggie, und als wir zum Schmetterlingssumpf aufbrachen, waren die beiden bereits unzertrennlich. Jennie erzählte von ihren Puppen, ihren Freundinnen aus dem Kindergarten und ihren Lieblingssendungen im Fernsehen. Da Maggie ihr gesagt hatte, sie habe länger nicht mehr in der Stadt gewohnt, ging sie davon aus, dass sie ihr die Dinge erklären musste wie einer Außerirdischen.

Als es Zeit wurde, sie nach Hause zu bringen, war Jennie so müde, dass sie keinen Widerstand leistete. Ross, der den ganzen Tag lang darüber geklagt hatte, dass er wegen einiger lauter Nachbarn kaum geschlafen hatte, wollte ebenfalls aufbrechen, und bot an, Jennie mitzunehmen. Natürlich konnte er es nicht lassen, alle möglichen Anspielungen zu machen, dass Maggie dann allein bei mir bleiben würde.

Nachdem die beiden losgefahren waren, kochten Maggie und ich einen Kaffee und nahmen ihn mit ins Wohnzimmer. Auf der Stereoanlage lief Blur.

»Ich werde wieder herziehen«, verkündete sie. »Diese Woche habe ich mir schon einige Wohnungen angeschaut.«

Das Haus der Burkes war groß, weshalb ihre Ankündigung mich überraschte.

So schnell?

»Ich wusste gar nicht, dass du beschlossen hast, in Carnival Falls zu bleiben.«

»Offenbar habe ich das«, sagte sie und kicherte nervös.

»Ich freue mich jedenfalls sehr darüber. Hier hast du jede Menge Leute, die dich sehr mögen. Was immer in London passiert ist, hier bist du genau richtig, um es hinter dir zu lassen.«

Ihr Gesicht verdüsterte sich.

»Was das angeht …«

»Du musst es mir nicht erzählen, wenn du nicht willst.«

»Ich will aber, Johnny. In den letzten Tagen habe ich mich richtig geborgen gefühlt. Als wäre ich nie weggegangen, als hätte nicht ich, sondern jemand anders in London gelebt. Verstehst du, was ich meine?«

»Ja.«

In den Jahren, die Maggie in England verbracht hatte, war sie nur einmal zu Besuch gekommen. Und ihre Eltern waren kein einziges Mal nach London gefahren.

»Anfangs war es eine Frage des Geldes. Andrew und ich mussten uns ein neues Leben aufbauen, da wäre es wenig förderlich gewesen, Geld für einen Flug zu vergeuden. Nach etwa zwei Jahren wurde der Wunsch dann immer größer. Aber weißt du was? Ich war trotzdem diejenige, die es immer wieder verschoben hat, wegen der Hypothek, es sei Verschwendung. Mit meinen Eltern hatte ich regelmäßigen Kontakt über Skype, das war meine Art, sie bei mir zu haben.«

Maggie ließ sich in den Sessel fallen, den Blick zur Decke gerichtet, die Augen gerötet.

»Du kannst dir gar nicht vorstellen, wie viel Unsinn ich mir damals eingeredet habe. Zum Beispiel, dass es eben keine gute Idee wäre, nach Hause zu fahren. Aber auch andere Sachen.«

»Vielleicht wusstest du tief ihn dir, dass es dann schwierig sein würde, wieder nach England zurückzukehren.«

»Nicht schwierig«, sagte sie, »unmöglich.«

Sie seufzte.

»Es heißt doch, Beziehungen stünden im dritten Jahr auf dem Prüfstand. So war es jedenfalls bei Andrew und mir. Unsere Beziehung war sehr eigentümlich, fast so, als folgten wir einem Protokoll oder so.«

»Wie meinst du das?«

Der ungestüme Indiesound von Blur passte nicht so recht zum Tenor unseres Gesprächs.

»Protokoll ist vielleicht ein bisschen übertrieben«, sagte Maggie. »Andrew ist nicht gerade ein Gefühlsmensch, und du kennst mich ja, ich brauche immer ein bisschen Drama. Plötzlich fand ich mich in einem fremden Leben wieder. Wir planten immer im Voraus, was wir an den Wochenenden machen würden, ein fester Terminkalender, wie so ein Politikerleben. Für Improvisation war kein Platz mehr. Er hat immer alles sorgfältig arrangiert, hat sich ziemlich kalkuliert um mich gekümmert, sodass er genau das Gegenteil damit erreichte.«

»Verstehe. Ihr seid in Monotonie versunken.«

»Ich begann, als Sekretärin in einer Anwaltskanzlei zu arbeiten, was meinem Leben etwas mehr Pepp gab. Und bei Andrew lief es beruflich immer besser. Das war auch die Zeit, als wir es uns hätten erlauben können, hierher zu fliegen, und trotzdem habe ich Tausende Ausreden gesucht, um das zu verhindern. So ging das zwei Jahre, vielleicht etwas länger. Ich stand kurz vorm Zusammenbruch, und da machte ich den schlimmsten Fehler, den man in einer Beziehung machen kann.«

Ich wusste, was jetzt kommen würde. Auch ich hatte diesen Fehler begangen, wenn auch aus anderen Gründen.

»Ich dachte, ein Kind würde alle Probleme wie von Zauberhand lösen«, sagte sie.

Maggie stand auf und ging zur Stereoanlage.

»Ich werde euch kurz mal untreu«, sagte sie und nahm Blur vom Plattenteller.

Maggie durchsuchte meine Sammlung und fand ein Album von Franz Ferdinand. Stolz hielt sie es mir hin.

»Super«, sagte ich.

Maggie hatte ihren Kaffee nicht angerührt. Ich bot ihr an, ihn aufzuwärmen, aber sie lehnte ab. Das rohe Schlagzeugspiel von Franz Ferdinand erfüllte das Wohnzimmer.

»Ich redete mir ein, dass Monotonie und eine gewisse Ermüdung in einer längeren Beziehung normal sind«, fuhr Maggie fort, als sie wieder im Sessel saß. »Ich hatte schon oft gehört, dass ein Kind alles verändert, und da dachte ich eben, diese Veränderung würde alles vergessen machen, was in meinem Leben nicht so gut lief.«

Sie sah mich an.

In meinem Fall hatte Jennie tatsächlich mein Leben verändert, natürlich hatte sie das, doch Tricia und mich hatte sie einander nicht nähergebracht, sondern vielmehr endgültig auseinander.

»Andrew war einverstanden. Zugegebenermaßen hat es uns eine glückliche Phase beschert, die einige Monate anhielt. Als ich nicht schwanger wurde, begann ich mir Sorgen zu machen. Der Arzt meinte, es sei nur eine Frage der Zeit, und so war es auch. Ein Jahr später hatten wir es geschafft.«

Ich erstarrte. Die Gerüchte zu hören, die erzählt wurden, war das eine, es aus Maggies Mund zu vernehmen, etwas ganz anderes. Das Ende der Geschichte kannte ich nicht, wusste nur, dass es kein glückliches war. Mir blieb nichts anderes übrig, als meine Freundin mit einem traurigen Lächeln zu trösten.

»Bis dahin war mein Leben die reinste Hölle gewesen, Johnny, weil ich an nichts mehr anderes denken konnte, als daran, schwanger zu werden. Als der Arzt und auch Andrew mir mit alternativen Empfängnismethoden ankamen, sogar von Adoption sprachen, blockte ich alles ab. Du kennst mich vielleicht besser als irgendwer sonst auf dieser Welt, du weißt, dass ich eigentlich nicht so bin. Wenn ich jetzt zurückblicke, sehe ich eine Fremde.«

Maggie stand auf und tänzelte im hypnotischen Rhythmus von »Dream Again« durchs Wohnzimmer.

If the oceans fled or the mountains sigh. Then I will keep on dreaming.

»Es kommt mir so vor, als hätte ich das Leben von jemand anderem geführt. Als hätte jemand anderer die Kontrolle übernommen.«

Ich nickte. Ich verstand sie besser, als sie sich vorstellen konnte.

»Andrew ist ein sehr analytischer Mensch. Er sagte: Wenn es dir nicht gut geht, musst du zum Arzt. So simpel sind die Dinge für ihn. Inzwischen ist mir klar geworden, dass meine Schwierigkeiten, schwanger zu werden, nur die Spitze des Eisbergs waren. Gar nichts war in Ordnung mit meinem Leben, und ich fand einfach nicht heraus aus dem Labyrinth aus Lügen, in das ich mich selbst hineinbegeben hatte.«

Maggie sah zu Boden, mit leerem Blick. Am liebsten wäre ich zu ihr hingegangen und hätte sie in den Arm genommen, aber es war nicht der richtige Moment dafür. Sie rang mit sich selbst, um sich alles von der Seele zu reden, und da musste sie zunächst alleine durch.

»Als ich schwanger wurde, dachte ich, dass sich jetzt alles einrenken würde. Man denkt eben automatisch, dass so ein Wunder ein Segen ist, nicht wahr?«

Ihr Gesicht hellte sich auf.

»Es war ein Junge. Ich wollte ihn Christopher nennen. Die Schwangerschaft war von Anfang an problematisch, ich ging fast nicht aus dem Haus. Stattdessen richtete ich sein Zimmer ein, kaufte Kleidung für ihn, einen Kinderwagen, solche Sachen. Eines Tages, ich war fast im fünften Monat, las ich auf dem Balkon ein Buch, als in meinem Kopf eine Warnlampe anging. Ich hatte keine Schmerzen, nahm keine merkwürdige Bewegung wahr, eher im Gegenteil. Ich tastete meinen Bauch ab und fing an zu weinen.«

Sie konnte nicht weitersprechen.

»Maggie …«

»Ich muss es dir erzählen, Johnny.«

Ich konnte mich nicht mehr zurückhalten und nahm sie in den Arm. Sie weinte sich an meiner Schulter aus. Nach einigen Minuten schob sie mich sanft von sich und wischte sich die Tränen ab.

»Wir gingen zum Arzt, und der bestätigte, was ich bereits wusste. Ab da war alles ein Albtraum. Ein totes Kind zur Welt bringen zu müssen, wünsche ich nicht einmal meinen ärgsten Feinden. Nichts bereitet einen darauf vor. Nichts.«

»Es tut mir so leid, Maggie, dass du einen solchen Horror durchmachen musstest.«

»Meine Eltern wissen nur, dass ich eine Fehlgeburt hatte, aber nicht, unter welchen Umständen. Ich habe auch nicht vor, es ihnen zu erzählen. Wozu? Was danach los war, wissen sie ebenfalls nicht.«

Sie sah mich ernst an. In ihrem Blick lag Angst, aber auch noch etwas anderes, dass ich nicht benennen konnte.

»Ich blieb in ärztlicher Behandlung. Weil ich sie mehr denn je brauchte. Etwa um das Datum herum, an dem Christopher hätte zur Welt kommen sollen, kehrte Andrew von der Arbeit zurück und traf mich im Wohnzimmer an, auf meinem Schoß eine Axt. Ich hatte das ganze Parkett zerhackt. Als er mich sah, riss er die Augen auf wie du jetzt.«

Maggie lächelte.

»Es ist so traurig, Johnny. Ich erinnere mich noch gut, welche Logik ich mir damals zurechtgelegt hatte. Ich war davon überzeugt, dass mein Sohn gar nicht tot zur Welt gekommen war, dass er vielmehr lebte, irgendwo im Haus versteckt war, und dass Andrew dafür sorgte, dass ich ihn nicht sah. An jenem Nachmittag bedrohte ich ihn mit der Axt und sagte, ich würde ihn zerstückeln, wenn er mir nicht sagen würde, wo Christopher versteckt sei. Ich musste eingewiesen werden und kehrte erst eine Woche später wieder heim.«

Ich hatte Mühe, Maggie in dieser Erzählung wiederzuerkennen. Sie war immer ein rationaler Mensch gewesen, und gleichzeitig praktisch und pragmatisch; die Stimme der Vernunft.

»Den Boden zerhackt oder Ähnliches habe ich danach nicht mehr, was vermutlich an den Medikamenten lag. Ich war gut eingestellt. Trotzdem spukte mir die Wahnidee noch monatelang im Kopf herum. Ich wachte mitten in der Nacht auf und suchte überall nach Christopher. Dann redete Andrew so lange auf mich ein, bis ich wieder zur Vernunft kam. Ich glaubte ihm zwar, aber es blieb immer ein gewisses Gefühl von Misstrauen zurück. Erst im vergangenen Jahr wurde es wirklich besser, und ich konnte mich aus dieser Gedankenschleife lösen.«

»Es tut mir so leid, Maggs.«

»Andrew hat natürlich auch gelitten, wegen des Verlusts, aber auch wegen dem, was danach kam. Es ist bestimmt nicht einfach, plötzlich mit einer Partnerin zu tun zu haben, die einen mit der Axt erschlagen will.«

Maggie lächelte wieder nervös. Es tat mir in der Seele weh, dass sie all das durchgemacht hatte und ich nicht da gewesen war, um ihr zu helfen.

»Danke fürs Zuhören, Johnny.« Diesmal war sie diejenige, die mich in den Arm nahm. »Genau das brauche ich jetzt, brauchen wir jetzt.«

Ich löste mich von ihr, wusste nicht recht, was sie meinte. Unsere Gesichter waren nur wenige Zentimeter voneinander entfernt, wie damals so oft.

»Ich brauche jetzt meine Freunde«, sagte Maggie. »Dich und Ross. Meine Familie natürlich auch. Klingt irgendwie abgedroschen, was ich da sage.«

»Überhaupt nicht. Du kannst vollkommen offen zu mir sein, ich bin immer für dich da.«

»Ich muss neue Prioritäten setzen. Dass ich wieder herziehe, gehört dazu.«

»Ich verstehe.«

Zum ersten Mal, seit wir uns ins Wohnzimmer gesetzt hatten, trat ein strahlendes Lächeln in ihr Gesicht. Das Lächeln, in das ich mich Jahre zuvor unsterblich verliebt hatte.

46

Vor fünfzehn Jahren erstickte mein Vater meine Mutter mit einem Kissen. Einige Tage später erschoss er sich mit einem Gewehr, das auf mysteriöse Weise in seine Zelle im Kommissariat von Carnival Falls gelangt war. Harrison, damals noch im Dienst, überbrachte mir die Nachricht des Selbstmords mit dem behutsamen Ernst, der der Situation angemessen war. Obwohl es der zweite harte Schlag innerhalb von wenigen Tagen war, nahm ich meiner Erinnerung nach die Nachricht merkwürdig gelassen auf. Ich hatte meine Eltern verloren, die ich zutiefst geliebt hatte, und trotzdem stellte sich bei mir eine ungewöhnlich klare Sicht auf die Dinge ein, als hätte mir die Tragödie, statt mich in Verzweiflung zu stürzen, neue Perspektiven eröffnet. Zum Beispiel war für mich die plausibelste Erklärung dafür, wie mein Vater an eine Waffe gelangen konnte, um sich das Gesicht wegzuschießen, die, dass der Kommissar selbst, sein enger Freund, sie ihm besorgt hatte. Wie kommt ein Junge, der gerade eine niederschmetternde Nachricht erhalten hatte, auf einen solchen Gedanken?

Jetzt erwartete mich eine weitere Nachricht, die mich genauso oder schlimmer treffen würde, und der Überbringer war nicht Harrison, obwohl er es hätte sein sollen. Vermutlich hatten es sich die Mitglieder des Clubs B gut überlegt. Nach wie vor wachten sie über mein Wohlergehen. Wenn einem eine Tragödie widerfährt, gibt es immer Menschen um dich herum, die das Heft in die Hand nehmen, die dafür sorgen, dass du möglichst *geschont* wirst, die entscheiden, was man dir sagt und, wichtiger noch, wie man es dir sagt.

Ich stelle mir vor, wie die Mitglieder des Clubs Bilderberg darüber diskutierten, wer es mir diesmal sagen würde. Weil sie zu keinem befriedigenden Ergebnis gelangten, fassten sie offenbar den Entschluss, es gemeinsam zu tun.

Am Vormittag des zweiten Juni, also elf Tage nachdem Maggie und ich Mark bei Meditek aufgesucht hatten, öffnete ich die Haustür, und vor mir standen Bill Foster, Richard Sullivan, Harrison und Bob Burke, Maggies Vater. Der vollständige Club B oder das, was von ihm noch übrig war.

»Alles okay mit Mark?«, fragte ich sofort.

Richard Sullivan, ein sehr erfahrener Arzt, der bestimmt schon unzählige Male schlechte Nachrichten hatte überbringen müssen, war der Erste, der meinem Blick auswich, womit meine Frage bereits beantwortet war. Harrison, ein Mann wie Stahl, sah mich an, wie er mich noch nie angesehen hatte, mit Tränen in den Augen.

»Mark hat sich das Leben genommen, Johnny«, sagte er.

Wieder gewann die Vernunft in mir. Statt die Fassung zu verlieren oder einen Nervenzusammenbruch zu erleiden, was sicher später noch geschehen würde, stellte ich die einzige Frage, die der Situation angemessen war.

»Wie hat er es getan?«

Der Exkommissar hatte nicht gesagt: »Mark ist tot.« Er hatte gesagt: »Mark hat sich das Leben genommen.« Ich wusste, dass er dies nicht behaupten würde, wenn er sich nicht ganz sicher wäre. Wäre ein anderer der Wortführer gewesen, ein unerfahrener Polizist zum Beispiel, hätte ich es angezweifelt. Da es sich aber um Harrison handelte, bestand dazu kein Anlass. Er trat an mich heran und nahm mich in den Arm. Ich wehrte mich nicht, sondern schlang meinerseits die Arme um ihn, den Blick auf den Wald gerichtet, ließ zu, dass die traurigste Nachricht, die ich je erhalten hatte, sich bis in den letzten Winkel meines Körpers ausbreitete. Ich fühlte mich irgendwie schwerelos. Vielleicht stand ich kurz davor, in Ohnmacht zu fallen, vielleicht war es aber auch der erste Anflug dieses Gefühls, dass nichts mehr von Bedeutung war.

Alles was danach kam, geschah wie in einzelnen Szenen. In der nächsten Szene saßen wir bei mir im Haus am Tisch, ich am Kopfende, Harrison neben mir. Er redete mit bedächtiger Stimme auf mich ein. Seine Sätze waren kurz, vielleicht konnte ich aber auch nur kurze Sätze aufnehmen.

Mark hat sich erschossen. Gestern Abend. Bei sich zu Hause. Darla war nicht da.

Irgendwann ergriff Bob das Wort, und ich sah ihn an, als wäre mir gar nicht bewusst gewesen, dass er auch da war.

Nach und nach geriet ich in die Spirale, in der dieselbe Frage sich ständig wiederholt.

Harrison zog einen Umschlag aus der Tasche und hielt ihn mir hin. Darauf stand in der unverwechselbaren Handschrift meines Bruders mein Name. Er war geöffnet und enthielt einen Brief.

Lieber Johnny,

vielleicht erinnerst du dich noch an das, was ich dir jetzt erzählen werde, vielleicht auch nicht. Als du sieben oder acht Jahre alt warst, kamst du in einer Gewitternacht zu mir. Es war erst einige Monate her, dass ich in das Zimmer ganz hinten gezogen war, und es fiel dir offenbar schwer, dich an die neue Situation zu gewöhnen. Ich öffnete die Augen, und da sah ich dich auf der Türschwelle stehen, in deinem scheußlichen Schlafanzug mit blauem Rautenmuster, den du von mir geerbt hattest. Ich fragte dich, was los sei, ob du Angst vor dem Donner hättest oder ob dir schlecht sei. Du sagtest, mit dieser Gelassenheit, die allein kleine Kinder im Angesicht des Unbekannten an den Tag legen können, in deinem Zimmer sei ein fremder Mann. Erst war ich erschrocken, aber als ich nachfragte, sagtest du, es wäre der Baummann, ein Wesen, das im Wald lebe und ab und zu im Haus umhergehe. Du hattest schon als kleiner Knirps eine blühende Fantasie. Ich begleitete dich zurück in dein Zimmer, doch statt dich davon zu überzeugen, dass es Männer mit Armen wie Ästen gar nicht gibt, sagte ich, ich würde dir etwas zeigen, was mir sehr geholfen hätte, als dein Bett noch mein Bett gewesen sei. Wir schlüpften unter die Decke, und ich bat dich, die Hand auf die Matratze zu legen, mehr oder weniger in die Mitte, und mit dem Zeigefinger zu drücken. Ich erklärte dir, dort sei ein unsichtbarer Knopf, mit dem man ein Signal senden könne, das die Menschen nicht hören könnten, der Baummann aber schon. Dieses Signal zwinge ihn, im Wald zu bleiben, allein. Du sahst mich mit gerunzelter Stirn an und erklärtest mir, der Baummann sei nicht böse, er sehe außerhalb vom Wald nur so aus. Deshalb bekam man Angst. Du könntest ihn ja besuchen, sagte ich, eines Tages, wenn es so weit sei, und sein Freund sein, und diese Vorstellung gefiel dir. Kurz darauf bist du eingeschlafen.

An diesem Tag wurde mir klar, dass ich einen besonderen Bruder hatte, der Welten erschaffen und in ihnen leben konnte. Wir sind zwei ziemlich unterschiedliche Hälften. Und doch zwei Hälften der gleichen Sache.

Ich habe eine Entscheidung getroffen, die mir hilft, meinen Frieden zu finden. Die Gründe dafür nehme ich mit ins Grab, aber du sollst wissen, dass es nichts mit dem zu tun hat, was in letzter Zeit in meinem Leben los war. Das sollte man besser hinter sich lassen. Glaub mir, da ist nichts, was sich wirklich lohnt. Hab Freude an Jennie, die das Schönste ist, was dir je passiert ist, und es immer sein wird. Sie ist eine Brenner, in ihr wirst du weiterleben, und ich auch. Such mich in ihrem Lächeln, wenn du bei mir sein willst. Lehre sie den Wert der Träume, die Freude an den kleinen Dingen und zeige ihr die Blase der Fantasie, in der sie sich vor dem Baummann verstecken kann.

Sei glücklich. Vertraue darauf, dass in jeder Tragödie eine Chance steckt.

Ich bedauere zutiefst, dass mein Fortgehen ein Teil dieses Wegs sein wird. Der härteste Teil. Ich weiß, dass du mich verstehen wirst.

Dein dich liebender Bruder
Mark

47

Ich las Marks Brief zweimal durch, faltete ihn dann sorgfältig zusammen und steckte ihn zurück in den Umschlag. Wie eine Ärztekommission standen Harrison, Bob Burke, Richard Sullivan und Bill Foster am anderen Ende des Wohnzimmers und beobachten mich. *Wie wird der gute Johnny diesmal reagieren?*

»Mark hat drei Briefe in seinem Safe hinterlassen«, erklärte Bob Burke. Maggies Vater war Anwalt. Wenn jemand sich um legale Fragen kümmern würde, dann er. »Einen Brief für Darla, einen für Chris Murphy und diesen hier für dich. Er hat die Zahlenkombination des Safes geändert und sie an Darlas Handy geschickt. Im Nachhinein ist klar, warum er das getan hat. Die Zahlenkombination hat er deshalb geändert, weil er ihr mitteilen wollte, dass im Safe etwas liegt. Offenbar wollte er die Briefe nicht irgendwo frei zugänglich hinterlegen.«

»Er konnte nicht wissen, wer als Erster an den Schauplatz gelangen würde«, fügte Harrison hinzu. »Alles okay mit dir, Junge?«

»Ja, ja, alles okay.«

»Der zuständige Detective musste ihn öffnen«, erklärte Harrison und deutete auf den Umschlag in meiner Hand.

»Detective?«

»Reine Routine, Johnny, um jegliche Zweifel auszuschließen.«

Die Freunde meines Vaters sahen mich eigenartig an.

»Hat Darla die Leiche entdeckt?«

»Nein«, sagte Harrison. »Komm, lass uns ein Glas Wasser trinken.«

Wir gingen alle in die Küche und setzten uns an den runden Tisch. Richard holte Wasser aus dem Kühlschrank und schenkte mir ein Glas ein.

»Die Nachbarn haben die Polizei gerufen, weil sie drei Schüsse hörten. Zwei davon hat Mark offenbar nur abgegeben, um Aufmerksamkeit zu erregen. Dean und seine Leute haben die Einschusslöcher an der Decke des Büros entdeckt. Die Fenster standen offen. Mark hatte es so arrangiert. Die Polizei wiederum alarmierte Darla, die sofort nach Hause fuhr.«

»Er wollte ihr den Anblick ersparen«, fügte Richard mit sanfter Stimme hinzu.

»Hast du ihn gesehen, Richard?«

Die vier Männer waren etwa gleich alt. Mit Richard Sullivan hatte es das Alter allerdings nicht gut gemeint. Der Arzt hatte graue Haare und eine runzlige Haut. Das Rauchen hatte er zwar vor zwei Jahren aufgegeben, aber der Schaden des Tabakmissbrauchs war längst angerichtet.

»Der Arzt hat mir gestattet, die Leiche zu sehen, bevor sie abtransportiert wurde«, sagte Richard. »Er hat nicht gelitten.«

Alles absolut erwartbar, dachte ich. Mark hatte immer alle Herausforderungen mit Bravour gemeistert, sein eigener Selbstmord war da keine Ausnahme. Ich erinnerte mich an unser letztes Gespräch, bei Meditek. Ich hatte damals keinerlei Verdacht geschöpft, obwohl er den Plan schon längst gefasst haben musste. Seine detailreiche Erklärung erschien nun in einem ganz anderen Licht: Mark hatte nicht gewollt, dass ich Gespenster sah, wo keine waren.

Glaub mir, da ist nichts, was sich wirklich lohnt.

Die Gründe dafür nehme ich mit ins Grab.

»Wie geht es Darla?«

»Den Umständen entsprechend. Sie hatte eine leichte Panikattacke. Eine Freundin ist jetzt bei ihr.«

Die vier tauschten Blicke untereinander. Sie hatten mir etwas zu sagen.

Noch etwas.

»Was?«

Harrison ergriff das Wort.

»Timbert und der zuständige Detective werden Ermittlungen aufnehmen. Das haben sie mir gerade mitgeteilt. Sie haben erfahren, dass Meditek verkauft werden sollte, von Ian Martins, glaube ich, und sind nun der Ansicht, dass sie das näher untersuchen müssen.«

»Ich verstehe nicht. Zweifeln sie denn an, dass Mark sich das Leben genommen hat?«

»Nein, aber angesichts eines Verkaufs dieser Größenordnung ist ein Selbstmord zumindest auffällig.«

Bob schaltete sich ein.

»Dean Timbert ist einfach instinktlos. Er denkt überhaupt nicht daran, wie sehr die Familie gerade leidet.«

»Schon gut, Bob«, sagte Harrison.

»Schadet uns das irgendwie?«, fragte ich.

»Es wurde eine Autopsie angeordnet«, erklärte Harrison. »Die Ergebnisse haben wir in einer Woche, und das auch nur, wenn alles schnell geht.«

»Dürfen die das überhaupt? Ich meine in einem solchen Fall, wo alles klar ist?«

»Sie dürfen, wenn sie einen berechtigten Zweifel haben. In diesem Fall ist der Anlass zum Zweifel nicht sehr groß, aber er ist da. Ehrlich gesagt kann ich Dean verstehen. An seiner Stelle hätte ich das Gleiche getan.«

Damit war die Frage für mich beantwortet.

Während ich noch darüber nachdachte, inwieweit die Autopsie Marks Beerdigung verzögern würde, formte sich in mir eine Verteidigungsstrategie, bildete sich eine Rettungsplanke in diesem Ozean der Unwirklichkeit, die mir sagte, dass Mark nicht tot sein konnte, dass hier ein Irrtum vorliegen musste. Der Tod meiner Eltern hatte mich nicht darauf vorbereitet, dass auch mein Bruder eines Tages nicht mehr da sein könnte. Mark durfte nicht tot sein. Es war undenkbar.

»… dagegen?«

Bob musterte mich. Als ich nicht reagierte, wiederholte er den Satz.

»Hast du was dagegen?«

»Gegen die Autopsie?«

Bob richtete sich auf.

»Nein, nicht gegen die Autopsie. Ich sagte gerade, dass Maggie gern kommen und dir beistehen möchte, natürlich nur, wenn du nichts dagegen hast.«

Maggie.

Der Gedanke an sie löste widersprüchliche Gefühle in mir aus. Freude, aber auch ein gewisses Unbehagen.

»Ich weiß nicht.«

Die vier standen auf und verließen die Küche. Bob telefonierte mit jemandem. Ich blieb sitzen, bis Harrison in der Tür erschien und fragte, ob alles okay sei mit mir.

Das Glas, das vor mir stand, war leer. Ja, sagte ich zu dem Exkommissar, alles okay, ich käme gleich zu ihnen. Ich starrte weiterhin auf das Glas, als wollte ich es allein mit Gedankenkraft bewegen.

48

Als Maggie kam, waren die anderen schon weg. Kaum hatte ich die Tür geöffnet, ließ sie ihre Handtasche fallen und nahm mich in den Arm. Sie fragte, ob alles okay sei mit mir, und ich antwortete erneut, ja, es sei alles okay mit mir. Ein Satz, den ich in den letzten Stunden bereits dreimal gesagt hatte und in den folgenden Tagen noch mehrfach wiederholen würde.

Wir setzten uns in die Sessel im Wohnzimmer. Ich gab ihr Marks Abschiedsbrief. Sie las ihn schweigend durch, und als sie ihn mir mit feuchten Augen zurückgab, sagte sie wieder und wieder, wie leid es ihr tue.

Ich hingegen war ziemlich gefasst. Da war dieses unbehagliche Gefühl, eine Leere, die wahrscheinlich nie wieder verschwinden würde, aber da war noch etwas anderes, ein Gedanke, der sich immer mehr formte und den ich so gut es ging in Worte zu fassen versuchte.

»Ich vertraue Mark. Wenn er getan hat, was er getan hat, dann deswegen, weil er es wollte, brauchte oder was auch immer. Bei jedem anderen würde ich zweifeln, vielleicht vermuten, dass er nicht mehr klar denken konnte, dass eine Depression ihn zu dieser Entscheidung getrieben hat …, aber nicht bei meinem Bruder, mein Bruder war nicht so.«

Maggie nickte sanft.

»Du hast ihn bei Meditek selber gesehen, Maggs. Mark ist der stärkste Mensch, den ich kenne, vielleicht auch der stolzeste. Er hat es nicht aus Verzweiflung getan. Das ist undenkbar. Verstehst du, was ich meine?«

Maggie antwortete nicht.

»Wahrscheinlich hat Papa aus Verzweiflung gehandelt. Mama zu töten war ein Akt des Erbarmens. Als man ihn eingesperrt hat, sah er keinen anderen Ausweg mehr. Vielleicht hatte das Leben keinen Sinn mehr für ihn, oder er dachte, er wäre uns ein schlechtes Vorbild und wir ohne ihn besser dran. Ich weiß nicht, was ihm damals durch den Kopf ging. Bei Mark aber weiß ich es. Mark kenne ich besser als irgendwen sonst.«

»Manchmal …« Maggie wählte ihre Worte sorgfältig, »… tragen die stärksten Menschen auch das schwerste Päckchen.«

Die Gründe dafür nehme ich mit ins Grab.

»Ich habe Mark immer respektiert und zutiefst bewundert«, sagte ich ernst. »Das lass ich mir jetzt nicht nehmen.«

»Verstehe.«

»Ich werde tun, worum Mark mich in seinem Abschiedsbrief bittet, Maggs. Wir werden nie wieder über das Labor sprechen. Was mit dieser Frau passiert ist, ob die Koreaner etwas damit zu tun haben …, keine Ahnung. Aber es ist besser, wir vergessen es. Er hat es zwar nur angedeutet, aber genau das möchte er von mir.«

»Willst du nicht noch mal darüber nachdenken, John? Es ist alles noch so frisch.«

»Nein. Was an jenem Abend geschehen ist und was Mark mir gesagt hat, ist hiermit begraben. Mit Ross spreche ich später noch. Kann ich mich auf dich verlassen?«

Maggie nickte.

»Glaub mir, ich werde keine Dummheit begehen.« Ich sah kurz zur Tasche, die sie mitgebracht hatte. »Ich weiß es sehr zu schätzen, dass du mir beistehen willst; aber nur weil dein Vater dich darum gebeten hat, musst du nicht …«

»Ja, stimmt, er hat mich darum gebeten. Aber es ist mein eigener Wunsch, dir beizustehen.«

»Danke.«

Alle fürchteten, dass ich einen Rückfall erleiden könnte, und ich machte ihnen deswegen keine Vorwürfe. Tatsache aber war, dass ich keine Sehnsucht nach Alkohol verspürte. Ich fühlte mich stark. Wenn Mark nicht mehr auf dieser Welt war, musste ich selbst für mich sorgen. Es gab niemanden mehr, der mich auffangen konnte, wenn ich strauchelte.

Ich stand auf.

»Komm mit.«

Wir gingen zuerst ins Atelier, wo ich alles, was mit Paula Marrel zu tun hatte, aus der Schreibtischschublade holte. Dann verließen wir das Haus. Maggie folgte mir widerspruchslos. Auf der hinteren Veranda warf ich alles weg: das Bleistiftporträt von Paula, die Aufnahme von Lilas Auto, die Zeichnung des Halsbands. Alles landete mit feierlicher Geste auf dem Grill.

Ich hielt die Flamme eines Feuerzeugs an eine Ecke des Porträts. Das Feuer fraß sich schnell ins Papier hinein. Der rötliche Tanz hypnotisierte uns. Alles wurde zu Asche.

Wir blieben noch eine Weile vor dem Grill stehen.

»Jetzt muss ich nur noch die Verläufe auf dem Handy und auf dem Computer löschen«, sagte ich mit verzerrtem Gesicht.

Maggie legte ihren Arm um meine Hüfte.

»Gehen wir.«

Bevor wir wieder reingehen konnten, wurden wir von einem Motorgeräusch überrascht. Ich hatte mein ganzes Leben in diesem Haus verbracht und wusste genau, welche Art von Fahrzeug sich da näherte. Es konnte nur Morgan sein. Allein bei dem

Gedanken, ihn in diesem Moment zu sehen, drehte sich mir der Magen um. Doch dann erblickte ich den Lieferwagen von FedEx. Ross arbeitete als Logistikkoordinator bei FedEx, also vermutete ich, dass er es war. Allerdings hatte er schon seit Jahren keine Pakete mehr ausgefahren.

Der Fahrer stieg aus, fragte mich nach meinem Namen und überreichte mir einen Umschlag. Als ich ihn entgegennahm, fiel mir auf, dass er sich an einigen Stellen ausbeulte, woraus ich schloss, dass er nicht nur Dokumente enthielt. Dann fiel mein Blick auf den Namen des Absenders, und ich erstarrte: Mark. Ich stand unter Schock, als ich die elektronische Empfangsbestätigung unterschrieb. Auch Maggie konnte es nicht fassen. Der FedEx-Mitarbeiter fuhr wieder los. Wir blieben noch minutenlang auf der Veranda stehen, ohne ein Wort hervorzubringen.

Dann gingen wir in die Küche. Ich öffnete den Umschlag, der tatsächlich eine kleine Pappschachtel enthielt. Darin lagen zwei orangefarbene Edelsteine, die ich sofort erkannte.

Sonst war nichts in dem Umschlag.

49

Die Tage nach Marks Tod waren schwierig. In der ersten Nacht machte ich fast kein Auge zu. Maggie, die im Gästezimmer schlief, erbarmte sich meiner, als sie mich in der Küche Kaffee kochen hörte, und kam ebenfalls herunter. Wir redeten viel in dieser Nacht, über Mark, auch über sie, über Ross und über mich. Am nächsten Tag steckte mir die Müdigkeit in den Knochen, aber ich raffte mich auf und besuchte Darla. Lust dazu hatte ich wenig, aber es gehörte sich so. Es ging ihr schlecht, was nur logisch war, also fiel mir die Rolle zu, sie zu trösten, ihr zu sagen, dass alles gut würde, dass Mark diese Entscheidung aus persönlichen Gründen getroffen habe, die nichts mit uns zu tun hätten. Mir war nicht klar, inwieweit ich mir das alles selbst glaubte, aber das war egal. Darla zeigte mir den Brief, den Mark ihr geschrieben hatte. Er war kürzer und knapper als meiner. Unpersönlicher.

Ross kam vorbei, als Maggie nach Hause fuhr, um frische Kleidung zu holen. Die Operation *Johnny auf keinen Fall alleine lassen* war in vollem Gange, worüber ich mich aber nicht beklagte.

Ross und ich machten einen Spaziergang im Wald. Wir schlenderten ziellos, bis wir schließlich zum Union Lake gelangten. Unterwegs sprachen wir kaum, was zwischen uns zum Glück nicht unangenehm war.

»Erinnerst du dich wirklich nicht an die Geschichte mit dem Baummann?«, fragte Ross plötzlich.

»Nein, wirklich nicht.«

»Merkwürdig.«

Wir waren jetzt am Ufer des Sees. Ross setzte sich auf eine Holzbank, den Blick auf das ruhige Wasser des Union Lake gerichtet, nicht weit entfernt von der Stelle, wo ich die leere Flasche versenkt hatte.

»Was ich damit sagen will«, erklärte Ross. »Dieser unsichtbare Knopf, mit dem man den Baummann auf Distanz halten kann, das hätte von dir sein können, ein Produkt deiner Fantasie. Von Mark hätte ich eher erwartet, dass er dir erklärt, wie die Alarmanlage funktioniert, um dich zu beruhigen, oder dass euer Hund bellen würde, wenn ein Fremder sich nähert, was weiß ich, irgendetwas Rationales.«

Ich verstand, worauf er hinauswollte.

»Trotzdem, Ross, du hast den Brief nicht gesehen, es ist eindeutig Marks Handschrift und …«

»Ich stelle nicht infrage, dass Mark den Brief geschrieben hat, ganz und gar nicht. Aber findest du nicht auch, dass es irgendwie nicht nach ihm klingt? Mit zehn war Mark doch schon ein kleiner Wissenschaftler.«

»Ja, da hast du recht.«

Ich stand weiterhin neben der Bank und sah zum gegenüberliegenden Ufer.

»Ich will ganz offen zu dir sein, Johnny. Ich bewundere, wie gut du das alles wegsteckst. Du weißt, du kannst auf mich zählen, jederzeit, egal bei was.«

Ich setzte mich neben ihn.

»Komm zum Punkt, Ross.«

»Könnte es nicht sein, dass der Vorfall nie stattgefunden hat?

Sprich: dass du dich deshalb nicht an ihn erinnerst, weil er nie geschehen ist?«

Ich dachte kurz darüber nach. Es stimmte, dass Mark mir die Geschichte in all den Jahren nie erzählt hatte. Ich musste an Chris Murphy denken, an seine Rede auf Marks Geburtstag, die er eingeleitet hatte mit der Bemerkung, die wirklich wichtigen Geschichten hätten sich allmählich erschöpft.

»Es stimmt schon, dass er nie davon erzählt hat«, gab ich zu.

»Eben! Darauf wollte ich als Nächstes kommen. Versetz dich mal einen Augenblick in seine Lage, Johnny. Mark will dir etwas Aufrichtiges schreiben, etwas, das euer wunderbares Verhältnis widerspiegelt, und dann wählt er ausgerechnet einen Vorfall, an den du dich nicht erinnerst? Einen Vorfall, über den ihr nie wieder gesprochen habt? Das ist doch seltsam, oder?«

»Ja.«

Ich begann zu ahnen, worauf Ross hinauswollte.

»Vielleicht hat Mark diese Anekdote *erfunden*. Und du solltest es bemerken. Kein anderer, der diesen Brief liest, würde auf die Idee kommen, dass sich darin eine Nachricht verstecken könnte. Weil alle davon ausgehen würden, dass es sich um ein gemeinsames Schlüsselerlebnis von euch handelt.«

Ich sagte nichts. Ross stand auf und stellte sich vor mich hin.

»Es fällt mir nicht leicht, mit dir darüber zu sprechen, dass ich Marks letzte Worte anzweifele, oder zumindest ihre Bedeutung. Mark hat ein Recht darauf, in Frieden zu ruhen, ein Recht darauf, dass du ihn möglichst gut in Erinnerung behältst.«

Ich hob die Hand, um ihm Einhalt zu gebieten.

»Ross, du bist wie ein Bruder für mich. Jetzt mehr denn je. Du musst dich nicht entschuldigen. Du hast vollkommen recht mit dem, was du sagst. Wenn ich nicht selbst darüber nachgedacht habe, dann weil … weil es nicht leicht war in den letzten Tagen.

Aber: Falls es diesen Vorfall damals gar nicht gegeben hat, dann hat das etwas zu bedeuten, da stimme ich dir zu.«

Ross nickte schweigend.

Ich stand ebenfalls auf und ging ein Stück am Ufer entlang. Am Rand des Sees wuchsen Wasserpflanzen, darin schwamm eine Ente im Kreis umher und schlug mit den Flügeln. Ich betrachtete sie. In Marks Brief stand auch, dass die jüngere Vergangenheit nichts zu tun habe mit seiner Entscheidung, sich das Leben zu nehmen, dass ich sie ruhen lassen solle. Das ließ sich als direkte Aufforderung deuten, zwischen den Zeilen zu lesen.

Wenn die Erinnerung aus jener Nacht in unserer Kindheit erfunden war, dann konnte die Botschaft durchaus lauten, dass auch das, was danach kam, nicht stimmte.

Trotzdem kam es mir etwas weit hergeholt vor.

Bis zu diesem Augenblick hatte ich geglaubt, dass die ESH-Pillen, die Mark mir am Tag nach seinem Tod geschickt hatte, seine Art waren, Maggie und mir zu sagen, dass wir alles vergessen sollten. Dass wir es dabei belassen sollten.

Jetzt war ich mir nicht mehr so sicher.

50

Ich ging durch den Wald. Es war Nacht.

Paula ging hinter mir. Das blaue Kleid, die weiß schimmernde Haut, das Halsband. Alles war so wie in den vorherigen Träumen, bekannt und vertraut.

Als wir bei der Lichtung mit den Pappeln ankamen, war von der ausgehobenen Grube nichts mehr zu sehen. Da waren nur Kriechpflanzen und Piniennadeln. Ich richtete den Lichtkegel meiner Taschenlampe in alle Richtungen, und die Schatten zogen sich monströs mal dahin, mal dorthin.

Ich drehte mich um. Paula stand fünf oder sechs Meter entfernt, mit leicht wehenden Haaren, ansonsten regungslos wie eine Geistererscheinung. Ihr zu einer neutralen Maske erstarrtes Gesicht aktivierte sich plötzlich wie bei einem Animatronic, wurde heiter, und ihre Lippen artikulierten einen Satz, mit dem ich schon gerechnet hatte.

»Du hast etwas vergessen, John.«

Doch diesmal hatte dieser Satz unverkennbar einen sarkastischen Unterton. Ich sah sie böse an, hasste sie in diesem Augenblick.

Ein Uhu rief, und gleich darauf waren meine Knie feucht von der Erde, und meine Hände rissen wie irr die langstieligen Pflanzen heraus. Ich erinnerte mich noch genau, was beim letzten Mal geschehen war. Als mein Bemühen, die Erde mit meinen eigenen Händen auszuheben, zu nichts geführt hatte. Ich formte meine Finger zu Krallen und zog Furchen in den Boden. Dann packte ich die Taschenlampe, die ich zur Seite gelegt hatte, und richtete das Licht auf die Linien, die ich gerade gezogen hatte. Sie waren noch zu sehen. Erneut harkte ich den Boden, zwei-, fünf-, zehnmal, bis ich ein gutes Stück Erde ausgehoben hatte. Die kleine Grube stürzte nicht in sich zusammen. Ich konnte weitergraben.

Mit der unschuldigen Begeisterung eines Kindes sah ich mich zu Paula um. Aufmunternd zeigte sie mir den erhobenen Daumen.

Wie entfesselt grub ich weiter, mit brennenden Fingerkuppen, mit gebrochenen Fingernägeln. In diesem Schmerz lag eine gewisse Lust. Ich wusste genau, wer dort begraben lag, ich wollte die Bestätigung, und wenn ich dafür so lange weitergraben musste, bis mein Fleisch in Fetzen riss.

Die Gründe dafür nehme ich mit ins Grab.

Die Taschenlampe lag neben der Grube auf dem Boden, in einem Winkel, der es nicht gestattete, bis auf den Grund zu blicken. Ich musste mich immer weiter hinunterbeugen, um graben zu können. Plötzlich stießen meine Finger auf etwas Hartes, auf Holz. Ich grub an den Rändern entlang und stellte fest, dass es sich um eine quadratische Platte von der Größe einer Fliese handelte. Ich hätte auch zur Taschenlampe greifen können, aber meine Neugier war so groß, dass ich stattdessen weiterbuddelte, um die Platte herausnehmen zu können. Zweimal versuchte ich, sie anzuheben, doch sie steckte in der Erde fest, war außerdem größer als eine Fliese, mindestens zehn Zentimeter breit, soweit ich es beurteilen konnte.

Ich versuchte es noch einmal, und endlich löste sich der Gegenstand etwas. Ich rüttelte daran, bis ich ihn schließlich ganz befreien konnte. Im Licht der Taschenlampe sah ich, dass es sich um eine Holzkiste handelte. In den Deckel geritzt stand das Wort: Geheimnisse.

Ich nahm die Kiste näher in Augenschein. Obwohl sie vergraben gewesen war, glänzte das Holz. Mit den Fingern zeichnete ich die Buchstaben auf dem Deckel nach. Ich hatte nicht bemerkt, dass Paula näher gekommen war. Sie kniete jetzt neben mir und betrachtete die Kiste genauso fasziniert wie ich. Ich wollte gerade den Deckel anheben, als sie ihre Hand auf meine legte. Sie war kalt wie ein Fisch. Trotzdem zog ich meine Hand nicht weg. Subtil rangen wir darum, wer die Kiste öffnen durfte.

»Es ist noch nicht der richtige Moment«, sagte Paula mit einer Stimme, die ich nie würde wiedererkennen können.

Als ich erneute versuchte, den Deckel anzuheben, stoppte mich Paulas Hand, die wegen der einsetzenden Totenstarre hart geworden war. Ich sah sie an, teils, um herauszufinden, was vor sich ging, teils, um sie aufzufordern, mich loszulassen, doch bevor ich auch nur ein Wort äußern konnte, verrottete ihr Gesicht, wurde zu einem Schädel, an dem nur noch Hautfetzen hingen, mit einem Kiefer, der weit aufgerissen war zu einem Gähnen des Entsetzens.

Ich schrie auf, und alles um mich herum verschwand: Paula, die Kiste, der Wald. Ich stürzte in einen dunklen Abgrund, bis ich von Tausenden Stoffhänden aufgefangen wurde, die mich mit ihren weichen, endlos langen Fingern alle gleichzeitig berührten.

Maggie stand in der Tür und betrachtete mich.

51

Die folgende Woche war ein einziger Lernprozess. Ich wusste, dass ich mich innerlich darauf einstellen musste, von Marks Leiche Abschied zu nehmen. Im Grunde war die Verzögerung durch die Autopsie ein Segen, denn ich wusste nicht, ob ich wirklich schon bereit war, den Sarg mit meinem Bruder in einem Erdloch verschwinden zu sehen. Ich war moderat christlich erzogen worden. Meine Mutter nahm uns mit in die Kirche, solange sie konnte, und mein Vater hatte eine *konstruktive Haltung gegenüber Religion*, wie er es nannte. Ich hatte das nie so ganz verstanden, aber in der Praxis bedeutete es letztlich, dass er akzeptierte, was ihm in den Kram passte, und ablehnte, was nicht.

Ich persönlich betrachtete Religion immer mit einem gewissen Argwohn, auch schon vor der Krankheit meiner Mutter. Was danach kam, ließ mich natürlich nur noch mehr Widersprüche spüren. Ich hatte Phasen, in denen der Glaube in mir auf unerklärliche Weise wiedererstarkte, und dann wieder welche, in denen ich ihn zur Zielscheibe all meiner Ohnmacht und Frustration machte. Ich war nur ein Kind, also brauche ich mir diese Zeit nicht vorzuwerfen. Paradoxerweise war es mein Alkoholismus, der mich Gott wieder näherbrachte. Wir waren keine engen Freunde, aber wir waren auf einem guten Weg.

In dieser ersten Zeit wurde Jennie zu meiner großen Stütze. Anfangs hielt ich es für besser, noch etwas zu warten, bevor ich ihr vom Tod ihres Onkels erzählte, doch sie ahnte es mit diesem sechsten Sinn, den nur Kinder besitzen. An einem Tag fragte sie mich unvermittelt, ob ich traurig sei, und fügte dann hinzu, sie wisse, dass der Onkel jetzt im Himmel sei. Ich vermutete, dass Tricia mich hatte unterstützen wollen und mit Jennie gesprochen hatte, doch wie sie mir später erklärte, war dies nicht der Fall gewesen. Tricia war mir eine große Hilfe, und sogar Morgan legte nicht mehr dieses schwachsinnige Verhalten an den Tag, zumindest eine Zeit lang. Ich verbrachte drei ganze Tage mit meiner Tochter – Maggie war die meiste Zeit ebenfalls bei uns –, und wusste danach eines: Wenn es eine unerschöpfliche Energiequelle gab, die mich am Laufen halten würde, dann war es dieses kleine Wesen, das ihre Barbies an den Haaren hinter sich her schleifte wie eine Höhlenbewohnerin.

Die kurze Zeremonie fand in der Saint-James-Kirche statt. Reverend Pigram, der Mark persönlich gekannt hatte, richtete einige tief empfundene Worte an uns. Die Haltung der Kirche gegenüber Selbstmördern hatte sich in den letzten Jahren sehr verändert. Außerdem war Michael Pigram schon immer ein progressiver Mensch gewesen. Ihm zuzuhören, war das einzig Bewahrenswerte an diesem grauen, regnerischen Tag.

Alle Trauergäste kamen zu mir und sprachen mir ihr Beileid aus. Und allen dankte ich mit dem gleichen mechanischen Satz. Die Feierlichkeiten rund um die Beisetzung sind mit das Schrecklichste, was wir von unseren Vorfahren geerbt haben.

Als wir aus der Kirche traten, zog ich mich zurück. Sollte auch nur eine einzige weitere Person, die ich nicht kannte, mit bekümmertem Gesicht an mich herantreten, würde ich ihr garantiert die Nase blutig schlagen.

Die Saint-James-Kirche stand auf einem Hügel, mit einigem Abstand zu den nächsten Gebäuden. Ich ging zur Rückseite der Kirche, wo ein kleiner, verlassen wirkender Friedhof lag, der mit schiefen Grabsteinen, grauen Statuen und Kreuzen in allen Größen bevölkert war. Ich setzte mich auf eine Steinbank, ohne mich darum zu scheren, dass sie nass war. Ich musste allein sein, und sei es nur für einen Moment.

Als sich auf dem kleinen Seitenweg Schritte näherten, hob ich den Blick. Es war Maggie. Sie kam zu mir, spannte einen schwarzen Regenschirm auf und lehnte sich an ein Grabmal.

»Keine Angst, ich werde dich nicht fragen, wie es dir geht.«

Ich lächelte.

»Das würde ich auch nicht ertragen.«

Eine Weile schwiegen wir. Es nieselte nach wie vor, aber so leicht, dass der Stoff des Regenschirms keinen Ton von sich gab.

»Mir geht der Van nicht aus dem Kopf, den ich in dieser Nacht gesehen habe, Maggs.«

»Der von den Koreanern.«

Auch sie war nicht vollständig davon überzeugt, dass es wirklich die Koreaner gewesen waren.

»Der Kerl, den ich in Lindon Hill gesehen habe, war kein Koreaner. Er hatte ein Foto von Paula und muss es im letzten Moment ausgetauscht haben.«

»Würdest du ihn wiedererkennen?«

»Ich denke schon. Er trug eine Baskenmütze und einen Bart, der womöglich nicht echt war, aber seine Augen hatten etwas an sich, das ich sofort wiedererkennen würde.«

Sanft nahm ich Maggie den Regenschirm ab und hielt ihn etwas höher. Der Glockenturm der Kirche sah aus wie ein erhobener Zeigefinger.

Welche Geheimnisse hast du mit ins Grab genommen, Mark?

»Ja, ich weiß, ich habe gesagt, dass ich es dabei belassen werde, Maggs, und das werde ich auch. Keine Ahnung, ob Mark irgendetwas mit seinem Brief erreichen wollte, wie Ross behauptet, aber ich werde es auch so dabei belassen.«

»Hör zu, Johnny. Wenn Mark dir noch etwas hätte sagen wollen, etwas *Unmissverständliches*, dann hätte es einen deutlicheren Weg gegeben. Es gibt viele Wege.«

»Er hätte mir zusammen mit den ESH-Tabletten eine Nachricht zukommen lassen können.«

»Zum Beispiel.«

»Trotzdem«, sagte ich. »Ross hat recht. Der Brief enthält eine Botschaft. Das spüre ich.«

»Heute ist nicht der Tag, um sich darüber den Kopf zu zerbrechen.«

Ich legte meinen freien Arm um Maggie.

»Danke.«

»Ich weiß, wie schmerzhaft das alles für dich ist.«

52

Der Empfang im Haus von Mark war ein Ereignis, das eines dunklen Universums würdig war, die andere Seite des Geburtstages, der dort vor nicht einmal einem Monat gefeiert worden war. Die Bedienstete, die uns die Tür öffnete, trug diesmal ein schwarzes Kleid, und in ihrem Gesicht regte sich rein gar nichts. Darla, die sich während der Zeremonie in der Kirche und bei der Beisetzung noch ganz gut gehalten hatte, hatte einen Nervenzusammenbruch erlitten und ließ sich kaum blicken.

Der Club Bilderberg war natürlich vollzählig angetreten. Harrison und Bob waren weiterhin die Motoren der Kümmermaschinerie, die sich um den Tod meines Bruders herum in Gang gesetzt hatte. Harrison hatte dafür gesorgt, dass die Autopsie so schnell wie möglich erfolgt war, damit auch die Beerdigung so schnell wie möglich hatte stattfinden können. Bob und Carla wiederum hatten mit unermüdlichem Einsatz die Vorbereitungen des Bestattungsunternehmens koordiniert. Ein Bestattungsunternehmen, das von Maggies Urgroßvater gegründet worden war und in Carnival Falls auf eine über hundertjährige Tradition zurückblicken konnte.

Nachdem wir bei Darlas und Marks Haus angekommen waren, hatte ich mich mit Maggie in den Garten zurückgezogen. Es regnete nicht mehr, doch nach wie vor hingen dunkle Wolken drohend über unseren Köpfen.

Als Chris Murphy aus dem Haus trat und direkt auf uns zukam, bedauerte ihn ein Teil von mir. Chris kam mit der Situation nicht gut zurecht, und ehrlich gesagt hatte ich keine Lust, mich damit herumzuschlagen. Vier oder fünf Meter von uns entfernt hielt er plötzlich an, fast genau an der gleichen Stelle, an der er bei Marks Geburtstag seine gefeierte Rede gehalten hatte. Noch so ein bedeutungsschwangeres Augenzwinkern des dunklen Universums. Chris war nur noch ein Schatten jenes fröhlichen Menschen, der uns die Geschichte über Mark und meine Mutter erzählt hatte. Seine Augen waren gerötet. Mit dem Finger wischte er sich einige Tränen ab.

»Es tut mir so leid, John.«

Maggie warf mir kurz einen Blick zu, den ich sofort zu deuten wusste.

Soll ich lieber gehen?

Ich schüttelte unmerklich den Kopf.

Bleib bitte da.

»Es ist nicht der richtige Moment, ich weiß«, sagte Chris entschuldigend, »aber ich muss es dir sagen. Ich kenne dich, seit du klein warst, da kann ich doch offen zu dir sein, oder?«

»Natürlich, Chris, natürlich.«

Er suchte nach Worten, doch plötzlich schloss er den Mund, presste die Lippen aufeinander. Offenbar kämpfte er mit den Tränen.

»Das ist nicht Mark«, sagte er schließlich. »Du kennst ihn besser als jeder andere. Das ist nicht Mark.«

Ich schüttelte den Kopf.

»Es fällt uns allen schwer, es zu akzeptieren«, sagte ich automatisch. Hätte ich einen dümmeren Satz gesucht, hätte ich wahrscheinlich keinen gefunden.

Chris schwieg, wandte den Blick ab, sah zu einem Punkt am

Himmel. Einen Augenblick lang fragte ich mich, ob er auf den Planeten Erde zurückkehren würde.

»Vor Kurzem habe ich noch mit ihm gesprochen«, sagte er, weiterhin mit verlorenem Blick. »Einige Tage nach seiner Geburtstagsparty. Er meinte, er habe Probleme mit Meditek, Probleme mit Darla, aber davon abgesehen wirkte er stark, so stark wie eh und je. Ganz der Alte.«

Dann stellte er die Frage, die er die ganze Zeit hatte stellen wollen, die Frage, die ihm auf der Seele brannte.

»Hast du denn keine Zweifel, John?«

Kaum hatte er den Satz ausgesprochen, bereute er ihn schon, er schaute mich erschrocken an.

»Chris, das scheint mir nicht der richtige Moment, um …«, schaltete Maggie sich ein.

Ich tätschelte ihr sanft den Arm.

»Nein, Chris, ich habe keine Zweifel«, sagte ich.

Er nickte.

»Weißt du, Mark und ich haben nie wirklich über den Selbstmord deines Vaters geredet«, sagte er.

Maggie tat ihren Ärger unverhohlen kund. Sie machte auf dem Absatz kehrt, murmelte etwas und stampfte kopfschüttelnd davon. Bevor sie das Haus betrat, warf sie mir noch einen wütenden Blick zu. Ich war ebenfalls der Meinung, dass es weder der richtige Moment noch der richtige Ort war, um über den Selbstmord meines Vaters zu sprechen, aber ich konnte Chris auch verstehen.

»Einmal hat Mark mir erklärt, wie er darüber dachte«, sagte Chris. »Von mir aus hätte ich ihn das nie gefragt. Und tatsächlich haben wir auch nie wieder darüber gesprochen.«

Auch Mark und ich hatten dieses Thema selten angeschnitten. Chris fuhr fort.

»Er meinte, Selbstmord liege nicht in der DNA der Brenners.«

Ich sagte nichts. Ich hatte keine Lust, das Ganze noch einmal aufzuwärmen.

»Tut mir leid, John, ich weiß nicht, was ich sagen …«

»Mark hat dir und mir einen Brief hinterlassen, weil er sich schon dachte, dass wir Gewissheit brauchen, um unsere Zweifel zu zerstreuen. Es war eine bewusste Entscheidung.«

Meine Stimme klang jetzt nicht mehr verständnisvoll. Ich hatte es satt, ständig die anderen zu trösten.

Chris nickte.

»Das ist typisch Mark. Stark sein in seinen Überzeugungen.«

»Genau. Wenn wir uns jetzt erst hier versammelt haben und nicht schon vor zehn Tagen, dann deshalb, weil es Ermittlungen gab. Die Polizei hätte die Leiche bestimmt nicht freigegeben, wenn sie auch nur den leisesten Zweifel gehabt hätte, dass es Selbstmord war.«

Chris wollte gerade etwas erwidern, als plötzlich die Haustür aufgerissen wurde. Wir sahen beide dorthin. Chris' Frau Donna stürmte wutentbrannt heraus, direkt auf uns zu. Als sie bei mir anlangte, zügelte sie ihre Wut und sagte, wie sehr es ihr leidtue, ich solle Chris entschuldigen, er hätte mich nicht darauf ansprechen dürfen. Dann packte sie ihren Mann am Arm und zog ihn mit sich.

Kurz darauf kehrte Maggie wieder.

»Ich würde gern von hier verschwinden, und sei es nur für ein paar Minuten.«

Ich war absolut einverstanden.

53

Wir spazierten zu einem Spielplatz, der zwei Querstraßen entfernt lag. Wippen, Schaukeln, Rutschen und Klettergerüste, die wie bunte Rieseninsekten auf Kinder warteten.

Maggie und ich wollten uns auf ein Karussell setzen, aber es war zu nass, also lehnten wir uns lieber an eine Turnstange.

»Es ist ein Albtraum, Maggie. Wann hört das endlich auf?«

»Es tut mir so leid.«

»Auf der Beerdigung, als der Sarg in die Grube hinuntergelassen wurde, musste ich die ganze Zeit an meinen Traum denken, an das Wort GEHEIMNISSE.«

»Mach dich nicht selbst fertig.«

Die Gründe dafür nehme ich mit ins Grab.

»Es ist alles so verwirrend. An dem, was Chris gesagt hat, da war …«

»Hör auf, Johnny, bitte. Lass es gut sein.«

Maggie hatte recht. Ich sah sie an.

»Manchmal kann ich immer noch nicht glauben, dass du wieder da bist, Maggie. Ist das auch wirklich so?«

Sie seufzte und nahm mich in den Arm.

»Natürlich.«

Ich drückte sie fest an mich und vergrub mein Gesicht in ihren Haaren. Dann schob ich sie sanft weg.

»Lass uns noch ein wenig spazieren.«

Wir hatten den Spielplatz noch nicht verlassen, als wir sahen, wie ein ganz in Schwarz gekleideter Mann die Straße überquerte und direkt auf uns zukam. Erst dachte ich, es wäre einer der Trauergäste, aber da waren dieser bestimmte Gang und die Sonnenbrille, die an einem Tag wie diesem völlig überflüssig war. Als er nur noch wenige Meter von uns entfernt war, nahm er die Brille ab und steckte sie in die Hosentasche. Gleichzeitig griff er in sein Jackett, um etwas herauszuholen, eine Geste, die meine Alarmglocken schrillen ließ. Er war inzwischen dicht an uns herangetreten.

»Ich bin Agent Max Frost«, sagte er und zeigte seine Marke vor. »FBI.«

FBI?

»Wie bitte? Wen suchen Sie?«

»Sie, Mr. Brenner. Mein herzliches Beileid. Ich bedauere sehr, dass ich Sie unter diesen Umständen befragen muss.«

»Sind Sie verrückt geworden?«, blaffte Maggie ihn an.

Frost sah Maggie an, als hätte er gerade erst bemerkt, dass sie auch noch da war. Er steckte seine Marke zurück in sein Jackett.

»Ich weiß, dass es nicht gerade der günstigste Moment ist«, erwiderte er.

»Das sagten Sie bereits.«

»Darf ich fragen, wo Sie hinwollen?«

»Nein, Sie dürfen gar nichts fragen«, ging Maggie erneut zur Attacke über.

»Ich denke schon, Ms. Burke.«

Maggie und ich waren gleichermaßen verblüfft, dass er sie beim Namen genannt hatte.

»Der Verkauf von Meditek und der Tod Ihres Bruders sind

Gegenstand einer Ermittlung durch das FBI, Mr. Brenner. Wir wurden von der örtlichen Polizei informiert und finden, dass es gute Gründe dafür gibt, den Fall näher zu untersuchen.«

»Was meinen Sie mit Tod? Wir haben gerade …«

»Der Selbstmord Ihres Bruders, Verzeihung, ich will keine Missverständnisse aufkommen lassen. Unsere Experten haben alle Berichte durchgesehen, erst danach haben wir die Erlaubnis erteilt …«

Er zeigte in die Richtung, in der das Haus stand.

Wer war dieser Clown?

»Haben Sie vielen Dank für diese Erlaubnis, Mr. Agent«, sagte Maggie. »Dürfen wir jetzt bitte gehen?«

Frost beachtete sie nicht.

»Sehen Sie, Mr. Brenner, uns ist es auch nicht angenehm, ausgerechnet in einem solchen Moment aufzutauchen. Das ist normalerweise nicht unsere Art. Meine Kollegin und ich haben bloß gesehen, wie Sie das Haus durch die Hintertür verlassen haben, also sind wir Ihnen gefolgt.«

»Wir wollten uns nur ein bisschen die Beine vertreten. Ich hatte keine Ahnung, dass Sie vor dem Haus meines Bruders postiert waren. Überhaupt war mir nicht klar, dass die Bundesbehörde ermittelt.«

»Tut mir leid, dass Sie es auf diese Weise erfahren.«

»Ich weiß nichts über den Verkauf von Meditek.«

»Oh, es geht nicht nur um den Verkauf von Meditek«, sagte Frost und griff erneut in sein Jackett. Diesmal holte er nicht seine Dienstmarke hervor, sondern ein Foto. »Kennen Sie diese Frau?«

Es war ein Foto von Paula Marrel.

Hatte ich überspielen können, wie verblüfft ich war? Ich hätte nie und nimmer erwartet, dass man mir ein Foto von Paula unter die Nase halten würde. Ich runzelte die Stirn und sah näher hin.

»Nein, kenne ich nicht.«

Ich hatte gerade einen FBI-Agenten angelogen. Das passierte eben, wenn alles schwindelerregend schnell ging und man nur an das Hier und Jetzt und nicht an die Konsequenzen dachte. Nun gab es kein Zurück mehr. Frost konnte durchaus wissen, dass ich sie kannte, zum Beispiel wenn er den Film einer Überwachungskamera ausgewertet hatte.

Der Van.

Ich hätte nicht antworten sollen. Es war illegal, dass Frost einfach aus dem Nichts auftauchte und mir in aller Öffentlichkeit Fragen stellte.

Der FBI-Agent steckte das Foto wieder weg. Ich meinte, den Anflug eines Lächelns wahrzunehmen.

»Sie arbeitet bei Meditek und ist seit einigen Wochen verschwunden. Hat Ihr Bruder sie denn nie erwähnt?«

»Nicht, dass ich wüsste.«

Halt den Mund!

Maggie war wie zu Stein erstarrt, ich konnte die Anspannung ihrer Muskeln regelrecht spüren.

Nichts von dem, was ich sagte, würde vor Gericht Bestand haben oder als Beweis gegen mich verwendet werden können, aber es konnte die Ermittler auf die richtige Spur führen, und dies genügte, um mich in den Schlamassel zu reiten.

Du weißt nicht, wo die Leiche ist. Wenn die Frau denn überhaupt tot ist.

Ich war geliefert. Dieser Typ war wahrscheinlich ein Experte in Sachen Körpersprache.

»Tut mir leid, dass ich Sie belästigen musste, Mr. Brenner.«

Weder Maggie noch ich sagten etwas.

»Ah, da wäre noch etwas«, sagte Frost und drehte sich um. »Wir kommen demnächst noch mal bei Ihnen vorbei. Wir hätten da noch einige Fragen.«

Ohne eine Antwort abzuwarten, rückte er sein Jackett zurecht und ging davon.

54

Am nächsten Tag herrschte prächtiges Sommerwetter, obwohl es offiziell noch Frühling war: ein makellos blauer Himmel und eine sengende Hitze, an die man in Neuengland aber gewohnt war. Wären nicht noch Reste des Regenwassers zu sehen gewesen, hätte man kaum glauben können, dass sich das Wetter innerhalb weniger Stunden so radikal ändern konnte. Überhaupt hatte sich über Nacht alles geändert.

Von mir konnte ich nicht das Gleiche behaupten.

Nach dem Empfang hatte Maggie mich noch nach Hause begleitet. Ich hatte ihr versprochen, mich sofort hinzulegen und zu schlafen, doch ich machte die ganze Nacht kein Auge zu. Jetzt fühlte ich mich wie zerschlagen, schleppte mich in die Küche, um mir einen starken Kaffee zu kochen in der Hoffnung, dass er meine Lebensgeister wecken würde. Ich setzte mich an den Küchentisch, vor mir die dampfende Tasse und ein Stück von dem Karottenkuchen, den Maggie vor einigen Tagen gebacken hatte.

Ich hatte einen Bundespolizisten angelogen. Und was noch viel schlimmer war: Wenn das FBI tatsächlich im Fall der verschwundenen Paula Marrel ermittelte und ich Teil dieser Untersuchungen war, steckte ich womöglich in ernsthaften Schwierigkeiten.

Das verdammte FBI überwachte mich.

Ich hatte eine Nachricht von Maggie auf dem Handy. »Wollen

wir uns treffen und das Wochenende planen? Es gibt so viele Dinge zu tun!«

Ich lächelte und schrieb ihr zurück, dass ich sie am Nachmittag abholen würde.

Dann redete ich mit der leeren Küche.

»Mann, Mark, ich sitze ganz schön in der Scheiße. Was ist es, das du mir nicht erzählt hast?«

Ich vermisste ihn so sehr.

Schweigend aß ich den Kuchen. Es wurde Zeit, dass ich mir Gedanken über die Gegenwart machte. Die Vergangenheit konnte ich nicht mehr ändern, da war jedes Jammern zwecklos.

Möglicherweise hatte das FBI nicht speziell mich im Visier, überlegte ich. Beim Leichenschmaus waren auch Ian und praktisch alle Leute gewesen, die Mark gekannt hatte. Ich gelangte zu dem Schluss, dass ich am besten weiterhin so tat, als wüsste ich von nichts. Wie hätte ich mich unter normalen Umständen verhalten, wenn Frost aufgetaucht wäre? Ganz sicher war ich mir nicht, schließlich konnte man sich nie ganz davon lösen, was man wusste, doch eigentlich war mir klar, was ich zu tun hatte. Erstens: mit Ian sprechen, ihn ins Bild setzen und eine Erklärung dafür verlangen, warum das FBI sich für den Verkauf von Meditek interessierte. Zweitens: einen Anwalt konsultieren, und da bot sich Bob Burke an, zu dem ich vollstes Vertrauen hatte. Drittens: mit Harrison sprechen, und zwar ein bisschen offener als bisher.

Mit diesen gefassten Vorsätzen fiel es mir leichter, die nächsten Schritte festzulegen.

Sollte Frost noch einmal auftauchen, würde ich kein Wort sagen. Am Vortag hatte er mich kalt erwischt, aber das würde mir nicht noch einmal passieren. Ich musste klug vorgehen.

Ich war noch nie bei Ian Martins zu Hause gewesen, aber ich wusste, wo er wohnte, wie jeder in Carnival Falls. Seine Villa lag in einem Wohngebiet. Ian hatte sie einem Exzentriker namens Banks abgekauft und später noch zwei Häuser auf Nachbarhügeln erworben. Entstanden war so eines der imposantesten Anwesen der ganzen Gegend.

Kurz nach zehn Uhr am Vormittag traf ich bei ihm ein. Seltsamerweise stand das eiserne Tor sperrangelweit offen. Ich fuhr mit meinem Honda den gewundenen Kiesweg hinauf und parkte hinter dem Haus. Das Nachbargrundstück war mindestens einen halben Hektar groß und verfügte über einen gut gepflegten Garten, einen Tennisplatz, einen Swimmingpool und, etwas entfernt, ein kleines Häuschen. Bei diesem Anblick fand ich es noch beunruhigender, dass das Grundstückstor offen stand.

Die Villa wirkte verwaist.

Ich stieg aus. Obwohl ich die Wagentür behutsam schloss, hallte das Geräusch verstörend laut in meinen Ohren. Die Mauern ums Grundstück waren begrünt, überhaupt dämpften die unzähligen Bäume den Straßenlärm.

Als ich mich der Galerie näherte, hörte ich die leisen, aber unverkennbaren Töne einer klassischen Melodie, also war Ian offenbar doch zu Hause. Ich klopfte laut. Ian – oder jemand anders – musste mich gehört haben, denn die Musik brach ab. Ich klopfte noch einmal, und nach einigen Minuten öffnete sich die Tür. Ian wirkte verständlicherweise überrascht.

»John … Wie geht's dir? Ist was passiert?«

Er trug eine Leinenhose und ein blaues Polohemd. Seine Haare waren frisch gewaschen und mit Festiger in Form gekämmt.

»Kann ich reinkommen?«

»Ja, klar, hereinspaziert.«

Ich trat ein. Als Erstes fiel mir auf, wie ordentlich es bei ihm war. Alles war mit größter Sorgfalt arrangiert, die Bilder hingen im gleichen Abstand zueinander, und auch alle Dekorationsobjekte waren harmonisch auf den Raum verteilt. Die Bücher waren ihrer Größe nach geordnet, die Tische standen genau in der Mitte der jeweiligen Teppiche. Die Farben waren perfekt aufeinander abgestimmt, sogar auf Ians Klamotten, was mein Unbehagen steigerte. Ich fühlte mich fehl am Platz. Die Atmosphäre kam mir feindselig vor, wobei ich nicht hätte sagen können, warum.

Sein Angebot, mir einen Kaffee zu machen, lehnte ich dankend ab. Wir setzten uns einander gegenüber, auf schön gemusterte Sessel. Es war womöglich der bequemste Sessel, auf dem ich je Platz genommen hatte. Bevor ich das Wort ergriff, richtete ich mich auf.

»Ian, gestern beim Empfang hatte ich eine unangenehme Begegnung mit einem FBI-Agenten. Es ging um den Verkauf von Meditek.«

Wenn ich eines nicht tun würde, dann um den heißen Brei herumzureden, das hatte ich mir fest vorgenommen.

Ian machte große Augen.

»Ich war nach draußen gegangen, um mir etwas die Beine zu vertreten, als er plötzlich auf mich zukam. Das FBI ermittle im Verkauf von Meditek, sagte er, und in diesem Zusammenhang auch im Fall einer verschwundenen Frau. Er hat mir sogar ein Foto gezeigt.«

Ian musterte mich. Ich konnte sein Gesicht nicht entschlüsseln.

»Der Kerl geht einem ständig auf den Sack und gibt einfach keine Ruhe.«

»Dann kennst du ihn?«

»Ja. Vor vier Tagen ist er bei Meditek aufgekreuzt, mit einem in Rekordzeit erstellten Durchsuchungsbefehl, er und sein Kollege, ein gewisser Zimerman, vom Betrugsdezernat. Unsere Anwälte konnten sie nicht stoppen, und seither kriegen wir sie einfach nicht mehr los.«

»Könnte das den Verkauf auf Eis legen?«

»Auf Eis legen? Der Verkauf wurde abgeblasen, John. Die Koreaner haben einen Rückzieher gemacht. Wir hatten schon einen Vorvertrag unterzeichnet, aber er enthielt Ausstiegsklauseln, die auch bei geringeren Problemen gegriffen hätten als dem Beschnüffeltwerden durch das FBI. Es war das Schlimmste, was uns passieren konnte. Die Käufer stehen nicht gerade Schlange, schon gar nicht unter diesen Umständen.«

Meine Gedanken überschlugen sich. Hatte Mark vorausgesehen, dass so etwas passieren konnte?

»Ich versuche gerade, das Gespräch mit den anderen Interessenten wiederaufzunehmen, aber wenn sie vorher schon nicht zum Kauf bereit waren, sind sie es jetzt erst recht nicht.«

»Mark hat mir von einem experimentellen Medikament erzählt, das ihr entwickelt habt.«

Ian hatte eindeutig nicht damit gerechnet, dass ich über das Projekt ESH Bescheid wusste.

»Ja, sicher, mit ESH gibt es das eine oder andere Problem. Wie du schon sagtest, das Mittel ist experimentell und stellt für die anderen Labore eine Bedrohung dar. Um für diese Art von Medikament eine offizielle Zulassung zu erhalten, braucht es viel Zeit und Geld.«

»Verstehe, so oder so ähnlich hat Mark es mir auch geschildert.«

»Meditek steckt bis zum Hals in Schulden, ich inklusive. Komm mal mit.«

Ian stand auf, ich folgte ihm. Wir durchquerten die Küche und blieben vor einer Tür stehen, von der ich zu Recht annahm, dass sie in den Keller führte. Er öffnete sie, und wir stiegen gemeinsam eine enge Treppe hinunter in einen Raum, der die Antithese zum restlichen Haus darstellte. Er war vollgestopft mit Gerümpel: alte Möbel, gestapelte Kisten, zwei ineinander verkeilte Fahrräder. An der Wand stand ein Tisch, darauf verstreut lagen Papiere und ein zugeklapptes Notebook.

»Du wirst es nicht glauben, aber hier kann ich mich am besten konzentrieren. Willst du dich nicht setzen?«

Ian nahm auf einem Holzstuhl Platz und überließ mir den Drehstuhl.

»Meine Brüder sind um einiges jünger als ich. Wenn ich früher lernen wollte, blieb mir nichts anderes übrig, als mich in den Keller zurückzuziehen. Später dann, an der Universität, hat mir ein Wachmann erlaubt, den Heizkeller zu benutzen. Nirgendwo sonst war ich so wenig abgelenkt und konnte meine Zeit so effektiv nutzen.«

Ich betrachtete die Sachen, die auf dem Tisch lagen: Buchhaltungsanleitungen, Mappen, beschriebene Blätter.

»Mir wird schon was einfallen. Nach dem, was passiert ist, kann ich mich nur schwer konzentrieren … Mit Mark war das anders. Wir haben einander ergänzt. Wenn mir etwas einfällt, denke ich immer: ›Das muss ich Mark erzählen.‹«

Ich nickte. Ian wechselte das Thema.

»Nicht zu fassen, dass Frost dich am Tag der Beerdigung angesprochen hat. Was wollte er von dir?«

»Wie gesagt, er hatte Fragen zu dieser verschwundenen Frau und hat mir sogar ihr Foto gezeigt. Sie soll bei Meditek gearbeitet haben.«

Ian nickte. Ich würde ihm nicht sagen, was ich wusste. Sollte Mark ihm von unserem Gespräch bei Meditek erzählt haben, würde das zumindest erklären, wie Ian mich gerade musterte, nämlich wie ein Buch, das in einer ihm unverständlichen Sprache geschrieben war. Er ließ sich in seinem Stuhl zurücksinken und schlug die Hände vors Gesicht. Als er mich wieder ansah, hatte er glasige Augen.

»Die Frau heißt Paula Marrel und hat in der Abteilung für Cybersicherheit gearbeitet. Eine hochintelligente Person. Sie ist seit mehreren Tagen verschwunden.«

Ich tat so, als dächte ich über seine Antwort nach.

»Was hat das mit Marks Selbstmord zu tun? Und warum hat Frost mir ihr Foto gezeigt?«

»Letzteres kann ich dir nicht beantworten. Frost macht es vermutlich einfach Spaß, andere zu triezen. Das Verschwinden dieser Frau hat nichts mit Meditek oder mit Mark zu tun, das versichere ich dir. Andererseits verstehe ich schon, warum das FBI da rumschnüffelt.«

Ian wirkte aufrichtig. Er klappte das Notebook auf, der Display erwachte sofort zum Leben. Er klickte den Browser an und suchte im Internet nach etwas. Auf dem Bildschirm erschien ein Artikel aus dem Lindon Telegraph, dazu ein Foto eines jungen Mannes, den ich sofort erkannte.

»Das ist Stuart Lance«, erklärte Ian. »Er hat an den freiwilligen Experimenten zur Entwicklung von ESH teilgenommen. Nance und Marrel haben sich gekannt und interne Informationen zu dem Mittel entwendet. Für Paula war das angesichts ihrer Aufgabe im Unternehmen kein Problem. Ich kann es zwar nicht mit Gewissheit sagen, aber ich habe den Eindruck, dass Nance der Stratege hinter der Sache war und Marrel dazu verleitet hat.«

»Zu was verleitet?«

»Sie haben uns erpresst. Oder na ja, sagen wir, Nance hat es zumindest versucht. Er tat mir fast schon ein bisschen leid. Letztlich hatte er nichts in der Hand, was uns wirklich hätte schaden können. Die Käufer von Meditek waren über die finanzielle Situation genau im Bilde; schließlich hatten sie ihre Experten. Die beiden hingegen waren blutige Anfänger. Ich habe anfangs mitgespielt, um Zeit zu gewinnen.«

»Warum hast du sie nicht angezeigt?«

»Das wäre übertrieben gewesen. Das war doch nur ein kleiner Junge, der einen auf Erpresser macht. Nance fing mich bei der Arbeit ab und sagte, er würde die ganze Wahrheit in seinem Blog veröffentlichen, wenn ich nicht mit ihm sprechen würde. Er gab mir seine Nummer, also rief ich ihn an, und wir unterhielten uns eine Weile. Mir wurde schnell klar, dass er keine Gefahr darstellte. Dann erschien Paula Marrel nicht mehr zur Arbeit, was mich überhaupt erst auf den Gedanken brachte, dass sie unter einer Decke stecken könnten.«

Ich deutete auf die Überschrift zu dem Artikel über Stuart Nance.

»Und der da ist jetzt tot?«

»Ja, er starb einige Tage später bei einem Motorradunfall«, sagte Ian betrübt. »Und Paula ist aus ihrer Wohnung ausgezogen, keiner weiß, wo sie ist. Deshalb verstehe ich ja auch, warum die Behörden die Ermittlungen aufgenommen haben.«

»Und dann ist auch noch Mark gestorben«, sagte ich mit demselben Ernst. Das Wort Selbstmord vermied ich mit Absicht. »Ziemlich viele Zufälle.«

»Das FBI hat den Tod von Nance bereits untersucht«, erklärte Ian, als müsste er sich rechtfertigen. »Es war ein Unfall.«

»Könnte es sein, dass die Koreaner etwas damit zu tun haben?«

Wieder musterte mich Ian. Ich hielt seinem Blick stand. Etwas an seiner Geschichte überzeugte mich nicht ganz. Er hatte seine Worte allzu sorgfältig gewählt, sie wirkten fast einstudiert.

»Das mit Nance war definitiv ein Unfall. Und die Koreaner wurden durch das FBI abgeschreckt.«

»Und was ist mit dieser Paula? Warum sollte sie sich aus dem Staub machen, wo die Erpressung doch gar nicht gefruchtet hat?«

»Das weiß ich nicht, John, das weiß ich wirklich nicht.«

55

In der Paradise Road, Ecke Sycamore Street, hielt ich an der Tankstelle, weil ich auf die Toilette musste. Ich bat den Angestellten, einen jungen Kerl, der sich mit nervtötender Langsamkeit bewegte, um die Schlüssel.

Meine Schritte wurden immer eiliger, als ich um das Gebäude herumging. Ich brauchte mehrere Versuche, bis der Schlüssel im Schloss steckte, so hektisch tänzelte ich von einem Bein aufs andere. Als ich die Tür endlich aufbekommen hatte, stürzte ich in eine der Kabinen, während ich gleichzeitig den Gürtel und den Reißverschluss öffnete. Ein Laserstrahl bohrte sich in die Keramikschüssel, der Druck ließ nach, und ein grenzenloses Gefühl der Erleichterung machte sich in mir breit.

Als ich aus der Toilette kam, fühlte ich mich wie ein geprügelter Hund. Ich ließ mir Zeit, um die Tür wieder abzuschließen und zurück zum Tankwart zu gehen. Bevor ich um die Ecke des Gebäudes bog, bremste ich abrupt ab. Fünf Meter von mir entfernt stand eine Frau. Sie trug ein Kopftuch, eine Sonnenbrille und telefonierte. Ihre Stimme war unverwechselbar. Darla weinte. Sie sagte zu der Person am anderen Ende, sie sei ganz in der Nähe und in fünf Minuten da.

Unter normalen Umständen wäre ich sofort zu ihr geeilt, um sie zu trösten. Doch diesmal hielt mich etwas zurück. Mit dem

Schlüssel in der Hand blieb ich regungslos stehen, angespannt wie ein Tier, dem Gefahr droht. Darla machte auf dem Absatz kehrt.

Langsam folgte ich ihr und sah, wie sie die Tankstelle betrat. Ich zögerte kurz, dann stieg ich in mein Auto. Ich drückte aufs Gaspedal. Fünf Minuten später war ich wieder bei Ian Martins Villa, nur dass ich diesmal nicht auf das Grundstück fuhr – obwohl das Tor nach wie vor geöffnet war , sondern eine Querstraße weiter parkte und zu Fuß zum Anwesen eilte. Ich war mir sicher, dass Darla den Hintereingang benutzen würde. Ich postierte mich so hinter der hohen Hecke, dass ich das Tor gut im Auge behalten konnte.

Keine fünf Minuten später kam Darla angefahren, raste regelrecht die Zufahrt hinauf und parkte genau an der Stelle, an der mein Wagen vor Kurzem gestanden hatte. Die Tür ging auf, Darla warf sich Ian unter Tränen in die Arme.

Sie sagten nichts. Er wiegte sie nur sanft und streichelte ihr Haar. Ian blickte sich suchend um, als fühlte er sich beobachtet.

Dann drückte Darla Ian Martins einen Kuss auf den Mund.

56

Die Entdeckung, dass Ian und Darla ein Verhältnis hatten, traf mich wie ein Schlag. Sie warf eine Reihe neuer Fragen auf, doch es wäre ein Fehler, mich diesen sofort zu widmen. Ich würde an meinem Plan festhalten: Ich würde mich weiterhin verhalten wie jemand, von dem Frost oder wer auch immer annehmen musste, dass er nichts zu verbergen hatte. Und ich würde Harrison aufsuchen und ihm von meiner Begegnung mit dem FBI-Agenten erzählen.

Lauren sagte nichts, als ich vor der Tür stand, sondern nahm mich einfach in den Arm. Wir hatten uns erst gestern bei der Beerdigung gesehen, aber es tat gut, diese tiefe Zuneigung zu spüren. Es war schon einige Zeit her, dass ich sie zuletzt besucht hatte. Früher war ich häufiger bei ihnen gewesen.

»Wie schön, dich zu sehen! Wie geht es dir?«

Sie schob mich etwas von sich weg, nahm mein Gesicht zwischen beide Hände und sah mich unverwandt an, wie eine Mutter, die jede kleinste Regung registrieren will.

»Es geht mir gut.«

Sie musterte mich weiterhin. Ich wusste nicht, ob es mir gelungen war, sie zu täuschen.

»Komm rein, lass uns Kekse essen.«

Wir gingen in die Küche. Lauren hatte gerade ferngesehen, doch sie schaltete das Gerät sofort ab. Nach Harrison fragte ich sie erst gar nicht, denn ich hörte das unverwechselbare Geräusch aus dem hinteren Garten. Tick tick tick … tick tick tick …

Lauren nahm eine Schüssel von der Arbeitsfläche der Küche und trug sie zum Tisch. Dort zog sie das Tuch weg, als führte sie einen Zaubertrick aus. Der Duft der frisch gebackenen Kekse beschwor bessere Zeiten herauf.

»Ich habe geahnt, dass du kommen würdest«, sagte sie. »Du weißt ja, dass ich eine halbe Hexe bin.«

Mühsam setzte sie sich hin. In den letzten Jahren hatte sie einiges an Gewicht zugelegt.

Wir plauderten eine Weile. Laura liebte es, wenn wir beide uns allein unterhielten, und mir ging es genauso. Wir hatten unser eigenes Ritual entwickelt, und normalerweise sprühte Lauren vor Witz und Ideen. An diesem Tag jedoch war sie stiller als sonst, besorgt, und dies zu Recht, denn meine Bilanz im Kampf gegen Widrigkeiten war verheerend. Ich versicherte ihr, dass ich stabil sei, was vor allem mit Maggie zu tun habe. Dass ich ihr von Maggie und mir erzählte, war ihr eine große Freude. Die Beziehung an sich kommentierte sie nicht, doch der schelmische Glanz in ihren Augen sprach Bände.

»Ich bin so froh, dass Maggie nach Carnival Falls zurückgekehrt ist«, sagte sie und bot mir noch einen Keks an.

Kurz darauf entschuldigte ich mich und ging nach draußen, um Harrison zu begrüßen.

»Du wirst ihn leicht finden.« Jedes ihrer Worte wurde von einem leisen Hämmern unterstrichen.

Tick, tick, tick.

Ich ging hinaus in den Garten und entdeckte Harrison sofort, er saß am hinteren Ende auf einer Baumscheibe. Insgesamt acht Scheiben waren zu einem Kreis angeordnet und dienten als Sitzgelegenheiten. Harrison liebte es, da draußen seine Holzskulpturen anzufertigen, ein Hobby, das er sich nach seiner Zeit bei der Polizei zugelegt hatte. Ich sah ihm eine Weile zu, ohne dass er mich bemerkte. Er wirkte etwas gebeugter als sonst. In der einen Hand hielt er einen Stechbeitel, in der anderen einen Hammer.

Tick, tick, tick.

Holzspäne flogen weg.

Ich wollte nicht, dass er sich vor Schreck einen Finger abschlug, also machte ich einen kleinen Umweg, damit er mich kommen sah.

»Johnny!«

Ein Lächeln trat in sein Gesicht, als er mich erblickte.

Wie schon so oft setzte ich mich neben ihn auf eine der Baumscheiben. Der Holzblock, den er vor sich eingespannt hatte, war fast noch unbearbeitet, eine amorphe Form von der Größe eines Globus. Harrison fertigte meist Büsten an, und vermutlich würde dies hier keine Ausnahme sein.

»Ich hoffe, sie wird symmetrischer als die davor«, sagte er mit Blick auf das Holz. »Du weißt ja, wie das ist: Wenn man zu viel wegschlägt, kann man es nicht wiedergutmachen.«

Harrison legte das Werkzeug beiseite. Er meißelte nie, wenn ich ihn besuchte, und soweit ich wusste, auch sonst nicht, wenn jemand da war.

»Lass uns reingehen«, sagte er und stützte sich auf die Knie, um aufzustehen. »Lauren wird sich freuen, dich zu sehen.«

»Ich habe schon mit ihr gesprochen«, sagte ich, ohne mich meinerseits zu erheben. »Eigentlich wollte ich mit dir allein sprechen. Es ist wichtig.«

Er setzte sich wieder. Der Ernst der Situation war ihm sofort bewusst.

»Was hast du auf dem Herzen, Johnny?«

»Gestern, auf dem Empfang, hat ein FBI-Agent mich angesprochen. Sein Name ist Max Frost.«

Harrison seufzte

»Ich kenne Frost. Und ich weiß auch, dass er zuvor schon in Marks Leben herumgeschnüffelt hat.«

Ich zog die Augenbrauen hoch.

»Wie das FBI ins Spiel gekommen ist, verstehe ich nicht«, sagte Harrison bekümmert. »Normalerweise wird es von der lokalen Polizei *hinzugezogen*, aber Timbert hat mir versichert, dass er nichts damit zu tun hat. Ich will damit nicht sagen, dass es keine guten Gründe gäbe. Der Verkauf von Meditek und Marks Selbstmord könnten durchaus die Spitze eines Eisbergs sein, unter dem sich etwas viel Größeres verbirgt, ein Betrugsfall oder Schlimmeres.«

»Wann ging das alles los?«

»Vergangene Woche. Timbert hat mich die ganze Zeit auf dem Laufenden gehalten. Ich hätte es dir noch gesagt, aber ich wollte den richtigen Moment abwarten. Ich habe nicht damit gerechnet, dass sie mir zuvorkommen würden.«

Harrison starrte den Holzklotz an, während er sprach. Vielleicht stellte er sich das Gesicht vor, das sich darin verbarg. Dass er mir auswich, passte nicht zu ihm.

»Dieser Frost hat mich nach einer Frau gefragt«, fuhr ich fort. »Sie hat bei Meditek gearbeitet und ist verschwunden.«

Harrison hob den Kopf und sah mich entsetzt an. Einen solchen Gesichtsausdruck hatte ich bei ihm noch nie gesehen.

»So ein Arschloch. Beim Beerdigungsempfang deines Bruders.«

Ich nickte.

»Was hast du ihm gesagt?«

»Die Wahrheit: dass ich sie nicht kenne.«

Jetzt nickte Harrison.

»Was hat er sonst noch gesagt?«

»Nichts. Für ihn besteht kein Zweifel, dass es sich um einen Selbstmord handelt. Und dann hat er mir noch das Foto von Paula Marrel gezeigt.«

»Hat er den Namen erwähnt oder nur das Foto gezeigt?«

Mich durchlief es eiskalt. Hatte ich gerade meinen ersten Fehler begangen?

»Nein, Frost hat den Namen nicht erwähnt. Ich war heute bei Ian Martins. Er hat mir gesagt, wer sie ist.«

Ich war gerade noch einmal davongekommen.

»Hör mir gut zu, Johnny.« Harrison beugte sich so nah wie möglich zu mir herüber. Bevor er fortfuhr, sah er sich nach allen Seiten um. »Wenn der Kerl dir noch mal auflauert oder dich zu Hause aufsucht, sagst du ihm, dass du ab jetzt nur mit ihm sprichst, wenn ich oder Bob dabei sind, okay? Und du rufst mich sofort an. Mein Gefühl sagt mir, dass Frost in den nächsten Tagen bei dir aufkreuzen wird.«

»Garantiert sogar. Das hat er mir selbst angekündigt. Aber ich muss nicht mit ihm sprechen, richtig?«

»Nein, aber die Leute vom FBI machen nie etwas einfach nur so. Wenn er dich angesprochen hat, dann hatte er es schon länger geplant. Und so, wie es aussieht, waren nach dem Gespräch mit dir noch einige Fragen offen.«

»Kann er mich denn zwingen, mit ihm zu reden?«

»Nein, kann er nicht.« Harrison machte eine Pause. »Außerdem bin ich jetzt derjenige, der mit ihm sprechen will. Dieser Typ führt irgendwas im Schilde.«

Harrison hatte einen untrüglichen, fast paranormalen Riecher. Wenn er glaubte, dass Frost etwas ausheckte, hatte ich ein ernsthaftes Problem.

57

Ich vereinbarte mit Maggie und Ross, dass wir uns um sechs Uhr bei Ross in der Wohnung treffen würden. Sie schienen sofort zu begreifen, dass ich am Telefon nichts sagen wollte, was in irgendeinem Zusammenhang mit Paula Marrel stand. Auch über Meditek würden wir vorsichtshalber bei mir zu Hause nicht sprechen. Ich musste mir nur den Van auf dem verlassenen Waldweg ins Gedächtnis rufen, um zu erinnern, dass ich womöglich observiert wurde.

Ich parkte in der Madison Street. Maggie saß auf der Stufe vor der Haustür des Gebäudes, in dem Ross wohnte. Sie trug ein T-Shirt mit der Aufschrift: *Be Here Now*.

»Ross wurde bei der Arbeit aufgehalten«, sagte sie. »Er hat mir gerade Bescheid gesagt.«

»Ungewöhnlich.«

Ich setzte mich neben Maggie. Ross gehörte zu den Menschen, die ihrem Arbeitgeber nicht eine Sekunde schenkten. Ich sah auf mein Handy: achtzehn Uhr neunzehn.

»Eine Katastrophe epischen Ausmaßes bei FedEx«, sagte ich.

»Entweder das, oder er hat eine Affäre, von der er mir nichts gesagt hat.«

Schweigend saßen wir da und warteten. Eine halbe Stunde später traf Ross endlich ein, in der Hand eine Schachtel Dunkin Donuts als Friedensangebot. Er entschuldigte sich und bat uns herein.

Während Maggie und ich es uns auf dem Sofa bequem machten, räumte Ross auf, rückte Gegenstände und Stühle zurecht, die – seiner Einschätzung nach – nicht am richtigen Platz standen. Erstaunt sah ich zu, wie er nicht eher abließ, bis alles seinem prüfenden Blick standhielt. Als er fertig war, setzte er sich uns gegenüber und griff nach einem Donut. Er biss einmal zu, schon war er zur Hälfte verputzt.

In der folgenden halben Stunde erzählte ich den beiden von meinem Besuch bei Ian Martins und der Entdeckung, die ich zufällig gemacht hatte.

»Sie haben sich geküsst?«, fragte Maggie, ohne ihre Überraschung zu verhehlen. »Nicht zu fassen.«

Ich zuckte mit den Schultern. Die beiden sahen einander an.

»Was?«

»Irgendwie läuft das alles aus dem Ruder, Johnny.«

»Und nicht erst seit den neuesten Vorfällen.«

»Das mit dem FBI-Agenten hätte auch schon gereicht.«

»Und jetzt noch das.«

»Hey, könnt ihr vielleicht aufhören, in Stereo zu quatschen? Ich zerbreche mir schon die ganze Zeit den Kopf darüber. Deswegen bin ich auch zu Harrison gefahren. Er hat mir gesagt, ich soll ihn sofort anrufen, wenn Frost noch mal auftaucht. Ihn und deinen Vater.« Ich sah zu Maggie.

»Ich habe mir schon gedacht, dass sie irgendeinen Plan schmieden«, sagte Maggie. »Gestern hat sich der Club B bei uns getroffen. Ich habe mich zurückgezogen, damit sie sich nicht bespitzelt fühlen. Sie haben garantiert über dich gesprochen. Mein Vater macht sich große Sorgen.«

»Und das, obwohl sie nicht mal die Hälfte wissen«, sagte Ross.

Maggie schüttelte den Kopf.

»Ich kann einfach nicht fassen, dass Ian und Darla ein Verhältnis haben. Hast du das geahnt, Johnny? Hat Mark mal so was angedeutet?«

»Ich hatte nicht den blassesten Schimmer. Mark hat mir nie was gesagt.«

»Glaubst du, es … könnte seine Entscheidung beeinflusst haben?«, fragte Maggie und verstummte, weil sie sich darüber im Klaren war, wie schwer ihr Verdacht wog.

»Ich will keine Gespenster an die Wand malen. Ob Mark wusste, dass Darla ihn mit Ian betrogen hat, und ob ihn das dann in seinem Beschluss bestärkt hat, werden wir wohl nie erfahren.«

Die Gründe dafür nehme ich mit ins Grab.

Maggie schien nicht überzeugt.

»Das ist alles sehr verwirrend.«

»Da bin ich vollkommen deiner Meinung. Ich weiß nicht, ob Ian wirklich ehrlich zu mir war, aber ich hatte schon den Eindruck, dass er sich wegen des geplatzten Verkaufs Sorgen macht.«

Ross dachte nach. Er hatte sich im Sessel zurückgelehnt, die Beine überkreuzt und rieb sich das Kinn.

»Was ich damit sagen will«, fuhr ich fort. »Weder Ian noch Darla haben davon profitiert. Der Unfall von Stuart Nance, das Verschwinden von Paula Marrel, der Selbstmord von Mark haben nur dazu geführt, dass jetzt das FBI herumschnüffelt. Was nicht wirklich verwunderlich ist. Und wer will schon diese Art von Aufmerksamkeit? Jetzt, wo die Koreaner abgesprungen sind, steckt Ian bis zum Hals in Schwierigkeiten.«

Je mehr ich darüber nachdachte, desto weniger verstand ich es. Natürlich war nicht von der Hand zu weisen, dass die Affäre zwischen Ian und Darla früher oder später zu einem Problem zwischen meinem Bruder und Ian geführt hätte. Ein Problem, das jetzt durch Marks Selbstmord elegant aus der Welt geschafft war. Trotzdem war der Gedanke lächerlich, sie könnten Mark in irgendeiner Form dazu gedrängt haben, nur um ihre heimliche Beziehung besser ausleben zu können. Abgesehen davon stand eindeutig fest, dass Mark Selbstmord begangen hatte, und die Hypothese, Mark könnte sich zu solch einer Tat drängen lassen, war absoluter Schwachsinn. Niemand, der meinen Bruder auch nur ein bisschen kannte, würde einen Plan aushecken, bei dem Mark etwas gegen seinen Willen tun sollte.

Ross war immer noch in Gedanken versunken.

»Was überlegst du?«

»Vielleicht haben wir etwas übersehen«, sagte er. Ich kannte ihn und wusste, dass er wahrscheinlich mit einer komplizierten Idee schwanger ging, die noch etwas reifen musste.

»Was meinst du?«

»Was genau hat Ian über Stuarts Erpressung gesagt?«

Die Frage überraschte mich. Ich rief mir das Gespräch mit Ian noch einmal ins Gedächtnis.

»Ian hat die Sache heruntergespielt. Er meinte, das wäre ein Werk von Anfängern gewesen; kleine Jungs, die einen auf Erpresser machen. Stuart hat ihn bei Meditek abgefangen, später haben sie dann telefoniert. Stuart wusste von ESH nicht nur, weil er an den Versuchen teilgenommen und die Nebenwirkungen am eigenen Leib gespürt hat, sondern auch, weil er über vertrauliche Dokumente verfügte, die Paula Marrel gestohlen hatte. Was er als Gegenleistung verlangt hat dafür, dass er die Information nicht in seinem Blog veröffentlicht, weiß ich nicht, vermutlich aber Geld. Danach erschien Paula nicht mehr bei der Arbeit, und kurz darauf wurde sie als vermisst gemeldet.«

Manchmal bestand zwischen Ross und mir eine unerklärliche, fast telepathische Verbindung. Und während ich das Gespräch mit Ian zusammenfasste, wurde dieses seltsame Gefühl immer stärker. Es war, als wäre ich plötzlich in seinem Kopf. Wer Paula bei mir zu Hause ermordet hatte, war absolut unklar, besonders, weil derjenige die Leiche fortgeschafft hatte, obwohl man mir doch den Mord hatte in die Schuhe schieben wollen.

»Vielleicht war Paula an der Erpressung gar nicht beteiligt«, sagte Ross und erhob sich. »Davon gehen wir nur aus, weil Ian Martins das annimmt.«

»Die Dokumente, über die Nance verfügte, waren intern«, sagte ich, um den Advocatus Diaboli zu spielen. »Paula war für die Cybersicherheit des Labors verantwortlich, was sie zur Einzigen macht, die Zugang zu diesen Dokumenten hatte.«

»Das bezweifle ich auch gar nicht. Aber lass uns mal in folgende Richtung denken«, sagte Ross und stellte sich ans Fenster. »Stuart Nance war fasziniert von Paula. Er wollte unbedingt verstehen, warum er von ihr träumte. Dann lernte er sie kennen. Er könnte sie durchaus davon überzeugt haben, dass das, was er ihr von den Träumen erzählte, wahr war, aber es besser wäre, es zu überprüfen.«

Ross drehte sich zu uns um.

»So hat es sich abgespielt, da sind wir uns, glaube ich, einig. Aber könnte es nun nicht sein, dass die Erpressung Nance' Idee war und er sie allein durchgezogen hat? Deiner Schilderung zufolge ging Ian davon aus, dass Paula an der Erpressung beteiligt war, weil sie Zugang zu den Informationen hatte und im Anschluss nicht bei der Arbeit erschien.«

Maggie nickte, anscheinend gefiel ihr die Richtung, in die sich die Überlegungen entwickelten.

»Mark sagte, Paula sei ein integrer Mensch gewesen. Er habe zu keinem Zeitpunkt geglaubt, dass sie hinter der Erpressung steckt.«

»Mir ist trotzdem nicht klar, inwiefern das etwas ändert«, erwiderte ich.

»Das ändert alles«, sagte Ross, kehrte zum Sessel zurück und stützte sich auf die Lehne. »Dann müssen wir nämlich noch einmal überdenken, welche Rolle Paula gespielt hat, und einen anderen Grund finden, warum sie nicht mehr bei Meditek erschienen ist. Und warum sie an diesem Abend zu dir gefahren ist.«

»Das gefällt mir«, sagte Maggie. »Das gefällt mir sehr.«

Ross' Gehirn lief jetzt auf Hochtouren.

»Wenn Paula Teil der Erpressung gewesen wäre, warum hätte sie dich dann aufsuchen sollen? Das hat uns alle auf die falsche Fährte geführt.«

»Paula muss noch etwas anderes entdeckt haben, etwas, das dich betrifft.« Maggie sah mich mit großen Augen an.

»Etwas«, ergänzte Ross, »das jemand unter allen Umständen geheim halten will. Deshalb wurdest du von dem Van aus observiert. Sie haben auf sie gewartet, um sie zu töten.«

Auch mein Gehirn lief jetzt auf Hochtouren, um Ross folgen zu können.

»Paula ist zu dir gefahren, um dir etwas Wichtiges mitzuteilen«, sagte Ross. »Etwas, das sie das Leben gekostet hat.«

Wenn Ross mit seiner Theorie recht hatte, dann war das, was Paula mir an jenem Abend hatte sagen wollen oder vielleicht sogar gesagt hatte, von ESH gelöscht worden.

»Warum hat man die Leiche fortgeschafft?«

»Es war alles so arrangiert, dass der Mordverdacht auf dich gefallen wäre, aber irgendetwas hat dazu geführt, dass sie es sich anders überlegt haben.«

»Kann es sein, dass wir nach wie vor etwas übersehen?«, fragte Maggie.

Ross und ich sahen sie an, ihr Gesicht war plötzlich blass.

»Wir sind uns fast sicher, dass man dir ESH verabreicht hat«, sagte sie. »Nur zwei Personen hatten Zugang zu dem Mittel.«

58

Ich war empört, denn mir war klar, was Maggie da andeutete.

»Glaubst du das auch, Ross? Dass Mark irgendwie darin verwickelt sein könnte?«

Ross sah jetzt tief bekümmert drein.

»Das wäre eine Möglichkeit, John.«

Ich stand auf.

»Mal sehen, ob ich das richtig verstanden habe. Paula Marrel hackt sich in das System von Meditek und stiehlt Dokumente über ESH, darunter auch welche, die Mark betreffen und ihm schaden können, ohne dass wir wüssten, wie. Statt ihn zu erpressen wie Stuart Nance Ian Martin, kommt sie zu mir, nach Carnival Falls? Stimmt das so weit?«

Ich trat ans Fenster, drehte mich um und hielt meinen Daumen in die Höhe.

»Erstens: Paula Marrel und ich kennen uns überhaupt nicht.«

Ich streckte den Zeigefinger dazu.

»Zweitens: Paula Marrel weiß nicht, wie das Verhältnis zwischen mir und meinem Bruder ist.«

Ich streckte den Mittelfinger dazu.

»Und drittens … Mann, wir können ja nicht mal erklären, woher sie weiß, dass es mich gibt.«

Ich hielt ihnen die drei Finger entgegen.

»Trotzdem fährt diese Frau in eine andere Stadt, um mich zu treffen. Nehmen wir mal an, es war so. Dann hätte Mark also Wind davon gekriegt, sich in mein Haus geschlichen, die Waffe meines Vaters genommen und – bumm – die Frau erschossen. Das ist doch Schwachsinn!«

Ross und Maggie schwiegen noch immer.

»Aber das wäre noch nicht alles«, fuhr ich fort. »Mark hätte mir ESH verabreicht, er hätte gemeinsam mit mir dafür gesorgt, dass alles aus meinem Gedächtnis gelöscht wird, was mit Paula Marrel zu tun hat, denn – das dürfen wir nicht vergessen –, um eine Information zu löschen, muss die Person sie sich selbstständig ins Gedächtnis rufen. Und jetzt kommt das Beste. Einige Minuten später wache ich auf und sehe die tote Frau neben mir auf dem Boden liegen. In dem Moment ruft mich Mark, der sich im Wald versteckt hat, an und tut so, als wüsste er von nichts. Und kurz darauf kommt er auch noch im Auto angefahren.«

Ich setzte mich wie ein Schüler, der gerade vor der Klasse seinen Vortrag gehalten hat.

»Hättest du Mark an diesem Abend angerufen?«, fragte Ross ruhig.

»Stattdessen ruft er dich an, spät am Abend«, sagte Maggie, »kurz nachdem du neben der Leiche aufgewacht bist.«

Offensichtlich hatten die beiden bereits über den Zeitpunkt von Marks Anruf gesprochen.

»Was hättest du getan, wenn er dich nicht angerufen hätte?«

Ich ließ mich in die Sofakissen sinken.

»Ich weiß es nicht.«

Vielleicht hätte ich Ross angerufen, vielleicht die Polizei. Marks Anruf hatte diese beiden möglichen Szenarien vereitelt.

Ross sprach immer noch ganz ruhig: »Du solltest noch eine

weitere Möglichkeit in Betracht ziehen. Wenn das FBI ermittelt, sollten wir nämlich gut vorbereitet sein.«

»Mark hat dir von Anfang an Dinge verheimlicht«, schaltete sich Maggie ein. Ich bemerkte, dass es ihr schwerfiel, es laut auszusprechen, aber offenbar lag es ihr auf dem Herzen.

Die Luft war jetzt zum Schneiden dick. Allein unsere Freundschaft und das über all die Jahre aufgebaute Vertrauen hielten uns im Gleichgewicht wie drei Planeten. Beide wollten mich nicht verletzen, beide sagten nur, was sie dachten, wollten nur das Beste für mich. Gleichzeitig vertraute ich meinem Bruder. Wenn ich mich daran nicht festhalten konnte, woran dann?

»Mir will kein Grund einfallen, warum die Frau mich hätte kontaktieren wollen«, sagte ich, »aber davon abgesehen wäre dieses Szenario durchaus denkbar.«

»Auch Ian Martins hatte Zugriff auf ESH«, sagte Maggie in versöhnlichem Ton. »Du selbst hast gehört, wie er am Telefon über den Motorradunfall von Stuart Nance gesprochen hat, an Marks Geburtstag. Inzwischen wissen wir auch noch, dass er ein Verhältnis mit Darla hat. Martins ist alles andere als ein Heiliger.«

»Absolut«, sagte Ross.

Der Nachmittag hatte einen ganz anderen Verlauf genommen als erwartet. Ian. Mark. Was steckte hinter dem Verkauf von Meditek? Welches Puzzleteil passte hier nicht?

59

Ich war überzeugt, dass ich in dieser Nacht kein Auge zumachen würde. Gegen neun oder zehn Uhr setzte ich mich auf die hintere Veranda und spähte in den Wald hinein. Ich saß so ruhig da, dass der Bewegungsmelder für die Lampe mich vergaß. Um mich herum war es also stockdunkel. Nach einiger Zeit gewöhnten sich meine Augen daran. War Mark an jenem Abend hier gewesen, bevor wir telefoniert hatten? Die Frage verstörte mich. Eine halbe Stunde lang saß ich so da, als mich plötzlich eine Erinnerung traf wie ein Pfeil. Ich zuckte so sehr zusammen, dass das Licht wieder anging. Aufgeregt sprang ich auf und rief mir den Vorfall ins Gedächtnis, den mein Gehirn unter all den Erinnerungen an jenen unseligen Samstagabend vergraben hatte.

Als ich die Wodkaflasche in den Union Lake geworfen hatte, hatte ich geglaubt, am anderen Ufer ein Gespenst zu sehen, nicht weit von mir entfernt. Das Gesicht war sofort wieder verschwunden, so schnell, dass mich Zweifel befielen, es überhaupt gesehen zu haben.

Das Licht erlosch wieder.

Der Unbekannte war nicht nur bei mir zu Hause gewesen, er hatte mich auch danach noch beobachtet.

Warum war er geblieben?

Warum sträubst du dich dagegen, es zu sehen?

Das Geräusch eines Motors holte mich zurück in die Wirklichkeit. Ich dachte zuerst, der Wagen würde vorbeifahren, doch stattdessen drosselte er seine Geschwindigkeit und fuhr die Zufahrt hinauf. Wer immer das war, er wollte zu mir. Langsam schlich ich um das Haus herum und lauschte: Da war zuerst der ersterbende Motor, dann die auf- und zugehende Autotür. Ich war noch nicht ganz um das Haus herumgegangen, da ertönte die Klingel. Als ich endlich vorne ankam, erkannte ich erst das Auto, dann die Gestalt, die auf der Treppe stand.

»Maggie?«

Sie erschrak. Rasch eilte ich auf sie zu und trat in den Lichtkegel. Ihre Miene entspannte sich.

»Was machst du hier?«

Die Frage rutsche mir spontan heraus, doch kaum hatte ich sie gestellt, bereute ich sie schon.

»Ich …«

»So meinte ich es nicht.« Ich machte eine wischende Bewegung mit der Hand, als könnte ich damit das Gesagte ungeschehen machen. »Ich bin einfach nur überrascht, dich zu sehen.«

Ich trat näher an sie heran. Maggie hatte die Arme um sich geschlungen, vermied es, mich anzusehen. Ich schloss die Tür auf, bat sie herein.

»Möchtest du einen Tee? Es ist schon nach fünf Uhr, aber vielleicht …«

Mein Witz entlockte ihr die Andeutung eines Lächelns. Sie setzte sich auf einen Sessel.

»Maggs, mein Haus ist auch dein Haus, du kannst also kommen, wann immer du willst.«

Sie lächelte erneut. Es war dieses Lächeln, das Frauen uns Männern nur dann schenken, wenn wir ein Brett vorm Kopf haben.

»Wollen wir was trinken?«, fragte sie, als wäre ihr diese Idee gerade erst gekommen.

In diesem Moment fiel mir auf, dass Maggie etwas anderes anhatte als vor einigen Stunden. Die Jeans war noch dieselbe, das erkannte ich an dem Riss auf Höhe des rechten Knies. Doch das T-Shirt mit der Aufschrift *Be Here Now* hatte sie durch ein weißes, schön besticktes Hemd ersetzt. Auch ihre Augen hatte sie nachgeschminkt.

»Als ich zu Hause war, hatte ich ein ungutes Gefühl«, sagte sie. »Mir wollte nicht aus dem Kopf gehen, was bei Ross passiert ist.«

»Du musst dich nicht …«

»Doch, John«, unterbrach sie mich. »Wir sollten dir jetzt beistehen und dich nicht mit Theorien bombardieren, die auf tönernen Füßen stehen. Seit ich wieder zurück bin, konnten wir, ich weiß nicht, nicht einfach du und ich sein. Alles mal beiseiteschieben, verstehst du?«

Ich verstand sie voll und ganz.

»Ich ziehe mir rasch was anderes an. In zehn Minuten sind wir unterwegs ins Lonely Heart, versprochen.«

Ihre Miene hellte sich auf. Das Lonely Heart war eine heruntergekommene Kneipe am Stadtrand, in der Graham Street. Die Gegend hatte sich in den letzten zehn Jahren sehr gewandelt, doch das Lonely Heart hatte in dem alten Fabrikviertel überlebt, als letzter Zeuge des einstigen Verfalls.

»Ich dachte, du würdest mich mit was Neuem überraschen.«

Ohne zu antworten, rannte ich die Treppen hoch. Ich zog mir ein sauberes Hemd an und legte einen kurzen Zwischenstopp im Bad ein, um mir Hände und Gesicht zu waschen, die Haare zu kämmen und etwas Parfüm aufzutragen.

Tatsächlich war das Lonely Heart komplett renoviert worden. Das Einzige, was von der alten Fernfahrer- und Arbeiterkneipe noch übrig war, war der Name. Die letzte Fabrik war vier oder fünf Jahre zuvor ausgelagert worden und mit ihr das bisschen Kundschaft, das das Geschäft noch am Laufen gehalten hatte. Der Inhaber, ein alter Dickkopf namens Stillson, der das Überleben des Lonely Heart zu seiner persönlichen Sache gemacht hatte, war am Ende gezwungen gewesen, die Kneipe doch noch loszulassen, zu sehr hatten ihn die Schulden und gesundheitliche Probleme belastet. Stillson hatte sie teuer an einen Investor verkauft, der sie vollständig umbaute. Dass er den Namen beibehalten hatte, war eine riskante Entscheidung gewesen, schließlich war das Lonely Heart in Carnival Falls zum Symbol des Verfalls geworden. Tatsächlich aber hatte diese Entscheidung sich als goldrichtig erwiesen, denn die Neuigkeit hatte sich wie ein Lauffeuer herumgesprochen, und niemand wollte sich einen Besuch entgehen lassen. Als wir ankamen, war die Kneipe proppenvoll.

»Wow, das ist ja unglaublich. Von der alten Kaschemme ist ja wirklich nichts mehr übrig.«

Die wuchtige, brummende Neonreklame über dem Eingang war durch ein feines, minimalistisches Schild ersetzt worden. Wo früher alte Fenster mit kleinen, schmutzigen Scheiben gewesen waren, waren jetzt riesige Glasfronten mit geschwungenen Rahmen und breiten Fensterbänken. Der Tresen war noch am gleichen Platz, aber sah vollkommen anders aus. Die Tische, die Separees, alles war von erlesener Qualität. Die Beleuchtung sorgte für eine gemütliche Atmosphäre in diesem funkelnagelneuen Lonely Heart. Auch die Musik war sorgfältig ausgewählt. Wie zum Beweis ertönte, als wir eintraten, das Gitarrenriff von »Here Comes The Sun«.

Maggie packte mich am Arm.

»Heute Abend amüsieren wir uns einfach«, flüsterte sie mir ins Ohr.

Eine lächelnde Kellnerin kam zu uns und bot uns an, entweder draußen Platz zu nehmen oder drinnen auf einen Tisch zu warten, in zehn, fünfzehn Minuten würde einer frei werden. Wir setzten uns an den Tresen.

Der Barkeeper, ein junger, energischer Typ mit asiatischen Gesichtszügen, fragte uns, was wir gerne trinken würden. Ich bestellte eine Coca-Cola, Maggie nach einem kurzen Zögern und einem leichten Nicken meinerseits einen Victory Storm.

Die Nacht rauschte dahin wie ein Hochgeschwindigkeitszug. Wir unterhielten uns über Musik, über Filme, über alles Mögliche. Es fühlte sich so vertraut an wie eh und je: eine tiefe, innere Verbundenheit, die sich von unserer Jugendliebe erhalten hatte und die ich bei Tricia nie verspürt hatte. Bei Lila sowieso nicht. Bei überhaupt niemandem sonst.

Kurz nach Mitternacht waren wir wieder bei mir zu Hause. Erst hier stellte sich vorübergehendes Unbehagen ein. Maggies Auto (das eigentlich ihrer Mutter gehörte) stand in der Zufahrt. Die schwarze Karosserie des Crown Victoria verschmolz mit der Nacht, als eine Frage allmählich Gestalt annahm. Ich hörte sie in meinem Kopf, ein scheues, aber hartnäckiges Flüstern, aber ich sah sie auch in Maggies Augen.

»Meine Mutter braucht ihr Auto morgen«, sagte Maggie.

Damit war die Frage geklärt.

»Es war eine tolle Idee. Dieser Abend.«

Ich breitete die Arme aus. Wir standen genau in der Mitte zwischen Haustür und Auto. Die Grillen zirpten im ewig gleichen Rhythmus und schienen zu verkünden, dass gleich etwas geschehen würde.

»Besser jedenfalls, als allein auf der Veranda herumzustehen«, sagte Maggie.

Ich lächelte.

»Viel besser.«

Maggie sah mir einen Moment lang in die Augen und begann dann in ihrer Handtasche nach den Autoschlüsseln zu kramen. Eine Haarsträhne hing ihr ins Gesicht. Lässig schob sie sie weg und balancierte auf dem Bein, auf dem sie ihre Handtasche abgelegt hatte. Sie fand die Schlüssel und hob sie triumphierend in die Höhe.

Ich möchte, dass du bleibst, Maggie.

Sie stieg ins Auto und ließ das Fenster herunter. Ich ging zu ihr, stützte mich auf den Rahmen und beugte mich leicht ins Wageninnere.

»Danke.«

Sie startete den Motor und schnallte sich an. Dann legte sie ihre Hand auf meine, eine subtile Geste, mit der sie mir sagen wollte, dass ich lieber ein Stück vom Auto zurückweichen sollte. Es war ein perfekter Abend gewesen, und daher war es das Beste, dass er auf diese Art zu Ende ging.

60

Am Dienstagvormittag fuhr ich zum Markt. Als ich wieder nach Hause kam, erwarteten mich Frost und seine Kollegin, die auf der Motorhaube eines bleigrauen Dodge Charger saßen. Ich hatte die naive Hoffnung gehegt, dass Frost seine Ankündigung, mich aufsuchen zu wollen, vergessen würde. Dass mir dieser Wunsch verwehrt bleiben würde, war mir natürlich klar gewesen. Zum Glück aber ereilte mich die unangenehme Begegnung, als ich gerade mit etwas so Alltäglichem beschäftigt war wie Einkaufen.

»Guten Tag, Mr. Brenner!«, rief Frost und sprang von der Motorhaube herunter. Ich hatte meinen Wagen noch nicht geparkt, als er schon bei mir war und sein spitzes Gesicht zum Seitenfenster hinunterbeugte. Die verspiegelte Brille hatte er abgenommen. Seine Kollegin, die wie er um die vierzig war, war sitzen geblieben.

Ich murmelte einen Gruß und öffnete die Tür, sodass er zurücktreten musste.

»Wir wollen Sie nicht stören, nur ein paar harmlose Fragen stellen. Zum Verkauf von Meditek, Sie wissen schon.«

Ich würde nicht noch einmal den gleichen Fehler begehen. Mir würde nichts Kompromittierendes über die Lippen kommen, wie zum Beispiel die Tatsache, dass ich vom gescheiterten Verkauf gewusst hatte. Ich stieg aus und ging zum Heck des Wagens. Frost folgte mir. Ich versuchte, unauffällig über meine Schulter zu blicken, und sah, dass die Frau, die nach wie vor auf der Motorhaube saß, sich aufrichtete und in ihre Jacke griff.

Als ich den Kofferraum öffnete, kamen die Einkaufstüten zum Vorschein. Frost sah mich an.

Was hattest du erwartet, Frost?

»Ich werde ab jetzt nur noch in Anwesenheit meines Anwalts mit Ihnen reden«, kündigte ich an.

»Anwalt?« Frost lächelte, hob die Hände. »Das ist wirklich nicht nötig, ich will doch nur …«

»Das ist mir egal. So oder gar nicht.«

Frost rieb sich am Kinn, obwohl er glatt rasiert war. Vielleicht hatte er mal ein kleines Spitzbärtchen getragen und die alte Gewohnheit beibehalten.

Ich griff zwei der Einkaufstüten und ging ins Haus, ohne die beiden hereinzubitten. Von der Küche aus rief ich wie verabredet Harrison an. Als ich wieder nach draußen kam, stand Frost noch da, wo er zuvor gestanden hatte, nur dass jetzt seine Kollegin an seiner Seite war.

»Ich bin Agent Haley Bell. Sie würden uns in den Ermittlungen wirklich sehr helfen, wenn Sie einige Minuten für uns erübrigen könnten.«

»Mein Anwalt ist unterwegs.«

Ich trug den restlichen Einkauf ins Haus, während Frost und Bell am Auto warteten.

Ich hatte den Eindruck, dass ich meine Rolle bis dahin ganz passabel spielte. Harrison wollte mit den beiden sprechen, weil wir uns ein besseres Bild davon machen wollten, was sie im Schilde führten. Aber Harrison wusste auch nicht alles, was ich wusste.

Keine Viertelstunde später kamen Harrison und Bob Burke in Bobs imposantem Toyota Highlander angefahren. Rekordzeit. Ich begrüßte sie und stellte ihnen die beiden FBI-Agenten vor. Frost hatte seine drohende Haltung vollständig abgelegt und gab sich jetzt herzlich und versöhnlich. Er betonte noch einmal, dass die Anwesenheit eines Exkommissars und eines Anwalts nicht vonnöten gewesen wäre, dass er selbstverständlich aber auch nichts dagegen einzuwenden habe. Harrison, der über eine jahrzehntelange Erfahrung im Umgang mit dem FBI verfügte, machte ein Gesicht wie ein Jagdhund und sagte, das Treffen werde nach seinen Regeln stattfinden, sonst würden wir nicht kooperieren.

Frost und Bell tauschten permanent Blicke aus, als versuchten sie, die neuen Variablen in die Gleichung einzufügen. Bob sagte kaum etwas, bis wir im Haus waren.

Wir setzten uns auf die Sessel im Wohnzimmer. Zwei auf der einen, zwei auf der anderen Seite des Kaffeetischs, ich am Kopfende.

Bell ging wortlos noch einmal nach draußen, vermutlich, um einen Ordner zu holen – jedenfalls glaubte ich, dass sie ihn zuvor nicht dabeigehabt hatte. Als sie wieder hereinkam, legte sie ihn auf den Tisch. Ich hatte den Überblick über alles und sah, dass Bob ein genervtes Gesicht machte, während Harrison reglos dasaß.

»Ich war viele Jahre lang der Kommissar dieser Stadt«, fing Harrison an. »Für alle Gesetzesvertreter hier galt immer eine eiserne Regel: Respekt vor jedem Bürger. John beim Beerdigungsempfang seines Bruders zu verhören, war absolut inakzeptabel.«

Frost und Bell nickten wie zwei Kinder, die sich eine Standpauke anhören mussten.

»Ich habe mich bereits bei Mr. Brenner entschuldigt«, sagte Frost in versöhnlichem Ton. »Das war so nicht geplant gewesen. Wir dachten einfach …«

Frost beendete den Satz nicht.

»Vergessen wir die Sache«, schaltete Bell sich ein. »Wir ermitteln in einer Bundesangelegenheit und glauben, dass Mr. Brenner uns weiterhelfen könnte, nur deshalb sind wir hier. Wir danken Ihnen, dass Sie sich die Zeit nehmen.«

»Es ist so, Agent Bell«, sagte Bob. »Wenn mein Klient kooperieren soll, müsste er erst einmal wissen, worum es bei diesen Ermittlungen geht.«

»Das wissen Sie doch: um den Verkauf von Meditek.«

Harrison beugte sich vor, er saß auf der äußersten Kante des Sessels.

»Der Verkauf von Meditek ist nie erfolgt«, sagte Harrison, »das wissen Sie ganz genau. Die potenziellen Käufer haben einen Rückzieher gemacht. Sie wollen doch nicht Energie auf etwas verwenden, was gar nicht stattgefunden hat. Außerdem haben sie Zimerman nicht dabei, den Experten für Betrugsdelikte, sondern Agent Bell.«

Die beiden FBI-Agenten sahen sich an.

»Und was soll das mit diesem Foto?«, fuhr Harrison fort.

Frost rieb sich wieder am Kinn. Entweder hatte er kein gutes Pokerface, oder er war ein exzellenter Schauspieler. Er wirkte ehrlich verblüfft.

»Kommen Sie schon, Frost«, fuhr Harrison fort. »Sie zeigen John das Foto einer verschwundenen Frau und wollen uns weismachen, es gehe Ihnen um den Verkauf des Labors?«

»Das ist auch so.«

»Nein. Ihnen geht es um die Frau. Ist sie tot?«

Die Frage erwischte Frost kalt, zumindest schien es mir so. Wie deutete Harrison dieses kurze Zögern wohl? Die beiden spielten eine sehr persönliche Partie Poker.

Frost schlug den Ordner auf. Ganz oben war das Foto von Paula Marrel abgeheftet. Er platzierte es in die Mitte des Tischs.

Dann nahm er ein weiteres Dokument heraus und klappte den Ordner wieder zu, bevor wir sehen konnten, was er außerdem noch enthielt.

»Ihr Name ist Paula Marrel, und sie ist verschwunden. Vermisst gemeldet wurde sie am 3. Mai, da stand der Kauf von Meditek kurz bevor.«

Frost deutete auf das Dokument, die Kopie eines Schreibens mit dem Briefkopf von Meditek. Zumindest rückte er jetzt einige Informationen raus. Die Frage war nur, ob er damit guten Willen zeigte oder alles nur Teil der Inszenierung war. Ich hatte längst die Orientierung verloren. Harrison hingegen ließ ihn nicht aus den Augen und wirkte zufrieden mit dem Verlauf des Gesprächs.

»Wir wissen, dass Ms. Marrel bei Meditek Zugang zu internen Informationen hatte«, sagte Bell. »Informationen, die den Verkauf hätten gefährden können.«

Frost saß regungslos da, überließ seiner Kollegin das Wort, was mich beunruhigte. Folgten die beiden etwa einem abgesprochenem Drehbuch?

»Welche Art von Informationen?«, fragte Harrison.

»Dokumente über heikle Forschungsergebnisse des Labors«, erklärte Frost, »die sowohl Ian Martins als auch Ihren Bruder in Schwierigkeiten hätten bringen konnten, wären sie in die falschen Hände geraten.«

Mit einer geradezu theatralischen Geste wandte er sich an mich.

Ich zuckte mit den Schultern.

»Wussten Sie denn gar nichts davon, Mr. Brenner?«

Auf diese Frage war ich vorbereitet.

»Mein Bruder hat mir zwar gesagt, dass es mit dem Verkauf von Meditek Schwierigkeiten gibt, aber keine Details genannt. Überhaupt haben wir praktisch nie über berufliche Dinge gesprochen. Dass diese Frau Dokumente gestohlen hatte, weiß ich allerdings.«

Die beiden FBI-Agenten horchten auf. Fast konnte ich hören, was sie dachten: dass ich mich in Widersprüche verstrickt hatte.

»Am Samstag war ich bei Ian Martins. Er hat mir von ihr erzählt«, erklärte ich.

»Warum haben Sie Martins aufgesucht?«, fragte Bell.

Das war einfach zu beantworten.

»Frost hat mir am Freitag ein Foto dieser Frau gezeigt, auf dem Leichenschmaus«, sagte ich das letzte Wort betonend, »also habe ich am nächsten Tag den Geschäftspartner meines Bruders aufgesucht, um eine Erklärung von ihm zu verlangen. Er wusste sofort, von wem ich spreche, und hat mir die Geschichte erzählt.«

»Eine Geschichte, die Sie wesentlich besser kennen als wir«, schaltete sich Harrison ein. »Warum sagen Sie uns nicht endlich, was genau Sie herführt?«

Frost wirkte mitgenommen. Bis dahin war alles so verlaufen, wie er es sich gedacht hatte. Harrison hatte mich angewiesen, nicht viel mehr zu sagen als das, was ich gerade preisgegeben hatte.

Der FBI-Beamte holte ein weiteres Foto aus der Mappe und legte es neben das andere. Es schien eine Aufnahme einer Überwachungskamera von einem belebten Ort, den ich nicht erkannte. Als Erstes registrierte ich, was Paula anhatte, nämlich dasselbe, was sie trug, als sie in meinem Wohnzimmer gelegen hatte. Sie hatte die Daumen unter die Riemen ihres Rucksacks gehakt und wirkte sorglos.

»Dieses Foto stammt von einer Überwachungskamera am Busbahnhof von Carnival Falls; aufgenommen wurde es am 2. Mai.

Soweit wir wissen, ist dies das letzte Foto von Ms. Marrel. Natürlich haben wir ihre Handydaten ausgewertet. Zum letzten Mal wurde es eben dort aktiviert.«

Frost malte mit dem Finger einen imaginären Kreis in die Luft.

So war das also. Angesichts der technischen Möglichkeiten, über die das FBI verfügte, war es nicht verwunderlich, dass sie Paula Marrel in Carnival Falls hatten verorten können, nicht weit entfernt von dort, wo ich wohnte. Mir wurde eiskalt.

»Der Busbahnhof liegt ganz in der Nähe von hier«, sprach Harrison die logische Schlussfolgerung laut aus.

»Das stimmt«, bestätigte Bell. »Und jetzt fragen wir uns, was sie hier wollte.«

»Eine ausgezeichnete Frage, wie ich finde«, sagte Harrison. »Was ich allerdings nicht verstehe: Warum sollte John sie beantworten können? Wenn die Frau Ian Martins erpresst hat, könnte sie es nicht auch bei Mark versucht haben?«

Frost verzog das Gesicht.

»Es ist doch merkwürdig, dass sie hierherkam, wo sie ihn doch genauso gut bei Meditek hätte abfangen können, finden Sie nicht, Kommissar?«

Harrison korrigierte die Anrede des FBI-Agenten nicht.

»Manchmal verhalten Menschen sich irrational«, sagte er.

Nun schaltete Bob sich ein.

»Agent Frost, Sie sind doch hoffentlich nicht deswegen hergekommen, oder? Die Antwort liegt auf der Hand. Wenn dieser Frau etwas zugestoßen ist, dann muss es zwischen dem Busbahnhof und Marks Haus passiert sein, das ja ganz in der Nähe liegt. Denkbar wäre auch, dass die Frau aus einem Grund, den wir nicht kennen, irgendwohin weitergereist ist. Das Handy hat sie wohl entsorgt. Ich bin ein erfahrener Anwalt, und Sie wissen genauso gut wie ich, dass Sie John nicht einfach beschuldigen können, am

Verschwinden einer Person beteiligt zu sein, nur weil er zufällig in der Nähe wohnt.«

Die beiden Agenten schwiegen. Frost rutschte nervös auf dem Sofa hin und her.

»Ein Glück, dass dieses Gespräch hier stattfindet«, setzte Bob nach, »und nicht vor Gericht. Glück für Sie, meine ich.«

»Wir beschuldigen Mr. Brenner nicht, am Verschwinden von irgendwem beteiligt zu sein«, verteidigte sich Frost.

»Ach, kommen Sie, Agent Frost, genau das tun Sie gerade. Verkaufen Sie uns wenigstens nicht für dumm.«

Aus einem Impuls heraus streckte Frost die Hand in Richtung Ordner. Bell zuckte kurz, wie um ihn zurückzuhalten, überlegte es sich aber anders. Sie sah ihn nur böse an, denn es war schon zu spät. Frost hatte den Ordner bereits aufgeschlagen und suchte hektisch nach etwas. Wenn er nicht bald fand, was er suchte, würde mein Herz noch aus der Brust springen.

Schließlich zog er ein weiteres Foto hervor. Ein ziemlich merkwürdiges Foto. Darauf zu sehen war die Ecke eines Zimmers: das Fußteil eines schmalen Betts, ein Schreibtisch, darauf Hefte, Mappen und ein Notebook. Die Bildmitte nahm ein Bücherregal ein. Harrison und Bob Burke fragten sich vermutlich, was an diesem Foto so besonders sein sollte, aber mir war es sofort klar. Auf dem zweiten Regalbrett entdeckte ich die Bücher von Busy Lucy. Die komplette Sammlung.

Frost deutete mit seinem dünnen Zeigefinger auf das zweite Regalbrett.

»Erkennen Sie die, Mr. Brenner?«

Ich beugte mich vor.

»Ja. Diese Bücher habe ich illustriert«, sagte ich, als wäre es das Normalste der Welt.

»Offensichtlich hat Ms. Marrel Sie gekannt«, sagte Frost.

Ich meinte wahrzunehmen, wie die Mundwinkel von Harrison sich leicht verzogen.

»Agent Frost, Agent Bell, ich habe Dutzende Bücher mit Illustrationen zu Hause. Glauben Sie, ich weiß bei allen, von wem die Bilder kommen? Ich bin froh, wenn ich mir den Namen des Autors merken kann.«

»Hier liegt der Fall anders«, unterbrach ihn Frost. »Die Schwester von Ms. Marrel hat uns bestätigt, dass Paula den Illustrator sehr wohl kannte. Sie las diese Bücher oft ihrer Nichte vor und äußerte mehrmals, dass der Bruder des Illustrators ihr Chef sei. Ein hübscher Zufall, finden Sie nicht?«

Plötzlich erinnerte ich mich. Mark hatte vor langer Zeit einmal erwähnt, dass jemand im Labor ein großer Fan von Busy Lucy sei. Mehr hatte er aber nicht gesagt, da war ich mir fast sicher. Frost hatte recht. Paula Marrel kannte mich, und sie kannte mich nicht nur, weil ich Marks Bruder war.

»Diese Bücher«, sagte Frost nun direkt an mich gewandt, »beweisen, dass Paula Marrel Sie kannte, Mr. Brenner. Zum letzten Mal gesehen wurde sie hier in der Nähe, und mein Instinkt sagt mir, dass Sie zu Ihnen wollte. Den Grund dafür kenne ich noch nicht, aber ich gebe Ihnen hiermit die Gelegenheit, uns aufzuklären.«

Wieder griff Bob ein.

»Mr. Brenner wird gar nichts sagen, denn das, was wir gerade gehört haben, hält, bei allem Respekt, keiner Überprüfung stand. Dass die Frau die Bücher besaß, beweist gar nichts, und das wissen Sie.«

In aller Ruhe legte Frost die Fotos zurück in die Mappe.

»Dann war's das fürs Erste.«

Wir erhoben uns alle gleichzeitig. Die Spannung war mit Händen zu greifen.

Die beiden FBI-Beamten warteten nicht ab, dass wir sie hinausbegleiteten. Auf halben Weg zur Tür blieben sie stehen, genau an der Stelle, an der vor fünfundvierzig Tagen die Leiche von Paula Marrel gelegen hatte. Frost schien noch etwas einzufallen. Er drehte sich um und schnalzte mit den Fingern.

»Eine Frage noch: Das Kürzel ESH, sagt Ihnen das was, Mr. Brenner?«

»Nein«, antwortete ich, ohne nachzudenken.

Frost nickte.

»Das dachte ich mir. Auf Wiedersehen, die Herren. Wir bleiben in Kontakt.«

61

Einige Stunden nach dem Besuch von Frost und Bell erhielt ich einen verstörenden Anruf von Darla. Als ich ihre Nummer auf dem Display sah, hätte ich mein Handy am liebsten klingeln lassen. Ich wollte nicht mit ihr sprechen. Und hatte dies seit der bitteren Entdeckung, dass sie ein Verhältnis mit Ian hatte, auch nicht getan. Dann aber nahm ich doch ab.

»Hallo, Darla.«

»John …«

Schon dieses eine Wort genügte, um zu hören, dass sie geweint hatte.

»Was ist passiert?«

»Hast du mit Frost gesprochen?«, fragte Darla tonlos.

»Er war heute bei mir«, sagte ich vorsichtig.

Endloses Schweigen. Nur Darlas stockender Atem verriet, dass sie noch in der Leitung war.

»Hat er dir etwas über … Mark erzählt?«

Ich tigerte im Haus umher. Als ich am Küchentisch vorbeikam, setzte ich mich aus einem Reflex heraus hin.

»Er hat mich nach Meditek gefragt. Nach dem Verkauf.«

Darla schwieg. Sie musste wissen, dass der Verkauf geplatzt war.

»Kannst du herkommen, John?«

Es gab kaum etwas, wozu ich weniger Lust hatte.
»Es ist wichtig«, flehte sie.
»In einer Viertelstunde bin ich da.«
»Ich warte auf dich. Da ist etwas, was du wissen solltest.«

62

Februar 2000

Meistens sahen wir im Wohnzimmer fern, wenn in der Küche eine Tasse oder ein Teller auf den gefliesten Boden schepperte. Mein Vater blickte dann ungerührt geradeaus, mein Bruder und ich sahen uns an. Anfangs meldete sich meine Mutter noch, rief »Entschuldigung« und lachte. Doch je häufiger ihr solche Ungeschicklichkeiten passierten, desto klarer war, dass mehr dahintersteckte. Eines Tages nahm Mark mich beiseite und sagte, er müsse mit mir reden, ich solle mit zum Reptilhügel kommen. Wir setzten uns auf den Waldboden. Mit Mamas Händen stimme etwas nicht, erklärte er mir. Ich sah ihn an, wusste nicht, was das bedeuten sollte. Ab jenem Tag achtete ich stärker auf Mamas Hände. Mark hatte recht. Mama strickte nicht mehr, nähte nicht mehr, und selbst das Kochen fiel ihr schwer. Aufwendige Gerichte machten einfacheren Gerichten Platz. Sie vernachlässigte ihre Pflanzen. Tassen, Gläser und Teller gingen immer häufiger zu Bruch.

Mein Vater bemerkte es natürlich auch. Er und meine Mutter redeten mehr als üblich miteinander und verschwanden oft stundenweise. Um zu Doktor Bell zu gehen, wie sich später herausstellte. Wann genau die Diagnose ALS gestellt wurde, weiß ich nicht. Vermutlich aber mussten meine Eltern erst selbst damit zurechtkommen und ließen sich etwas Zeit, bis sie uns die Neuigkeit mitteilten. Eines Nachmittags kam mein Vater dann zu mir. Ich spielte gerade mit meinen Plastiksoldaten, hatte sie um einen Fuß des Bettes herum gruppiert, alle feuerbereit, das Gewehr auf das geheimnisvolle Riesending gerichtet, das wie aus dem Nichts aufgetaucht war. Es war eine Spezialmission, und sie war *geheim*. Mein Vater setzte sich aufs Bett und klopfte einige Male mit der flachen Hand auf die Matratze, damit ich mich zu ihm setzte. Schon als er durch die Zimmertür kam, war mir klar, was kommen würde. Ich wusste nichts über ALS, sehr wohl aber, dass sein trauriger Blick und seine ernste Stimme mit dem Gesundheitszustand meiner Mutter zu tun hatte.

Mein Vater erklärte mir, dass die Krankheit *nur* die Muskeln befiel, nicht den Verstand. Er erzählte mir von dem Wissenschaftler Stephen Hawking, den ich nicht kannte, davon, dass sein Intellekt nicht im Mindesten betroffen war und dass es bei meiner Mutter auch so sein würde, dass sie zwar in Zukunft eine spezielle Therapie brauchen, aber stets *sie selbst* bleiben würde.

An jenem Tag verspürte ich eine gewisse Zuversicht, fuhr sogar fort mit meiner *Operation Bettfuß*, bei der meine Plastiksoldaten über eine Million Schüsse abgaben. Es war Mark, der mich schließlich mit der Wahrheit konfrontierte. Obwohl er erst fünfzehn war, hatte er bereits ein ungewöhnlich gutes Gespür für die Dinge. Ich war ein zehnjähriger Junge, der seine Mutter liebte und seinen Vater anbetete und keine Ahnung hatte, was es bedeutete, einen geliebten Menschen leiden zu sehen, geschweige denn, ihn zu verlieren. Mark zeigte mir ein Foto von Stephen Hawking, als er Bill Clinton im Weißen Haus besucht hatte. Ich war erschüttert, wie zusammengeschrumpft er aussah.

»Mama wird bald sterben«, sagte Mark. »ALS ist eine unheilbare Krankheit, nach der Diagnose hat man nur noch wenige Jahre zu leben.«

Ich starrte ihn offenbar so erschrocken an, dass mein Bruder Mitleid mit mir bekam und mich in den Arm nahm.

»Vergiss, was ich dir gesagt habe. Nur Gott weiß, wann wir sterben müssen. Ich will einfach nur, dass dir klar ist, dass es nicht sehr rosig aussieht.«

»Papa hat gesagt …«

»Ich weiß, was Papa gesagt hat. Aber Papa macht sich was vor. Weißt du warum?«

»Nein.«

»Weil er es noch nicht wirklich akzeptiert hat. Weil er es nie wird akzeptieren können. Verstehst du?«

»Ich glaube schon.«

»Mama wird ihre Tage im Bett verbringen müssen; oder in so einem Stuhl. Siehst du den Apparat, den Hawking da vor sich hat?« Er deutete auf das Foto. »Dieser Apparat kann die Bewegungen der Augen erkennen, das Einzige, was Hawking noch bewegen kann.«

Ich starrte ihn ungläubig an. So wie ich meinen Vater anhimmelte, himmelte ich auch meinen Bruder an. Ich ging davon aus, dass er mich niemals anlügen, mir niemals wehtun würde.

»Es ist so, Johnny. Was Mama da hat, ist schrecklich. Uns bleibt nur noch wenig Zeit mit ihr. Findest du es nicht auch besser, das zu wissen?«

Ich nickte mehrmals.

Das Nächste, woran ich mich erinnere, ist, dass ich die Treppe hinunterrannte und meine Mutter fest umarmte. Sie saß gerade im Wohnzimmer und las die Zeitung, als ich hereinstürmte und mich auf sie stürzte. Sie war überrascht und begann, wie verrückt zu lachen.

Doch Mark hatte recht. Sechs Monate später zog meine Mutter in ein Zimmer im Erdgeschoss, wo sie die meiste Zeit über im Bett lag oder in einem Sessel am Fenster saß. Von einem Tag auf den anderen verlor sie ihr Sprachvermögen, wobei ich vermute, dass ihr die Frustration darüber, die Wörter nicht mehr richtig aussprechen zu können, den Rest gab. Ein ganzer Trupp aus Krankenschwestern und Physiotherapeuten begann, sich um sie zu kümmern.

63

Juli 2000

Die Speisekammer neben der Küche wurde zum Zimmer meiner Mutter umfunktioniert. Das Geld ging immer mehr zur Neige, weil die Kosten für die medizinische Versorgung exorbitant waren und weil mein Vater zu wenig Zeit auf das Geschäft verwendete. Von den riesigen Vorräten, wie ich sie aus meiner Kindheit in Erinnerung hatte, war kaum noch etwas übrig. Anfang des neuen Jahrtausends war die Speisekammer praktisch leer, wodurch wir das neue Zimmer in nur einem Tag herrichten konnten. Alle drei packten wir mit an: mein Vater, Mark und ich. Es war eine traurige Angelegenheit. Während wir die Wände strichen, neue Vorhänge anbrachten und die alten Lampen durch schönere ersetzten, war uns stets bewusst, dass meine Mutter in diesem Zimmer sterben würde.

Wie schnell ihr Körper auszehrte, war trotzdem kaum zu fassen. Nachdem sie ihr Sprachvermögen verloren hatte, verbrachte sie immer mehr Stunden im Bett. Papa kaufte einen Rollstuhl, keinen elektrischen, weil der, so sein Argument, nichts nützen würde, wenn sie einen Ausflug in den Wald unternehmen wollte. Tatsächlich aber wollte sie ohnehin nur noch selten in den Wald, oder überhaupt irgendwohin. Wenn wir sie fragten, ob sie gerne rausgehen würde, antwortete sie in neunzig Prozent der Fälle mit einem zweifachen Augenzwinkern. Bist du müde? Einfaches Zwinkern.

Neben der Erkenntnis, dass ein glückliches Zuhause eine zerbrechliche Sache ist, lernte ich in jenen Monaten vor allem eines: dass Menschen, auch wenn sie unter dem gleichen Dach leben und in ihren Adern das gleiche Blut fließt, vollkommen unterschiedlich auf die gleiche Situation reagieren können. Mein Vater leugnete die Krankheit weiterhin stur, obwohl meine Mutter nur noch ein runzliges Etwas von knapp vierzig Kilo war. Wenn er über sie sprach, dann so, als wäre alles noch wie früher. Dass sie krank war und gepflegt werden musste, erwähnte er nie, das waren Dinge, die er mit den Ärzten besprach, mit der Physiotherapeutin oder den Krankenschwestern, die sich in Sechsstundenschichten um meine Mutter kümmerten. Wahrscheinlich wollte er damit bewirken, dass wir uns keine Sorgen machten. Immer wenn Mark ihn darauf ansprach, redete er einfach darüber hinweg.

Mein Vater verkaufte das Autohaus an seinen Freund Bill Foster, was, wie ich Jahre später erfuhr, in Wirklichkeit eine verdeckte Hilfeleistung war. Harrison verriet es mir bei einem unserer Gespräche hinterm Haus. »Dein Vater war ein großer Dickkopf, Johnny. Wenn er sich mal etwas in den Kopf gesetzt hatte, konnte ihn keiner davon abbringen.« Der Verkauf war die Lösung, die der Club Bilderberg sich ausgedacht hatte, um meinen Vater davon abzuhalten, bei der Bank einen Kredit mit horrenden Zinsen aufzunehmen.

Die Krankheit bewirkte, dass Mark, der schon immer verantwortungsbewusst und erwachsen gewesen war, in jenen sechs Monaten, in denen ALS mit der Wucht eines Orkans der Stärke fünf voranschritt, um zehn Jahre reifer wurde. Er war derjenige, der sich mit meinem Vater anlegte, wenn es nötig war, der direkter und fordernder mit den Krankenschwestern und Ärzten kommunizierte, damit meine Mutter die Pflege erhielt, die sie benötigte. Mark sprach außerdem offen über ALS, was meinen Vater zutiefst peinigte, als würde die Krankheit jedes Mal, wenn sie benannt wurde, mächtiger und realer. Damals lernte ich die kämpferische Natur meines Bruders erst richtig kennen, seine wahre innere Stärke. Eines Nachts, als mich ein Albtraum gequält hatte, ging ich in sein Zimmer, traf ihn dort aber nicht an. Er war unten. Ich folgte dem Licht, stieg mit äußerster Behutsamkeit die Treppe hinunter, setzte meine Füße nur an jene Stellen, von denen ich sicher wusste, dass sie nicht knarrten, und sah, dass die Tür zur Speisekammer offen stand – ich konnte mich nicht daran gewöhnen, dass dies nun das Zimmer meiner Mutter war. Langsam schlich ich näher. Mark erzählte Mutter gerade von Kelly Baxter, einem Mädchen aus der Schule, das ihm gefiel. Er überlege, ob er sie zu einem Date einladen sollte, aber er sei nicht ganz sicher, weil ihm manches an ihr oberflächlich erscheine. Ich verstand nicht, was er damit meinte. Normalerweise wäre ich einfach eingetreten, um bei ihnen zu sein, und vielleicht hätte ich meinen Bruder dann gefragt, wieso Kelly Baxter wie eine Oberfläche war, aber kurz vor der Tür blieb ich stehen. Da war dieses Geräusch, das mich lähmte: das der Plastikwindel, die die Krankenschwestern täglich wechselten. Niemand von uns wechselte meiner Mutter die Wäsche, mein Vater nicht und ich schon gar nicht.

Gleich zu Beginn der Krankheit hatte ich mir Gedanken darüber gemacht, wie meine Mutter wohl ihre Notdurft verrichten würde. Mark erklärte es mir ganz offen und natürlich. »Es gibt Windeln für Erwachsene, Johnny.« Mein Vater war umsichtig genug, die Tüten mit den Windeln auf dem Dachboden der Garage zu lagern. Trotzdem sah ich ab und zu, wie eine Krankenschwester mit der Nüchternheit eines Medizinprofis eine dieser Tüten ins Haus trug. Mein Vater verließ sofort das Zimmer, wenn meine Mutter umgezogen wurde, was mir absolut einleuchtete. Doch in dieser Nacht entdeckte ich, dass auch Mark meiner Mutter die Windeln wechselte, ohne dass mein Vater davon wusste natürlich.

Ich selbst versuchte irgendwie, durch dieses Jahr zu kommen. Zu meiner Mutter baute ich eine Verbindung auf, die mich heute noch mit Stolz erfüllt. Ich redete viel mit ihr in jenen Monaten, vielleicht mehr, als ich es unter normalen Umständen getan hätte. Eine tödliche Krankheit ist beschissen, da will ich niemandem etwas vormachen, dem noch nicht das Unglück widerfahren ist, es hautnah mitzuerleben, aber wenn ich für eines dankbar bin, dann dafür, dass es mir schon mit zehn Jahren bewusst machte, wie flüchtig unser Leben ist, wie wichtig es ist, jeden Moment auszukosten, vor allem mit den Menschen, die wir lieben. Außerdem lernte ich, Kleinigkeiten wertzuschätzen, meiner Mutter an den Augen abzulesen, wann sie lächelte, aber auch, wann sie traurig war. Ich weiß nicht, ob wir irgendwie miteinander verbunden waren, ähnlich wie einst über die Nabelschnur, nur eben drahtlos. Ich klammerte mich an den Gedanken, dass die Augen meiner Mutter noch genauso ausdrucksstark waren wie eh und je, dass man nur lernen musste, sie richtig zu lesen.

Am schönsten waren die Momente, wenn ich aus der Schule kam und mich zu ihr setzte. Ich verfügte zwar nicht über ein so ausgeklügeltes Kommunikationssystem wie das von Stephen Hawking, aber ich hatte eine Reihe von Tafeln mit Sätzen und Wörtern angefertigt. Fünf insgesamt. Mein Vater hatte mir Kartons aus dicker Pappe besorgt, und ich hatte sie nummeriert und in kleinere Quadrate unterteilt, in die ich jeweils fünf Sätze notierte, auf jedem Karton standen insgesamt fünfundzwanzig davon. Wenn meine Mutter mithilfe der Tafeln kommunizieren wollte, blinzelte sie dreimal, und teilte mir anschließend mit, welche Tafel sie danach brauchte.

Eine Tafel enthielt lediglich die Buchstaben des Alphabets, die anderen, wie gesagt, thematisch gruppierte Sätze. Zum Beispiel Aktivitäten: Radio hören, fernsehen, aus einem Buch vorlesen, beim Zeichnen zusehen, von meinem Tag in der Schule erzählen. Wenn uns ein weiteres Thema einfiel, fertigten wir einfach eine neue Tafel an. Es gab eine Tafel mit ihren Lieblingsgerichten, eine mit allgemeinen Themen, über die wir ihr etwas erzählen sollten. Mit der Zeit perfektionierten wir unsere Kommunikationsmethode. Anfangs ließ ich meine Finger über die Tafel gleiten, und sie blinzelte, wenn ich beim richtigen Buchstaben oder Satz anlangte. Mark, wer sonst, hatte die Idee, wie es viel schneller gehen könnte. Zuerst glitt er mit dem Finger über die obere Buchstabenreihe, und wenn meine Mutter blinzelte, glitt er senkrecht nach unten. Dadurch musste sie nur zweimal blinzeln, um mir die Koordinaten anzuzeigen. Außerdem versuchte ich schon vorher, das Wort zu erraten. Wenn ich einen Treffer landete, blinzelte sie zweimal schnell hintereinander. Meine Mutter und ich wurden so gut darin, dass mein Vater oder Mark mich riefen, wenn sie mit ihr kommunizieren wollten.

Eines Nachmittags wollte ich wie jeden Tag nach der Schule zu ihr. Es war heiß, weswegen Ms. Pierson einen Ventilator mitgebracht hatte. Ms. Pierson, eine pensionierte Krankenschwester, die meine Mutter pflegte, war eine eifrige Leserin von Taschenbuchromanen, auf deren Cover attraktive Frauen und Männer in verführerischen Posen abgebildet waren. Mark hatte mir erklärt, dass es sich um Liebesromane handelte, was mich nur noch neugieriger gemacht hatte. Ich hatte fest vor, einen dieser Romane zu lesen, ohne dass Ms. Pierson es mitbekam, aber ich hatte es noch nicht geschafft.

»Hallo, Johnny«, sagte sie, als sie mich eintreten sah. Sie saß in einem Sessel gleich neben dem Ventilator.

»Hallo.«

»Mrs. Silvia ist heute sehr gut gelaunt.«

Ich antwortete mit einem unverständlichen Murmeln.

Der Ventilator drehte sich und blies Ms. Pierson direkt ins Gesicht. Kurz genoss sie die kühle Luft, mit geschlossenen Augen und zitternden Wangen. Dann stand sie auf und nahm den abgegriffenen Roman zur Hand, der zu Füßen des Betts lag: *Wilde Natur.*

Sobald ich mit meiner Mutter allein war, fragte ich sie, ob ich ihr von der Schule erzählen solle. Sie blinzelte einmal. Ich freute mich, weil ich an diesem Tag etwas Wichtiges zu berichten hatte: Ich hatte einen neuen Freund gefunden. Er hieß Ross, seine Familie war gerade aus North Carolina hergezogen. Auch er las gern, so wie Ms. Pierson, allerdings lieber Spionage- und Mysteryromane, zumindest hatte er mir das gesagt.

Ich redete eine halbe Stunde, bis ich in ihren Augen las, wie müde sie war. Allein zuzuhören, verbrauchte all ihre Kraft. Ich fragte sie, ob sie sich ausruhen wolle, was sie verneinte. Die Tafeln standen unterm Fenster. Ich nahm die mit dem ABC und ließ den Finger über die Buchstaben gleiten. Ich war so geübt darin, dass ich nicht einmal hinsehen musste, sondern mich auf meine Mutter konzentrieren konnte. Als sie das erste Mal geblinzelt hatte, führte ich den Finger in die andere Richtung, und als sie erneut blinzelte, stoppte ich. Ich musste nicht zur Tafel blicken, um zu wissen, welchen Buchstaben sie gewählt hatte. Ich sprach ihn einfach laut aus, dann ging es von vorne los.

»M-Ü …«

»Müde?«

Einmal blinzeln.

»Wir können es für heute gut sein lassen. Oder willst du weitermachen?«

Einmal blinzeln.

Ich verstand nicht. Wir machten weiter. Als wir beim dritten Buchstaben ankamen, begriff ich, dass alles gesagt war.

A-L-S.

MÜDE ALS.

64

Darla hatte getrunken.

»Aber nur ein bisschen«, sagte sie mit erhobenem Finger, als ich bei ihr eintrat.

Sie trug schwarze Leggings und darüber eine weite, fuchsienfarbene Bluse. Wortlos folgte ich ihr in die Küche. Auf dem Weg dorthin kamen wir an einer offenen Zimmertür vorbei, mein Blick fiel auf ein ungemachtes Bett.

»Ich vermeide es, mich oben aufzuhalten«, sagte sie entschuldigend.

Ich gab ihr mit einer Geste zu verstehen, dass sie sich nicht zu rechtfertigen brauchte. Darla konnte meinetwegen schlafen, wo immer sie sich wohlfühlte, ich wollte nur so schnell wie möglich wieder weg von hier.

Wir setzten uns an den Küchentisch. In ihrem Blick lag eine Mischung aus Überdruss und Kaltblütigkeit.

»Hat Frost es dir gesagt?«, fragte sie.

Ich war mir nicht sicher, was sie meinte.

»Komm schon, Johnny. So wie du dich in den letzten Tagen mir gegenüber verhalten hast? Du hast mich keinmal angerufen, und als wir eben telefoniert haben, warst du anders als sonst.«

Mein Gesichtsausdruck sagte offenbar alles, denn Darla schüttelte den Kopf und fuhr fort:

»Der Kerl ist ein Idiot. Schau mich nicht so an, John. Ich habe es satt, von anderen verurteilt zu werden.«

Ich antwortete nicht. Darla stand auf und ging zum Kühlschrank, bot mir etwas zu trinken an, was ich dankend ablehnte. Sie selbst goss sich ein Glas Orangensaft ein und setzte sich wieder.

»Ian und ich sind schon seit einigen Monaten zusammen. Das Leben ist ein Schweinehund, John, das weißt du besser als jeder andere. Was soll ich sagen?«

»Du musst gar nichts sagen. Ich weiß, dass Mark sich nicht deswegen umgebracht hat. Jeder, der ihn nur ein bisschen kannte, weiß das.«

»Da bin ich mir ehrlich gesagt nicht so sicher. Vielleicht hat er etwas geahnt. Dein Bruder war verdammt schlau, John. Aber so seltsam es klingt, das mit Ian und mir hat nichts mit ihm zu tun.«

Darlas Hände wanderten über den Tisch auf der Suche nach einem Päckchen Zigaretten, das es nicht gab.

»Ich habe dich aber nicht angerufen, um über meine Beziehung zu Mark oder Ian zu sprechen.«

»Ich habe gesehen, wie ihr euch geküsst habt«, sagte ich trocken.

Sie wirkte vollkommen überrascht.

»Dann war es gar nicht Frost?«

»Nein, ich glaube nicht, dass er es überhaupt weiß.«

Darla stand auf und trat ans Fenster. Eine Weile sah sie hinaus in den Garten, starrte auf die Stelle, an der vor einigen Wochen Ian Martins seine ungelenke Geburtstagsrede gehalten hatte. Jetzt fragte ich mich, ob sein mangelhaftes Rednertalent noch zusätzlich darunter gelitten hatte, dass er mit der Frau seines Kompagnons ins Bett ging.

»Hat er dich nach einer Angestellten von Meditek gefragt?«, sagte Darla, ohne sich umzudrehen.

Wahrscheinlich stellte sie mich auf die Probe, und Ian hatte ihr längst alles erzählt.

»Ja.«

»Mich auch.« Sie drehte sich um, rührte sich aber weiterhin nicht von der Stelle. »Paula Marrel?«

»Genau.«

»Ian sagt, die Frau wollte sie erpressen und sei jetzt verschwunden. Und dass er auch nicht mehr wisse. Ich bin mir nur nicht sicher, ob ich ihm das glauben kann.«

»Können wir bitte das Thema wechseln? Du hast mich angerufen, weil ich mir etwas ansehen soll.«

Darla verließ die Küche und kam nach einigen Minuten wieder. Sie legte eine Speicherkarte von der Größe eines Daumennagels auf den Tisch, setzte sich aber nicht. Auch ich blieb stehen und schaute reglos auf das winzige Teil.

»Das hat mir Frost gegeben. Da drauf ist der Grund, warum Mark sich seiner Meinung nach das Leben genommen hat. Und damit hat der Bastard wohl ausnahmsweise recht.«

Wie gebannt starrte ich auf die Speicherkarte, traute mich aber auch nicht, sie in die Hand zu nehmen.

»Was genau ist da drauf, Darla?«

Sie sah mich an, als hätte sie vergessen, worüber wir gerade gesprochen hatten.

»Ein Video von Mark. Sie haben es auf einem seiner Handys oder auf dem Computer gefunden. Eigentlich wollte ich es dir nicht geben und hätte es beinahe das Klo runtergespült. Aber dann wurde mir klar, dass ich mir diese Entscheidung nicht anmaßen darf. Schau rein und entscheide selbst, ob du es dir bis zum Ende ansehen willst.«

Ich nahm die Speicherkarte zwischen Zeigefinger und Daumen.

»Marks Selbstmord hat nichts mit Meditek zu tun, sondern vielmehr mit dem, was auf dieser Speicherkarte ist. Es hat mit dir zu tun, Johnny. Mit dir und deiner Vergangenheit.«

65

August 2000

Neben dem Autohaus, das jetzt aber Bill Foster gehörte, war die andere Einkommensquelle unserer Familie eine Beteiligung an einem Eisenwarenladen, die mein Vater erworben hatte, um finanziell breiter aufgestellt zu sein. Doch das Geschäft erfüllte nie so recht die Erwartungen. Was der Laden abwarf, war ein Klacks gegenüber den astronomischen Kosten, die die Pflege meiner Mutter verursachte. Über unsere finanzielle Situation war ich mir damals nicht im Klaren. Mark hingegen wusste genau Bescheid. »Wir geben wesentlich mehr aus, als wir einnehmen. Wenn das so weitergeht, sind wir bald pleite«, erklärte er mir.

»Ich lasse nicht zu, dass du arbeiten gehst«, sagte mein Vater. »Ende der Diskussion.«

Ich war gerade im ersten Stock, als ich diesen Satz zufällig hörte. Was mich aufhorchen ließ, war nicht der Satz an sich, sondern der Ton, in dem mein Vater ihn sagte. Ed Brenner war ein gemäßigter Mensch, der selten etwas kategorisch bestimmte, nicht so in diesem Moment. Er schrie nicht, aber er wurde sehr deutlich. Ich musste dringend pinkeln – nur deshalb hatte ich den nächtlichen Ausflug auf den Flur unternommen –, rührte mich nun aber nicht von der Stelle.

»Ich verstehe es einfach nicht, Papa. Es sind doch nur vier Stunden am Nachmittag, nach der Schule. Wir brauchen das Geld.«

»Geld hat dich nicht zu kümmern.«

»Ich bin fünfzehn und kein Kind mehr.«

»Ich will nicht, dass mein Sohn nach der Schule an einer Tankstelle arbeitet. Das werde ich nicht zulassen.«

Sie stritten nicht, noch nicht, doch auch ohne sie zu sehen, konnte ich die Spannung zwischen ihnen spüren. Ich setzte mich auf die oberste Treppenstufe und umschlang meine Knie.

»Setz dich«, sagte mein Vater.

Ein Stuhl wurde herbeigezogen.

»Ich weiß deine Geste zu schätzen, Junge, aber du musst begreifen, dass Geld mein Problem ist, schon immer gewesen ist. Ich will nicht, dass du dir das jetzt aufhalst. Wie du selber gesagt hast, bist du erst fünfzehn. Du solltest Zeit mit deinen Freunden verbringen, mit Mädchen flirten, Sport treiben, Spaß haben. Das mit deiner Mutter ist ein Unglück, das uns alle betrifft, das stimmt, aber du und Johnny, ihr sollt einfach euer Leben leben.«

»Es wären nur vier Stunden«, murmelte Mark. »Damit könnten wir kleinere Ausgaben bestreiten, die von mir und Johnny zum Beispiel.«

»Die bestreite ich, Mark. Ich will nicht, dass dich etwas von der Schule ablenkt. Lern schön weiter wie bisher, das ist wichtig.«

»Papa, die Schule schaffe ich mit links, das weißt du ganz genau.«

»Trotzdem. Du kannst dich immer noch verbessern. Fremden Leuten den Benzintank zu füllen, ist jedenfalls reine Zeitverschwendung.«

»Ist es nicht. Es ist ein Job. Und wir brauchen das Geld.«

»Brauchen wir nicht!«

Ich schlang die Arme noch enger um meine Knie. Ich erinnere mich noch genau, dass ich beide gut verstehen konnte. Ob ich den Wunsch hatte, für einen der beiden Partei zu ergreifen, erinnere ich nicht: Das Gebaren von Erwachsenen war mir mit meinen elf Jahren noch völlig fremd.

»Natürlich brauchen wir es«, ließ Mark sich nicht beirren. »Für wie viel hast du das Autohaus verkauft? Dreihunderttausend?«

Mein Vater sagte nichts. Ich hatte keine Ahnung, ob Mark die genaue Zahl kannte oder nur schätzte.

»Ich stelle deine Entscheidung nicht infrage, Papa, meiner Meinung nach war es sogar das Beste, was du tun konntest. Wir haben das Geld gebraucht, und du hättest ohnehin nicht den ganzen Tag dort sein können. Jemand musste sich darum kümmern, dass gut für Mama gesorgt wurde, um die Ärzte, um alles. Aber jetzt haben wir kaum noch Einnahmen, in dem Eisenwarenladen kaufen immer weniger Leute ein. Es ist ein Wunder, dass er noch nicht dichtgemacht hat.«

»Es reicht, Mark.«

»Nein, wir müssen reden. Wir können nicht immer alles unter den Teppich kehren.«

»Darum geht es nicht.«

»Ich weiß, was die Medikamente kosten, die Arztbesuche. Wenn das so weitergeht, reicht das Geld noch für ein Jahr, höchstens zwei.«

Tatsächlich sollte es gerade einmal für knapp ein Jahr reichen.

Dass mein Vater abwiegelte oder zögerte, war der Beweis dafür, dass mein Bruder recht hatte, zumindest teilweise. Würden wir auf der Straße landen? Das durfte nicht passieren, meine Mutter brauchte Pflege, ohne ihre Medikamente würde sie fürchterliche Schmerzen haben, mal würde ihr heiß sein, mal kalt. Diese Vorstellung fand ich entsetzlich, entsetzlicher sogar als die Krankheit selbst.

»Gut möglich, dass Mama kein Jahr mehr zu leben hat«, sagte Mark. »Aber was, wenn doch?«

Das Blut gefror mir in den Adern.

»Papa, wir dürfen nicht nur mit einem Szenario rechnen. Wir müssen darauf vorbereitet sein, dass …«

»Red nicht so daher, Mark. Deine Mutter ist kein Szenario.«

»Du weißt ganz genau, was ich meine! Die Realität ändert sich nicht dadurch, dass man sie leugnet.«

»Niemand weiß, was geschehen wird.«

Irgendwann sprang ich auf und rannte, ohne weiter nachzudenken, die Treppe hinunter. Als die beiden mich kommen hörten, verstummten sie.

»Ich habe alles mitgekriegt!«, schrie ich.

66

März 2001

Marks Voraussage erfüllte sich mit teuflischer Präzision: Zehn Monate später standen wir kurz vor der Pleite. Man brauchte es mir nicht zu sagen – mein Vater brachte es nicht über sich –, aber es wurde auch so offensichtlich. Weihnachten 2000 war so karg und langweilig gewesen wie noch nie. Was normalerweise ein Fest war, auf das ich mich schon Wochen im Voraus freute und das in meinem Herzen einen magischen Platz einnahm, wurde zum schlimmsten Abend meines Lebens. Es gab keine Geschenke, und alle Onkel und Tanten bliesen Trübsal. Mein Vater arbeitete wieder im Autohaus, jetzt als Angestellter in Teilzeit. Bill hatte ihm gesagt, er brauche jemanden, der sich in dem Geschäft auskenne, die Kunden fragten nach ihm, die Verkäufe gingen zurück, er mache sich Sorgen. Sogar ich durchschaute, dass es wieder mal eine versteckte Hilfe war, so wie schon der Verkauf. Mein Vater hingegen tat so, als bemerkte er es nicht, und nahm das Angebot an. Es blieb ihm auch nichts anderes übrig. Mark wiederum setzte seinen Willen durch und trat einige Wochen später seinen Job bei der Tankstelle an.

Zwei Ereignisse trieben uns noch schneller in den Ruin. Zum einen war da eine Harnwegsinfektion meiner Mutter, die mein

Vater unbedingt zu Hause behandeln lassen wollte. Die Speisekammer wurde zu einem Krankenhauszimmer, mit tragbarer medizinischer Gerätschaft, die nötig war, um ihren Zustand stabil zu halten. Es war schmerzhaft, mitansehen zu müssen, wie meine Mutter an diesen Maschinen hing und verwelkte wie ein Blatt in der Sonne. Mehr als einmal verließ ich den Raum, um im Bad zu weinen. Meine Mutter war zu schwach, um noch mit uns zu kommunizieren, also konnte ich nichts weiter tun, als ihr zu erzählen. Ich spürte, dass ich sie verlor, wie einen Flugdrachen, dem man die Schnur abgeschnitten hat und der kleiner und kleiner werdend am Himmel verschwindet.

Zum anderen tauchte ein angeblicher Spezialist auf und pries ein Wundermittel gegen ALS an. Er hieß Chatelain. Nie werde ich den unseligen Tag vergessen, an dem dieser Arzt sich mit uns in Verbindung setzte. Wir saßen gerade in der Küche und aßen zu Abend – seit meine Mutter ans Bett gefesselt war, benutzten wir den Tisch im Wohnzimmer nicht mehr –, als das Telefon klingelte. Mein Vater saß dem Apparat am nächsten, also nahm er den Hörer ab. Er sagte kaum ein Wort, sondern stand auf, ging in den ersten Stock und kam fünfzehn Minuten später wieder herunter, in der einen Hand das Telefon, in der anderen ein Notizbuch.

»Genau darauf haben wir gewartet«, sagte er so glücklich wie fassungslos.

Doktor Chatelain hatte ihm von seiner experimentellen Behandlungsmethode auf Basis von Naturheilmitteln erzählt, von seiner hohen Erfolgsquote. Achtzig Prozent, sagte mein Vater, dem fast die Tränen kamen. Ich glaubte ihm natürlich und weinte tatsächlich, denn wenn Doktor Chatelain es schaffte, dass meine Mutter mich wieder zur Schule begleitete, mir ihre Spezialpfannkuchen buk, mit mir fernsah und dabei strickte, dann war es ein Glücksfall ungekannten Ausmaßes, dass er bei uns aufgetaucht war. Mark verhielt sich an diesem Abend eher zurückhaltend. Am nächsten Tag, auf dem Reptilhügel – der für mich allmählich zum Schauplatz schwer verdaulicher Wahrheiten wurde –, sagte er mir, wir müssten mit Vorsicht genießen, was dieser Doktor Chatelain behauptete. Die Welt sei voller Hochstapler und Betrüger, die Leute wie Papa ausnutzten, Leute, die *unbedingt glauben wollten.* Warum konnte Mark nicht einmal zuversichtlich sein?, fragte ich mich. Wäre ich zwei oder drei Jahre älter gewesen, hätte ich es ihm ins Gesicht gesagt.

Doktor Chatelain, ein Mann um die siebzig mit runder Brille und schneeweißem Bart, kam eines Nachmittags vorbei, trat auf wie eine Eminenz und wurde von uns auch wie eine behandelt. Zuerst kündigte er an, dass er die Patientin untersuchen müsse, andernfalls könne er nicht mit Gewissheit sagen, ob die Behandlung überhaupt durchführbar sei. Mark war nicht zu Hause, nur mein Vater und ich. Gespannt warteten wir auf das Urteil des Arztes, der eine gründliche Diagnose allein dadurch stellen zu können schien, dass er die Patienten eingehend betrachtete. Die Ärzte meiner Mutter hatten dringend davon abgeraten, ihr irgendwelche pflanzlichen Mittel mit unaussprechlichen Namen zu verabreichen, aber mein Vater war wild entschlossen, es dennoch zu tun. Was haben wir schon zu verlieren, Johnny? Ich fand diese Logik absolut schlüssig.

Selbstverständlich war die Behandlung durchführbar. Zwei Monate lang gab Doktor Chatelain meiner Mutter täglich eine Spritze. Ich weiß nicht, wie viel eine solche Spritze kostete, aber das Geld schmolz regelrecht dahin.

Anfangs war die Hoffnung, auch die meiner Mutter, so groß, dass sich tatsächlich eine Besserung einzustellen schien. Sie war besser gelaunt, was für mich schon einen großen Unterschied machte. Manchmal träumte ich davon, dass sie einen Finger bewegen würde, langsam erst, dann immer schneller. Dann würde ich meinen Vater rufen, und wir würden beide verzückt dastehen und sie beobachten.

Aber all das blieb ein Wunschtraum.

Ich weiß nicht, ob der Kerl tatsächlich ein Hochstapler war oder meine Mutter zu den zwanzig Prozent gehörte, bei denen sich, wie er sagte, das Wunder nicht einstellte, aber letztlich ist es auch nicht wichtig. Nach zwei Monaten war sogar mein Vater der Überzeugung, dass eine Fortsetzung der Behandlung rausgeschmissenes Geld wäre.

Einige Wochen nach dem gescheiterten Experiment, am 31. März, kam es zu einem denkwürdigen Ereignis. Mein neuer Freund Ross und ich wollten zu Maggie Burke, um mit zwei ihrer Freundinnen Filme zu schauen. Für mich, der ich sie öfter besuchte, war das nichts Besonderes, für Ross hingegen schon. Mit seiner Vorfreude steckte er auch mich an.

Ich wachte wesentlich früher auf als gewöhnlich. Ms. Pierson war noch nicht da, mein Vater und Mark schliefen noch. Unter anderen Umständen wäre ich liegen geblieben, aber meine Nervosität trieb mich aus dem Bett.

Ich beschloss zu frühstücken, doch vorher wollte ich nachsehen, ob meine Mutter schon wach war. Manchmal schlug sie schon sehr früh die Augen auf. Leise betrat ich ihr Zimmer. Durch das Fenster fiel nur wenig Licht herein, aber genug, um zu erkennen, dass ihre Augen geschlossen waren. Dann hatte ich plötzlich eine merkwürdige Gewissheit: Ich wusste, dass sie tot war. Es war, als läge es in der Luft, als wäre ein Vibrieren, das normalerweise da war, plötzlich nicht mehr da. Es lag nicht daran, dass ihre Brust sich nicht mehr hob und senkte und ihr Mund leicht verzerrt war oder dass sich dunkle Flecken an den Nasenhöhlen gebildet hatten und sie säuerlich nach Urin roch. All dies nahm ich erst später wahr. Das Erste, was ich spürte, was mich mit der Wucht einer niederschmetternden Wahrheit traf, war die Abwesenheit von Leben. Die Einsamkeit. Die Leere. Ich legte mir die Hand auf den Mund. Ich wusste es einfach. Die Anzeichen waren unverkennbar. Ich streckte meine Hand nach ihr aus, als müsste ich ein gefährliches Tier berühren. Ich hatte Angst davor, ihre Hand anzufassen, deren Finger links und rechts unter dem Laken hervorlugten wie eine fahle tote Spinne.

Ich schrie, so laut ich konnte, und stand dann zitternd da und weinte. Erst als ich überhastete Schritte auf der Treppe hörte, lief ich aus dem Zimmer. Mein Vater war barfuß, hatte zwar eine Hose an, aber das Hemd nicht zugeknöpft.

»Wieso bist du schon wach, Johnny? Wo ist Ms. …?«

Genau in diesem Moment ging die Haustür auf, und herein kam Ms. Pierson. In der einen Hand hielt sie ihre Handtasche, in der anderen die Schlüssel. Das Buch, das sie sich unter die Achsel geklemmt hatte, fiel auf den Boden.

»Mama«, brachte ich schließlich schluchzend hervor.

Mit übermenschlich großen Schritten eilte mein Vater zu mir und umarmte mich so fest, dass ich dachte, er würde mich erdrücken.

Kurz darauf trafen die Sanitäter und die Polizei ein. An das, was an jenem Morgen geschah, erinnere ich mich nur noch bruchstückhaft, in Bildfetzen, eher Traum als Wirklichkeit.

67

April 2001

Ich habe meinem Vater nie vorgeworfen, was er in jener Nacht getan hat. Die Frage ging weit über die prekäre finanzielle Lage hinaus, in die uns die Krankheit ALS getrieben hatte. Der Zustand meiner Mutter war irreversibel, verschlechterte sich von Tag zu Tag. Sie hatte jeglichen Lebensmut verloren und wurde immer apathischer. Wozu sollte ein solches Leid gut sein? Wenn es eine höhere Macht gab, die uns Prüfungen auferlegte, um uns etwas zu lehren, dann hatte diese Macht auch bewirkt, dass mein Vater das Kissen fest auf das Gesicht meiner Mutter gepresst hatte. Wie viel Willenskraft für eine solche Tat vonnöten ist, mag ich mir gar nicht vorstellen. Nur unendliches Mitleid kann einen dazu bewegen. Meine Mutter war eine glückliche Frau, weil mein Vater sie zutiefst geliebt hat, an jedem einzelnen Tag ihres gemeinsamen Lebens.

MÜDE ALS.

Der Plan meines Vaters wäre fast aufgegangen. Aber nur fast. Ms. Pierson hätte um sieben Uhr eintreffen und als Erste das Krankenzimmer betreten sollen, wo sie entdeckt hätte, dass meine Mutter in der Nacht friedlich eingeschlafen war. Anschließend hätte sie uns geweckt und die traurige Nachricht überbracht.

Angesichts des Gesundheitszustands meiner Mutter hätte ihr Tod nichts Überraschendes gehabt, weshalb kein Arzt eine Autopsie angeordnet hätte. *Ein natürlicher Tod.* Punkt aus.

Zwei Dinge gingen schief. Zum einen – was eher nebensächlich war – hätte ich nicht früher als üblich aufwachen und zur Speisekammer gehen sollen. Warum gerade an diesem Tag? Ich habe mir diese Frage oft gestellt und bis heute keine schlüssige Antwort gefunden. Letztlich ändert es aber nicht viel, dass ich derjenige war, der entdeckte, dass Mutter tot war, und nicht Ms. Pierson. Trotzdem hatte mein Vater mich dem nie aussetzen wollen.

Zum anderen – und das war entscheidend – hatten sich um ihre Nase herum dunkle Flecken gebildet.

In jenen Jahren war Harrison der Kommissar von Carnival Falls. Ob er damals so oft bei uns war, weil sein Job es verlangte oder weil er ein guter Freund meines Vaters war, ist schwer zu sagen. Fest steht nur, dass er uns mehrmals besuchte, er und sein Assistent Dean Timbert. Die Tage nach dem Tod meiner Mutter waren in vielerlei Hinsicht merkwürdig, wozu unter anderem das große Aufgebot an Polizisten und Ärzten beitrug – Gerichtsmediziner, wie ich später begriff. Zu dem Gefühl der inneren Leere, das mich am Totenbett meiner Mutter überwältigte – einer Leere, die immer bleiben wird, wie ich mit den Jahren gelernt habe –, gesellte sich auch ein Gefühl der Erleichterung, ein Gefühl, für das ich mich nie geschämt habe, weil es vollkommen frei von Egoismus war.

Mein Vater, Mark und ich waren mit der Krankheit meiner Mutter jeweils anders umgegangen: Dass meine Mutter nun nicht mehr da war, brachte uns wieder näher. Der gleiche Schmerz, das gleiche Schweigen. Wie drei verlorene Seelen schlichen wir in einem Haus umher, dessen inneren Zusammenhalt meine Mutter auch dann noch gewährleistet hatte, als sie ans Bett gefesselt gewesen war und nur noch ihre Lider hatte bewegen können.

Fünf Tage nach ihrem Tod erhielt mein Vater einen Anruf. Als er aufgelegt hatte, sagte er:

»Johnny, ich möchte, dass du ins Wohnzimmer gehst und ein bisschen Musik hörst. Ich muss etwas mit Mark besprechen. Erwachsenenkram.«

Mein Bruder war gerade sechzehn geworden.

Ich ging zur Stereoanlage und betrachte lange das Cover von Frank Sinatras Album *That's Life*, das ich wahrscheinlich selber hatte herumliegen lassen. Es war der Beweis dafür, dass niemand sich in den letzten Tagen der Stereoanlage genähert hatte. Es würde viel Zeit vergehen, bis Mark oder ich es wieder wagen würden, *The Voice* zu hören.

Ich entschied mich, eher zufällig, für *Super Trouper* von ABBA. Mein Vater hörte die Platte ab und zu. Ich war mir noch nicht schlüssig, ob ich sie mochte oder nicht. Aber ich wusste, dass es eine Ansammlung fröhlicher Ohrwürmer war. Ich legte das Album auf den Plattenteller und setzte mich in den Sessel. Die Tür zur Küche war zu und würde es auch eine ganze Weile bleiben.

Zwischen den Songs konnte ich ihre gedämpften Stimmen hören. Nicht nur mein Vater sprach. Er und mein Bruder stritten nicht, zumindest nicht in den Momenten, in denen ich sie hören konnte, doch sie sagten sich entschlossen die Meinung.

Zwölf Minuten später traf der Streifenwagen ein. Das weiß ich deshalb so genau, weil gerade »On and on and on« zu Ende ging. Das Album *Super Trouper* konnte ich nie wieder hören.

Harrison saß am Steuer, Dean Timbert auf dem Beifahrersitz. Die beiden Männer stiegen aus und traten ans Fenster, das offen stand. Ich war so eingeschüchtert von der Situation, dass ich im Wohnzimmer blieb, so wie es mein Vater von mir verlangt hatte. Etwas ging vor sich, und ich wusste nicht, was.

»Johnny, spricht Ed gerade mit Mark?«

Ich zeigte wortlos auf die Küchentür. Harrison nickte und griff sich an die Mütze.

»Dean und ich warten im Auto, bis sie fertig sind.«

Kurz darauf ging die Küchentür auf. Als ich Marks entsetztes Gesicht sah, wusste ich, dass etwas Schreckliches passiert war, etwas, das noch schrecklicher war als der Tod meiner Mutter, wenn das überhaupt möglich war. Kurz sah mein Bruder mich mit einer Miene an, die ich nicht zu deuten wusste. Seine Augen waren gerötet, er schien den Tränen nah, dann rannte er die Treppe hinauf.

Wäre ich ein paar Jahre älter gewesen, hätte ich vielleicht geahnt, was los war. Der Anruf, das Gespräch hinter verschlossener Tür, der Streifenwagen vor dem Haus ... Doch als mein Vater mich bat, mit in die Küche zu kommen, hatte ich keinen blassen Schimmer, was er mir mitteilen würde.

Ich setzte mich. Er schob einen Stuhl heran und nahm ebenfalls Platz.

»Das wird das schwierigste Gespräch, das wir zwei je geführt haben. Aber du bist ein kluger Junge, und ich bin mir sicher, dass du es verstehen wirst. Und was du jetzt noch nicht verstehst, wirst du später verstehen. Jedenfalls ist es mir wichtig, dass du es von mir erfährst. Es wird dich hart treffen, aber glaub mir, es muss sein.«

Ich schwieg, weil ich nicht wusste, was jetzt kommen würde.

»Deine Mutter hat sehr gelitten, Johnny, das brauche ich dir ja nicht zu erklären, das hast du selber gesehen, Tag für Tag. Sie hat so sehr gelitten, dass sie ihren Lebensmut verloren hat. Für sie war das Leben ein einziges Leiden, weil sie in ihrem eigenen Körper gefangen war. Sie konnte nicht stricken, nicht spazieren gehen, nicht den Sender wechseln oder den Fernseher ausschalten, wenn sie das wollte. Ich konnte nicht zulassen, dass deine Mutter weiterhin so sehr leiden muss. Das findest du doch auch, oder?«

Jetzt war ich derjenige, der sich in seinem eigenen Körper gefangen fühlte.

»Ich habe etwas getan, um deine Mutter von ihrem Leiden zu erlösen. Eines Tages wird es Gesetze geben, damit so etwas nicht mehr nötig ist, damit Menschen wie Mama nicht unnötig leiden müssen und friedlich aus dieser Welt scheiden dürfen, wenn sie das wollen. Aber so weit ist es noch nicht, Johnny, und das war für sie eine Qual. Eine sehr große Qual. Daher musste ich ihr helfen, damit sie gehen konnte. Verstehst du?«

Ich verstand aber auch, dass die Pflegekosten hoch gewesen waren und wir kein Geld mehr gehabt hatten. Hatte dies bei der Entscheidung meines Vaters eine Rolle gespielt? Als ich ihm in die Augen schaute, wusste ich, dass dies nicht der Fall war. Hätte es eine Chance gegeben, sie zu retten, er hätte sie ergriffen. Doch meine Mutter hatte keine Chance gehabt. Sie war zum Leiden verdammt gewesen.

MÜDE ALS.

Das Kuriose an diesem Gespräch war – wobei ich im Gegensatz zu meinem Bruder praktisch nichts sagte –, dass ich nicht darüber nachdachte, *was* genau mein Vater getan hatte, um meine Mutter von ihrem Leiden zu erlösen. Mord, Tod, keines dieser Wörter kam mir in den Sinn.

»Mama hat mir gesagt, dass sie müde war.«

»Eben. Für uns war es schon traurig genug, Johnny, aber wenn wir schon darunter gelitten haben, sie so zu sehen, war das nichts im Vergleich zu dem, was sie hat durchmachen müssen.«

Später würde ich unterschiedliche Phasen durchlaufen, darunter auch viele, in denen ich meinen Vater hasste, aber bei diesem ersten Gespräch – dem wichtigsten Gespräch, das wir je führen würden – verstand ich ihn.

»Die Polizei ist hier, um mich abzuholen, Johnny. Ich muss

mich den Konsequenzen stellen. Wenn man mit den Gesetzen nicht einverstanden ist, heißt das noch lange nicht, dass man sie missachten darf. Das verstehst du doch, oder?«

»Ja.«

»Sehr schön. Tante Audrey wird zu euch ziehen, aber vor allem Mark wird immer für dich da sein. Vertrau deinem Bruder und hör auf ihn. Immer.«

Ich nickte. Natürlich konnte ich nicht wissen, dass mein Vater, als er mir dies sagte, bereits eine Entscheidung getroffen oder diese Entscheidung zumindest konkretere Formen angenommen hatte.

»Drück mich mal«, sagte er und nahm mich fest in den Arm.

Bis dahin hatte ich nicht geweint. Nicht, weil ich nicht gewollt hätte, sondern weil mein Gehirn zu sehr in Aufruhr war, als dass es sich um meinen Körper und meine Gefühle hätte kümmern können. In diesem Moment jedoch, als ich in den Armen meines Vaters lag, seinen typischen Geruch nach Old Spice einsog, konnte ich nicht mehr an mich halten und brach in Tränen aus. Ich realisierte langsam das Ausmaß von dem, was er mir gerade gesagt hatte.

Die Polizei ist hier, um mich abzuholen. Tante Audrey wird zu euch ziehen.

Mein Vater schob mich sanft von sich. Er weinte nicht, aber er hatte glasige Augen.

»Ich bin sehr stolz auf dich, Johnny. Geh jetzt auf dein Zimmer. Mark wartet schon auf dich.«

Ich gehorchte. Als ich oben war, sah ich aus dem Fenster.

Es war keine filmreife Verhaftung. Mein Vater kam einfach aus dem Haus und setzte sich freiwillig in den Streifenwagen.

68

Zu Hause legte ich die Speicherkarte, die Darla mir gegeben hatte, auf den Tisch und starrte sie an, als käme sie von einem anderen Planeten.

Das Video nicht anzusehen, war natürlich keine Option, obwohl ein Teil von mir überzeugt war, dass ich diese unbedeutenden Schaltkreise einfach mit meinen Schuhsohlen zertreten sollte. Aber die Vernunft war noch nie meine beste Freundin gewesen.

Ich steckte die Speicherkarte in den Steckplatz an meinem Notebook. Ein Fenster öffnete sich und fragte, ob ich das Video ansehen wolle. Heutzutage ging alles so leicht. *Wollen Sie das Universum zerstören? Drücken Sie ENTER.*

Das Video startete. Sofort erkannte ich den Raum bei Meditek, in dem Mark, Maggie und ich uns getroffen hatten.

Im Gegensatz zu damals war der Tisch leer geräumt, zumindest der sichtbare Teil. Es war niemand im Bild. Plötzlich wurde die Kamera wild hin und her bewegt, wahrscheinlich, um sie in Position zu bringen, dann stand das Bild still. Dem Winkel nach zu urteilen war die Kamera nun auf dem Tisch platziert.

Offenbar war Mark derjenige, der gerade mit der Kamera herumhantiert hatte. Kurz sah man ihn von hinten, dann drehte er sich um und setzte sich ans Kopfende. Sein Anblick war ein Schock für mich, mein Herz begann zu rasen, und ich spürte einen Kloß im Hals. Wie gesagt, ich halte mich für einen starken Menschen, aber offensichtlich war ich noch nicht dafür gewappnet, Mark wiederzusehen, noch dazu unter so besonderen Umständen. Es war, als könnte er auch mich sehen, als wüsste er, dass ich dieses Video anschauen würde. Er lächelte nicht, er wirkte aber auch nicht traurig. Nur konzentriert.

Mark trug ein schickes weißes Hemd, das oben aufgeknöpft war. Er krempelte die Ärmel hoch und öffnete eine kleine Mappe, die er mitgebracht hatte, alles mit wohlkalkulierten Bewegungen, ohne jede Hektik. Er las noch einmal den Zettel durch, den er vor sich liegen hatte, und räusperte sich dann.

»Von Anfang an sah ich ALS, die Krankheit meiner Mutter, auch als eine Kosten-Nutzen-Rechnung, als eine komplexe Gleichung mit vielen Variablen. Das Geld, das mein Vater für Ärzte, ja auch für Wunderheiler ausgab, war eine der leichter zu bestimmenden Variablen, aber es gab eben auch andere: das Leid, das alle durchmachen mussten, meine Mutter, mein Vater und ... Johnny.«

Eine dicke Träne lief mir über die Wange. Allein Marks Stimme zu hören war schon schmerzhaft genug, aber dass er von meiner Mutter sprach, war schier unerträglich. Ich ahnte schon, was jetzt kommen würde.

»Das Ergebnis dieser komplexen Gleichung war aber nicht der Grund dafür, dass ich sie getötet habe.«

Ich drückte auf die Leertaste. Das Video hielt an. Meine Körpertemperatur war um mehrere Grad gesunken, zumindest kam es mir so vor.

Ich musste da durch, ich musste wissen, warum er es getan hatte.

Papa hat die Schuld auf sich genommen für etwas, das er nicht getan hat.

Nein, nicht *etwas*. Hier ging es um Mord. Den Mord an der eigenen Frau.

»Was hast du getan, Mark?«, murmelte ich.

Ich drückte erneut auf die Leertaste, diesmal mit wesentlich mehr Nachdruck als nötig.

»Als ich meinen Job bei der Tankstelle antrat, in der Nachmittagsschicht, hatte ich ursprünglich geplant, dass Papa nichts davon mitbekommen sollte. Aber natürlich konnte das nicht gut gehen. Zum einen, weil Frank Cassonwitz ein Bekannter meines Vaters war und ein solches Geheimnis nicht für sich behalten würde, schon aus dem Grund nicht, dass er einen sechzehnjährigen Jungen nur deshalb für einige Stunden bei sich arbeiten ließ, weil er meinem Vater einen Gefallen schuldete. Zum anderen gehörte es zu meinem Job, in dem kleinen Shop zu bedienen. Auch wenn es meistens Leute auf der Durchfahrt waren, kam doch der eine oder andere Einwohner von Carnival Falls vorbei, und früher oder später würde irgendjemand reden. Es war also besser, meinen Vater einzuweihen und ihm die Erlaubnis abzuringen. Es war nicht leicht, denn mein Vater war ein Mann, dessen großes Herz vielleicht nur noch von seinem großen Ego übertroffen wurde. Ich schwor ihm, dass es meine schulischen Leistungen nicht beeinträchtigen und ich das Geld für mich und für Johnny verwenden würde.

An der Tankstelle war ich Mädchen für alles, bediente im Laden, putzte die Toiletten, überprüfte den Reifendruck, nur tanken durfte ich nicht. Frank meinte, er habe seine Gründe dafür, ohne sie mir jedoch zu nennen. Ich vermutete aber, dass er Ronald Matkin nicht unnötig reizen wollte, einen alten, schweigsamen Bären von Mann, der schon für Franks Vater gearbeitet hatte, als der die Tankstelle in den Siebzigerjahren aufbaute. Ich hatte von Anfang an ein gespanntes Verhältnis zu Ronald, was ein Problem war, denn Frank war fast nie da, und ich musste mit dem Alten irgendwie zurechtkommen.«

Meinen Blick hatte ich inzwischen vom Video abgewandt und lauschte nur noch Marks Stimme. Von seiner Zeit an der Tankstelle wusste ich so gut wie nichts.

»Im Laufe der Wochen wurde Ronald klar, dass ich alles andere als eine Gefahr für ihn darstellte. Ich würde nicht die nächsten vierzig Jahre bleiben und ihm den Platz streitig machen, was genügte, um unserer Zusammenarbeit den Stachel zu ziehen. Außerdem übernahm ich die schweren Arbeiten, die er nicht nur verabscheute, sondern die ihm mit seinen siebzig Jahren auch Grenzen aufzeigten. Ronald beschränkte sich aufs Tanken selbst. Er saß auf einem alten Hocker neben der Eiswürfeltruhe und erhob sich in aller Ruhe, wenn ein Auto kam. Jeder kannte Ronald, und Ronald kannte jeden. Nach einem Monat war er absolut zufrieden mit unserem Zusammenspiel. Er sagte es nie laut, denn er war nicht sehr gesprächig, und wenn er sich zu Wort meldete, dann garantiert nicht, um seine Gefühle auszudrücken. Wochen vergingen, ohne dass ich auch nur ein einziges Detail aus seinem Privatleben erfuhr. Ich ahnte, dass er Witwer war, mehr nicht.

Bis zu dem Tag – wir waren allein, es gab nicht viel zu tun –, als er mich fragte, wie es meiner Mutter ging. Ich hatte ihm nichts erzählt, also musste Frank ihn ins Bild gesetzt haben. Ich schilderte ihm kurz die Lage, und er nickte im richtigen Moment, sagte aber nicht viel. Ich kann nicht behaupten, ihn gut gekannt zu haben, aber ich spürte, dass er eine gewisse Weisheit besaß, obwohl er sein ganzes Leben lang immer nur bei dieser einen Tankstelle gearbeitet hatte. Als ich fertig war mit meinem Bericht von zu Hause, erzählte er mir seine eigene Geschichte. Ich freute mich, dass er mir zu vertrauen schien, schließlich erzählte er kaum jemanden etwas von sich. Ob er das Gefühl hatte, er müsse sich mir öffnen, weil ich mich ihm geöffnet hatte, oder ob sich zwischen uns tatsächlich so etwas wie eine besondere Nähe entwickelt hatte, weiß ich nicht. Ich wünsche mir, dass es eine Mischung aus beidem war.

Er bestätigte mir, dass er Witwer war. Witwer seit einem halben Jahrhundert, sagte er. Anfangs dachte ich, es wäre ein Scherz, weil niemand fünfzig Jahre lang Witwer war, das wäre ja eine Art Weltrekord. Er habe Marcia in der Grundschule kennengelernt, erzählte er. Sie war seine erste Freundin, und mit achtzehn wurde sie schwanger. Sie heirateten, weil das damals so üblich war. Marcias Vater war ein jähzorniger Ire, den Ronald, der Hüne, als *Riesen* bezeichnete, daher will ich mir lieber nicht ausmalen, was für ein Mann das gewesen sein muss. Jedenfalls führten die beiden ein ernstes Gespräch, und Ronald musste sich um seine neue Familie kümmern, einen Job suchen, ein Dach über dem Kopf. Sie mieteten einen Wohnwagen, Ronald arbeitete tagsüber im Sägewerk und abends bei der Tankstelle. Seine Schicht endete um ein Uhr morgens. Inzwischen war seine Tochter zur Welt gekommen, Becky. Sie war drei Monate alt, als Ronald in einer klirrend kalten Nacht von der Arbeit kam. Marcia und Becky lagen bereits in dem herunterklappbaren Bett des Wohnwagens, eng aneinander gekuschelt und in eine Decke gehüllt. Er legte sich zu ihnen und schlief sofort ein. Einige Stunden später schreckte er aus dem Schlaf, weil Marcia schrie. Becky war tot. Der Arzt erklärte, sie sei erstickt. Heutzutage seien die Ärzte ein bisschen einfühlsamer – aber nur ein bisschen, scherzte er –, aber damals nahmen sie kein Blatt vor den Mund und sagten uns direkt ins Gesicht, es sei fahrlässig gewesen, dass er sich zu einem Baby gelegt habe, noch dazu in einem Bett, das dafür zu klein gewesen sei. Ronald war jung und gelähmt vor Schock, sonst hätte er dem Arzt die Fresse poliert dafür, dass er vor Marcia so daherredete. Einige

Monate später warf Marcia sich vor einen Zug. Ronald gründete nie wieder eine Familie. Er machte sich Vorwürfe, weil sie in einem Wohnwagen gelebt hatten, in dem für nichts Platz gewesen war. Sein einziger Trost bestand darin, dass Becky einen gnädigen Tod gehabt hatte. Von Marcia ließ sich das nicht behaupten, und das würde er sich nie verzeihen.«

Mark hatte einige Stichwörter notiert, doch es war offensichtlich, dass er sich mühelos an alles erinnern konnte, was vor über einem Jahrzehnt passiert war.

69

Ich pausierte das Video, teils, weil ich prüfen wollte, wie lange es noch ging, teils, weil ich mich wieder fangen musste. Ich hatte gerade erfahren, wieso Mark überhaupt auf die Idee gekommen war, das zu tun, was er getan hatte. Ich drückte auf Play.

»Erst nach dem Gespräch mit Ronald begriff ich. Es war Abend, ich saß bei meiner Mutter. Sie wählte den Buchstaben M, und ich erriet das Wort im ersten Anlauf: *müde.* Dann wählte sie ein K: *Kissen.* Normalerweise hätte ich das Gleiche gemacht wie immer, wenn sie diese Worte wählte. Ich hätte gedacht, ich solle ihr eines der Kissen wegnehmen, damit sie es bequemer hatte und sich ausruhen konnte. Doch in diesem Moment sah ich sie einfach nur an. Sie wusste, was ich dachte, und blinzelte einmal.«

Erneut hielt ich das Video an. Ich brauchte einige Sekunden, bis ich so weit war, dass ich es weiter ansehen konnte.

»Mama war es leid, so zu leben, das war nichts Neues. Neu war das, worum sie mich bat. Anfangs zog ich nicht ernsthaft in Betracht, ihr diesen Wunsch zu erfüllen. Ich würde doch nicht meine eigene Mutter töten! Doch dann, einige Tage später, geschah etwas. Ich kam nach Hause, als Johnny gerade auf dem Stuhl, der in der Ecke stand, die Kissen zurechtrückte. Er sagte, in letzter Zeit würde Mama immer so schnell müde und ihn um Sachen bitten, die keinen Sinn ergaben. Als ich ihn fragte, was er damit meine, erklärte er, sie habe ihm mithilfe der Tafeln gesagt, er solle ihr ein Kissen *auf* das Gesicht legen.«

Ich konnte mich an vieles von dem, was damals geschah, nicht mehr erinnern. Mein Gedächtnis war bei Weitem nicht so gut wie das meines Bruders. Außerdem war ich ja noch klein. Dieser Vorfall war offenbar aus meiner Erinnerung gelöscht, und der Gedanke daran ließ mich erschaudern. Was ich heute sofort verstand, war für mich als Kind nur eine wirre Bemerkung.

»Wie lange wird es dauern, bis meine Mutter Johnny explizit dazu auffordert? Wie verzweifelt musste sie sein, wenn sie ihren elfjährigen Sohn darum bat, ihr das Leben zu nehmen? Erst ab da dachte ich ernsthaft darüber nach. Es war ihr Leben. Sie war diejenige, die Tag für Tag leiden musste, während die Ärzte, mein Vater und ich darauf bestanden, dass sie diese Qual weiterhin ertrug. Wir trafen diese Entscheidung, nicht sie. Mein Job bei der Tankstelle und die Geschichte von Marcia, die ihre Tochter Becky erdrückt hatte, waren womöglich ein Fingerzeig. Eine Woche lang beleuchtete ich es aus allen Blickwinkeln. Dann beschloss ich, mit meiner Mutter darüber zu sprechen. Ich ging in ihr Zimmer und erklärte ihr, dass ich mir ihrer Situation absolut bewusst sei und ihren Willen respektiere. Sie erwiderte, nichts wolle sie mehr, als endlich aus diesem Leben zu scheiden, sie ertrage es nicht mehr, dass wir sie so sähen, sie wisse, wie sehr es Papa zusetze. Wenn sie es selber tun könnte, fügte sie noch hinzu, dann würde sie es tun. Ich versprach, ihr diesen Wunsch noch in dieser Nacht zu erfüllen, mit einem Kissen, so wie sie es vorschlug. Und das tat ich dann auch.«

Ich war entsetzt, hielt mir die Hand vor den Mund und presste die Lippen zusammen. Ich dachte nur noch an Mark, an das Kreuz, das er all die Jahre über hatte tragen müssen.

»An dem Tag, als Papa verhaftet wurde, kurz bevor die Polizei ihn mitnahm, sprach er mit mir. Wir würden jetzt ein Erwachsenengespräch führen, meinte er, er vertraue voll und ganz darauf, dass ich verstehen würde, was er mir gleich sagen würde. Bis zu diesem Augenblick hatte ich nicht damit gerechnet, dass wegen des Ablebens meiner Mutter Ermittlungen aufgenommen würden, ich hatte vielmehr gedacht, das seien alles nur Routinevorgänge. Daher war es für mich eine absolute Überraschung, als ich erfuhr, dass Harrison vorbeikommen würde, um meinen Vater wegen Mordes an meiner Mutter zu verhaften. Als er es mir mitteilte, wollte ich etwas sagen, aber er gebot mir mit einer Geste Einhalt. In seinem Blick lag so etwas wie ein gegenseitiges Einverständnis. Er redete nicht um den heißen Brei herum. Mama hätte ihn auch schon mehrmals darum gebeten, und er sei stolz auf mich, weil er nämlich nicht den Mumm gehabt habe, ihr diesen Wunsch zu erfüllen. Trotzdem hätte er es früher oder später getan, weil Mama es so gewollt habe, weil es ihr größter Wunsch gewesen sei, dass wir sie so in Erinnerung behielten, wie sie früher gewesen sei, als sie die Pflanzen gegossen, an Thanksgiving Truthahn zubereitet oder die Geschichtsbücher gelesen habe, die ihr so sehr gefallen hätten. Mit jeder Minute, die sie ans Bett gefesselt verbringen müsse, würden diese Erinnerungen weiter überlagert. An jenem Tag sagte mein Vater noch etwas, das mir seither nie mehr aus dem Gedächtnis gegangen ist und genau auf den Punkt bringt, welche Verheerungen eine unheilbare Krankheit anrichtet. Es ist, sagte er, als sähe man dem Tod in Zeitlupe zu. Ich war ganz seiner Meinung.«

»Ich auch, Bruder«, sagte ich laut.

Ich habe seit Jahren nicht mehr an das Gespräch gedacht, das Mark und Papa an diesem Tag in der Küche führten. Ich war immer davon ausgegangen, dass es eine erwachsenere Version der

Unterhaltung war, die er mit mir geführt hatte. Mit mehr Details, weil Mark eben der Ältere gewesen war. Jetzt erst begriff ich, dass hinter jener Tür, während ich »On and on« von ABBA gehört hatte, ein wesentlich heikleres Thema besprochen worden war. Mein Vater hatte meinem Bruder gesagt, dass er die Konsequenzen tragen würde für das, wozu er selbst nicht den Mut aufgebracht hatte.

»Papa sagte, er werde die Verantwortung für den Tod von Mama übernehmen, er würde sich der Polizei stellen, und ich müsse mich um Johnny kümmern. Er sei schon alt, habe alles erlebt, was er sich von seinem Leben erhofft habe. Er sei stolz auf seine Familie und habe seit Mamas Krankheit selbst an Kraft eingebüßt. Johnny und ich hingegen hätten das ganze Leben noch vor uns, und es sei sein größter Wunsch, dass wir, so wie er, eine Familie gründeten. Zwar würde Tante Audrey zu uns ziehen, fügte er noch hinzu, um uns zu helfen, aber ich sei von jetzt an für Johnny verantwortlich. Dann nahm er mir zwei Versprechen ab: Ich dürfe nie jemandem sagen, was wir gerade besprochen hätten …«

Mark hielt inne. Es war das erste Mal, dass er von seinen Gefühlen überwältigt wurde. Bis dahin hatte er alles mit stoischer Haltung berichtet, doch nun senkte er leicht den Kopf und schloss die Augen. Für einige Sekunden blieb er stumm. Die Aufnahme würde in zwei Minuten enden.

»Als er mir gesagt hatte, was er mir hatte sagen wollen, stand ich auf, und er tat etwas, das er noch nie getan hatte: Er hielt mir die Hand hin, und ich schlug ein. Es war seine Art, mir zu sagen, dass er mich nun als Erwachsenen betrachtete und mir vertraute. Pass gut auf Johnny auf, sagte er noch einmal, diesmal mit warnendem Unterton.

Dann nahm er mir das zweite Versprechen ab: Er werde nicht mehr lange da sein, aber das dürfe ich mir nie vorwerfen. Schlagartig wurde es mir klar. Es waren nicht die Worte eines Menschen, der ins Gefängnis musste und seine Kinder nur noch selten sehen würde, es waren die Worte eines Menschen, der sich für immer verabschiedete.«

70

April 2001

Zwei Tage nach der Verhaftung meines Vaters zog Tante Audrey zu uns. Sie tat es gern. Seit Jahren beklagte sie sich, dass wir sie so selten besuchten, und jetzt würde sie uns die ganze Zeit um sich haben. Sie hatte keine eigenen Kinder und auch nie einen Partner – soweit ich das beurteilen kann –, und ich werde ihr auf ewig dankbar sein für diese Jahre. Wer weiß, was aus uns geworden wäre, solange Mark nicht volljährig war. Viele Jahre später offenbarte sie uns, dass mein Vater sie einige Tage vor dem Tod meiner Mutter angerufen und ihr merkwürdige Fragen gestellt habe. Er wolle sein Testament aufsetzen und sie zum Vormund bestimmen, für den Fall, dass ihm etwas zustoße, hatte er ihr mitgeteilt. Tante Audrey ließ ihn bei Großvater Joseph schwören, dass er nicht unheilbar krank sei und auch keine Dummheit begehen wolle. Mein Vater schwor es, aber natürlich war es gelogen.

Die folgenden Jahre waren schwer, daran gibt es nichts zu deuteln. Mit einer solchen Belastung vom Kind zum Erwachsenen zu werden, ist alles andere als leicht. In der Schule zerriss man sich über mich das Maul – und meine Geschichte schmückte man mit allen möglichen skurrilen Details aus. Ich hätte diese Phase niemals so glimpflich überstanden, wäre da nicht Mark gewesen, der immer an meiner Seite war, ein Fels in der Brandung. Und auch meine Freunde und Tante Audrey waren überlebenswichtig. Mark verzichtete auf das Studium an den besten Universitäten, nur um bei mir zu sein. Ross und Maggie verteidigten mich bedingungslos. Tante Audrey widmete uns ihr Leben, suchte sich nie einen Mann, sagte, sie brauche nur Mark und mich, um glücklich zu sein. Nie verlor sie ein böses Wort über meine Mutter – obwohl sie in der Vergangenheit ihre Differenzen gehabt hatten. Tante Audrey war auch diejenige, die mich stets ermunterte, meiner Leidenschaft fürs Zeichnen zu folgen.

An einem Freitagnachmittag kam Harrison zu uns, der damals noch im Dienst war. Ich war allein zu Hause, Mark und Tante Audrey waren losgefahren, um noch einige Dinge einzukaufen, die Audrey für den Umzug brauchte. Das Wohnzimmer war vollgestellt mit Kisten, die sie aus Hawkmoon mitgebracht hatte.

Zum Einzug – und um mich aufzuheitern – hatte Tante Audrey mir ein Set von vierzig Bleistiften der Marke Caran d'Ache geschenkt. Ich war begeistert darüber, so begeistert, wie man sein kann, wenn man gerade seine Mutter verloren hat. Zu jener Zeit zeichnete ich ausschließlich Tiere, und benutzte Insekten, die ich in Gläsern hielt, als lebende Modelle.

An jenem Tag skizzierte ich gerade ein Kaninchen, als plötzlich Harrison draußen vor dem Fenster stand. Ein Schauder durchlief mich.

»Entschuldige, Johnny«, sagte er. »Ich habe das Auto nicht gesehen und dachte, es wäre niemand zu Hause.«

Er ließ den Blick durchs Wohnzimmer schweifen, über Tante Audreys Habseligkeiten. Ich bemerkte, dass er sich anders verhielt als sonst, dass auf seinem strengen Gesicht ein Hauch von Traurigkeit lag. Von Resignation.

Gerade hatte ich das Ohr des Kaninchens zeichnen wollen. Ich legte den Bleistift zurück in die Schachtel und wartete, bis Harrison eingetreten war und sich zu mir gesetzt hatte. Er trug seine Uniform, was mich irgendwie einschüchterte, obwohl ich ihn von Kindesbeinen an kannte und er mir nie etwas getan hatte.

Harrison war so behutsam und freundlich, wie es irgend ging.

»Ich muss dir eine sehr traurige Nachricht überbringen, Johnny. Dein Vater musste eine harte Entscheidung treffen …«

Musste.

Ich fühlte mich klein und hilflos. Die Hände hatte ich zwischen die Schenkel gesteckt, die Schultern nach vorne gebeugt.

»Ed hat sich das Leben genommen«, sagte er.

Der Tod meiner Mutter war schon schwer zu verkraften gewesen, aber immerhin hatte ich durch ihre Krankheit monatelang Zeit gehabt, mich darauf vorzubereiten. Dass mein Vater sich erschossen hatte – aus irgendeinem Grund ging ich davon aus –, war ein noch viel härterer Schlag. Ich starrte Harrison an, entsetzt, brachte kein Wort hervor. Heute glaube ich, dass er mit voller Absicht so mit der Tür ins Haus fiel.

»Ed ist gegangen, um bei deiner Mutter zu sein. Er konnte sie nicht leiden sehen, deshalb hat er getan, was er getan hat. Jetzt ist er wieder bei ihr.«

Harrison erklärte mir nicht – und würde es auch später nie tun –, wie das Gewehr in die Zelle meines Vaters gelangen konnte. Die offizielle Version war, dass jemand es ihm gegeben hatte, aber wer, erfuhren wir nie. Mein Vater hinterließ einen Brief, in dem er Audrey bat, sich um uns zu kümmern. Mark und mich bat er um Verzeihung für seine Entscheidung, er bedauere einzig und allein, dass er nun nicht mehr bei uns sein könne.

Ich durfte diese Nachricht erst viel später lesen, als ich nicht mehr einfach so hinnehmen wollte, was geschehen war. Mich zu vergewissern, dass es seine Handschrift war, half mir ein wenig. Monatelang redete ich mit niemandem. Stattdessen vertiefte ich mich ins Zeichnen, hörte viel Pink Floyd und verlor ein Schuljahr.

Meine Geschichte ist ein Beispiel dafür, dass jede noch so große Liebe durch eine neue Liebe ersetzt werden kann. Man verliert das Netz, das einen hält, und wird umfangen von einem anderen, das sich als genauso stark erweist.

Audrey blieb treu an unserer Seite, bis ich einundzwanzig war. Dann nahm ein Herzinfarkt sie von uns, da war sie gerade einmal fünfzig. Nach diesem weiteren Verlust begann ich zu trinken. Die dumme, aber verständliche Reaktion eines jungen Menschen, der nicht weiß, was er tun soll, nachdem ihn kurz hintereinander mehrere Schicksalsschläge getroffen haben. Hinzu kam noch ein weiterer und äußerst schmerzhafter Abschied: der von Maggie, die nach London zog. Als dann auch noch Jennie zur Welt kam, fiel ich endgültig in ein Loch aus Ungewissheit und Angst. Mein Selbstwertgefühl war damals im Keller, gleichzeitig wollte ich um nichts in der Welt als Vater versagen. Als ich Jennie dann in der Wiege liegen sah, so zerbrechlich und hilflos, packte mich endgültig die Angst. Die Angst davor, ich könnte dem allem nicht gewachsen sein oder es vermasseln.

71

Am folgenden Tag saß ich um zwei Uhr nachmittags in einem Separee des White Fedora, einer der letzten Kneipen im Zentrum der Stadt, gleich neben der städtischen Bibliothek. Maggie rief mich auf dem Handy an. Nach kurzem Zögern ging ich ran.

»John! Wo bist du?«

»Im White Fedora. Aber keine Angst, ich stelle keine Dummheiten an.«

Ich hob den Eistee hoch, den ich bestellt hatte, als könnte Maggie ihn sehen.

»Ich habe dir mehrere Nachrichten geschickt. Ist wirklich alles okay mit dir?«

»Ich habe nicht getrunken.«

Hätte ich gesagt, dass alles okay sei, wäre es gelogen gewesen.

»Dann verstehe ich nicht …«

»Ich musste einfach mal raus, nachdenken, und bin dann zufällig hier vorbeigekommen. Carrie Reeves hat ein Auge auf mich.«

»Die Carrie Reeves vom Gymnasium? John, was zum Teufel ist los mit dir?«

»Sie arbeitet hier.«

»John, ich muss mit dir reden.«

»Möchtest du …«

»Warte dort auf mich.«

Sie legte auf. Ich blieb sitzen und starrte das Glas Eistee an.

Alle meine Freunde hatten als Teenager von Carrie Reeves geträumt, ich inklusive. Sie war zwar in unserem Alter, hatte sich aber immer nur für ältere Jungs interessiert. Ihr Vater hatte die Kneipe als Investition gekauft und sie damit beauftragt, sie wieder zum Laufen zu bringen. Wirklich geschafft hatte sie es bisher nicht.

Kaum hatte ich das Handy weggesteckt, kam Carrie erneut zu mir. Der Laden war fast leer.

»Wie geht's deinem Bruder Mark? Ist er immer noch verheiratet?«

Ich lächelte gequält.

»Ja, und zwar glücklich«, log ich.

Carrie nickte.

»Willst du wirklich nichts essen? Wir bieten jetzt auch Süßes und Sandwiches an. Nach und nach wird sich hier alles ändern.«

»Nein, keinen Hunger, danke.«

»Ich habe meinem Vater schon so oft gesagt, dass man alles auf einen Schlag ändern muss, den Namen, die Dekoration, alles, aber er besteht darauf, langsam vorzugehen. Er sagt, letztlich halten die alten Stammkunden einen Laden am Laufen, bla, bla, bla.«

Ich weiß nicht, ob Carrie den Satz wirklich auf die Art beendete oder ob mein Gehirn einfach beschloss, ihr nicht weiter zuzuhören.

In diesem Moment kam Maggie herein. Sie nahm die Sonnenbrille ab und ließ ihren Blick durch den Raum schweifen. Ich hob die Hand.

»Ist das Maggie Burke?«, fragte Carrie.

»Ist eine Art Klassentreffen«, sagte ich feierlich.

Carrie begrüßte Maggie überschwänglich, als wären sie alte Freundinnen. Sie bestürmte sie mit Fragen nach London, nach der Zeit, in der sie sich nicht gesehen hatten, und wartete keine der Antworten ab.

»Wir haben etwas Wichtiges zu besprechen«, sagte Maggie kurz angebunden.

Beleidigt drehte Carrie sich um.

»Was willst du trinken, Maggie?«

»Ein Bier«, sagte ich. »Bring ihr ein Bier.«

Carrie sah mich prüfend an.

»Ich komm damit klar, Carrie«, sagte ich matt.

Als wir allein waren, fragte Maggie mich noch einmal, was zum Teufel ich hier zu suchen hatte, worauf mir keine vernünftige Antwort einfiel. Ich hatte selbst keinen blassen Schimmer. Letzte Nacht hatte ich kaum geschlafen, und als ich aufgestanden war, hatte ich es zu Hause nicht mehr ausgehalten. Schließlich erzählte ich ihr, was am Tag zuvor passiert war, von dem Besuch bei Darla und von Marks Video.

»Mir fehlen die Worte, John.«

Ich zuckte mit den Schultern.

»Mark musste all die Jahre damit leben«, sagte sie mehr zu sich selbst als zu mir. »Mit Silvias Bitte, der Last, die eine solche Entscheidung bedeutet, und dann auch noch …«

»Mit dem Selbstmord meines Vaters«, beendete ich den Satz. »Wie hält man das aus?«

»Ganz ehrlich: Ich weiß es nicht. Meinst du, er hat diese Aufzeichnung gemacht, um mithilfe von ESH seine Erinnerungen zu löschen?«

»Das habe ich auch überlegt, aber es ergibt keinen Sinn, wenn er sich das Leben nehmen wollte. Vermutlich ist es eine Art Beichte. Vielleicht hat er es im letzten Moment doch noch bereut.«

»Johnny, das ist so furchtbar. All diese Jahre …«

Ich schüttelte den Kopf. Wenn ich noch länger darüber nachdachte, würde ich noch verrückt werden. Seit ich das Video gesehen hatte, konnte ich keinen anderen Gedanken mehr fassen.

»Sag mir einfach, was du mir zu sagen hast, Maggs.«

Maggie runzelte die Stirn auf eine Art, die ich nicht zu deuten wusste. Dann nickte sie stumm.

»Das Ganze wird immer merkwürdiger«, sagte sie.

Ihr Ton beunruhigte mich.

»Schieß los.«

»Gestern bin ich bei Val vorbeigefahren«, sagte sie. »Wir brachten uns auf den neuesten Stand, und ich habe seine Familie kennengelernt. Gegen halb elf war ich wieder zu Hause. Ich habe schon von draußen gesehen, dass sich der Club B bei uns versammelt hatte, und weil ich nicht stören wollte, bin ich durch die Küche rein. Im Flur habe ich dann die Stimme meines Vaters gehört, die plötzlich lauter wurde. Was soll ich sagen, sie … sie sprachen über dich.«

»Was haben sie gesagt?«

»Sie diskutierten über eine bestimmte Frage, welche genau, habe ich nicht mitgekriegt. Mein Vater meinte, er sei dagegen, aber Harrison war dafür. Richard sagte gar nichts. Dann sagte Bill: ›Das Einzige, was Johnny jetzt noch retten kann, ist in Müllers Hütte. Ich würde also vorschlagen, dass wir noch mal darüber nachdenken.‹«

»Wer zum Teufel ist Müller?«

»Ich habe auch so geguckt, wie du jetzt.«

»Und was für eine Hütte soll das sein?«

»Harrison beklagte, dass sie sich nie einigen würden, das sei eben das Problem, wenn man zu viert sei. Daraufhin schlug Bill vor, am nächsten Morgen zu dieser Hütte zu fahren.«

Maggie seufzte.

»Hast du noch mehr gehört?«

»In dem Moment kam Giri angerannt und hat mich fast zu Tode erschreckt. Ich habe zwar nicht aufgeschrien, aber fast eine Lampe umgeworfen. Sie haben mich gehört und sind verstummt.«

»War ihnen klar, dass du es warst?«

»Ich glaube nicht. Sie dachten bestimmt, es war die Katze.«

»Vor wem wollen sie mich retten? Vor Frost? Ich glaube, Mark hatte schon immer den Verdacht, dass Harrison mehr weiß, als er sagt. Und was hat es mit dieser Hütte auf sich?«

»Wollt ihr noch was?«

Ich erschrak fast zu Tode, als ich Carries Stimme hörte.

»Nein, danke, Carrie, wir wollen nichts«, kam mir Maggie zuvor, als sie mein Gesicht sah.

»Anbieten könnte ich euch noch einen …«

»Carrie, bitte«, fiel ich ihr ins Wort.

Carrie verzog sich. Maggie holte ihr Handy aus der Handtasche und tippte mit ihrer flinken Art darauf herum.

»Ich bin heute um sechs Uhr aufgestanden«, sagte sie, ohne den Blick vom Display zu lösen, »und habe mein Handy im Pick-up meines Vaters versteckt, unter dem Sitz. Als mein Vater gegen Mittag zurückkam, lag es nach wie vor dort.«

Sie hielt mir das Handy hin.

»Das ist die Strecke, die sie gefahren sind, und dieser Punkt da, das ist die Hütte.«

Der Punkt markierte einen Ort mitten im Wald, eine gefährliche Gegend mit launischem Handyempfang bekannt unter dem Namen Bermudadreieck.

72

Ich parkte den Honda vor meinem Haus und wusste sofort, dass etwas nicht stimmte. Maggie öffnete die Beifahrertür, blieb aber sitzen, weil sie merkte, dass ich besorgt war.

»Was ist?«

Ich deutete auf die Garagentür. Sie war nicht ganz geschlossen.

»Bist du sicher, dass du sie zugemacht hast?«

»Ziemlich. Bleib du sitzen.«

Maggie packte mich am Arm, bevor ich die Tür öffnen konnte.

»Nein. Ruf die Polizei. Lass uns von hier verschwinden.«

Ich dachte kurz nach. Wenn ich etwas nicht wollte, dann die Polizei im Haus, vor allem nicht grundlos. War ich wirklich sicher, dass ich die Garagentür geschlossen hatte? Maggie zog sanft die Autotür zu und bat mich inständig, noch einmal genau nachzudenken.

»Ich will mich nur mal umsehen«, sagte ich, während sie meinen Arm noch immer festhielt. »Wenn mir etwas Merkwürdiges auffällt, unternehme ich nichts, sondern komme sofort zurück.«

Maggie sah mich entsetzt an.

»Nein, Johnny, ich will auf keinen Fall allein hier sitzen bleiben.«

Ich legte meine Hand auf ihre, ließ sie einen Moment dort ruhen und nickte ihr beschwichtigend zu.

»Ich bin gleich wieder da.«

Vorsichtig öffnete ich die Tür. Wegen des Gewitters am Vortag war der Boden noch feucht, was es praktisch unmöglich machte, auf dem Weg zur Veranda keine Spuren zu hinterlassen: Auf den ersten Blick waren aber keine zu erkennen. Ich ging zur Garage und spähte hinauf zu den Fenstern im ersten Stock. Wenn jemand im Haus war, hatte er das Auto gehört, wusste also, dass wir hier waren. Es hatte keinen Sinn, sich zu verstecken.

Als ich bei der Garage ankam, warf ich kurz einen Blick hinein. Es war dunkel, aber ich wollte das Licht nicht anmachen. Das Schloss wies keine Anzeichen dafür auf, dass es aufgebrochen wurde. Plötzlich hörte ich hinter mir ein Geräusch und drehte mich um. Es war Maggie. Ihre Lippen bildeten das Wort: »Entschuldigung.« Ich wartete auf sie und sagte, ich würde jetzt einmal um das Haus herumgehen. Sie nickte und folgte mir. Als wir durch das Fenster in die Küche spähten, sahen wir gerade noch, wie ein korpulenter Typ durchs Haus tigerte.

Schnell traten wir zur Seite.

Maggie packte mich am Hemd und zog mich an ihre Brust.

»Verdammt, Johnny, war das eine Waffe? Das war doch eine Waffe, oder?«

»Beruhige dich, er hat uns nicht bemerkt«, flüsterte ich ihr ins Ohr.

Ich hatte das Gesicht des Typen nur kurz gesehen, aber ich war mir sicher, dass ich ihn nicht kannte. Trotz seiner Mütze und des schummrigen Lichts standen mir seine Gesichtszüge deutlich vor Augen: kleine Nase, gewölbte Stirn. Sein Gang war eigentümlich, weil er bei jedem Schritt die Schultern hob und senkte.

Ich deutete in Richtung Wald.

»Lass uns zum Hügel gehen.«

Auf dem Weg dorthin würden wir kurz aus der Deckung gehen müssen, aber das war nun auch schon egal.

Maggie klammerte sich nach wie vor an mich. Sie zitterte.

»Wir müssen weg von hier, sofort«, drängte ich. »Wir dürfen keine Zeit verlieren.«

Sie nickte, war aber wie erstarrt.

Wenn der Eindringling auf dem Weg zur Treppe gewesen war, konnte er bereits im ersten Stock sein. Es war schwer einzuschätzen, ohne seine Absichten zu kennen.

Maggie hatte sich wieder etwas gefasst und löste sich von mir. Ich nahm sie an der Hand und rannte mit ihr in Richtung Hügel. Als wir im Schutz der Bäume angelangt waren, blieben wir stehen. Niemand folgte uns. Das Haus konnte man nicht mehr sehen.

»Ruf die Polizei.«

Ich zog mein Handy aus der Hosentasche und wählte die 911.

In der Zentrale meldete sich eine Frau, der ich rasch die Situation schilderte, meine Adresse und meinen Namen nannte. Die Frau fragte, ob ich in Sicherheit und allein sei. Es sei noch jemand bei mir, erklärte ich, und ja, wir seien in Sicherheit. Ich solle bleiben, wo ich sei, wies sie mich an, ein Streifenwagen sei auf dem Weg.

Ich legte auf und nahm Maggie in den Arm.

»Ich kenne den Mann«, sagte sie jetzt, da sie sich ein wenig beruhigt hatte.

Ich schob sie etwas von mir.

»Wer ist es?«

»Raymond Marrel, der Vater von Paula.«

Kaum hatte sie den Satz beendet, hörten wir, wie die Hintertür aufgerissen wurde und jemand wütend schrie:

»Stehen bleiben!«

Wir mussten nicht groß diskutieren, was jetzt zu tun war. Wir rannten einfach los, nach Nordwesten, um den Hügel herum.

Maggie war topfit, und ich kannte den Wald wie meine Westentasche. Außerdem hatten wir fünfzig Meter Vorsprung, wenn nicht sogar mehr. Offenbar hatte der Typ uns von einem Fenster im ersten Stock aus erspäht, anders war nicht zu erklären, wieso er aus dem Haus gestürmt war und in unsere Richtung gebrüllt hatte.

Raymond Marrel.

Ich rannte voraus. Wir konnten es uns nicht leisten, auch nur minimal in die falsche Richtung zu laufen, also musste ich gut überlegen, welches die beste Route war. Immer wieder blickte ich mich um zu Maggie, vergewisserte mich, dass mit ihr alles okay war, und jedes Mal hielt sie den Daumen in die Höhe. Ich weiß nicht, ob es der Schreck war oder ob sie sich in all diesen Jahren tatsächlich fit gehalten hatte, aber man merkte ihr die Anstrengung nicht an. Drei oder vier Minuten lang rannten wir so schnell wir konnten. Dann zeigte ich nach rechts, um Maggie zu verstehen zu geben, dass wir den Pfad verlassen sollten; unsere Fußspuren zeichneten sich auf dem matschigen Boden zu deutlich ab. Wir mussten unseren Verfolger in die Irre führen.

Wenn meine Berechnungen stimmten – und ich war sicher, dass es so war –, konnten wir einfach immer weiter in den Wald hineinlaufen, mindestens einen halben Kilometer in nördliche Richtung, und dann nach Osten, bis zu der verlassenen Fabrik. Dort war der Wald dicht, und was noch entscheidender war: Es gab keine Wanderwege.

Maggie verzog das Gesicht, als sie mit ihren Sandalen in ein Bett aus Kriechpflanzen hineinwaten musste, die uns bis zu den Knien reichten. Ich trug zwar keine Stiefel, aber mein Schuhwerk war wesentlich besser geeignet für diese Rennerei als ihres. Außerdem hatte Maggie Angst vor Schlangen. Sollten wir auf welche stoßen, dann dort, in diesem Pflanzengestrüpp. Als wir klein waren, sagte Maggie immer, sie würde lieber einem wütenden Schwarzbären begegnen als einer Schlange.

Von meinem Haus aus gelangte man, wenn man dem direkten Weg folgte, ziemlich leicht zur Fabrik. Wir hingegen hatten einen Umweg gemacht und näherten uns von Norden her. Wenn unser Verfolger stur weitergegangen war, bewegte er sich jetzt in die falsche Richtung. Wir hatten nichts mehr von ihm gehört, was zunächst einmal eine gute Nachricht war.

Auf der hinteren Seite des verlassenen Gebäudes blieben wir stehen. Noch vor einigen Jahren durfte man die Fabrikruine nach Belieben betreten und sich frei darin bewegen, auch in der ehemaligen Maschinenhalle. 2001 aber starb dort ein Kind unter ungeklärten Umständen, woraufhin die Behörden alle Zugänge sperrten. Die Maßnahme schreckte die draufgängerischen Jugendlichen nicht ab, sondern reizte sie nur noch mehr. Maggie und ich wussten das nur zu gut, schließlich hatten wir einer Clique angehört, die den Reiz des Verbotenen gesucht hatte.

Maggie tippte auf ihrem Handy herum.

»Was machst du da?«

»Ich schicke Ross eine Nachricht. Jemand muss wissen, dass wir hier sind.«

Die Polizei war unterwegs zu mir. Falls Marrel ins Haus zurückgekehrt war, würde er im besten Fall einen Schreck bekommen und flüchten.

»Woher kennst du Marrel?«

Maggie steckte ihr Handy wieder weg.

»Lass uns tiefer in den Wald gehen. Hier sind wir nicht sicher, schon gar nicht mit diesem bunten Hemd, das du da anhast.«

Wir gingen zurück in den Wald und kamen langsam wieder zu Atem. Maggie überraschte mich einmal mehr.

»Ich habe Marrels Foto im Internet gesehen. Paulas Facebook-Seite ist zu einer Art Ort des Gebets geworden, und ihre Eltern sind ziemlich aktiv. Irgendwie haben sie sich Zugang zu ihrem Account verschafft und wenden sich nun an alle Kontakte. Raymond Marrel hat sogar zwei Videos hochgeladen, in denen er an die Öffentlichkeit appelliert und um Informationen bittet, die zu ihrer Tochter führen könnten. Auf mich machte er den Eindruck eines ruhigen und aufrichtigen Menschen.«

Ich sah sie traurig an, was sie natürlich bemerkte.

»Tut mir leid, Johnny. Ross und ich hatten entschieden, dass es keinen Sinn hat, es dir zur erzählen. Es sind einfach Eltern, die verzweifelt nach ihrer Tochter suchen, keine bösen Menschen.«

Ich nickte.

»Lass uns zu dieser Hütte gehen.«

Maggie sah mich überrascht an.

»Jetzt?«

73

Rund um das Bermudadreieck kannte ich den Wald kaum. Es handelte sich um eine hügelige Gegend mit kleinen Seen und Bächen. Kein Wunder, dass Maggies Vater mit dem Pick-up gefahren war, mein Honda hätte hier keine Chance gehabt.

Unterwegs erzählte mir Maggie mehr über Raymond Marrel. Er arbeitete für eine Versicherung, was ihr besonders im Gedächtnis haften geblieben war, denn auf den Videos, die er für seine Tochter aufgenommen hatte, wirkte er offen und wohlmeinend, eine Charaktereigenschaft, die man nicht unbedingt mit einem Versicherungsvertreter verband. Jedenfalls schien er nicht der Typ Mensch, der in einem fremden Haus mit einer Waffe herumlief. Und trotzdem waren wir gerade auf der Flucht vor ihm.

Mein Handy hatte keinen Empfang, und auch das von Maggie verlor immer wieder die Verbindung. Bevor wir endgültig von der Außenwelt abgeschnitten waren, sprach sie noch eine Nachricht für Ross aufs Handy:

»Johnny und ich nähern uns gerade dem Bermudadreieck. Ich schicke dir gleich die Koordinaten des Orts, zu dem wir unterwegs sind. Es ist eine lange Geschichte, und es ist alles ziemlich überstürzt passiert. Wir glauben, dass es mit dem zu tun hat, was du schon weißt. Du brauchst nicht herzukommen, wir wollen nur, dass du auf dem Laufenden bist. Wir melden uns heute

Abend wieder. Sprich nicht mit meinem Vater oder sonst jemandem vom Club B, es kann nämlich sein, dass sie etwas vor uns geheim halten. Und noch was: Raymond Marrel ist bei Johnny eingebrochen, und wir haben die Polizei gerufen. Mit uns ist alles okay, Ross. Wir sind nicht in Gefahr.«

Maggie wartete.

»Mist, der Empfang ist miserabel. Die Nachricht wurde nicht verschickt. Vielleicht sollten wir ein Stück zurückgehen. Ich habe jetzt lieber nicht erwähnt, dass Marrel bewaffnet ist.«

»Finde ich richtig. Versuch es noch mal.«

Maggie hielt das Handy einige Sekunden lang in die Höhe. Dann sah sie wieder auf das Display und ballte jubelnd die Faust.

Kurz darauf betraten wir das Bermudadreieck. Als Kinder waren wir häufig hier gewesen, für uns als Erwachsene war es das erste Mal. Trotzdem machte sich das Gefühl von früher sofort breit. Ein Gefühl, als wäre hier etwas anders als im restlichen Wald, als wäre die Gefahr greifbarer. Doch abgesehen davon, dass wir kein Netz hatten, hatte sich eigentlich nichts geändert, was den Anflug von Grusel kaum minderte.

»Mein Handy ist jetzt offiziell tot«, sagte Maggie.

»Willkommen zurück in den Neunzigern«, kommentierte ich.

Zweimal hielten wir an, weil wir ein merkwürdiges Geräusch gehört hatten. Beim ersten Mal blieben wir reglos stehen und lauschten, bis das Geräusch noch einmal ertönte, was uns nicht dabei half, es einzuordnen. Beim zweiten Mal erschraken wir mehr: ein Glucksen, als würde ein Gegenstand ins Wasser getaucht und wieder herausgenommen. Gerade hatten wir einen schmalen Kanal überquert und schauten uns besonders wachsam um. Wir glaubten nicht, dass Raymond Marrel uns die ganze Zeit gefolgt war, ohne dass wir ihn bemerkt hatten. Daher gingen wir davon aus, dass ein Tier das Geräusch verursacht hatte, oder

Wanderer. Eines hatten wir als Kinder gelernt: Wenn im Wald Gefahr drohte, dann war das Schlimmste, was man tun konnte, die Flucht zu ergreifen und die Orientierung zu verlieren. Die Erfindung des GPS hatte dieses Problem natürlich behoben – solange es funktionierte. Maggie und ich aber hatten als Kinder noch gelernt: Wenn Gefahr droht, versteck dich. Versteck dich gut.

Also hockten wir uns hinter ein Gebüsch.

»Was machen wir hier eigentlich, Johnny?«, fragte Maggie. »Wir sind doch keine zwölf mehr.«

»Ich weiß nicht.«

Wir warteten zwanzig Minuten ab, bis uns die Knie wehtaten. Rings um uns herum war niemand zu sehen. Also krochen wir aus unserem Versteck und kamen uns ein bisschen dumm vor.

Das GPS auf der Offline-Karte zeigte an, dass wir noch vier Kilometer Luftlinie von unserem Ziel entfernt waren. Jeder mit ein wenig Erfahrung wusste, dass der Weg in Wirklichkeit um einiges länger sein würde. Und dass auch die Zeitberechnung der Karte oft danebenlag.

»Wir werden einen technischen Stopp einlegen müssen«, kündigte Maggie an, als wir weitergingen.

»Du hättest die Gelegenheit nützen können«, sagte ich und zeigte auf die Büsche.

»Ha, ha, sehr witzig. Als ich das Bier bestellt habe, wusste ich nicht, was auf uns zukommt.«

Wir befanden uns in einer Schlucht, die von Nord nach Süd verlief. Da wir nach Osten wollten, mussten wir entweder um die Hochebene herumgehen oder den Hang ersteigen.

»Im Moment kriegt mich keiner da rauf.«

Maggie ging einige Meter zurück und verschwand in den Büschen. Ich stieg ein paar Meter bergan und suchte mir einen

Baum, um mir selbst Erleichterung zu verschaffen. Dann stieg ich wieder hinunter. Von Maggie war nichts zu sehen.

Nach einigen Minuten begann ich, mir Sorgen zu machen.

»Maggie!«

Warum sollte sie so weit zurückgegangen sein?

Rund zehn Meter entfernt war ein ähnliches Dickicht wie das, was wir als Versteck benutzt hatten: Beeren und Farne. Ich rannte dorthin. Dahinter würde Maggie in der Hocke sitzen und mich halb empört, halb amüsiert ansehen:

»Ausgerechnet jetzt? Im Ernst?«

Stattdessen stieß ich auf Raymond Marrel. Abrupt blieb ich stehen.

Der Mann, der mindestens ein Meter neunzig groß war, hielt nur wenige Zentimeter von Maggies Gesicht eine Waffe in die Luft.

»Bleib, wo du bist, Brenner.«

Ich tat, was er sagte. Nachdem ich den ersten Schreck überwunden hatte, fiel mir auf, dass der Mann extrem aufgebracht schien. Ständig verlagerte er das Gewicht von einem Bein auf das andere, und sein Gesicht war vor Wut gerötet.

»Du hast meine Tochter getötet, also werde ich deine Freundin töten«, sagte er mit zittriger Stimme.

Die Trommel des Revolvers zitterte mit.

Ich streckte die Arme nicht nach vorne, sondern zur Seite, damit Marrel es nicht als Angriff auffassen konnte. Ich tat alles, um ja nicht als Bedrohung zu wirken oder Angst zu schüren, verhielt mich so, als wäre dieser Mann ein Schwarzbär und nicht ein Versicherungsangestellter, der den Tod seiner Tochter rächen wollte.

»Beruhigen Sie sich, Raymond«, sagte ich und ging langsam auf ihn zu.

War es eine gute Idee, ihn beim Vornamen zu nennen?

»Stehen bleiben, oder ich schieße!«

Der Lauf des Revolvers war nun nicht mehr in die Luft gerichtet, sondern auf Maggies Stirn.

»Runter mit dem Revolver!«, schrie ich. Zum Teufel mit der Schwarzbärnummer.

»Bleib, wo du bist«, sagte Raymond, diesmal ganz ruhig, »oder ich erschieße sie.«

»Sie heißt Maggie und hat mit all dem nichts zu tun. Lassen Sie sie laufen. Wir regeln das unter uns.«

»Meine Tochter hatte auch nichts damit zu tun! Und du hast sie umgebracht!«

»Okay, Raymond«, sagte ich. »Ich werde mich jetzt auf den Felsen da setzen. Ich weiß nicht, von wem Sie diese Info haben, aber es stimmt nicht. Ich habe Ihrer Tochter nichts zuleide getan. Wer immer das behauptet hat, lügt.«

Seine Miene verriet eine gewisse Unschlüssigkeit.

»Ich setze mich jetzt dahin«, sagte ich noch einmal und ging zu den Felsen, »dann können wir beide in Ruhe reden. Dafür müssen Sie aber aufhören, die Pistole auf Maggie zu richten.«

»Hältst du mich für blöd?«

»Nein, Raymond, das tue ich nicht. Sie wollen wissen, was mit Paula passiert ist, das ist klar. Wer hat Ihnen gesagt, ich hätte sie getötet, Raymond?«

Ich setzte mich.

Darauf hatte der Hüne keine Antwort, das konnte ich in seinen Augen lesen. Er verlagerte weiterhin sein Gewicht von einem Bein aufs andere. Seine Nervosität wurde von Minute zu Minute größer.

Maggie wiederum bewahrte angesichts der Umstände erstaunlich gut die Ruhe. Irgendwann wechselten wir Blicke, und sie nickte mir zustimmend zu.

»Du hast Paula getötet«, sagte Raymond. »Du und dein Bruder.«

»Raymond, ich will mit Ihnen reden, das will ich wirklich. Sie irren sich, und ich würde die Dinge gern klarstellen. Aber so geht das nicht. Setzen Sie sich zu mir und lassen Sie Maggie gehen.«

»Ich bin derjenige, der hier bestimmt. Sag mir, was ihr getan habt!«

Er redet nicht mehr von Mord. Ein Fortschritt.

Raymond Marrel war ein Opfer seiner Verzweiflung und kein Verrückter. Ich hatte ihn von Anfang an falsch eingeschätzt. Der Mann, der da vor mir stand, war am Boden zerstört und hielt es nicht aus, dass seine Tochter nicht mehr da war, hielt es nicht aus, *nicht zu wissen.*

»Ich habe selbst eine Tochter«, sagte ich, diesmal leise. »Sie heißt Jennie und ist vier Jahre alt. Wenn ihr etwas zustieße, würde ich das Gleiche machen wie Sie. Ich würde nach einer Antwort suchen, egal wie. Ich bin Vater und Illustrator, kein Mörder, und ich habe Paula nicht getötet. Wenn Sie sich zu mir setzen, können wir endlich reden.«

Raymond senkte die Waffe, blieb aber auf der Hut.

»Sie kommt mit.«

Mein Schweigen bedeutete, dass ich einverstanden war.

Raymond hatte nach wie vor den Arm um Maggies Brust geschlungen und schob sie vor sich her wie einen Schutzschild.

»Wenn sie sich ebenfalls zu mir setzen darf, können wir noch besser reden«, fuhr ich fort. »Wir werden nicht die Flucht ergreifen, darauf gebe ich Ihnen mein Wort. Und wenn, dann können Sie ja Ihre Waffe benutzen.«

»Eine falsche Bewegung, und ich schieße wirklich. Ich habe nichts mehr zu verlieren.«

Maggie setzte sich neben mich, Raymond mir gegenüber. Den Revolver richtete er nun auf mich.

»Nehmen Sie die Waffe runter, Raymond. Was Sie da machen, ist gefährlich.«

Vielleicht hatte ich den Bogen überspannt, aber mit der Waffe vor der Nase konnte ich nicht klar denken.

Raymond betrachtete den Revolver, als könnte er nicht fassen, dass er ihn in der Hand hielt. Schließlich ließ er ihn sinken, aber nur ein bisschen. Sollte sich ein Schuss lösen, würde er mir das Knie wegpusten; oder Schlimmeres.

»Warum glauben Sie, dass ich etwas damit zu tun habe, Raymond?«

»Stopp! Du hast hier keine Fragen zu stellen, du sollst endlich reden. Ich will alles wissen.«

»Okay, das ist Ihr gutes Recht«, sagte ich in versöhnlichem Ton. »Mein Bruder Mark war, wie Sie bestimmt wissen, der Besitzer des Labors, in dem Ihre Tochter gearbeitet hat. Leider hat mein Bruder sich vor einigen Tagen das Leben genommen.«

Raymond Marrel rutschte unbehaglich hin und her. Der Lauf des Revolvers sank noch ein Stückchen tiefer.

»Nach der Beerdigung sprach mich ein FBI-Agent namens Frost an, den Sie sicher kennen, und stellte mir Fragen. Gestern war er erneut bei mir und hat mir Fotos von Paula gezeigt, von hier in Carnival Falls, nicht weit von meinem Haus entfernt. Er sagte, es seien die letzten Aufnahmen von ihr. Ich weiß nicht, ob sie zu meinem Bruder wollte, aber es könnte durchaus sein.«

Raymond saß jetzt ruhig da. Er musterte mich, wie er vermutlich seine Kunden musterte, wenn er herausfinden wollte, ob sie die Wahrheit sagten.

»Frost hat mir auch erzählt, dass Ihre Tochter meine Bücher zu Hause hatte, die Bücher von Busy Lucy. Offenbar hat ihn das auf den Gedanken gebracht, dass es zwischen uns eine Verbindung gibt.«

»Ja, stimmt, sie hatte diese Bücher«, bestätigte Raymond.

»Viele Leute haben diese Bücher«, sagte ich. »Und natürlich kann ich nicht alle kennen. Frost hat das verstanden. Und Sie verstehen das sicher auch, nicht wahr, Raymond?«

Er sagte nichts.

»Ich kenne Ihre Tochter nicht, Raymond.«

Auch wenn es keine Lüge im strikten Sinne war, schämte ich mich dafür. Andererseits machte ich Fortschritte, konnte den Zweifel im Gesicht dieses Mannes sehen, und die Verzweiflung. Ich führte das Argument weiter aus.

»Frost ist zu der Überzeugung gelangt, dass der bloße Besitz dieser Bücher nicht bedeuten könne, dass ich Ihrer Tochter etwas angetan habe. Andernfalls hätte er mich verhaftet, meinen Sie nicht?«

»Frost hat mir gesagt, du wärst verdächtig.«

»Und das ist Grund genug, mit einer Waffe bei jemandem aufzukreuzen, den man gar nicht kennt?«, rief Maggie empört. »Weil Frost Ihnen gesagt hat, dass er einen *Verdacht* hat?«

Raymond antwortete nicht.

»Sie haben eine Waffe auf mich gerichtet!«, schimpfte Maggie.

Marrels Verhalten war gekippt. Die Verzweiflung hatte die Oberhand gewonnen.

»Es tut mir leid.«

»Ich weiß, es geht um Ihre Tochter, aber so was können Sie doch nicht machen. Das geht einfach nicht. Sie haben mich beinahe zu Tode erschreckt.«

Raymond senkte den Blick. Der Revolver war nun ein Stück Metall, das schlaff in seiner Hand hing.

»Dieser Frost, das ist ein unmöglicher Kerl«, fuhr Maggie fort. »Dem würde ich nicht über den Weg trauen.«

Maggies Empörung wirkte echt, und sie hatte ja auch gute

Gründe dafür. Vermutlich übertrieb sie etwas, um Raymond den Wind aus den Segeln zu nehmen.

»Dann hast du ihm also nicht geholfen?«, fragte Raymond, der den Blick kaum noch hob.

»Wem?«

»Mark Brenner. Deinem Bruder.«

»Ich glaube nicht, dass Mark …«

Raymond hob die freie Hand und gebot mir Einhalt.

»Lass es. Er ist dein Bruder und hat sich das Leben genommen. Schwör lieber bei deiner Tochter, dass du nicht mitgeholfen hast, Paula zu töten. Dass du nicht weißt, wo sie ist.«

»Ich schwöre es bei meiner Tochter Jennie«, sagte ich und sah ihm dabei in die Augen.

Fast eine Minute lang hielt Raymond Marrel meinen Blick.

»Ich glaube dir«, sagte er schließlich und deutete mit einem Wurstfinger auf mich. »Du hast es bei deiner Tochter geschworen, das genügt mir. Mein Bauchgefühl trügt mich schon mal, aber meistens kann ich mich darauf verlassen. Dieses Bauchgefühl sagt mir auch, dass dein Bruder hinter dem Verschwinden meiner Tochter steckt. Ich bete zu Gott, dass er ihr nichts angetan hat, und falls doch, dass er den Aufenthaltsort meiner Tochter nicht mit ins Grab genommen hat.«

Raymond stand auf. Seine Augen waren feucht. Den Revolver steckte er in die Hosentasche. Mit verzerrtem Gesicht sah er uns lange an.

»Ich habe noch eine zweite Tochter«, sagte er mehr zu sich selbst als zu uns. »Aber Paula war etwas Besonderes. Wenn ihr sie gekannt hättet, würdet ihr das alles besser verstehen.«

Dann machte er kehrt und verschwand im Wald.

74

»Entschuldige, dass ich dich in diesen Wahnsinn mit reingezogen habe, Maggs.«

Wir machten uns auf den Weg, um den vierzig Grad steilen Hang hinaufzusteigen. Das GPS zeigte an, dass dies die kürzeste Route war, und Zeit stellte inzwischen einen entscheidenden Faktor dar. Es war bereits sieben Uhr abends. Unser Plan, noch vor Sonnenuntergang zurück zu sein, war bereits hinfällig. Wir konnten von Glück sagen, wenn wir diese verdammte Hütte noch bei Tageslicht erreichten.

An den dünnen Stämmen und an den Felsen, die aus dem Boden ragten wie abgenutzte Zähne, zogen wir uns den Hang hinauf. Die Sonne war noch nicht untergegangen, doch die Schatten zwischen den Bäumen wurden länger.

»Frost hat mit mir gespielt«, sagte ich bedrückt, den Blick auf den Boden gerichtet. »Bestimmt ist er sich längst sicher, dass Mark Paula getötet hat, und jetzt geht es ihm nur noch darum herauszufinden, ob ich sein Komplize war. Dein Vater und die anderen wissen es auch.«

»Das ist nicht sicher, Johnny.«

Schweigend stiegen wir weiter bergauf. Als wir oben ankamen, blieben wir eine Weile an dem Grat stehen und ließen den Blick über die Weite des Waldes streifen. Die Wipfel der Kiefern bildeten eine grüne Flut, die im Abendwind hin und her wogte. Laut GPS waren wir noch knapp einen Kilometer von der Hütte entfernt. Maggie deutete nach Nordosten, zu einer kahlen Stelle.

»Da muss es sein«, sagte sie.

Im Zickzack stiegen wir hinunter zum Fuß der Felswand. Ein kleiner Bach verlief in seinem felsigen Bett in Richtung Osten.

Maggie zog sich die Schuhe aus.

»Einen Umweg können wir uns nicht leisten«, sagte sie.

Eine Hirschfamilie stand am anderen Ufer und beobachtete uns: drei erwachsene Tiere und zwei Junge.

»Hallo, Jungs und Mädels, wir kommen jetzt rüber.«

Kaum hatten wir einen Fuß ins Wasser gesetzt, verzogen sich die fünf Tiere wie choreografiert etwas tiefer in den Wald. Das Wasser war nicht kalt. Dafür war der Bach tiefer, als wir gedacht hatten. Schon bevor wir in der Mitte anlangten, reichte uns das Wasser bis zu den Schenkeln. Langsam wateten wir weiter ans andere Ufer, unter ständiger Beobachtung der Hirsche.

Als wir schließlich den Bach durchquert hatten, überprüfte Maggie ihr Handy. Wir waren jetzt total auf dieses kleine Ding angewiesen.

»Hast du noch genügend Akku?«

»Über fünfzig Prozent. Alles okay.«

Wir waren im Herzen des Bermudadreiecks.

Zwischen den Bäumen hindurch erspähten wir ein kleines Gebäude. Wir gingen einen Bogen, gelangten an einen relativ großen See und folgten seinem Ufer bis zu einem Steg. Von dort führte ein Weg direkt zur Hütte.

75

Es war eine kleine Hütte mit zwei Räumen. Nach hinten raus hatte sie ein Fenster, dessen Vorhänge zugezogen waren, vermutlich lag dahinter das Schlafzimmer. Durch zwei weitere Fenster, die nach Westen gingen, mit Blick zum See, erkannten wir ein Wohnzimmer mit integrierter Küche. Alles wirkte aufgeräumt und gepflegt.

»Schau mal.«

Maggie deutete zum Wald. Zwei Reifenspuren verloren sich auf einem engen Weg.

Nach vorne raus hatte die Hütte eine kleine Veranda, darauf stand eine Hollywoodschaukel, die so ähnlich aussah wie meine. Ich klopfte mehrmals an die Tür, doch erhielt keine Antwort, dann drückte ich die Klinke. Die Tür ließ sich öffnen.

Wie wir schon vermutet hatten, war die Hütte bewohnt: Teller und andere Utensilien stapelten sich in der Spüle, frische Blumen standen auf dem Tisch, ein Männermantel hing am Kleiderständer. Wir sahen uns an. Im Wohnzimmer gab es einen Kamin, einen runden Tisch mit Stühlen, einen alten Fernseher, ein Sofa und einen Vitrinenschrank. Der Raum war hübsch dekoriert: An den Wänden hingen zwei Bilder und geschnitzte Holzmasken, eindeutig Werke von Harrison. Auf dem Sofa entdeckte ich eine Zeitschrift: *Sudokus – höchster Schwierigkeitsgrad.*

Maggie öffnete den Kühlschrank, der sich hinter einem Raumteiler versteckte.

»Lebensmittel für mehrere Tage.«

Danach hörte ich, wie sie die Küchenschränke auf- und zumachte, doch meine Aufmerksamkeit galt der Vitrine. Maggie kam zu mir.

»Was?«, fragte sie.

Auf einem Regal stand das Foto eines etwa dreißigjährigen Mannes. Er trug eine Lederjacke und weite Hosen, die sich an den Knöchel verengten, und auf dem Kopf eine Art Fliegermütze mit Ohrschützern. Er hatte die Hand zum Gruß erhoben und grinste.

»Müller?«, fragte Maggie.

»Keine Ahnung.«

Ich zog eine Schublade auf und stieß auf weitere Sudokuhefte. *Extrem schwere Sudokus. Sudokus für Fortgeschrittene.* In der nächsten Schublade fand ich ein Profi-Pokerset.

»Scheint so, als würde sich der Club ab und zu hier treffen.«

»In der Küche ist ein ganzes Arsenal an Getränken, könnte also durchaus sein.«

Um den runden Tisch herum standen fünf Stühle.

Das Wohnzimmer war schnell erkundet. In den restlichen Schubladen und Regalen war nichts, was uns relevant erschien: Küchenutensilien, Gewürzgläser und Konservendosen. Der Deutsche gab sich offenbar mit wenigem zufrieden: essen und Sudokus lösen.

Die Hütte hatte auch ein kleines Bad, das uns die Bestätigung lieferte, dass Müller mehr oder weniger dauerhaft hier wohnte. Wir fanden ein Rasiermesser, Rasierschaum und mehrere Lotionen. Hinter der Tür befand sich ein Zeitungsständer. Ein kurzer Blick genügte, um zu erkennen, welche Art von Zeitschriften er enthielt.

»Hier ist abgeschlossen«, sagte Maggie.

Ich kam aus dem Bad und sah, dass Maggie die Tür meinte, die vermutlich in einen Keller führte. Sie war schmal und lag gleich neben dem Herd.

»Merkwürdig. Lass mich mal ran.«

Ich lehnte mich mit der Schulter gegen die Tür und drückte. Genau in diesem Moment ertönte ein Motorengeräusch. Maggie warf sich mir reflexartig in die Arme. Es dauerte einige Sekunden, bis wir begriffen, dass es sich um einen Generator handelte und wir uns beruhigen konnten. Wir hatten im Bad das Licht angemacht, und dies hatte offenbar genügt, um das letzte bisschen Strom der Batterien zu verbrauchen.

»Wenn der Kerl in der Nähe ist, hat er den Generator gehört«, sagte ich.

»Wer ist dieser Typ überhaupt? Haben Richard oder Harrison ihn dir gegenüber mal erwähnt?«

Ich schüttelte den Kopf.

»Lass uns einen Blick ins Schlafzimmer werfen«, drängte Maggie. »Da finden wir bestimmt etwas, das uns weiterhilft.«

Das Schlafzimmer war fast genauso groß wie das Wohnzimmer. Darin standen ein Einzelbett und ein Schreibtisch, darauf noch mehr Zeitschriften und einige Bücher. In den Regalen über dem Schreibtisch waren zwei weitere Fotos des Deutschen aufgestellt, ein Porträt und eines, auf dem er mit einer jungen Frau zu sehen war. Sie tanzten lächelnd, hatten das rechte Bein zur Seite gestreckt, die Ellenbogen gebeugt, und sahen sich aus den Augenwinkeln an. Kein Zweifel, dass die beiden hoffnungslos ineinander verliebt waren.

Ich trat näher heran und betrachtete die Gesichter, versuchte, noch etwas mehr aus ihnen herauszulesen, aber da war nichts.

Dann nahm ich mir die drei Schubladen vor. Lustlos kramte ich darin herum: Papierwaren, gebrauchte Batterien, zwei oder drei abgegriffene Spielkartensätze, Reiseführer, alte Broschüren, ein Kompass. Die dritte Schublade war verschlossen, was mich neugierig machte. Bislang hatte ich nichts gefunden, was auch nur im Entferntesten mit mir oder den Vorfällen bei mir zu Hause zu tun hatte.

»Im Nachttisch ist nichts«, sagte Maggie. »Ich bin ein bisschen nervös, Johnny. Wenn er zurückkommt …«

»Dann sagen wir, dass wir Freunde von Harrison sind. Wir seien zufällig vorbeigekommen und hätten uns nur kurz umgeschaut.«

»Wenn du meinst.«

»Maggie, wenn der Typ ein Freund von Harrison und deinem Vater ist, dann weiß er garantiert, dass es uns gibt. Merkwürdig ist vielmehr, dass wir nicht wissen, wer er ist.«

»Meinst du, wir sind zu spät gekommen? Dass mein Vater und die anderen heute Vormittag Beweise oder so mitgenommen haben?«

»Schon möglich. Es wird uns nichts anderes übrig bleiben, als sie direkt zu fragen.«

Mehr war nicht zu entdecken. Sollten sie heute Vormittag nicht ohnehin alles mitgenommen haben, dann lag es in der verschlossenen Schublade. Oder im Keller.

»Wir können das Schloss aufbrechen«, dachte ich laut nach, »oder draußen warten, bis der Deutsche zurückkommt.«

»Wer?«

»Müller. Der sieht doch aus wie ein Deutscher.«

Maggie zögerte.

»Das Schloss aufzubrechen scheint mir ein bisschen drastisch. Lass uns lieber abwarten und gut überlegen, was wir ihm sagen wollen.«

Maggie setzte sich auf die Hollywoodschaukel, ich mich aufs Geländer.

Wir schwiegen. Die Landschaft war wie ein Postkartenmotiv. Die Sonne würde bald untergehen, doch in diesem Moment leuchtete sie als orangefarbener Kreis, der im See zerschmolz.

Zehn Minuten später schaltete sich der Generator wieder ab.

Dann geschahen mehrere Dinge gleichzeitig. Maggie schaukelte vor und zurück, und aus irgendeinem Grund konzentrierte ich mich auf diese wiegende Bewegung: vor und zurück, vor und zurück. Als wäre ich in eine hypnotische Trance gefallen, stand mir plötzlich ein gestochen scharfes Bild vor Augen: die Sudokuzeitschrift, die auf dem Sofa gelegen hatte, *Sudokus – höchster Schwierigkeitsgrad*, aufgeschlagen auf einer Seite mit einem halb gelösten Sudoku. Es waren bisher nur wenige Ziffern eingetragen. Eine davon eine Vier, geschrieben auf eigentümliche Art, mit einem Schwung, der sie wie ein unvollständiger Pfeil aussehen ließ. Vor und zurück. Viele Leute schreiben die Vier so, aber niemand malte das kleine Dreieck zwischen den Linien aus. Ein Schauder durchlief mich. Vor und zurück. Das Holz der Hütte knarrte. Die Hollywoodschaukel quietschte kein bisschen. Vor und zurück. Ich wusste, wer die Zahl vier so schrieb. Es war die gleiche Person, die niemals vergessen würde, die Schaukel zu ölen.

Der Mann, der aus der Kellertür trat, trug einen Bart und eine Mütze, doch trotzdem erkannte ich ihn sofort: Es war mein Vater.

ESH

Es war nicht das erste Mal, dass John mit Lila gestritten hatte. Im Gegensatz zu den vorherigen Malen schienen sie jedoch eines verstanden zu haben: Wenn sie zusammenblieben, würden sie irgendwann das einzig Echte zwischen ihnen zerstören: eine tiefe Zuneigung, die sich als Liebe verkleidet hatte. Ernüchtert hatten die zwei sich nach dem Streit getrennt.

Daher war Johns Überraschung groß, als es am selben Tag bei ihm klingelte. Er war in seinem Atelier und warf den Kopf in den Nacken, schnaubte. Nach einem Streit fiel Lila Stunden später immer noch etwas ein, das sie ihm unbedingt sagen musste. Es war, als würde in ihrem Tank ein Rest des Treibstoffs übrig bleiben, der noch verbrannt werden musste. Dann rief sie an, schickte eine lange SMS oder fuhr, wie in diesem Fall, noch einmal bei ihm vorbei. John wusste, dass es am besten war, ihr einfach zuzuhören, bis sie alles losgeworden war.

Als er die Haustür öffnete, stand zu seiner Überraschung eine Frau vor ihm, die einige Jahre jünger war als er. Sie sah aus, als wäre sie einer Teenagerserie entsprungen: blaue Shorts mit weißen Herzen bedruckt, weißes T-Shirt, bunter Rucksack über der Schulter.

»Hallo. Ich bin Paula Marrel.«

Die Frau streckte ihm die Hand entgegen. Der Riemen des Rucksacks verrutschte etwas, und eine blonde Haarsträhne fiel ihr ins Gesicht. Mit schnellen, automatischen Bewegungen schob sie beides wieder zurück.

Noch immer verblüfft schüttelte John ihre Hand.

»Entschuldige, dass ich einfach so bei dir reinplatze. Ich bin ein großer Bewunderer deiner Arbeit, ich habe alle Bände von Busy Lucy zu Hause. Aber deswegen bin ich nicht hier. Ich arbeite bei Meditek.«

Die Situation hätte der Anfang eines Traums sein können. Busy Lucy. Meditek. Gleich würde die Frau sich die Maske vom Gesicht ziehen wie Ethan Hunt, und darunter hervorkommen würde Lila. *Dachtest du wirklich, du wirst mich so leicht los?*

»Woher weißt du …?«

Doch die Situation war zu verrückt, sodass John den Satz nicht beendete. Er spähte zum Wald, um herauszufinden, ob dort etwas vor sich ging. Was man eben so tut, wenn aus heiterem Himmel eine bildhübsche Frau vor der Tür steht und sagt, sie sei ein Bewunderer von dir.

»Im Internet. Ich bin extra von Lindon Hill hierhergefahren.«

»Ich bin mir nicht sicher, ob ich dir folgen kann. Hat das was mit Mark zu tun?«

»Das ist eine lange Geschichte. Jedenfalls hat es mit Meditek zu tun und indirekt mit dir. Wir müssen unbedingt reden.«

Paula war plötzlich ernst geworden. Johns Neugier war endgültig geweckt.

Er bat sie herein. Sie steuerte direkt auf die Sessel zu. John starrte ihr nach, er konnte nicht anders. Paula setzte sich in die Mitte des Sofas, nahm den Rucksack ab und kramte darin herum.

John setzte sich auf einen der Sessel.

»Wie ist noch mal dein Name?«

»Paula Marrel.«

John nickte. Der Name sagte ihm nichts.

»Was ich dir gerade gesagt habe, stimmt. Ich bewundere dich sehr und habe alle Bücher von Busy Lucy. Was ich damit meine … Ich habe nicht im Internet recherchiert, um dich zu beeindrucken oder so was. Meine Nichte ist sechs und hat sie alle gelesen. Sie ist ein Riesenfan.«

»Freut mich.«

»Das erste Buch habe ich gekauft, weil ich es ihr schenken wollte«, erzählte sie weiter, »aber ich fand die Illustrationen so toll, dass ich es lieber behalten habe. Meine Nichte war damals noch sehr klein. Außerdem brauchte ich ein Buch, das ich ihr vorlesen konnte, wenn sie zu Besuch kam. Seither habe ich einen Band nach dem anderen gekauft und gesammelt.«

»Ich will nicht unhöflich sein«, sagte John, »aber ich würde schon gern wissen, warum du hier bist.«

Paula schien nicht beleidigt zu sein. Sie gehörte zu der Sorte Mensch, der drauflosplappert, keine Sekunde innehalten kann und immer in Bewegung sein muss. Ihre Hände folgten dem gleichen Muster, spielten unruhig mit dem Handy.

»Ich arbeite schon seit einigen Jahren für deinen Bruder, aber habe nie die Verbindung zwischen euch hergestellt. Bis neulich. Ich habe ihn drauf angesprochen, aber er hat das Gespräch schnell beendet. Im Büro ist er sehr zurückhaltend.«

»Bist du Ärztin?«

Paula lachte.

»Nein, ich bin keine Ärztin, auch keine Chemikerin oder so was. Ich war nicht mal auf der Uni. Ich kann nur gut mit Computern umgehen, das habe ich mir alles selbst beigebracht. Für einige Zeit war ich Mitglied in einem Hackerforum. Das ist eine ganz eigene Welt, in der sich alle möglichen Leute tummeln. Vor ein paar Jahren hat sich eine Gruppe zum Ziel gesetzt, die Sicherheitsbarriere von Meditek zu durchbrechen. Eine

Art Wettbewerb. Wer es schafft, ist der King. Und ich habe es geschafft, und zwar ziemlich locker. Aber ich bin eine ehrliche Haut, also habe ich mich mit Ian Martins in Verbindung gesetzt und ihm gesagt, was …«

»Verstehe, verstehe, du hast die Firewall von Meditek durchbrochen und wurdest eingestellt.«

Paula errötete.

»Ich rede zu viel«, sagte sie entschuldigend. »Außerdem bin ich ein bisschen nervös. Erwartest du jemanden?«

»Nein, nein.«

»Ich habe dir so viel zu sagen, und ich weiß nicht, wo ich anfangen soll, ja, ja, weiß schon, am besten fängt man am Anfang an, stimmt's?« Paula machte eine Pause. Bereits zum zweiten Mal sah sie nach oben, als suchte sie dort die Worte für das, was sie zu sagen hatte. »Die Projekte des Labors haben mich nie sonderlich interessiert. Ich wusste nur, dass einige geheimer waren als andere. Eines Tages, nach der Arbeit, sprach mich ein Typ namens Stuart Nance an. Er lief mir hinterher. Das war nicht beängstigend oder so. Es ist nicht das erste Mal, dass mir ein Typ nachläuft, und ich kann ganz gut einschätzen, wenn jemand gefährlich ist. Er sagte, er und ein Freund hätten von mir geträumt und er versuche, mich schon seit Längerem ausfindig zu machen. Ich bat ihn dann zu verschwinden, aber da erwähnte er etwas, das mich stutzig machte. In einem dieser Träume, sagte er, würde ich ein blaues Kleid und ein Halsband tragen.«

John war inzwischen überzeugt, dass die Frau, die er da ins Haus gelassen hatte, Probleme hatte, und zwar keine normalen Probleme wie Kreditkartenzahlungen am Ende des Monats oder eine verstopfte Dachrinne. Paula Marrel – wenn das denn ihr richtiger Name war – war nicht ganz richtig im Kopf, und ins Haus gelassen hatte er sie vor allem, weil er sich von ihrer Schönheit hatte blenden lassen. Unwillkürlich schüttelte er den Kopf, konnte dem, was sie sagte, kaum folgen. Wenn sie doch nur eine verdammte Minute lang stillhalten würde, dann würde ihm auch etwas einfallen, wie er sie wieder loswerden konnte.

Doch Paula quasselte weiter. Sie erklärte, die Träume, von denen dieser Stuart Nance gesprochen habe, hätten mit einem Video zu tun, das sie bei einem Experiment von Meditek aufgenommen habe. Wollte man ihrer sprudelnden Schilderung glauben, war Paula diesen Stuart dadurch losgeworden, dass sie ihm versprach, ihn bald anzurufen, ohne es wirklich vorzuhaben. Am nächsten Morgen sah sie in aller Frühe die Liste der Freiwilligen durch, die an der Studie teilgenommen hatten, und tatsächlich, Stuart Nance und sein Freund Alex Lange hatten draufgestanden. So weit, so gut: Die beiden Jungs hatten das Video gesehen, und Stuart hatte es als Aufhänger genutzt, um sie anzubaggern. Trotzdem war Paula inzwischen so neugierig geworden, dass sie auch die vertraulichen Dateien des Projekts ESH durchging. Sie bestätigten, dass Stuart die Wahrheit sagte.

»ESH bewirkt«, erklärte Paula voller Bewunderung, »dass dein Gehirn über einen Zeitraum von ein oder zwei Stunden nicht abspeichern kann, was passiert.«

John nickte, halb verblüfft, halb fasziniert.

»Aber Stuart hat sich trotzdem an dich erinnert.«

»Warte, dazu kommen wir noch. Du weißt noch nicht wirklich, wie ESH wirkt. Man vergisst nämlich nicht nur das, was geschieht, während man unter der Wirkung des Mittels steht, sondern man vergisst auch, woran man sich in diesem Zeitraum *erinnert*. Ist das nicht unglaublich?«

»Allerdings.«

Mark hatte John nie erzählt, woran Meditek forschte. Es fühlte sich deshalb ein bisschen wie Verrat an, mit Paula zu sprechen.

»Immer wenn wir uns etwas ins Gedächtnis rufen, bestätigt unser Bewusstsein diese Erinnerung. Dabei ist es gleichgültig, ob es sich dabei um eine neue Erinnerung handelt oder um eine alte Erinnerung, die man sich noch einmal vergegenwärtigen will. Während des Experiments haben die freiwilligen Probanden Kindheitserfahrungen geschildert, und wenn sie hinterher danach gefragt wurden, konnten sie sich an nichts mehr erinnern. Das Potenzial eines solchen Mittels ist enorm. Ich kriege Gänsehaut, wenn ich nur dran denke. Das, was Mark und Ian da bei Meditek machen, ist ein großes Ding, ein ganz großes Ding.«

»Mark war schon immer so. Hör zu, Paula, es freut mich, dass du so stolz bist auf die Firma, für die du arbeitest. Aber musst du das wirklich mit mir besprechen?«

Schlagartig wurde Paula wieder ernst.

»Ja. Aber zuerst muss ich dir genau erklären, wie ESH wirkt. Hast du eine Ahnung, was ein solches Mittel in der Welt anrichten könnte? Wenn Mark und Ian Meditek verkaufen und ESH in die falschen Hände geraten würde …«

John konnte sich ein Lächeln nicht verkneifen.

»Mark würde seine Firma nie verkaufen.«

Wieder sah Paula zur Decke.

»Meditek steht kurz vor der Pleite, John. Mark und sein Kompagnon suchen verzweifelt nach einem Käufer.«

»Meditek steht nicht vor der Pleite, garantiert nicht. Und warum sollten Mark und Ian die Firma verkaufen wollen, wo sie doch gerade an einem solchen Wundermittel arbeiten?«

»Genau das ist der Punkt. Nehmen wir ein traumatisches Erlebnis, etwas, das dir als kleines Kind passiert ist und dich auf die eine oder andere Weise dein ganzes Leben lang verfolgt. Eine Vergewaltigung zum Beispiel, oder ein schwerer Unfall oder eine konfliktreiche Beziehung. Siehst du jetzt, was für ein Potenzial ein solches Mittel hätte? Was würde dann aus Antidepressiva? Schlaftabletten?«

Allmählich wurde John die Dimension klar. Dieser Frau ging es offenbar wirklich um die Sache.

»Ein solches Mittel würde alles verändern.«

»Als ich die ersten Nachforschungen anstellte«, fuhr Paula fort, »beging ich den dummen Fehler, Stuart einzuweihen. Bevor ich ganz verstanden hatte, wie ESH funktioniert, stieß ich auf Dokumente, in denen von kleineren Problemen berichtet wurde, denen man nachgehen müsse. Stuart brauchte Geld und hatte die dämliche Idee, Ian Martins zu erpressen. Stuart war kein schlechter Mensch, er war einfach der Meinung, dass zwei- oder dreihunderttausend Dollar für Meditek ein Klacks seien.«

»Du sprichst in der Vergangenheitsform von ihm.«

Paula nickte und sah John mit ihren großen Augen an.

»Stuart ist vor vierzehn Tagen bei einem Motorradunfall ums Leben gekommen.«

»Du glaubst nicht, dass es ein Unfall war.«

»Die Polizei hat bestätigt, dass es einer war. Und niemand zweifelt es an, auch seine Familie nicht. Ich weiß nicht, was ich denken soll. Aber das ist nicht der Punkt. Der Punkt ist, dass die ganze Industrie Meditek fallengelassen hat. Die großen Labore nehmen seine Dienste nicht mehr in Anspruch, und was noch schlimmer ist, niemand mehr leiht ihnen Geld. Nur mithilfe einer Stiftung können sie sich überhaupt noch über Wasser halten, wobei in diesem Fall das Heilmittel mehr Schaden anrichtet als die Krankheit. Es ist wie bei einer Droge, man wirft sich was ein, und muss dann immer mehr nehmen, wenn man nicht zusammenbrechen will.«

»Von all dem wusste ich nichts.«

»Mark ist nicht gerade der Typ, der gern Schwäche zeigt, das habe sogar ich bemerkt. Ich bin also alles andere als überrascht. Die Situation von Meditek ist kritisch.«

»Du meintest, mit dem Mittel gibt es ein ernsthaftes Problem?«

»Nein!« Paula wirkte jetzt aufrichtig empört. »So haben es nur die anderen Labore dargestellt. Sie haben versucht, die Tests verbieten zu lassen, haben Meditek bei allen erdenklichen Institutionen angezeigt und so die Anwaltskosten in die Höhe getrieben. Ich habe die Zahlen gesehen, glaub mir, die Ausgaben für diesen Rechtsstreit sind astronomisch. Das Schlimmste daran ist aber, dass die Probleme mit ESH Kinkerlitzchen sind. Einige Erinnerungen werden nicht vollständig gelöscht. Na und? Das lässt sich mit einer weiteren Dosis ESH locker korrigieren. Es ist wie beim Streichen: Wenn die erste Schicht nicht alles abdeckt, muss man eben noch mal drübergehen.«

»Und das ist auch bei den beiden Studenten passiert.«

»Ja, genau.«

John war eines klar: Jemanden wie Paula würde man nur schwerlich vergessen.

»Jetzt wirst du mir hoffentlich erklären, was ich mit der ganzen Sache zu tun habe, oder? Möchtest du ein Glas Eistee?«

»Gern«, sagte Paula. »Kann ich schnell dein Bad benutzen?«

»Den Flur entlang, erste Tür rechts.«

Paula sah kurz zu ihrem Rucksack, dann ging sie los. Als John mit dem Tee wiederkam, war sie bereits zurück. Er reichte ihr das Glas. Sie leerte es bis zur Hälfte und stellte es auf den kleinen Kaffeetisch. Dann kramte sie in ihrem Rucksack, holte etwas heraus, das aussah wie ein Schminkkästchen, kramte weiter, bis sie gefunden hatte, was sie suchte: ein Pillendöschen. Sie öffnete es, nahm eine ovale orangefarbene Tablette zwischen die Finger und legte sie auf den Tisch.

John brauchte nicht zu fragen, was das war.

»Wie bist du da rangekommen?«

»All das hier«, erklärte Paula und hielt ihr Handy hoch, »sind Beweismittel in Sachen ESH, die ich mühsam zusammengetragen habe. Und genau deshalb will ich, dass du jetzt diese Tablette nimmst, John.«

John musste lachen.

»Ich werde bestimmt keine Tablette nehmen, von der ich nicht weiß, was sie bewirkt.«

»Das habe ich dir doch gerade erklärt«, sagte Paula.

»Und ich soll dir glauben?«

»Ich kann gut verstehen, dass du Zweifel hast, es ist ja auch ziemlich heavy. Ich habe hier Videos von den Experimenten bei Meditek. Ich muss dich nur vorher überzeugen, diese Tablette zu nehmen. Aus einem Grund, der mit dir zu tun hat. Und damit, dass ich nicht die Verantwortung dafür übernehmen will, womöglich einen Fehler zu begehen. Du musst derjenige sein, der die Entscheidung trifft.«

»Jetzt verstehe ich gar nichts mehr.«

Paula trank den Rest ihres Eistees aus. Sie suchte nach etwas auf ihrem Handy. Dann wandte sie sich wieder an John.

»Während ich Informationen zusammengetragen habe, stieß ich auf ein Video, das dein Bruder gemacht hat. Darauf ist etwas zu sehen, von dem du wissen solltest, wissen musst. Ich habe dieses Video schon seit mehreren Tagen und kann an kaum etwas anderes mehr denken. Mein Problem ist, dass ich nicht weiß, wie du reagieren wirst, wenn du das Video siehst. Deswegen hatte ich die Idee: Wenn ich weiß, wie du reagieren wirst, weiß ich auch, ob ich es dir zeigen soll oder nicht.«

»Du hast meinem Bruder ein Video gestohlen?«

»Ich werde mich nicht rechtfertigen. Hier, schau selbst.«

Paula hielt ihm das Handy hin.

Auf dem Video war Mark zu sehen, in einem Raum, der aussah wie ein Konferenzsaal. Er blickte direkt in die Kamera.

»Von Anfang an sah ich ALS, die Krankheit meiner Mutter, auch als …«

Paula hielt das Video an und steckte das Handy weg.

»Du solltest dir das ansehen, wirklich«, sagte sie ruhig.

John lehnte sich zurück. Zwei oder drei Minuten lang sagte keiner von beiden etwas. Schließlich brach Paula das Schweigen.

»Weißt du, ich hätte nicht zu kommen brauchen. Aber ich glaube, dass du ein guter Mensch bist und das Recht hast, es zu wissen. Deswegen habe ich recherchiert, wo du wohnst, und bin extra mit dem Bus hergefahren. Aber schieb mir jetzt bitte nicht die Verantwortung zu. Diese Tablette haben vor dir schon Hunderte von Freiwilligen geschluckt, sie ist harmlos. Du nimmst sie einfach, und ich zeige dir den Rest vom Video. Danach entscheidest du, ob das Gesehene dein Leben erträglicher macht oder total ruiniert. Ich verschwinde wieder und schicke dir entweder das Video zu, damit du es ohne Tabletteneinfluss noch einmal schauen kannst, oder lösche es für immer.«

»Mark hat das ESH selber genommen? Geht es auf dem Video darum?«

»Ich brauche eine Antwort, John.«

»Du weißt doch, dass ich es machen werde.«

Ein scheues Lächeln trat in Paulas Gesicht.

John ging in die Küche und kam mit einem Glas Wasser wieder. Ohne zu zögern, steckte er sich die Tablette in den Mund und spülte sie mit einem Schluck Wasser hinunter.

»Wie lange dauert es, bis es wirkt?«

Paula sprang auf, war jetzt wieder fast so überdreht wie am Anfang.

»Ein paar Minuten. Keine Angst, wir haben Zeit. Aber wir müssen es richtig machen.«

»Was?«

Johnnys Handy begann zu vibrieren. Er zog es aus der Hosentasche und sah, dass es Morgan war.

»Mist, da muss ich rangehen. Es geht um meine Tochter.«

Paula nickte.

John ließ sich von Tricias Mann erklären, dass die für den nächsten Tag geplante Reise nach Minnesota abgesagt worden sei, also könne er Jennie wie üblich abholen. John sagte, um zehn sei er da.

»Okay, ich bin bereit«, sagte er, als er aufgelegt hatte.

Paula nickte erneut.

»Bevor ich dir das Video zeige, muss ich dir noch einmal alles ins Gedächtnis rufen, was seit meiner Ankunft passiert ist, also alles, was ich dir erzählt habe.«

»Ist das wirklich nötig?«

»Ja, ist es. Wenn du beschließt, dass du lieber nicht wissen willst, was auf dem Video ist, dann musst du auch alles vergessen, was damit im Zusammenhang steht, einschließlich mich.«

Kurz darauf erzählte Paula Marrel ausführlich, was seit ihrer Ankunft passiert war. Sie schien die geborene Schauspielerin, denn nur jemand mit einem ausgeprägten Darstellerdrang konnte mit einer solchen Begeisterung Wort für Wort noch einmal das Gleiche schildern, was er einige Minuten zuvor bereits erzählt hatte. Paula schaffte es in dreißig Minuten, und John unterbrach sie kein einziges Mal.

»Das Video des Experiments«, sagte John, »an das sich Stuart und Alex erinnern konnten, hast du das dabei?«

»Ja«, sagte Paula missmutig.

»Kann ich es sehen?«

»Das ist nicht nö …«

»Ich weiß. Ich würde es trotzdem gern sehen.«

Paula tippte auf dem Display herum. Nach wenigen Sekunden gab sie John das Handy.

Ein Wald. Der Film hatte einen hypnotischen Rhythmus. Paula, wie sie in die Kamera sah, Paula, wie sie sich umdrehte und von der Kamera entfernte, Paula, wie sie auf die Kamera zuging, Paula von der Seite, Paula auf einem Baumstamm, ihr wehendes Kleid im Wind.

John starrte wie gebannt auf das Display, obwohl es längst wieder erloschen war.

»Mehr kommt nicht«, sagte Paula.

John war noch immer in Gedanken verloren. Schließlich wandte er sich Paula zu, sah sie an, als könnte er nicht begreifen, wieso die Frau aus dem Video plötzlich vor ihm stand.

»Was wird geschehen, wenn die Wirkung des ESH nachlässt?«

»Dir wird leicht schwindlig sein. Am besten, du setzt dich oder legst dich hin, um kurz zu schlafen. Das Hirn muss abschalten, damit der Konsolidierungsmechanismus wieder funktioniert. So steht es zumindest in den Dokumenten. Bei den Experimenten haben die Probanden nie mehr als eine halbe Stunde geschlafen.«

»Ich habe eine Idee. Warte kurz.«

Nach einigen Minuten kam John mit einer Flasche Wodka wieder. Paula folgte ihm in die Küche. Dort machte John die Flasche auf und kippte den Inhalt in die Spüle.

»Hol doch mal die Gläser, bitte«, sagte er, während der Wodka im Abfluss verschwand.

Als Paula mit den Gläsern wiederkam, war die Flasche leer.

»Das ist das Beste, was ich seit Langem getan habe, glaub mir«, sagte John mit Blick auf die Flasche.

Sie gingen zurück ins Wohnzimmer, wo John die Flasche auf den Tisch stellte.

76

»Vater?«

Ich erkannte ihn sofort, trotz des dichten Barts, trotz der Kappe der Celtics, trotz der zehn oder zwölf Kilo Übergewicht, trotz der leicht gekrümmten Haltung. Diese kleinen Augen hätte ich auf hundert Meter Entfernung erkannt. Hinter dem grauen Bart zeichnete sich ein liebevolles Lächeln ab, das Lächeln, an das ich mich noch so gut erinnern konnte.

Maggie drehte sich nicht sofort um. Sie sah mich an, als wäre ich plötzlich irre geworden. Erst als sie sich überzeugt hatte, dass ich nicht den Verstand verloren hatte, blickte sie zur Tür.

»Hallo, Johnny, hallo, Maggie.«

Anders, als man vermuten würde, fühlte sich das Wiedersehen mit meinem Vater, sechzehn Jahre, nachdem er sich auf dem Kommissariat von Carnival Falls eine Kugel in den Kopf geschossen hatte, nicht absurd an. Vielmehr machte es in meinem Kopf Klick. Das war das letzte, noch fehlende Puzzleteil.

Einige Sekunden stand mein Vater reglos da. Tränen stiegen mir in die Augen. Ich ging zu ihm, und wir fielen einander in die Arme.

»Komm du auch her«, sagte er zu Maggie.

Maggie trat auf ihn zu, im Gesicht die Verblüffung, die ich selbst spürte. Sie umarmten sich ebenfalls.

»Es gibt viel zu erzählen«, sagte mein Vater absolut gelassen. Er machte kehrt und betrat die Hütte.

Wir folgten ihm wie zwei Roboter und setzten uns an den Tisch vor dem Fenster. Mein Vater bot uns Eistee an. Als er mit zwei Gläsern aus der Küche kam, ertappte er mich dabei, wie ich das Foto des Deutschen betrachtete.

»Das ist ein guter Anfang.«

Ich brachte kein Wort heraus. Allmählich ahnte ich, dass mein Vater viel mehr über mich wusste als ich über ihn.

»Vater«, sagte ich, aber mein Kopf war wie leer gefegt. Ich wusste nicht, wie ich fortfahren sollte.

»Ich werde dir alles erklären, Johnny.« Er sah zu Maggie. »Ich werde euch alles erklären. Aber zuerst muss ich wissen, ob noch jemand weiß, dass ihr hier seid.«

»Nur Ross«, sagte Maggie.

»Wie seid ihr …?«

»Ich habe mitgekriegt, wie mein Vater und die anderen von dieser Hütte gesprochen haben«, erklärte Maggie. »Und dann habe ich per GPS ihre Spur verfolgt.«

»Die Jungs waren heute hier«, sagte mein Vater nachdenklich.

Es wurde langsam dunkel. Die Lichter der Hütte brannten, obwohl der Generator nicht lief. Offenbar hatte mein Vater ihn im Keller händisch eingeschaltet, um uns zu vertreiben. Mein Gehirn hatte endlich seine Arbeit wieder aufgenommen, bis dahin war ich mir vorgekommen wie in einem Traum, in dem alles in Zeitlupe abläuft.

»Richard hat Anfang 2000 dieses Stück Land gekauft und die Hütte gebaut«, begann mein Vater. »Er hatte genug vom Arztleben und wollte sich seiner großen Leidenschaft widmen, dem Angeln.«

Mein Vater war schon immer ein guter Geschichtenerzähler gewesen. Seine Stimme hatte eine hypnotische Kraft, sie nach so vielen Jahren wieder zu hören, erfüllte mich mit einem Schauder und großer Dankbarkeit zugleich.

»Richard hatte sich ausgemalt, dass wir Jungs uns öfter hier treffen, was aber nie passiert ist. Dazu kam noch Silvias Krankheit …«

Allein ihren Namen auszusprechen, schien ihn zu erschüttern. Ich wollte schon sagen, dass ich alles wusste, dass er Mark nicht mehr decken musste, dass Mark …

Wusste mein Vater, was mit Mark passiert war? Vermutlich hatten Harrison und die anderen ihn auf dem Laufenden gehalten über das, was in der *Welt* vor sich ging, aber sicher sein konnte ich mir nicht.

»Es waren schwere Zeiten damals für unseren Freundesclub, so schwere Zeiten, dass wir es nicht mal bemerkt haben, als Richard die Hütte fertiggebaut hatte. Zumindest erinnere ich mich nicht daran. Sein Traum, mehr Zeit fürs Angeln zu haben, entpuppte sich als reines Wunschdenken. Mehr als einmal im Monat schaffte er es nicht hierher, oft nicht einmal das. Und auch der Plan, den Arztberuf an den Nagel zu hängen, erwies sich als utopisch.

Eines Tages, als Richard gerade auf dem Bootssteg stand, kam plötzlich ein Mann auf ihn zu.« Er zeigte auf das Foto des Mannes mit der Fliegermütze. »Sein Name war Tim Müller. Er tauchte auf wie aus dem Nichts und jagte Richard einen Riesenschrecken ein, aber er war harmlos. Ich habe ihn später auch getroffen und kann es bestätigen. Sie unterhielten sich und angelten Seite an Seite. Dabei erzählte Müller seine Geschichte. Jetzt fragt ihr euch vermutlich, was das Ganze mit mir zu tun hat.« Er sah mir in die Augen. »Und warum ich all die Jahre untergetaucht bin.«

Ich nickte. Er legte seine Hand auf meine, zögerlich, als fürchtete er, ich würde meine zurückziehen. Als ich es zuließ, lächelte er froh, tätschelte mich und fuhr fort:

»Müller war Kanadier, Sohn eines Deutschen, deswegen der Nachname, über den er aber nicht viel wusste. Und einer Mutter, die ihn trotz schlecht bezahlter Jobs und unzähliger gesundheitlicher Probleme aufzog, so gut sie konnte. Sie starb, als Müller Anfang zwanzig war. Von da an war er ganz allein auf der Welt. Er hatte keine Geschwister, keine Cousins oder Cousinen, keine Onkel und Tanten, niemanden. Er hatte auch kein Interesse daran, seinen Vater ausfindig zu machen, der, soweit er wusste, wieder in Deutschland lebte. Der Zufall wollte es, dass er Nicole begegnete, in die er sich unsterblich verliebte. Im Schlafzimmer ist ein Foto von ihr.«

Ich wunderte mich, dass mein Vater die Geschichte so genau kannte. Und ich begann zu ahnen, in welche Richtung sie sich entwickeln würde.

»Sie bekamen eine Tochter, die sie Naomi nannten. Damals lebten sie in Saint Liboire, einer kleinen Stadt in Kanada, in der Nähe von Montreal. Eines Tages unternahmen Nicole und Naomi einen Spaziergang im Wald. Es war bitterkalt. Müller kehrte von einer Doppelschicht in der Fabrik zurück und traf sie zu Hause nicht an. Sofort startete er eine Suchaktion. Er wusste mehr oder weniger, wo sie normalerweise spazieren gingen, trotzdem fanden sie die beiden in dieser Nacht nicht. Am nächsten Morgen entdeckten sie das Mädchen, es war erfroren. Einige Stunden später entdeckten sie, ein gutes Stück entfernt, auch Nicole, die ebenfalls der Kälte zum Opfer gefallen war. Doch nicht nur der Kälte: Wie sich herausstellte, hatte sie auch eine gebrochene Hüfte. Es war nicht schwer, das Puzzle zusammenzusetzen. Nicole hatte einen Unfall gehabt, und da sie sich nicht mehr bewegen konnte, war ihr nichts anderes übrig geblieben, als die kleine Naomi, die damals fünf war, loszuschicken, um Hilfe zu holen. Vermutlich dachte sie auch, dass sich die Chance, gefunden zu werden, erhöhte, wenn sie sich trennten. Der Plan ging aber nicht auf, und Müller war wieder allein auf der Welt.«

»Mein Gott«, sagte Maggie. »Ich will mir gar nicht ausmalen, wie diese Mutter gelitten haben muss. Die Tochter allein in den Wald zu schicken, wo sie noch so klein war. Ich verstehe, warum sie es getan hat, aber es muss ihr das Herz gebrochen haben.«

»Das glaube ich auch. Das Mädchen starb im Schlaf – das Einzige, was Müller ein wenig Frieden verschaffte. Er fühlte sich schuldig. Zwei Monate nach dieser Tragödie verspürte er den Drang, mit dem, was er auf dem Leib trug, einfach draufloszumarschieren. An jenem Tag, als Richard ihm begegnete, spürte er sofort, dass der Mann sich etwas von der Seele reden musste, dass er seine Geschichte vermutlich noch nie erzählt hatte. Er bot ihm an, in der Hütte zu wohnen, als eine Art Hausmeister. Nicht, dass Richard einen gebraucht hätte, aber er würde nie einfach die Hände in den Schoß legen, wenn jemand Hilfe braucht.

Damals lernte auch ich Müller kennen. Er war ein verschlossener Mensch, ob immer schon, weiß ich nicht. Der Kummer fraß ihn Tag für Tag mehr auf. Er hackte Holz, erledigte auch alle anderen Arbeiten. Die Veranda hat er praktisch allein gebaut. Er musste sich beschäftigt halten.«

Mir entging nicht, wie sehr die Geschichte von Müller der des alten Matkin ähnelte, der mit Mark an der Tankstelle gearbeitet hatte. Beide hatten unter tragischen Umständen ihre Frau und ihre einzige Tochter verloren. Später würde ich begreifen, dass diese Ähnlichkeit kein Zufall war.

Ich hätte meinem Vater stundenlang zuhören können. Jedes Wort, das er sagte, war wie ein einzelnes Körnchen in einer Sandburg. Einer fragilen Burg, die jederzeit einstürzen konnte, mit Zimmern und Fluren, die zu erkunden ich Jahre brauchen würde, voller Fragen und Vorwürfe.

77

Tim Müller und Richard Sullivan wurden Freunde. Müller war kein großer Liebhaber des Angelns, begleitete Richard aber gern im Boot. Bei einem ihrer Gespräche auf dem See, offenbarte Tim etwas, das Richard längst vermutet hatte: Die Zeit heile seine Wunden nicht, er müsse jeden Tag an Naomi denken, wie sie durch den Wald geirrt und schließlich erschöpft zu Boden gesunken sei. Er wisse zwar, dass er nichts hätte tun können, gebe sich aber trotzdem die Schuld.

Schon am ersten Tag nach der Tragödie hatte er sich umbringen wollen. Aber er hatte sich gezwungen, diesem Impuls nicht nachzugeben, sich Zeit zu lassen. Doch auch hier in Carnival Falls, weit weg von Kanada, wurde es nicht besser. Und jetzt konnte er nicht mehr.

Müller war ein gläubiger Mensch. Es missfiel ihm, sein Leben einfach so wegzuwerfen. Wenn er damit irgendetwas Gutes bewirken könnte, wäre es ihm eine Hilfe.

Zu dieser Zeit hatten Richard, Harrison, Bill und Bob gerade erfahren, dass mein Vater den Mord an meiner Mutter auf sich nehmen wollte, um Mark zu decken. Die vier schworen, es keinem zu erzählen und auch nichts dagegen zu unternehmen, und dieser Schwur wurde vom Club B auch nie gebrochen. Für Harrison bedeutete es einen Wendepunkt in seinem Leben, denn dieses Geheimnis und all die Geheimnisse, die noch kommen würden, kompromittierten ihn in seiner Funktion als Kommissar von Carnival Falls. Bald schon übergab er sein Amt an Dean Timbert.

Der Club B traf sich in der Hütte, um mit Müller zu sprechen. Sein Wunsch war unverändert: Er wollte aus dem Leben scheiden. Anfangs kam ihnen der Plan, den sie fassten, völlig verrückt vor, doch je mehr sie ihn ausarbeiteten, desto machbarer erschien er ihnen. Jedem kam ein unverzichtbarer Part zu: Richard würde die Totenurkunde ausstellen, Harrison würde den Polizeikram erledigen, Carla Burke, das einzige Nichtmitglied des Clubs, die aber von Anfang an Bescheid wusste, würde sich über das Familienunternehmen um die Leiche kümmern.

Der Club Bilderberg in Bestform.

Der einzige Bremsklotz in der ganzen Aktion war mein Vater, der nicht wollte, dass seine Freunde ihre Jobs aufs Spiel setzten. Insbesondere Harrison hatte sich als Kommissar nie etwas zuschulden kommen lassen, war unbestechlich gewesen, ein Vorbild für den ganzen Berufsstand, von allen geliebt.

Die fünf versammelten sich, um den Plan auszudiskutieren, oder besser gesagt, sie versammelten sich, um meinen Vater zu überzeugen. Er hörte ihnen zu und bat um einige Stunden Bedenkzeit. Inzwischen hatte die Autopsie ergeben, dass meine Mutter erstickt worden war, sodass es nur noch eine Frage von Tagen, wenn nicht Stunden war, bis die Detectives unserer Familie Fragen stellen würden. Dann könnte es zu spät sein.

Mein Vater willigte schließlich ein, unter der Bedingung, dass niemand erfahren durfte, dass er noch lebte. Nur so war garantiert, dass das, was sie getan hatten, niemals ans Licht kommen würde. Er wollte den Kreis der Mitwissenden auf das Minimum beschränken und war wild entschlossen, nach all dem, was passiert war, nicht einfach ein normales Leben zu führen. Er würde sich auf keinen Fall der Gefahr aussetzen, erkannt zu werden.

Je länger er sprach, desto größer wurde mein Bedürfnis, seine Entscheidung zu kritisieren, ihm vorzuwerfen, dass er uns im Stich gelassen hatte – mich im Stich gelassen hatte , dass er mir verwehrt hatte, mit ihm in Kontakt treten zu können, und sei es nur sporadisch. Welchen Schaden hätte die Wahrheit bei Mark und mir schon anrichten können, wenn wir ihn ab und zu besucht hätten? Im Gefängnis wäre das zumindest möglich gewesen.

Schon während er seine Geschichte erzählte, fiel mir auf, dass wesentliche Teile fehlten. Obwohl Mark tot war, wollte mein Vater nicht schildern, was in der Nacht vom 31. März 2001 wirklich geschehen war.

Die zweite Bedingung, die mein Vater seinen Freunden abverlangte, war, dass Mark zu dem Kreis derjenigen gehören sollte, die die Wahrheit kannten, im Gegensatz zu mir, der nie etwas erfahren dürfe.

Als ich das aus seinem Mund hörte, schrie ich beinahe auf vor Ohnmacht.

Mark hatte die ganze Zeit gewusst, dass mein Vater zurückgezogen in dieser Hütte lebte?

Es war wie ein Feuer, das mich innerlich verbrannte. Wie war das möglich?

Doch dann, als mein Vater den Rest der Geschichte erzählte, ergab diese Entscheidung, die wie reine Willkür schien, einen Sinn.

Es wäre nicht richtig gewesen, wenn Mark auch noch den Selbstmord meines Vaters hätte tragen müssen. Früher oder später hätten die Schuldgefühle ihn erdrückt. Also sah mein Vater sich gezwungen, ihm die Wahrheit zu sagen.

Was mich betraf, wollte mein Vater vor allem das gute Verhältnis zwischen mir und meinem Bruder bewahren. Es war ihm egal, ob ich ihn verachtete, ihm war nur wichtig, dass ich in Mark nicht den Urheber unserer Misere sah. Er wollte, dass das Verhältnis zwischen uns Brüdern intakt blieb.

Zweifelsohne war ihm das gelungen.

Trotzdem durchlief mich ein Schauder. Wenn ich auf etwas stolz war, dann auf die Beziehung, die ich im Laufe der Jahre zu meinem Bruder aufgebaut hatte.

Harrison sorgte dafür, dass sich kein Polizist in der Nähe der Zelle aufhielt, als Müller in Begleitung von Bob durch die Hintertür eintrat. Mein Vater tauschte mit Müller die Kleidung und führte ein kurzes, bewegendes Gespräch mit ihm, von dessen Inhalt er nichts verriet. Müller hatte das Gewehr bereits bei sich, ein Mossberg.

Einem jungen Beamten namens Willis fiel die undankbare Aufgabe zu, die Leiche zu entdecken. Es war entscheidend für den Plan, dass die Waffe möglichst großen Schaden anrichtete, und in diesem Sinne übertraf Müller alle Erwartungen. Willis rannte sofort zur Zelle, als er den Schuss hörte. Das Blut war bis auf den Gang gespritzt.

Richard bestätigte die Identität der Leiche mithilfe von Fingerabdrücken.

78

Es war dunkel geworden. Die Fenster mit Blick zum See rahmten nun eine vollkommen andere Landschaft, als wir sie bei unserer Ankunft gesehen hatten. Der Mond und die Sterne waren verschwunden. Es blies ein heftiger Wind, der an den Baumwipfeln rüttelte und durch die Ritzen ins Innere der Hütte drang.

»Wann hat Mark davon erfahren?«, fragte ich.

»Du musst verstehen, dass …«

»Wann?«

»Einige Monate später, zwei oder drei.«

Maggie stand auf.

»Ich mache einen Spaziergang. Ihr solltet das unter euch besprechen.«

Ich schüttelte den Kopf.

»Nicht nötig, wirklich nicht. Irgendwie bist du ja auch ein Teil der Geschichte.«

Maggie setzte sich wieder.

»Johnny«, sagte mein Vater, »Wenn ich auf etwas stolz bin, dann auf meine Entscheidung, die Beziehung zwischen Mark und dir zu schützen. Dass ihr über all die Jahre so innig verbunden wart, gibt mir recht.«

»Es ist schwer zu akzeptieren, dass du die ganze Zeit hier warst, so nah.«

Mein Vater wurde so sehr von seinen Gefühlen übermannt, dass ihm die Lippen zitterten.

»Harrison hat mich stets auf dem Laufenden gehalten. Mark natürlich auch, aber ich muss gestehen, dass wir unsere Differenzen hatten. Wie oft hat er mir gegenübergesessen, genau da, wo du jetzt sitzt.«

Dass die beiden über all die Jahre diese enge Beziehung gepflegt hatten, versetzte mir einen Stich.

»Differenzen worüber? Ob du mir die Wahrheit sagen solltest?«

»Es ist nicht der richtige Moment, um darüber zu sprechen, Junge. Wichtig war nur, dass Mark und du einander hattet. Was dann mit Mark passiert ist, ist schrecklich.«

Zum ersten Mal sah ich in seinen Augen, wie untröstlich er war. Mein Vater war der Einzige, der ermessen konnte, welche Lücke Mark hinterlassen hatte.

»Ich verstehe es nicht, Johnny«, fuhr er fort, und eine dicke Träne rann ihm über die runzlige Wange. »Ich verstehe es einfach nicht.«

Maggie sah mich fragend an. *Willst du wirklich, dass ich bleibe?* Ich legte meine Hand auf ihre und flehte sie stumm an: *Bitte.*

»Mark hat mir einen Abschiedsbrief hinterlassen«, sagte ich. »Du kannst ihn gern lesen.«

Mein Vater nickte.

»Wir haben oft darüber gestritten, ob es wirklich das Beste für dich ist. Dir die Wahrheit zu verschweigen, meine ich. Mark wollte, dass du Bescheid weißt und mich besuchen kommst. Ich war dagegen, Johnny. Ich hatte meinen Freunden versprochen, dass das, was sie getan hatten, niemals rauskommen würde. Sie waren natürlich die Ersten, die sagten, ich solle mein Versprechen brechen, aber das hat nichts geändert, zumindest nicht für mich.«

»Es gab schwere Zeiten da draußen.«

Ich wollte nicht, dass er sich wie ein Mistkerl fühlte, aber ein Teil von mir konnte nicht anders.

»Ich weiß. Ich habe nur getan, was ich für das Beste hielt. Du und dein Bruder, ihr hattet einander, und darauf bin ich stolz.«

»Hast du Jennie gesehen?«

Sein Gesicht hellte sich auf. Es war, als hätte jemand einen Tausendwattstrahler auf ihn gerichtet.

»Ich habe immer höllisch aufgepasst. Aber ja, ich habe sie gesehen. Sie ist so ein tolles Mädchen, eine Brenner eben. Es hat lange gedauert, bis ich dir das sagen konnte, Junge: herzlichen Glückwunsch.«

Wenn ich an meine Tochter dachte, kam ich mir manchmal vor, als stünde ich vor einem Abgrund. Durch sie nahm alles eine größere Dimension an: die Liebe, die Ängste, die Nöte, meine Schwächen. Mit ihr in meinem Leben war die Welt wie überproportioniert: wunderschön und entsetzlich zugleich. Genauso fühlte ich mich auch in diesem Moment, nur am anderen Ende des Universums.

»Und?«, fragte ich. »Jetzt, wo Mark nicht mehr da ist, wolltest du mir da die Wahrheit sagen?«

Er nickte.

»Jetzt liegen die Dinge anders. Darüber habe ich auch mit den Jungs gesprochen, wie wir das am besten bewerkstelligen. Ohne Mark …«

Ich stand auf. Mir war plötzlich etwas eingefallen. Ich trat ans Fenster, längliche Tropfen rannen über die Scheibe.

Mein Vater und Maggie sahen mich fragend an.

»Was ist?«, fragte Maggie.

Ich ging im Geiste noch einmal den Brief durch, den Mark mir hinterlassen hatte.

Der Baummann, ein Wesen, das im Wald wohnt und manchmal im Haus umhergeht.

Dieses Signal zwingt ihn, im Wald zu bleiben.

Eines Tages wirst du ihn besuchen können, wenn der richtige Moment gekommen ist.

Zum ersten Mal begann ich zu ahnen, warum Mark sich das Leben genommen hatte. Mein Bruder und ich hatten stets ein wunderbares Verhältnis zueinander gehabt. Ich hatte ihn respektiert, bewundert, zutiefst geliebt.

Nun war mein Vater an der Reihe.

79

Harrison und Bob blieben noch kurz im Pick-up sitzen, bevor sie ausstiegen. Ich stand am Fenster und beobachtete sie. Meine Intuition sagte mir, dass sie diesen Moment brauchten, um die Situation einzuschätzen.

Als sie die Hütte betraten, begrüßten sie uns, als wäre dieses Treffen die normalste Sache der Welt.

»Vermutlich seid ihr inzwischen auf dem neusten Stand«, sagte Bob.

Die beiden setzten sich. Ich war der Einzige, der stehen blieb.

»Komm, Johnny«, sagte Harrison, »wir haben einiges zu besprechen, und wir haben keine Zeit zu verlieren.«

Ich kannte diesen Ton. Das war nicht mehr der Mann, der mich zu Hause besuchte und mit mir The Who hörte, mit dem ich Laurens Kekse aß und über Gott und die Welt plauderte. Das war der Mann, der einmal Kommissar gewesen war, der Mann, der es gewohnt war, Befehle zu erteilen.

Ich setzte mich. Die drei Freunde saßen auf der einen Seite des Tisches, Maggie und ich auf der anderen.

»Was ist bei dir zu Hause passiert, Johnny?«, fragte Harrison ohne Umschweife.

»Wir sind zu dir gefahren, weil ihr der Polizei gesagt hattet, dass ein Mann …«

»Marrel«, sagte Maggie wie aus der Pistole geschossen. »Erzähl schon, Johnny.«

Ich nickte.

»Maggie und ich hielten es für das Beste, sofort zu verschwinden, also haben wir die Polizei gerufen und sind dann tiefer in den Wald hineingelaufen. Bis wir irgendwann hier gelandet sind.«

»Woher wusstet ihr, wo die Hütte ist?«, fragte Bob.

»Ich habe euch gestern aus Versehen belauscht«, sagte Maggie, »und habe dann mein Handy mit aktiviertem GPS unter den Autositz gelegt.«

Bob seufzte grinsend.

»Seht ihr, Jungs?«, sagte er und sah nacheinander seine Freunde an, erst meinen Vater, dann Harrison. »Ein Handy mit aktiviertem GPS, ganz einfach. Das ist der Fortschritt, da kommen wir alten Säcke nicht mehr hinterher.«

»Wir wussten nicht, was uns erwartet«, fuhr Maggie fort.

»Timbert hat mich sofort verständigt, nachdem euer Anruf eingegangen war«, sagte Harrison, um auf das Thema Marrel zurückzukommen. »Wir kommen gerade von dort, aber von dem Kerl fehlt jede Spur.«

Maggie und ich sahen uns an.

»Was ist?« Der Exkommissar warf uns einen warnenden Blick zu: *Schluss mit den Lügen.*

»Er ist uns in den Wald gefolgt«, sagte ich. »Der Typ ist ein verdammter Pfadfinder. Er war bewaffnet und hat uns bedroht.«

»Es ist nichts Schlimmes passiert«, beeilte sich Maggie zu sagen. »Marrel war ein bisschen durcheinander, weil er dachte, Mark und Johnny hätten seiner Tochter etwas angetan. Frost hat ihm diesen Floh ins Ohr gesetzt.«

Die Freunde tauschten Blicke, die nicht zu deuten waren.

»Wir müssen über das sprechen, was in jener Nacht passiert ist«, erklärte mein Vater ruhig.

»Das finde ich auch«, sagte Harrison. »Und darüber, wie es von jetzt an weitergehen soll.«

Maggie und ich nickten.

»Hast du diese Frau getötet, Johnny?«, fragte Harrison ohne Vorwarnung.

Mein Vater senkte den Blick.

»Nein!«, rief ich. »Ich kannte sie nicht einmal!«

Harrison machte eine beschwichtigende Geste.

Es fiel mir schwer, meine Gedanken in Worte zu fassen. Oder besser gesagt: Ich wollte sie gar nicht in Worte fassen. Wieder einmal kam Maggie mir zu Hilfe.

»Wir glauben, dass diese Frau oder jemand anders ihm ein Medikament verabreicht hat, das bei Meditek entwickelt wurde. Ein Medikament, durch das man eine Zeit lang alles vergisst. In Wahrheit ist es ein bisschen komplizierter, aber letztlich ist das der entscheidende Punkt. Wir glauben, dass ...«

Ich gab Maggie zu verstehen, dass ich fortfahren wollte.

»Kann sein, dass Mark sie getötet hat«, sagte ich zähneknirschend. »Als ich nach der Einnahme von ESH ... des Medikaments aufwachte, rief Mark mich an. Ich erzählte ihm, was passiert war, und er kam vorbei, um die Situation in die Hand zu nehmen.«

»Wie lang hat das gedauert?«

»Er war nach einer halben Stunde bei mir.«

»Nein. Wie lange nach dem Aufwachen hat er dich angerufen?«

»Das weiß ich nicht mehr genau.«

Ich sah zu Maggie. Sie nickte bestätigend.

»Als ich aufwachte«, erklärte ich, »lag dort die Frau, daneben die Ruger und eine leere Flasche. Alles war so arrangiert, dass es so aussah, als wäre ich der Mörder.«

Mein Vater und Harrison sahen sich wissend an, was mir nicht entging.

»Ich konnte nicht mehr klar denken«, fuhr ich fort, »und lief in den Wald, um die Flasche loszuwerden, im Union Lake. Auf dem Rückweg entdeckte ich in der Nähe des Reptilhügels einen Van. Es saß niemand drin, aber im Laderaum befand sich allerlei Überwachungsgerät. Eine Kamera war bei mir im Wohnzimmer installiert.«

»Gütiger Gott«, sagte mein Vater.

»Erzähl bitte weiter«, sagte Harrison.

»Als ich wieder nach Hause kam, war die Leiche spurlos verschwunden. Sie hatten sie fortgeschafft.«

»Wann habt ihr rausgefunden, dass die Frau bei Meditek gearbeitet hat?«

»Einige Tage später.«

»Und wie?«

»Das ist eine lange Geschichte«, schaltete sich nun wieder Maggie ein. »Wir sind im Internet auf Paula gestoßen. Und Mark hat es uns bestätigt, kurz nach seinem Geburtstag.«

Harrison nickte.

»Vielleicht ist jetzt der richtige Moment, dass du deinen Teil der Geschichte erzählst, Ed.«

Mein Vater nickte.

»An jenem Abend des zweiten Mai war ich ganz in der Nähe, Johnny. Normalerweise bleibe ich auf Abstand, das musst du mir glauben. Aber manchmal überkommt mich eben das Bedürfnis, dich zu sehen. Als ich den Schuss hörte, habe ich mir Sorgen gemacht. Ich bin so schnell wie möglich zu deinem Haus gerannt. Zwanzig Minuten später war ich dort. Ich habe mich von hinten an das Haus angeschlichen, aber der Bewegungsmelder hat mich erfasst, und alle Lichter gingen an. Also habe ich kurz abgewartet, vielleicht fünf Minuten, bis ich im Wohnzimmer merkwürdige Geräusche gehört habe. Da bin ich rein. Die Leiche des Mädchens war mit einem Laken bedeckt. Ich bin direkt zu dir, Johnny, habe deinen Puls überprüft und festgestellt, dass du noch lebst. Bei der Frau musste ich meine Finger erst gar nicht an die Halsschlagader legen, um zu wissen, dass sie tot war. Auch die Flasche auf dem Tisch habe ich gesehen.«

»Der Mörder muss in diesem Moment noch im Haus gewesen sein«, sagte Bob. »Das Laken spricht dafür, dass er die Leiche fortschaffen wollte. Doch dann hast du seinen Plan durchkreuzt, Johnny.«

»Genau«, bestätigte mein Vater. »Du hast dich plötzlich bewegt und wirres Zeug gebrabbelt. Es war klar, dass du jeden Moment aufwachen würdest. Trotz des Durcheinanders war ich mir in einem Punkt sicher, nämlich, dass ich unbedingt Harrison verständigen musste. Ich habe ein Notfallhandy, das ich an diesem Abend allerdings nicht dabeihatte. Also habe ich mich rausgeschlichen und durchs Fenster beobachtet, wie du versucht hast, die Frau zu reanimieren. Mir fiel ein Stein vom Herzen, weil das nur bedeuten konnte, dass du es nicht warst.«

Er senkte den Blick, als ob er sich schämte.

»Ich war's nicht«, sagte ich ernst.

Mein Vater flüsterte jetzt kaum hörbar:

»Jedenfalls habe ich das damals gedacht«, sagte er entschuldigend. »Ich bin dir zum Union Lake gefolgt. Dann hielt ich es für das Beste, zur Hütte zurückzukehren und Harrison anzurufen.«

Harrison nickte und ergriff seinerseits das Wort.

»Zuerst rief ich Mark an und sagte ihm, Ed habe bei dir etwas Merkwürdiges beobachtet. Deutlicher wurde ich nicht. Er wiederum sagte, er sei bereits auf dem Laufenden und habe mit dir telefoniert, Johnny, sei sogar bei dir gewesen und schon wieder auf dem Rückweg. Es sei alles okay.«

»Was hat er noch gesagt?«, fragte Maggie.

»Dass Johnny eine Art halluzinatorischen Anfall gehabt habe, dass es ihm aber wieder gut gehe und er sich um ihn kümmern werde.«

Wir schwiegen. Mark hatte gelogen.

»Deswegen bin ich am nächsten Tag zu dir gefahren, Johnny«, sagte Harrison.

»Ich weiß.«

»Nun ist es so«, erklärte Bob, »dass wir nicht wissen, was diese Frau bei dir wollte, Johnny, und auch nicht, wer sie getötet hat.«

»Und wenn wir aussagen, was wir wissen«, fügte Harrison mit ernster Stimme hinzu, »und das ist nicht viel, dann erreichen wir damit nur, dass das FBI sich auf Johnny einschießt, dann wird die Angelegenheit erst so richtig hässlich.«

Maggie sah einen nach dem anderen an.

»Wir könnten ihnen von dem Medikament erzählen, das Meditek entwickelt hat«, sagte sie in dem Versuch, die anderen zu überzeugen und vielleicht auch sich selbst. »Das lässt sich beweisen und erklärt, warum Johnny sich an diese Stunden nicht erinnern kann.«

Bob schüttelte den Kopf.

»Denk mal kurz darüber nach, Kleines, das würde alles nur noch komplizierter machen.«

Er hatte recht. Auch wenn ich mich nicht erinnern konnte, wäre ich in den Augen des FBI trotzdem der Hauptverdächtige.

»Aber damit tun wir Paula unrecht«, sagte Maggie.

Ich pflichtete ihr bei.

»Wir wissen nicht, warum sie nach Carnival Falls gekommen ist«, sagte Harrison. »Mark hat es uns nicht mehr sagen können.«

»Wenn er es überhaupt wusste«, warf ich ein.

Niemand reagierte. Harrison und Bob wechselten wieder diese wissenden Blicke. Offenbar hielten sie Mark für den Mörder. Ich sträubte mich gegen diesen Gedanken, musste aber zugeben, dass er schwer von der Hand zu weisen war.

»Wir müssen entscheiden, was wir jetzt tun sollen«, sagte Harrison. »Entweder wir sagen dem FBI, was wir wissen, trotz des erwähnten Risikos, oder das, was wir heute besprochen haben, bleibt unser Geheimnis.«

So wie immer beim Club B, dachte ich.

»Vorher müsst ihr aber noch etwas wissen«, fuhr Harrison fort. »Ich habe mit Frost gesprochen. Er hat mir gesagt, dass die Ermittlungen eingestellt werden.«

»Was?«, rief Maggie. Bis auf Bob, der bei jedem Wort des Exkommissars genickt hatte, waren wir anderen alle genauso überrascht wie Maggie.

»Das bedeutet nicht, dass sie nicht weiter nach Paula Marrel suchen werden, aber die Ermittlungen im Fall Meditek sind beendet«, erklärte Harrison. »Mir kam es etwas merkwürdig vor, so plötzlich. Frost meinte, er sei überzeugt, dass Mark mit der Sache zu tun habe, aber jetzt, wo er nicht mehr lebe, habe er seinem Vorgesetzten den Fall nicht schmackhaft machen können.«

»Könnte das ein Trick sein?«, fragte ich. Sowohl Frost als auch Bell hatten sich ganz schön in den Fall verbissen. Warum sollten sie ihn auf einmal zu den Akten legen?

»Es ist kein Trick, Johnny«, sagte Harrison. »Ich kenne das FBI schon länger. Die haben eiserne Regeln. Wenn es dort heißt, die Ermittlungen sind eingestellt, dann sind sie auch eingestellt.«

»Was unsere Situation auch nicht einfacher macht«, sagte Bob. »Wir müssen abstimmen. Richard und Bill haben gegensätzliche Positionen, also sind sie schon mal raus. Die endgültige Entscheidung fällt an diesem Tisch. Wer dafür ist, mit Frost zu reden, der gebe jetzt ein Zeichen.«

Ich hob die Hand.

Harrison ebenfalls.

Mein Vater rührte sich nicht, Bob schüttelte den Kopf, war also dagegen.

Instinktiv wandten wir uns alle Maggie zu.

»Ich stimme mit Nein«, sagte sie.

ESH

Mit Tränen in den Augen sah John das Video zu Ende.

»Es tut mir leid«, sagte Paula, sperrte den Bildschirm ihres Handys und legte es sich in den Schoß. »Wusstest du es?«, fragte sie scheu.

Er sah sie an, als wäre sie wie aus dem Nichts neben ihm aufgetaucht.

»Ich dachte immer, mein Vater wäre es gewesen.«

Paula nickte. Dann stellte sie die Frage, die der Grund für ihren Ausflug nach Carnival Falls gewesen war.

»Stimmt das, was er sagt? Dass eure Mutter es aus tiefstem Herzen wollte?«

John trocknete seine Tränen.

»Ja, das stimmt. Meine Mutter hat auch mich darum gebeten, ich war nur zu naiv, um es zu verstehen. Sie buchstabierte mir, ich solle ein Kissen auf ihr Gesicht legen. Erst als mein Vater verhaftet wurde, ist mir das Ausmaß dieser Bitte bewusst geworden. Ich war ein Kind, aber ich war nicht dumm.«

»Nach dem Video wusste ich nicht, was ich denken soll«, sagte Paula entschuldigend. »Er, na ja, er gesteht einen Mo…«

»Es war kein Mord«, schnitt John ihr das Wort ab.

Er stand auf und ging im Wohnzimmer umher. Paula folgte ihm mit ihren Blicken.

»Meine Mutter hat ihn darum gebeten«, sagte John mehr zu sich selbst als zu Paula. »Er hat getan, was er tun musste.«

Draußen wurde es allmählich dunkel. Wie lange redeten sie schon? John sah zu der Flasche auf dem Tisch und konnte nicht fassen, dass er sich schon bald an nichts mehr würde erinnern können von dem, was er gerade erfahren hatte.

»Hier hast du deine Antwort«, sagte John und drehte sich abrupt um. Sein Blick hatte sich verändert. »Ich will, dass du dieses Video löschst und meinen Bruder in Ruhe lässt.«

»Natürlich, deswegen bin ich hier. Wenn du so deinen Frieden findest, soll es mir recht ein. Mir ging es einzig und allein darum, dass du davon erfährst und dir selbst ein Urteil bilden kannst. Dein Vater ist ins Gefängnis gegangen und hat sich das Leben genommen für etwas, das …«

»Das brauchst du mir nicht zu erklären!«

»Tut mir leid.«

Paula senkte den Blick.

John setzte sich wieder. Er legte eine Hand auf Paulas Schulter.

»Du kannst nichts dafür«, entschuldigte er sich. »Ich stehe einfach unter Schock.«

Sie nickte.

John vergrub das Gesicht in seinen Händen und gab sich der Dunkelheit anheim.

»Ich werde mich wirklich an nichts erinnern?«, fragte er mit gedämpfter Stimme.

»Nein.«

Er nahm die Hände vom Gesicht und sah Paula an.

»Ich danke dir für das, was du getan hast.«

Plötzlich wurde ihm schwarz vor Augen.

»Ist alles okay mit dir?«, fragte Paula.

John richtete sich auf.

»Ja, alles okay. Wie viel Zeit ist vergangen, seit …?«

Paula sah auf ihr Handy und runzelte die Stirn.

»Eine Stunde und zwanzig Minuten. Die Wirkung müsste noch eine Weile anhalten.«

»Dann lass uns das hier zu Ende bringen.«

Paula suchte auf dem Handy nach dem Video und löschte es.

»Ich habe zwei Kopien gemacht«, erklärte sie. »Eine war auf meinem Handy, die habe ich gerade gelöscht. Die andere liegt auf einem RAS-Server.«

Sie loggte sich bei Google Drive ein, klickte die Datei mit dem Video an und wählte die Option löschen, alles unter Johns wachsamem Blick.

»Das Video existiert nicht mehr, zumindest was meine Daten betrifft.«

John blieb nichts anderes übrig, als ihr zu glauben. Vielleicht hatte Paula tatsächlich nur diese eine Kopie gemacht, vielleicht aber auch Hunderte, er konnte es nicht wissen.

Paula stand auf.

»Ich möchte, dass du auch den Rest löschst«, sagte John.

Paula, die sich gerade den Rucksack aufsetzte, hielt inne.

»Das waren die beiden einzigen Kopien«, sagte sie überrascht, »eine auf dem Handy, eine auf dem Remote-Server. Mehr gibt es nicht.«

»Ich meine die Videos und Dokumente über ESH, die du bei Meditek entwendet hast, das Material zur Forschung.«

Paulas Lächeln erstarb.

»Dieses Material hat nichts mit dir zu tun. Deswegen bin ich nicht gekommen.«

Ein schwarzer Fleck verschleierte sein Blickfeld. Der Fleck löste sich schnell wieder auf, doch Paula hatte sich bereits einige Schritte entfernt, war auf dem Weg zur Tür. John beeilte sich, ging um das Sofa herum in die Gegenrichtung, bis zur Hintertür, wo er sich an dem Kaminsims festhalten musste, um nicht zusammenzusacken. Er suchte nach der Pistole, packte sie.

Paula blieb abrupt stehen.

»Ich werde sie nicht benutzen«, sagte John.

»Dann leg sie wieder weg.«

»Ich will, dass du alles löschst.«

»Und wenn ich weitere Kopien habe?«

»Hast du?«

»John, ich bin hergekommen, um dir zu helfen, um dir zu zeigen, was wirklich mit deiner Mutter passiert ist. Ich habe dir die Chance gegeben, selbst zu wählen.«

»Und dafür bin ich dir auch dankbar. Trotzdem verstehe ich nicht, warum du die restlichen Videos nicht löschen willst. Ich dachte, du wärst dagegen, meinen Bruder zu erpressen.«

Paula schüttelte den Kopf.

»Du verstehst das nicht!«

»Wenn du das Material nicht zu benutzen gedenkst, dann kannst du es doch löschen.«

Ihre Stimmung schlug nun in Wut um.

»Ich hätte ihn genauso gut mit dieser Beichte erpressen können!«, blaffte sie.

John hielt die Waffe auf halber Höhe. Mein Gott, wie schwer sie war!

»Was hast du mit dem Material vor?«, fragte John in schleppendem Ton.

»Was denkst du denn? Ich werde es leaken. Dein Bruder und Ian Martins wollen ESH an ein nordkoreanisches Labor verkaufen, und dahinter steckt selbstverständlich die dortige Regierung. ESH wird so zu einem Geheimprojekt. Wer weiß, wozu sie es einsetzen werden. Das darf nicht passieren! Aber selbst wenn dieser

Deal platzen sollte, wird sich irgendein stinkreicher Privatmensch, den seit Jahren niemand zu Gesicht bekommen hat, die Patente und alles andere schnappen, was fast auf das Gleiche hinausläuft!«

»Es ist nicht an dir, das zu entscheiden.«

»Ach nein?«

»Nein.«

»Hast du es nicht auch satt, dass immer die anderen für dich entscheiden?«

»Das ist Marks Projekt …« Die Welt stand still. »Er sollte das letzte Wort haben.«

»Ich kenne deinen Bruder. Ich tue ihm damit einen Gefallen.«

»Warum fragst du ihn nicht selbst?«

Paula sah zur Decke, als hielte sie es für reine Zeitverschwendung, es John zu erklären. Und vielleicht war es auch so.

»Deinem Bruder steht das Wasser bis zum Hals«, sagte Paula aufgebracht. Sie trat auf ihn zu. »Verstehst du nicht? Er wird von seinen Schulden erdrückt. Ihm bleibt gar nichts anderes übrig, als zu verkaufen. Wenn wir das mit ESH publik machen, müssen die Labore nachgeben, anders geht es nicht. Wir dürfen nicht zulassen, dass eine solche Erfindung nicht öffentlich gemacht wird. Nur deshalb habe ich dieses Material besorgt, und die Tabletten. Und ich habe noch mehr davon. Hast du es endlich kapiert?«

»Ob ich es kapiert habe oder nicht, spielt keine Rolle. Ich werde trotzdem nicht für meinen Bruder entscheiden. Und du wirst es auch nicht tun.«

»Ich habe alle Dokumente einmal ausgedruckt«, sagte Paula und hielt das Handy hoch.

»Das glaube ich dir nicht«, forderte John sie heraus.

Kaum hatte er den Satz beendet, versagte sein rechtes Bein den Dienst, und er kippte zur Seite. Er streckte die Hand aus, mit der er seine Waffe hielt, und konnte sich gerade noch mit dem Ellenbogen aufstützen. Mit letzter Kraft richtete er sich wieder auf, doch seine Augen wollten sich einfach nicht mehr öffnen. Als er sie endlich aufbekam, war Paula gefährlich nahe gekommen.

»Stopp!«

Paula hatte die Hände erhoben und den Körper leicht vornübergebeugt. Trotzdem ging sie weiter auf ihn zu.

»Ich verschwinde jetzt durch diese Tür. Unser Treffen ist hiermit beendet. Du wirst mich gehen lassen, und für dich wird es so sein, als wäre nie etwas passiert.«

Paula ging weiter, darauf bedacht, den Abstand zu John nicht zu verändern, wodurch sie einen Bogen beschritt, der sie immer näher zur Tür führte. John hingegen drehte sich um die eigene Achse, folgte Paulas Bewegung, als wäre sie ein Satellit und er der Planet. Ein Planet ohne Leben.

Seine Augenlider zitterten.

Paula tippte auf ihrem Handy herum.

»Was machst du da?«

Sie antwortete nicht, sondern bediente mit dem Finger das Display.

»Was machst du da?«

Paula hob das Handy in die Höhe.

»Das hier ist eine Datei auf einem Remote-Server, der alle Informationen über ESH enthält. Wenn ich auf diesen Knopf drücke, teile ich sie mit einer riesigen Hacker-Community. Die wissen dann schon, was sie damit machen müssen.«

Unter Aufbietung seiner letzten Kräfte stellte John sich zwischen Paula und den Hinterausgang. Die Pistole war zu seinem eisernen Anker geworden.

»Ich gehe jetzt, John«, sagte Paula.

Johns Augenlider standen auf halbmast. Sein letzter Funken Bewusstsein sagte ihm, dass er nur dranbleiben musste, dann würde Paula schon zur Vernunft kommen, dann würde sie die Dokumente nicht posten. Sie bluffte nur. Er wollte etwas sagen, aber nichts kam aus seinem Mund. Sein Gehirn schickte den Befehl an seine Stimmbänder, aber sie reagierten nicht.

Paula ging weiter in Richtung Tür, er konnte nichts dagegen tun.

Da ertönte ein ohrenbetäubender Knall. Ein Schuss. Paula sackte zusammen wie eine Marionette.

John versagten die Beine, er sank zu Boden. Er wollte den Arm ausstrecken, um den Aufprall zu dämpfen, aber er konnte nicht. Die Pistole schlidderte weg.

Kurz bevor er die Augen schloss, sah er noch eine Gestalt.

80

Einige Monate später

Es bedurfte einiger Fehlversuche, bis ich endlich darauf kam, wie ich den gordischen Knoten meines Lebens lösen konnte. Es war ein langwieriger Prozess, bei dem Maggie die entscheidende Rolle spielte.

Den Anstoß für diesen Prozess gab ein eher unbedeutendes und zufälliges Ereignis. Jennie war gerade fünf geworden und zeigte ein erstaunliches Talent für handwerkliche Dinge. Sie beschränkte sich nicht mehr nur aufs Zeichnen, sondern bastelte alle möglichen dreidimensionalen Objekte: aus Papier, Pappe, Dosen oder was immer sie im Haus auftreiben konnte. Eines Tages kam sie zu mir ins Atelier und sagte, sie habe etwas gefunden, das im Wald versteckt gewesen war. Feierlich präsentierte sie mir eine magische Lampe aus vier himmelblau angemalten Kartonstücken.

»Was wünschst du dir, Papa?«

Ich wollte gerade den Mund öffnen, als sie mir erklärte, der Geist könne Gedanken lesen, ich bräuchte es nicht laut auszusprechen.

»Fertig«, log ich.

Tatsächlich wusste ich nämlich nicht, was ich wirklich wollte. Warum hatte ich auch spontan keine Antwort darauf?

Diese Frage beschäftigte mich schon seit Längerem. Jennies magische Lampe hatte sie nur deutlich zum Vorschein gebracht. Was wollte ich aus meinem Leben machen? Ich war erstaunt, dass ich keine klare Antwort darauf hatte, wo doch schon Kinder wissen, dass sie einmal Polizisten, Feuerwehrmänner oder Astronauten werden wollen. Wie sollte ich mir meine Träume erfüllen oder zumindest zu erfüllen versuchen, wenn ich nicht einmal wusste, was das für Träume waren?

Ich nahm mir fest vor, der Antwort auf die Spur zu kommen, die Idealvorstellung zu formulieren, die vielleicht unerreichbar war, die aber meiner bescheidenen Meinung nach – wie ich jetzt weiß – jeder anstreben sollte. Jederzeit.

Ich besaß ein kleines Büchlein, das ich immer bei mir trug. Dort schrieb ich alles hinein, was mir durch den Kopf ging, auch die abwegigsten Gedanken. Es war ein Prozess der Introspektion, eine ehrliche Auseinandersetzung mit mir selbst, die unter anderem zu der Erkenntnis führte, dass ich nie wieder einen Tropfen Alkohol anrühren wollte (eine zugegebenermaßen naheliegende Erkenntnis) und dass es in meinem Leben etwas Unabgeschlossenes gab, eine *Bringschuld*. Ich hatte eine Handvoll Kinderbücher veröffentlicht, mit mäßigem und eher zufälligem Erfolg. Ich konnte mir noch so sehr etwas vormachen, ich wusste doch, dass sie künstlerisch zu wünschen übrig ließen.

Die Bilderbuchillustratoren, die ich am meisten bewunderte, waren nicht nur alle unfassbar talentiert, sie waren mir auch schon so weit voraus, dass ich sie nie würde einholen können. Maurice Sendak, Van Allsburg, Carle, Jeffers, Browne, auch Ian Falconer, der mit Schweinchen Kate ein bewundernswertes Werk vorgelegt hatte.

Ich wollte einer von *ihnen* werden.

Die Antwort, die ich also fand, war Furcht einflößend, das Scheitern garantiert.

Aber das war mir egal. Ich würde noch einmal drei Jahre auf die Uni gehen und Kunstgeschichte studieren. Mein ehrgeiziger Plan sah vor, dass ich es vielleicht auch in zwei Jahren schaffen konnte. Außerdem würde ich diese Zeit nutzen, um meinen Weg als Künstler zu finden. Ich musste die Karten neu mischen und verteilen, das Fundament meiner Karriere neu legen. Mich neu erfinden.

Die Besuche bei meinem Vater in der Hütte waren zu einer fast schon therapeutischen Gewohnheit geworden. Ich wollte erst mit ihm reden, bevor ich Maggie einweihte. An einem milden Herbsttag saßen wir auf der Veranda und tranken Kaffee. Oft gesellte sich Harrison hinzu, aber an diesem Nachmittag waren wir allein.

Jetzt, da ich ihn mit der Brille eines Erwachsenen sah, entdeckte ich unbekannte Facetten an ihm: Er war ein feiner Mensch, ein guter Ratgeber – und ein Freund.

Ich machte ihm nie zum Vorwurf, dass er weiterhin darauf bestand, in der Hütte zu wohnen. Er hatte sich an dieses abgeschiedene, nur von gelegentlichen Besuchen unterbrochene Leben gewöhnt. Außerdem hatte er eine besondere Verbindung zur Natur entwickelt, zu den Tieren, zum Wald im Allgemeinen. Harrison sprach es irgendwann an, aber ich hatte es auch schon selbst bemerkt. Mein Vater war glücklich gewesen in dieser abgelegenen Hütte, hatte trotzdem ein enges Verhältnis zu seinen Freunden gepflegt, und zu Mark. Und nun war ich an der Reihe. Manchmal verstummte er nach einem ein- oder zweistündigen Gespräch plötzlich und sah zum See. Dann wusste ich, dass es Zeit war, wieder aufzubrechen, ihn seiner Einsamkeit zu überlassen.

Unser Verhältnis war schnell sehr innig geworden. Wir konnten über alles sprechen. Nur Mama erwähnten wir lieber nicht, weil sie ihm zu sehr fehlte und weil die Umstände, unter denen sie gestorben war, ihm nach wie vor zusetzten. Einmal gestand er mir, dass er manchmal von ihr träumte, doch was genau, erzählte er mir nicht. Auch über Paula sprachen wir nicht wieder, denn so bestimmte es der Pakt, den der Club an jenem Abend des 17. Juni in der Hütte geschlossen hatte.

Als ich meinem Vater sagte, dass ich noch einmal zu studieren gedachte, unterstützte er mich bedingungslos. Er wollte mir das Geld geben, mit dem Mark ihn im Laufe der Jahre versorgt hatte, aber ich nahm es nicht an. Ich wollte mein Studium aus eigenen Mitteln bestreiten. Ich fand einen Job bei einer Werbeagentur in Lincoln Hill und unterrichtete außerdem an der Bishop-Schule.

Halt gab mir daneben vor allem Maggie. Sie hatte natürlich ihre eigenen Pläne, musste in Carnival Falls wieder Wurzeln schlagen. Mit ihrer Freundin Clare gründete sie eine Eventagentur: Hochzeiten, Kongresse, Konferenzen. Alles außer Beerdigungen, scherzte sie, wenn man sie nach ihren neuen beruflichen Vorsätzen fragte. Die Events fanden meist in Lindon Hill statt, also sahen wir uns oft dort. Wir beschlossen, dass wir erst zusammenziehen würden, wenn wir uns beruflich einigermaßen etabliert hatten, was sich im Rückblick als eine gute Entscheidung erwies. Es waren zwei mühselige Jahre, aber irgendwie gelang es uns, sie zu überstehen.

Burke und McKenzie, Maggies Firma, erarbeitete sich einen guten Ruf und baute sich einen Stamm erlesener und zahlungskräftiger Kunden auf. Ich wiederum schaffte nach gut zwei Jahren meinen Abschluss in Kunstgeschichte.

Kurz darauf kam Millicent Silvia Brenner auf die Welt, meine zweite Tochter, die Maggie wie aus dem Gesicht geschnitten ist. Die schönste Belohnung des Universums.

81

Eines Abends war ich allein zu Hause und duschte, um mich zu erfrischen. Das lauwarme Wasser plätscherte auf mein Gesicht, als eine Idee mich regelrecht überfiel. Sie war so überzeugend, dass es mir schier den Atem nahm.

Synthese.

Mein Kopf arbeitete auf Hochtouren. Ich drehte den Hahn zu und rannte fast aus dem Bad. Synthese!, dachte ich. Während ich mich abtrocknete, nahm die Idee immer mehr Form an, und mit ihr die Figur.

Weniger ist mehr.

Das Handtuch um die Hüfte gebunden ging ich direkt ins Atelier, nahm ein weißes Blatt Papier und einen dicken, schwarzen Stift:

»Ich heiße Bill, und ich bin unsichtbar.«

Der Rest des Blatts blieb weiß.

Ich sah es ganz deutlich vor mir. Welches Kind wäre nicht gern unsichtbar? Wenn man nicht wusste, wie die Figur aussah, konnte man sich umso besser mit ihr identifizieren.

Am nächsten Tag schickte ich meinem Agenten einen Scan des Blatts per E-Mail.

Ich hab's. Der erste Band wird *Der unsichtbare Bill und die wundersamen Geschöpfe des Waldes* heißen. Ich hänge dir die erste Seite an. Sag ja nicht, dass sich meine Technik nicht merklich verbessert hat! Mehr in Kürze.

Phill blieb seinem Stil treu und antwortete mir knapp: »Ich will den Rest so schnell wie möglich sehen.«

Der erste Band erschien Anfang 2018 und hatte einen solchen Erfolg, dass es mir fast unheimlich vorkam. Mein Aufstieg war kometenhaft, irreal, fast wie im Märchen. Ich brachte drei Bände von *Unsichtbarer Bill* heraus, die innerhalb kürzester Zeit fünfzehn Auflagen erreichten. Phill ist der Überzeugung, dass die Figur das Zeug zum Klassiker hat.

Alle drei Bände beginnen mit einer leeren Seite, was in den zahlreichen Kritiken immer wieder hervorgehoben wird. Die Zeitschrift *Art Studio* widmete meinem Werk eine Ausgabe und brachte als Titelbild eine leere Seite. Manchmal halte ich Rückschau und muss lachen, dass alles mit dem Geistesblitz eines nackten Mannes unter der Dusche begann.

82

Genau vier Jahre nach Paula Marrels Tod nahm ich in Denver an einer Veranstaltung teil, deren Hauptredner kein Geringerer als Falconer war: ein wahr gewordener Traum. Zurück am Flughafen, dachte ich jedoch kaum noch an das fantastische Event, sondern an die unseligen Geschehnisse an jenem zweiten Mai.

Die Erinnerungen hatten sich gesetzt, doch ab und zu wurde das stehende Wasser aufgewühlt, und sie gelangten wieder an die Oberfläche. Der vierte Jahrestag bildete da keine Ausnahme.

Auf dem Rückweg hielt ich an der Tankstelle von Frank Cassonwitz. Sie war verwaist, was mich wunderte, denn das Geschäft war in den letzten beiden Jahrzehnten regelrecht explodiert. Die Tankstelle hatte jetzt sechs moderne Zapfsäulen und einen Shop mit Vollsortiment. Außerdem bekam man dort einen köstlichen Kaffee mit Kuchen.

Bedient wurde ich an diesem Tag von Justine, Franks zweiter Frau, die zehn Jahre jünger war als er und äußerst intelligent. Sie war die eigentliche Urheberin des geschäftlichen Aufschwungs.

»John, mein Lieber. Wie schön, dich zu sehen!«, sagte sie. »Zoey, mach doch bitte einen Kaffee für Mr. Brenner.«

»Tut mir leid«, sagte ich, »aber ich kann nicht.«

»Du kannst nicht?«

»Ich bin hier, um Frank zu sprechen. Ist er in seinem Büro?«

Ihre Miene veränderte sich. Frank kannte ich noch aus der Zeit, als mein Bruder an der Tankstelle gearbeitet hatte. Im Laufe der Jahre hatte ich eine herzliche Beziehung zu ihm entwickelt, die aber nie darüber hinausgegangen war.

»Frank ist nicht da«, sagte Justine. »Soll ich ihm etwas ausrichten? Ich kann auch versuchen, ihn über Handy zu erreichen.«

»Ist nicht so dringend. Danke.«

Doch ich zögerte. Mark hatte auf dem Video behauptet, die Idee, meine Mutter zu ersticken, habe er durch die Geschichte eines alten Angestellten bekommen, der früher bei der Tankstelle gearbeitet hatte. Diese Geschichte hatte mich nie losgelassen, irgendetwas daran kam mir nicht koscher vor: vielleicht, weil ich vorher auch nie nur eine Andeutung davon gehört hatte, vielleicht auch, weil sie der von Müller so ähnlich war.

Ich kehrte an den Tresen zurück und nahm den Kaffee doch an. Zoey reichte mir den Thermobecher.

»Justine, erinnerst du dich noch an den alten Matkin?«

Sie musterte mich, während sie den Fünf-Dollar-Schein, den ich ihr gerade gegeben hatte, in die Kasse legte.

»Du weißt, dass er vor Kurzem gestorben ist, oder?«, sagte sie und schien zu rätseln, was hinter meiner sonderbaren Frage stecken mochte.

Ich war überrascht.

»Vor Kurzem erst?«, fragte ich. »Ich dachte …«

»Im Dezember.«

Schon als Kind hatte ich Matkin für hundert Jahre alt gehalten.

»Er wurde achtundneunzig«, sagte Justine. »Frank und ich waren auf seiner Beerdigung. Schade, dass er die hundert nicht mehr geschafft hat, findest du nicht auch?«

Hundert Jahre zu leben kam mir eher wie eine Strafe vor, aber das sagte ich nicht.

»Warum fragst du?«

»Als mein Bruder hier gearbeitet hat, hat Matkin ihm die Geschichte von seiner Frau und seiner kleinen Tochter erzählt, wie sie gestorben sind.«

Justine zog die Augenbrauen hoch.

»Da musst du was verwechseln. Matkin war nie verheiratet.«

»Ist lange her. Als junger Mann.«

»Bist du sicher?«

»Ziemlich.«

»Das muss jemand anders gewesen sein. Matkin war nie verheiratet, das weiß ich hundertprozentig. Darüber habe ich nämlich auf der Beerdigung mit seinen Neffen gesprochen.«

»Merkwürdig.«

Ich dachte nach. Justine zuckte mit den Schultern.

Zu Hause stellte ich mich lange unter die Dusche. Meine Tage wurden nur trübselig, wenn ich an Mark dachte. Nicht an den Mark, den ich gekannt hatte, sondern an den Mark der letzten Monate.

Ich zog mich an und setzte mich aufs Bett. Aus der dritten Nachttischschublade holte ich ein Plastikdöschen. Darin war die letzte ESH-Tablette. Ob es gefährlich war, sie nach so langer Zeit zu nehmen, wusste ich nicht, aber es war auch egal, denn ich gedachte es nicht zu tun. Ich holte sie nur ab und zu aus der Schublade, um sie mir anzusehen, paradoxerweise, um gerade nicht zu vergessen.

Vom Fenster aus konnte ich Maggie und Millie sehen. Mutter und Tochter spielten zwischen der aufgehängten Wäsche, rannten in diesem improvisierten Lakenlabyrinth umher, lachten, kreischten. Ihre Stimmen drangen gedämpft zu mir. Ich hätte mir kein besseres Bild ausdenken können, um einzufangen, welche Wende mein Leben genommen hatte. Maggie hatte ihre bösen Geister ausgetrieben, und das hatte sie zum Teil Mark zu verdanken. Ich umklammerte die Tablette, als wäre sie ein Talisman, der mir eine besondere Kraft verlieh.

Mark.

Ich vermisste ihn sehr. Die Lücke, die er hinterlassen hatte, war mit nichts zu füllen.

Ich werde nie erfahren, was in jener Nacht mit Paula geschehen ist und ob Mark direkt oder indirekt etwas damit zu tun hatte. Eine Zeit lang träumte ich noch von der Frau und war sogar davon überzeugt, dass ich diese Kiste, die die Antworten enthielt, irgendwann öffnen würde. Aber dem war nicht so, vielleicht, weil mein Unterbewusstsein Frieden mit der Vergangenheit geschlossen hatte.

Ich neigte zu der Ansicht, dass Mark seine Entscheidung, sich das Leben zu nehmen, in dem Moment traf, als er den letzten Willen meiner Mutter erfüllte. Wenn er sie noch fünfzehn Jahre hinausschob, dann wegen meinem Vater und wegen mir. Das war der Mark, den ich kannte, an dem ich mich Tag für Tag festhielt. Wenn er für Paulas tragisches Ende verantwortlich war, dann bedauerte er dies sicherlich zutiefst. Und sicherlich hatte dieses Ereignis entscheidend dazu beigetragen, dass er seinen Beschluss in die Tat umsetzte.

Vielleicht bestand mein Fehler aber auch darin, jemanden wie Mark verstehen zu wollen.

Epilog

Das Büro von Doktor Laura Hill befand sich im dritten Stock der CIA-Zentrale von Boston. Es war groß, aber unpersönlich eingerichtet. Obwohl sie bereits seit drei Jahren für die CIA arbeitete – zwei davon als Direktorin eines Programms zur kriminalpsychologischen Unterstützung bei äußerst dringenden Fällen –, fühlte sie sich in dem Raum, den man ihr zugewiesen hatte, nicht wohl.

Es war fünf nach neun, als sie ihr Büro betrat, den Stapel Akten, den sie unter dem Arm trug, auf dem Tisch ablud und sich mit schmerzverzerrtem Gesicht in den Drehstuhl setzte. Sie zog den rechten Schuh aus und rieb sich die Zehenspitze. Sie erlaubte sich sogar, kurz die Augen zu schließen, während sie ihren Fuß massierte.

»Doktor Hill, ich habe gerade …, oh, Verzeihung.«

Laura öffnete die Augen und erblickte den Kopf von Virginia, der neben dem Türrahmen zu schweben schien.

»Schon okay«, sagte Laura, noch immer gebückt, das Gesicht auf Höhe des Schreibtischs. Sie zog ihren Schuh wieder an und machte eine entschuldigende Miene.

»Ich verstehe dich so gut«, sagte Virginia komplizenhaft. »Am Samstag war ich auf einer Hochzeit, und meine Füße sind jetzt noch ruiniert. Auf dem Heimweg musste mein Freund mich tragen und …«

»Virginia …«

Die Sekretärin hob die Hand zum Zeichen, dass sie verstanden hatte.

»Spellman hat angerufen. Sie sagt, sie steckt im Stau und kommt später.«

»Hat sie gesagt, wann?«

»In zwanzig Minuten.«

»Danke.«

»Außerdem hat Subdirector Copeland angerufen. Schon zweimal.«

»Danke.«

Die Tür ging wieder zu.

Joseph Copeland. Laura hätte den Namen fast laut ausgesprochen, als sie wieder allein in ihrem Büro war. Ihr Mentor, konnte man sagen, der Verantwortliche ihrer steilen Karriere.

Copelands Angebot war gekommen, als sie durch einen Fall, der landesweit für Aufsehen gesorgt hatte, einen gewissen Bekanntheitsgrad erlangt hatte. Es war genau der richtige Zeitpunkt gewesen, denn Laura hatte festgestellt, dass sie nicht gern im Rampenlicht stand, sondern lieber hinter den Kulissen arbeitete.

Das Handy auf dem Schreibtisch vibrierte. Copeland. Es war schon kurios, dass sie ihn innerhalb dieser vier Wände noch immer mit Nachnamen ansprach.

Sie ließ das Handy eine Weile klingeln, bevor sie ranging. Das Gespräch, das gleich folgen würde, legte sie sich schon vorher im Kopf zurecht. Copeland mochte ein brillanter Typ sein, aber er war auch absolut vorhersehbar.

»Na endlich. Ist sie schon da?«

»Nein. Sie kommt in zwanzig Minuten.«

»Gut. Ich habe mir überlegt, dass es vielleicht doch keine so gute Idee ist. Ich könnte versuchen …«

»Nein, es ist alles okay«, unterbrach ihn Laura. »Ich habe die Akten hier vor mir liegen, bin sie gestern Abend noch mal durchgegangen. Mach dir keine Gedanken.«

»Spellman ist eine harte Nuss. Und sie ist gerade nicht gut drauf. Ich weiß selber nicht, wie ich mit der Situation umgehen soll.«

»Umso wichtiger, dass wir ihr Verhalten gut analysieren. Lass mich nur machen. Vertraust du mir?«

»Das weißt du doch.«

»Vertrau mir, Joseph.«

Ohne sich zu verabschieden, beendete Laura das Gespräch. Sie legte ihr Handy neben das gerahmte Foto von Walter. Das Porträt ihres Sohnes und zwei Grünpflanzen waren ein erster Versuch, etwas mehr anzukommen in ihrem neuen Job. Bisher war er nicht wirklich von Erfolg gekrönt, nicht einmal ihr Vorgesetzter hatte vollständiges Vertrauen in sie.

Sie stand auf und trat ans Fenster. Es ging nach hinten raus, sodass sie sich in einem ganz bestimmten Winkel hinstellen musste, um wenigstens einen kleinen Streifen Stadt zu sehen.

Kate Spellman kam exakt fünfundzwanzig Minuten später und trat ein, ohne zu klopfen.

Laura kannte sie nicht persönlich, sprich: Alles, was sie über sie wusste, wusste sie aus den Akten über die Operation ESH, die vor ihr auf dem Tisch lagen.

Spellman hatte als verdeckte Ermittlerin gearbeitet, unter dem Namen Darla Brenner.

»Guten Morgen«, sagte Spellman, während sie ihren Mantel an den Kleiderständer hängte.

»Agent Spellman.« Laura erhob sich, ging um den Schreibtisch herum und begrüßte sie.

»Kate«, sagte sie. »Ich entschuldige mich für die Verspätung.«

»Kein Problem.«

Neben der Tür stand ein kleiner Tisch, den Laura normalerweise benutzte, wenn ihr der Schreibtisch zu förmlich erschien. Sie bat Spellman, Platz zu nehmen. Diese Frau strahlte eine gewisse Überheblichkeit aus, da hatte Copeland absolut recht. Sie hatte blonde, lange Haare, anders als auf den Fotos in den Akten.

»Worum geht es hier eigentlich, Doktor Hill?«

»Laura, wo wir schon beim Vornamen sind.«

Ein schwaches Lächeln umspielte Spellmans Lippen.

»Laura«, sagte Spellman. »Was soll ich hier?«

Laura machte es sich auf ihrem Stuhl bequem.

»Zunächst einmal will ich Ihnen sagen, dass es nicht darum geht, Ihr Vorgehen im Fall ESH noch einmal zu überprüfen. Das ist ausführlich geschehen. Die Umstände, unter denen Paula Marrel in jener Nacht ums Leben kam, sind geklärt.«

»So ist es.« Spellman senkte reflexartig den Blick. »Es vergeht kein Tag, an dem ich diesen Ausgang nicht bedauere. Ich hätte es mir anders gewünscht. Vier Jahre waren wir mit dem Fall beschäftigt. Unsere Aufgabe war es, ESH so lange zu schützen, bis es vollständig entwickelt war. Wir hatten alles unter Kontrolle: die Finanzierung des Labors über eine von der CIA betriebenen Stiftung. Und auch die beteiligten Personen, Mark Brenner und seinen Kompagnon Ian Martins. Nur die Frau hat uns dazwischengefunkt. Wir hatten sie unterschätzt.«

»Ich bin ganz Ihrer Meinung.«

Laura tat so, als müsste sie kurz überlegen. Sie wusste schon, was Spellman auf ihre nächste Frage antworten würde, aber sie stellte sie trotzdem, um ihr Vertrauen zu gewinnen. Anders würde sie sie nicht zum Reden bringen.

»Gab es Überlegungen, die Kontrolle über dieses Mittel *früher* zu übernehmen?«

»Ja, durchaus«, erklärte Kate. »Aber anfangs waren die Fortschritte von Meditek spektakulär. Ohne die Arbeit von Mark Brenner wäre ESH vermutlich noch immer im Entwicklungsstadium oder in der Sackgasse.«

»Ich gehe davon aus, dass es nicht Ihre Entscheidung war«, sagte Laura, »aber wenn es Ihre Entscheidung gewesen wäre, hätten Sie es für angebracht gehalten, die Kontrolle früher zu übernehmen?«

Kate musterte Laura.

»Sie haben recht, Laura, es war nicht meine Entscheidung, aber ich finde, dass wir alles richtig gemacht haben. Vier Jahre habe ich mit Mark Brenner zusammengelebt und sein Vertrauen gewonnen, war also in alle seine Entscheidungen bei Meditek eingeweiht. Ich bin felsenfest überzeugt, dass niemand sonst in so kurzer Zeit solche Ergebnisse erzielt hätte. Jetzt sind wir diejenigen, die über ESH verfügen, und nicht jemand, der es gegen uns verwenden könnte.«

»Jemand wie Nordkorea.«

»Zum Beispiel. Die Nordkoreaner traten erst ganz am Ende auf den Plan. In dieser Phase beschlossen wir, auch Martins zu kontrollieren.«

»Sie hatten das übernommen«, sagte Laura. »Und sehr gute Arbeit geleistet.«

»Danke. Sie waren aber nie gefährlich, die Koreaner, meine ich. Wir haben zugelassen, dass das FBI im Selbstmord von Brenner ermittelt, und das hat sie abgeschreckt. Letztlich wussten sie nicht wirklich, welches Potenzial in ESH steckt. Außerdem war Martins' Kontakt zur nordkoreanischen Regierung eher lose.«

»Lauter Amateure, könnte man sagen.«

»Damit würde man sie unterschätzen. Besonders helle Köpfe waren sie allerdings nicht und auch nicht sonderlich gefährlich.«

Laura hatte Zugang zu Spellmans Persönlichkeitsprofil, aber sie machte sich gern ein eigenes Bild. Dass die Frau, die da vor ihr saß, narzisstische Züge aufwies, war offensichtlich. Trotzdem war da noch etwas anderes, etwas Tieferes, Komplexeres, das Laura erst zu erahnen begann.

»Können Sie mir sagen, was an jenem Abend passiert ist?«, fragte Laura. »Ich weiß, was in den Akten steht, aber ich würde gern Ihre Version hören.«

Laura war sich bewusst, dass sie die Sache forcierte. Kate konnte jeden Moment Aufklärung darüber verlangen, warum sie erneut befragt wurde.

»Was in den Akten steht, ist meine Version.«

Laura lächelte.

»Wenn Sie nichts dagegen haben, würde ich es gern in Ihren eigenen Worten hören, Kate.«

In die Augen von Agent Spellman trat ein eigentümlicher Glanz, fast eine Warnung.

Sie redete bedächtig, fast ohne Modulationen in der Stimme.

»Das Überwachungsteam informierte mich darüber, dass Marrel in Carnival Falls aufgetaucht war, später dann bei Brenners Bruder. Ich fuhr mit Agent Norris hin. Er blieb in der Nähe, ich drang ins Haus ein. Dort bekam ich noch einen Teil des Gesprächs zwischen John Brenner und Paula Marrel mit und konnte mir eine klare Vorstellung bilden von dem, was vor sich ging. Irgendwann drohte Marrel damit, die Informationen zu leaken, also schoss ich. Die Analyse ihres Handys ergab später, dass sie nicht geblufft hatte. Ein Klick, und die Kontrolle über ESH wäre uns entglitten.«

»Sie hatten nicht den geringsten Zweifel?«

»Nein.«

»Was ist dann passiert?«

»Norris und ich machten uns daran, alle Spuren zu beseitigen, als sich plötzlich Brenners Vater dem Haus näherte. Wir wussten, dass er noch lebte, zurückgezogen in einer Hütte mitten im Wald. Mark Brenner besuchte ihn gelegentlich. Ich musste mich schnell verstecken. Unterdessen wachte John Brenner auf und sah die Leiche, was die Sache ein wenig verkomplizierte.«

»Wieso?«

»Mark Brenner erfuhr, dass Marrel im Haus seines Bruders gestorben war, und versuchte, diesen davon zu überzeugen, dass alles nur eine Halluzination war.«

»Sowohl die Leiche als auch der Van«, ergänzte Laura.

Kate Spellman wurde allmählich klar, dass die Frau, die ihr gegenübersaß, bis ins letzte Detail wusste, was an jenem Abend vorgefallen war. Warum stahl sie ihr dann die Zeit?

»Ja. Beides. Agent Norris und ich führten in Lindon Hill eine Aktion durch, um John Brenner endgültig davon zu überzeugen, dass es eine Halluzination war. Eine Zeit lang hat diese Lüge getragen. John Brenner stellte seine Nachforschungen ein. Reicht das jetzt?«

Es war das erste Mal, dass Kate Spellman sich feindselig zeigte.

»Kate, ich überprüfe nicht, ob im Fall der Operation ESH alle Richtlinien eingehalten wurden, das ist nicht meine Aufgabe. Und ich verstehe auch, dass es Ihnen nicht behagt, jemandem wie mir Entscheidungen erklären zu müssen, die Sie im Einsatz vor Ort getroffen haben. Sie wurden mit siebzehn rekrutiert und sind seit über zwanzig Jahren dabei. Ihre Leistungen sind herausragend.«

»Was machen wir dann hier, Doktor Hill?«

Doktor Hill, nicht Laura.

Kate Spellman hatte im Bruchteil einer Sekunde entscheiden müssen, ob sie diesen Schuss abgab. ESH war ein Fall, der die nationale Sicherheit berührte. NSA und CIA hatten zusammengearbeitet und mithilfe einiger Agenten vor Ort eine hoch geheime Operation durchgeführt. Der Tod von Paula Marrel war ein bedauerlicher Kollateralschaden gewesen.

Eine Kommission hatte Spellmans Vorgehen überprüft und war zu dem Ergebnis gelangt, dass sie sich in dieser Situation korrekt verhalten hatte. Auch Copeland hatte diese Einschätzung geteilt, nur dass er fürchtete, Spellman könnte ihre Entscheidung zum großen Teil aus Angst davor getroffen haben, bei einer so wichtigen Mission zu versagen.

Außerdem hatte Copeland Bedenken, dass sich ein solcher Vorfall wiederholen könnte. Er hatte bemerkt, dass sich Spellmans Verhaltensmuster in letzter Zeit verfestigt hatte, was ihre Arbeit zu beeinträchtigen begann. Die Agentin zeigte sich immer dünnhäutiger gegenüber konstruktiver Kritik, hielt unbeirrbar, ja geradezu herrisch an ihren Entscheidungen fest.

Lauras Aufgabe bestand hauptsächlich darin, zu überprüfen, inwieweit Kate Spellman in der Lage war, ihr Ego auszuschalten, wenn im Einsatz vor Ort Entscheidungen zu treffen waren.

»Ich höre.«

»Kate, manchmal ist es wichtig, unsere Entscheidungen mit einem gewissen zeitlichen Abstand zu überprüfen.«

»Wie gesagt, ich bedauere zutiefst, dass ich diese Frau getötet habe. Ich wünschte, sie hätte nie damit gedroht, diese für mein Land zu heiklen Informationen zu verbreiten.«

Das war also die Rechtfertigung.

»Hätten Sie anders gehandelt, wenn Sie mehr Zeit zum Überlegen gehabt hätten?«

»Nein.«

Laura hatte einen versöhnlicheren Ton angeschlagen.

»Wie ich sehe, haben Sie keinerlei Zweifel.«

»Nein.« Kate machte eine Pause. »Denkt Copeland das etwa?«

»Mich interessiert, was *Sie* denken.«

»Doktor Hill …, Laura, lassen Sie uns keine Zeit verschwenden. Ich bin hier, weil Copeland oder ein anderer Ihrer Chefs Sie darum gebeten hat. Diese Akte ist nicht wie durch Zauberhand auf Ihrem Schreibtisch gelandet.«

»Vielleicht sollten wir uns öfter treffen, um der einen oder anderen Frage nachzugehen.«

»Das scheint mir reine Zeitverschwendung.«

»Mir fällt auf, dass Sie sich selbst keinerlei Vorwürfe machen.«

»Ich habe nicht gesagt, dass ich gar nichts bereue«, blaffte Kate. »Ich finde zum Beispiel, dass es ein Irrtum war, Ian Martins nicht von Anfang an zu beschatten. Was jedoch den besagten Abend betrifft, ja, da würde ich wieder ganz genauso handeln.«

»Was haben Sie für Mark Brenner empfunden?«, fragte Laura sie auf den Kopf zu.

Einige Sekunden lang hielt Kate Lauras Blick.

»Was soll das jetzt? Mark Brenner war mein Zielobjekt. Wollen Sie wissen, ob ich mich in ihn verliebt habe?«

»Zum Beispiel.«

»Ich habe mich nicht in ihn verliebt. Ehrlich gesagt hat sich unser Zusammenleben eher schwierig gestaltet. Noch was?«

»Alles, was ich über Brenner gelesen habe«, sagte Laura, »einschließlich dem, was Sie gerade über ihn gesagt haben, deutet auf einen Menschen hin, der über außerordentliche Fähigkeiten verfügte.«

»So ist es.«

»Ich habe mir das Video angesehen, das vom FBI sichergestellt wurde, das Video, auf dem er den Mord an seiner Mutter gesteht. Mein Eindruck ist, dass Brenner das perfekte Geständnis abgelegt hat, als wollte er erreichen, dass alle Fäden bei ihm zusammenlaufen, damit ja keine weiteren Fragen gestellt werden. Ich will damit nicht sagen, dass die Sache mit seiner Mutter nicht tatsächlich so war, aber er hat die Geschichte, wie soll ich sagen, ein wenig ausgeschmückt.«

»Kann gut sein.«

»Darf ich Ihnen sagen, was ich denke?«

»Bleibt mir etwas anderes übrig?«

Laura stand auf, ging zum Fenster und betrachtete eine Weile die graue Wand. Sie konnte regelrecht spüren, wie Kates Blick sich ihr in den Rücken bohrte. Sie wartete ab, wie eine Basketballspielerin, die gerade den Ball für einen Dreier in Richtung Korb geworfen hat. Dann sagte sie den Satz, von dem sie wusste, dass Spellman nicht mit ihm gerechnet hatte.

»Ich glaube, dass Mark Brenner von Anfang an wusste, dass Sie für die CIA arbeiten.«

Laura hielt ihr weiterhin provokativ den Rücken zugewandt.

Als Kate antwortete, platzte ihre Stimme fast vor Wut.

»Doktor Hill, wie ich es sehe, sind Ihre Stärken das Verfassen von Büchern und die Diagnose von psychischen Störungen. Wissen Sie, was meine Stärke ist?«

Laura drehte sich um.

»Was?«

»Dass ich mit der Wirklichkeit verschmelzen kann wie ein Chamäleon mit seiner Umgebung«, sagte Kate, die Hände auf den Schreibtisch gestützt, der Körper vornübergebeugt. »Ich habe mit Mark Brenner zusammengelebt, und ich kann Ihnen versichern, dass er nicht das Geringste geahnt hat. Wann haben Sie diese Akte gelesen? Gestern Abend?«

»Ich habe sie seit zwei Tagen.«

»Und da besitzen Sie die Dreistigkeit, mich infrage zu stellen! Ich habe vier Jahre lang mit Brenner zusammengelebt, habe Tag für Tag die Rolle seiner Frau gespielt. Niemand kannte ihn so gut wie ich. Niemand!«

Laura setzte sich wieder und sprach ganz ruhig.

»Manchmal führt ein frischer Blick zu einer neuen Sichtweise. Ich sage nicht, dass mir das gelungen ist, aber Sie sollten zumindest so offen sein …«

»Schluss jetzt! Sagen Sie endlich, was Sie mir zu sagen haben.«

Laura nickte.

»Mark Brenner war ein brillanter Kopf«, sagte Laura. »Darin sind sich, glaube ich, alle einig. Ich habe genau wie Sie das Gefühl, dass er seinen Selbstmord seit Längerem, vielleicht schon seit Jahren geplant hatte, und dass dieser Selbstmord mit seinem Vater zu tun hatte, der zurückgezogen in dieser Hütte lebte und den Preis für einen Mord bezahlte, den er nicht begangen hat. Vermutlich war die Entwicklung von ESH Mark Brenners letztes großes Ziel, so etwas wie sein Vermächtnis. Jedenfalls hat er diesem Projekt mehrere Jahre gewidmet.«

Kate bewegte keinen einzigen Muskel. Laura wusste, dass sie einen empfindlichen Nerv getroffen hatte. In gewisser Hinsicht waren Mark Brenner und Kate Spellman zwei Seiten derselben Medaille. Entweder sie harmonierten perfekt oder sie stießen sich gegenseitig ab wie gleichgepolte Magnete, je nach Umständen. Bei zwei Egos dieses Ausmaßes war das schwer vorherzusagen.

»Wäre die CIA nicht gewesen«, sagte Laura, »wäre das Projekt ESH gestorben. Die Sanders Foundation war der Rettungsring. Irre ich mich, wenn ich sage, dass Mark Brenner diese praktisch unbegrenzte Finanzierung ausgenutzt hat?«

Kate sagte nichts, doch ihr Schweigen war Antwort genug.

»Gehen wir doch einen Moment lang davon aus, dass er es wusste, dass er seine eigenen Nachforschungen angestellt und herausgefunden hat, wer die Stiftung wirklich kontrolliert. Oder dass er Verdacht geschöpft hat und Ihnen gefolgt ist, was weiß ich.

Wäre das nicht viel logischer, als dass er einfach so das Spiel der CIA mitgespielt hat?«

»Brenner wusste von nichts«, beharrte Spellman. »Was Sie da sagen, ist völlig aus der Luft gegriffen.«

»Sie können aber die Logik hinter dieser Überlegung nicht ganz leugnen, oder?« Laura hatte sich mit jedem Wort ein wenig weiter nach vorne gelehnt. »Mark war sich vollkommen darüber im Klaren, dass ESH gefährlich werden könnte, wenn es in die falschen Hände geraten sollte. Wenn es hingegen der US-Regierung in die Hände fiel, würde er in Frieden gehen können.«

»Er wollte, dass ESH zivil genutzt wird. Das hat er mir selber gesagt.«

»Aber war das überhaupt eine Möglichkeit? Würde die CIA das zulassen?«

Kate Spellman verharrte regungslos, antwortete nicht. Das Ganze war schon viel zu weit gegangen. Sie schien nicht länger bereit zuzuhören.

»Sind wir jetzt fertig? Ich sehe nicht, wozu dieses Treffen gut sein soll, außer um meine Arbeit zu diskreditieren.«

Sie erhob sich.

»Warten Sie, Kate. Bitte setzen Sie sich wieder.«

»Nein, ich habe mir diesen Unsinn lange genug angehört.«

»Ich möchte, dass wir uns von jetzt an regelmäßig sehen.«

Kate lachte spöttisch.

»Was? Auf keinen Fall. Ich werde mit Copeland reden, ich weiß, dass er dahintersteckt. Ich bin eine Eliteagentin und muss mir nicht gefallen lassen …«

»Lassen Sie uns einen Deal machen«, unterbrach Laura sie.

Verblüfft starrte Kate sie an. Laura ging zum Schreibtisch und kam mit zwei Mappen wieder, die sie von zu Hause mitgebracht hatte.

»Lassen Sie mich nachschauen …«, sagte sie und blätterte in den Seiten, fuhr mit den Fingern die Zeilen entlang. »Ah, hier ist es. Setzen wir uns noch mal kurz.«

Laura setzte sich, ohne etwas zu erwidern.

»Manchmal sind es die unbedeutenden Details, die kleinen Unstimmigkeiten, die uns stutzig machen«, sagte Laura. »Ich sage nicht, dass es immer so ist, aber manchmal hat man Glück. Es ist, als würde man Walter auf den ersten Blick in der wimmelnden Menge entdecken. Mark hat nach seinem Selbstmord drei Abschiedsbriefe hinterlassen: einen für seinen Bruder, einen für seinen besten Freund und einen für Sie. Er hat sie bei Ihnen zu Hause in den Safe gelegt. Den Sicherheitscode hat er geändert und ihn Ihnen per E-Mail geschickt. Erinnern Sie sich?«

»Natürlich erinnere ich mich«, sagte Kate. »Er wollte die Briefe sicher aufbewahren.«

»Ja«, sagte Laura nachdenklich, »aber warum hat er den Code geändert?«

Kate biss sich auf die Lippen und schüttelte den Kopf, als müsste sie etwas erklären, was offensichtlich war.

»Damit wir wussten, dass die Briefe dort lagen«, sagte sie schlicht.

»Sicher, aber warum hat er Ihnen nicht einfach gesagt, dass Sie mal im Safe nachsehen sollten?«

Plötzlich war Kate angespannt. Etwas hatte sie alarmiert, das verriet ihr Blick. Hatte sie etwas übersehen? Worauf wollte Doktor Hill hinaus?

Laura suchte an einer anderen Stelle der Akte.

»Der Polizist, der nach den Schüssen als Erster am Tatort war und mit Ihnen zum Safe ging, war Dean Timbert. Ein anderer tüchtiger Polizist, der vor Ort war, hielt den Ablauf genau fest, als Sie und Timbert den Safe mit dem neuen Code geöffnet haben.«

Laura las den Code laut vor:

»122029424855. Ziemlich schwer zu merken.«

»Mark hat sich immer komplexe Passwörter ausgedacht«, sagte Kate mit monotoner Stimme. »Das WLAN-Passwort zum Beispiel waren zehn Ziffern der Zahl Pi.«

»Von einem so intelligenten Menschen wie Mark habe ich auch nichts anderes erwartet. Allerdings ist mir bei dieser Zahl etwas aufgefallen. Wollen Sie wissen, was?«

Kate Spellman wurde blass.

»Wenn man darüber nachdenkt, warum er den Code für den Safe geändert haben könnte, sieht man sich die Ziffern natürlich etwas genauer an. Und wenn man sie richtig trennt, bemerkt man, dass es sich um eine aufsteigende Zahlenfolge handelt: 1, 2, 20, 29, 42, 48 und 55. Merkwürdig, nicht wahr?«

Kate zuckte mit den Schultern.

»Als Nächstes habe ich mir die Frage gestellt«, fuhr Laura fort, »worauf sich die Ziffern beziehen könnten. Die erste Antwort, die mir einfiel, waren die Briefe selbst. Konnte es nicht sein, dass sich mit den Ziffern eine Botschaft entschlüsseln ließ, die sich in einem der Briefe versteckte?«

Laura schlug die Mappe zu.

»Ich schlage Ihnen folgenden Deal vor, Kate: Wenn Sie der Ansicht sind, dass das, was ich Ihnen gesagt habe, irgendeinen Sinn ergibt, sehen wir uns noch mindestens dreimal wieder, damit ich Ihnen helfen kann. Und jetzt lesen Sie sich noch mal den Abschiedsbrief durch, den Mark Ihnen hinterlassen hat, aber diesmal mit der Ziffernfolge im Hinterkopf. Dann werden Sie merken, dass Mark Ihnen noch etwas sagen wollte.«

Mit versteinerter Miene stand Kate Spellman auf. Sie öffnete die Tür. Bevor sie ging, sah sie Laura Hill noch einmal verächtlich an. Den Brief kannte sie auswendig.

»Ich kenne dich und weiß, dass meine Entscheidung dich überrascht hat. Das tut mir zutiefst leid. Lebe einfach weiter dein Leben und blicke nicht zurück. Es ist kein Geheimnis, dass wir schwierige Zeiten durchgemacht haben, aber das war nicht der Grund. Beschütze deine Liebsten, denke nicht an meine Entscheidung und konzentriere dich auf deine Arbeit. Und vor allem: Sei glücklich.

Mark«

Anmerkung des Autors

In den Neunzigerjahren, als ich mein Studium aufnahm, wurde ich zum Fan von U2. Damals hatte die irische Band in Argentinien noch nie ein Konzert gegeben, sodass meine Beziehung zu ihr sich darauf beschränkte, ihre Platten zu hören und alles zu lesen, was ich in Büchern und Zeitschriften über sie auftreiben konnte. U2 war – und ist – eine wichtige Quelle der Inspiration für mich.

Mein Lieblingssong ist »One Tree Hill«, aus dem ich zwei Textzeilen diesem Buch vorangestellt habe.

Wenn mich damals jemand gefragt hätte, wie groß meiner Meinung nach die Chance sei, dass U2 einmal ein Konzert in meiner Heimatstadt geben und noch dazu »One Tree Hill« spielen würde, hätte ich zuerst gelacht und dann gesagt, gleich null. Null Komma null null null.

Zunächst einmal gab es in La Plata, meiner Heimatstadt, keine Location für ein solches Konzert. Sollte es eines Tages zu einem solchen Großereignis kommen, wäre es das Vernünftigste, es in einem der großen Fußballstadien der Hauptstadt stattfinden zu lassen. Hinzu kam noch, dass U2 besagten Song in der Vergangenheit nur einige wenige Male gespielt hatte.

Es war also ausgeschlossen, dass das passieren würde. In tausend Jahren nicht.

Und es geschah doch.

In La Plata wurde ein modernes Fußballstadion gebaut – ein Stadion so schön, dass es fast fehl am Platz wirkt –, und 2017 beschloss U2, für ihr Album *The Joshua Tree* auf Geburtstagstournee zu gehen. Auf diesem Album ist auch mein geliebter Song »One Tree Hill«.

Über zwei Jahrzehnte später konnte ich also zwanzig Querstraßen vom Haus meiner Kindheit entfernt meinen Lieblingssong live hören. Ein höchst unwahrscheinliches Ereignis, und trotzdem: Da war ich.

Was will ich damit sagen? Ich will damit sagen, dass jener Student neben seinen musikalischen Vorlieben noch eine andere Leidenschaft besaß: das Schreiben. Eine Leidenschaft, von der er praktisch niemandem erzählte, der er heimlich nachging, zwischen Seminaren zur mathematischen Analyse. In jenen Jahren schien mir der Gedanke, einen Roman schreiben zu wollen, vermessen und letztlich unmöglich. Nicht einmal, als ich mein erstes Manuskript zu Ende geschrieben hatte, wagte ich zu träumen. Es war mein Bruder, der mir einen Schubs geben musste, nachdem er diese erste Fassung gelesen hatte: »Da musst du was draus machen.« Ich zuckte nur mit den Schultern.

»One Tree Hill« in meiner Heimatstadt zu hören, war magisch, und genauso magisch ist es, dass mir Leser und Leserinnen aus aller Welt schreiben und erzählen, wie es ihnen mit meinen Büchern ergangen ist, darunter Länder, über die ich kaum etwas weiß.

Im Laufe der Zeit ist mir klar geworden, wie überaus wichtig es ist, auch an die unmöglichen Dinge zu glauben, an die Dinge, die für den Verstand eine Provokation darstellen. Ich, der ich ein durch und durch rationaler Mensch bin, musste mich ein ums andere Mal der Magie des Unerwarteten beugen.

Bücher bauen geistige Brücken zwischen Autor und Lesern. Wir verbinden uns von unterschiedlichen Orten aus, auch über unterschiedliche Zeiten hinweg. Ich wünsche mir, dass es so viele Brücken wie möglich werden. Wenn dir also dieses Buch gefallen hat, dann bitte ich dich um etwas, worum ich immer bitte, nämlich dass du es den Menschen, die du magst, empfiehlst. Und wenn du die Brücke in der umgekehrten Richtung überqueren möchtest, hin zu mir, dann tu es. Im Zeitalter der sozialen Netzwerke ist das nicht mehr unmöglich: Es wird mir eine Freude sein, von dir zu hören.

Sollten wir uns jedoch nicht wiederbegegnen, dann vergiss nie, was ich dir gerade gesagt habe, besonders dann, wenn du jung bist. Hör nie auf, nach dem Unmöglichen zu streben. Glaube dran.

Federico Axat

Danksagungen

Am 1. April 2016 um Mitternacht rief meine Schwester Ana an, um mir mitzuteilen, dass unser Vater ins Krankenhaus eingeliefert werden musste. Er war nach einer Chemotherapiesitzung kollabiert. Kurz zuvor hatte man bei ihm Zungenkrebs diagnostiziert, in einem sehr frühen Stadium, wodurch die Heilungschancen sehr hoch waren. Ich wohnte damals eine Autostunde von meiner Geburtsstadt entfernt, also fragte ich Ana, ob sie es für nötig hielt, dass ich sofort zu ihm fuhr. Sie verneinte, es sei nicht nötig, er sei außer Gefahr, bei Bewusstsein, spreche ganz normal; ich könne ihn auch noch am nächsten Tag besuchen.

Kurz darauf klingelte erneut das Telefon. Meine Schwester weinte. »Er ist tot, Fede.«

Um drei Uhr morgens fuhr ich in meine Heimatstadt, gefangen in dieser Schleife aus Ungläubigkeit und Trauer, die entsteht, wenn ein geliebter Mensch von uns geht. Den Anfang für dieses Buch hatte ich damals schon im Kopf, doch die Geschichte selbst reifte auf dieser Fahrt. Plötzlich war sie da. Mein Vater ist auf vielerlei Art in diesem Buch präsent, hat sich in einige Figuren geschlichen, mit kleinen Gesten und Gewohnheiten, die viele Menschen wiedererkennen werden.

Mein Vater war ein Mensch, der mich immer unterstützt hat, der stolz war auf jeden noch so kleinen beruflichen Erfolg von mir. Meine Geschwister haben mir erzählt, dass er am Tag seiner Einlieferung allen Ärzten, Pflegern und Krankenschwestern erzählte, dass sein Sohn Schriftsteller sei und sie unbedingt *Mysterium* lesen müssten. Einer Krankenschwester schrieb er den Titel sogar auf einen Zettel, damit sie ihn nicht vergaß.

Danke, Papa. Danke für das Vorbild, das du mir immer warst.

Im selben Jahr, als gäbe es im Universum ein Gesetz, das für Ausgleich sorgt, trat eine fantastische Frau in mein Leben, die ich liebe und bewundere, die mich nicht nur verstand, wenn ich einmal wieder Stunden für mich brauchte, damit *Amnesie* Wirklichkeit werden konnte, sondern die auch dazu Ideen beitrug. Danke, Sole. Wir sind ein gutes Team!

Dieser Roman wäre nicht das, was er ist, ohne den unschätzbaren Beitrag von Maria Cardona, meiner Agentin, die mir durch zahlloses Lesen und Wiederlesen den richtigen Weg gewiesen hat. Danke, Maria. Diesen Roman kennst du inzwischen bestimmt schon auswendig.

Das ganze Team der Literaturagentur Pontas war mir eine große Hilfe. Anna Soler natürlich, aber auch Marina, Ricard und Leticia. Ihnen gilt all mein Dank.

Und meinen Freunden Ariel Bosi und Guillermo Ramundo, die mich von Anfang an unterstützt haben, und María Laura Ganzó, die das ursprüngliche Manuskript in Rekordzeit las und mir ihre wertvolle Einschätzung gab.

Und natürlich meiner Mutter Luz und meinen Geschwistern Ana und Gero. Danke für alles.

Die Originalausgabe erschien 2018
unter dem Titel »Amnesia« bei Ediciones Destino, Barcelona.

MIX
Papier | Fördert
gute Waldnutzung
FSC® C014496

Penguin Random House Verlagsgruppe FSC® N001967

1. Auflage
Deutschsprachige Erstausgabe Januar 2024
btb Verlag in der Penguin Random House Verlagsgruppe GmbH,
Neumarkter Straße 28, 81673 München

Umschlaggestaltung: semper smile | München
unter Verwendung eines Motivs von © Trevillion Images/Rekha Garton
Satz: GGP Media GmbH, Pößneck
Druck und Einband: GGP Media GmbH, Pößneck
MSP · Herstellung: sc
Printed in Germany
ISBN 978-3-442-77376-3

www.btb-verlag.de
www.facebook.com/penguinbuecher